Łukasz Łuczaj

DZIKIE ROŚLINY JADALNE POLSKI

PRZEWODNIK SURVIVALOWY

WYDANIE DRUGIE - POSZERZONE

2004
CHEMIGRAFIA

Wydawnictwo i druk:
CHEMIGRAFIA
ul. Białobrzeska 74, 38-400 KROSNO
tel. 0-13-4325415

ISBN 83-904633-6-9

Copyright by Łukasz Łuczaj 2004

Wydanie drugie, poszerzone.

Większość rysunków roślin w tej książce zaczerpnięto z klucza do oznaczania roślin Józefa Rostafińskiego (1850-1928). Ryciny z barszczem, kłokoczką, klonem, kokoryczką, konopiami, lilią, podagrycznikiem, psizębem i szczawiem wykonał Łukasz Łuczaj, a Sarah Luczaj narysowała krwiściąga, łopiana, ostrożenia, pierwiosnka i ziarnopłona.

W sprawie dystrybucji książki możliwy też kontakt bezpośrednio z autorem:

Łukasz Łuczaj
Rzepnik 20A, 38-473 Łęki Strzyżowskie
tel. 0-13-4385792
www.luczaj.com
sluczaj@box43.pl lub lukasz.luczaj@interia.pl

Dzwonek skupiony.

Wyka ptasia.

Ostrożeń warzywny.

Rukiewnik wschodni.

Oczeret jeziorny.

Jeżogłówka.

Głóg jednoszyjkowy.

Tasznik.

Jarząb szwedzki.

Jarząb mączny.

*może jestem biało-włosy i kościsty
lecz dobrze obeznany w codziennym przeżyciu
jesienią ucieram górskie osty w moździerzu
wiosną suszę na słońcu pączki pnączy rozłożone na tacy
kupuję kokoryczkę od wiejskiego sprzedawcy
i jem wodorosty gdy przybywa zagraniczny mnich
lecz kto by zgadł że mając siedemdziesiąt siedem lat
wykopię staw dla korzeni lotosu i orzechów kotewki*

wiersz XIV-wiecznego chińskiego pustelnika zwanego
Kamienny Dom – Shi Wu (tłum. z ang. Ł.Ł.)

Wyka brudnożółta.

Barszcz zwyczajny.

Korzenie dzikiej marchwi.

Robienie zupy z pałki.

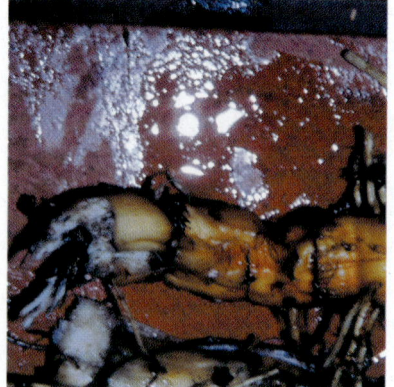
Kłącza pałki po wyjęciu z wody.

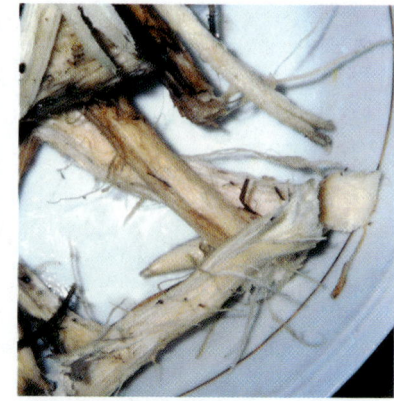
Kłącza pałki po obraniu.

Jadalne części pędów pałki (w wiaderku).

Pędy pałki gotowe do gotowania.

Śledziennica skrętolistna

Podbiał.

Oddając tę książkę czytelnikowi chciałbym szczególnie podziękować zespołowi prowadzącemu zajęcia z przedmiotu Botanika Praktyczna na Wydziale Biologii Uniwersytetu Warszawskiego, z którym miałem wielką przyjemność współpracować, a szczególnie dr Hannie Werblan Jakubiec i dr Krzysztofowi Spalikowi. To oni rozbudzili we mnie zainteresowanie etnobotaniką.

Jestem także bardzo wdzięczny Janeczce i Michałowi Kacprzykom z Zawadki Rymanowskiej, w których gospodarstwie agroturystycznym często prowadziłem zajęcia z odżywiania się dzikimi roślinami w ramach tzw. zielonych szkół, za zachęcenie mnie do propagowania idei wykorzystania dzikich roślin w kuchni.

Wreszcie nie byłoby tej książki bez ożywczych dla mnie dyskusji na temat zbieracko-łowieckiego trybu życia ludów pierwotnych prowadzonych z badaczami starożytnych kultur, prof. Zygmuntem Krzakiem i dr Mateuszem Wiercińskim.

Przedstawiając zaś drugie wydanie tej książki dziękuję za cenne uwagi i uzupełnienia najwnikliwszym czytelnikom pierwszego wydania, w pierwszym rzędzie Wojtkowi Szymańskiemu z Buska Zdroju, któremu zawdzięczam wzbogacenie książki o parę nowych gatunków oraz wiele cennych wiadomości na temat jadalności i przyrządzania wielu roślin, a także Bogdanowi Jaśkiewiczowi z Gdyni, Markowi Nowickiemu z Jabłonicy Polskiej oraz Markowi Ledzie.

WSTĘP

Książka ta przeznaczona jest dla tych, którzy zainteresowani są wykorzystaniem dzikich roślin w odżywianiu. Zarówno dla tych z Czytelników, którzy chcieliby jedynie od czasu do czasu przyrządzić sobie sałatkę z roślin rosnących w ich trawnikach i ogrodach, tych, którzy chcieliby przez dłuższy okres czasu spróbować odżywiać się jak dzicy przodkowie, jak i dla tych, którzy są po prostu ciekawi, co można jeść w lesie i na łące.

W pracy tej zawarłem opisy potencjalnych sposobów użytkowania ponad tysiąca gatunków roślin rosnących dziko w Polsce lub w sąsiednich krajach strefy umiarkowanej. Książka ta nie obejmuje grzybów, bo według obecnej systematyki stanowią one odrębne od roślin i zwierząt królestwo. Jako, że nasza ojczysta flora zawiera około dwa i pół tysiąca gatunków, tysiąc gatunków to bardzo dużo. Oznacza to, że praktycznie więcej niż co trzecia napotkana przez nas roślina może być nazwana rośliną jadalną. To bardzo optymistyczne. Użyłem słowa „optymistyczne", bo oprócz zwykłej poznawczej ciekawości chciałbym też nawiązać do tych emocjonalnych i instynktownych powodów zainteresowania umiejętnością przeżycia w dzikiej przyrodzie. Kiedy słyszymy o katastrofach i kryzysach dotykających naszą cywilizację, zastanawiamy się co byłoby, gdyby nagle nastąpił totalny kryzys funkcjonowania naszej światowej gospodarki, jak poradzilibyśmy sobie żyjąc z tego co posadzimy, upolujemy albo zbierzemy w lesie. Dla człowieka pierwotnego, który uprawiał zbieracko-łowiecki tryb życia, las czy step były wielkim supermarketem, z którego można było brać do woli. Nie trzeba było mieć pieniędzy, a jedynie wiedzieć, co brać, jak brać oraz poświęcić większą ilość czasu niż my spędzamy robiąc w ciągu godziny zakupy na cały tydzień.

Mówiąc o społeczeństwach pierwotnych, zbieracko-łowieckich, pamiętać trzeba też o członie „łowiecki", regułą raczej było łączenie odżywiania się pokarmem zwierzęcym i roślinnym. Zwierzęta, szczególnie w wypadku obfitości ich występowania, przy niskim zagęszczeniu populacji ludzkiej były wspaniałym źródłem pokarmu bogatego w białko. Przeżyć dłuższy czas bez pokarmu pochodzenia zwierzęcego oczywiście można, ale przy zachowaniu różnorodnej diety. Przy obfitości dużej zwierzyny, ryb lub mięczaków prostsze było odżywianie się mięsem niż wydłubywanie z ziemi malutkich korzonków. Rośliny stanowiły część pożywienia (choć zawsze istotną). Były jednak momenty w dziejach pewnie każdej społeczności ludzkiej, że zwierzyny z różnych powodów zabrakło i wtedy nawet miesiącami odżywiano się wyłącznie roślinami. Rośliny mają tę zaletę, że nie uciekają. Jeśli znamy walory większości gatunków występujących na jakimś obszarze, jesteśmy zdolni o każdej porze roku znaleźć coś do jedzenia.

OSTRZEŻENIE

W książce tej zawarłem możliwie wszystkie znane informacje o jadalności krajowych gatunków roślin. Wiele z nich pochodzi z literatury etnograficznej o Indianach Ameryki Północnej, Eskimosach, ludach Syberii i innych ludach prymitywnych. Ludzie ci mieli trochę inne żołądki i żyli często w warunkach okresowych niedoborów pokarmów. **Nie biorę więc odpowiedzialności za ich ostateczny wpływ na zdrowie Czytelnika.** Niektóre z prezentowanych gatunków może nigdy i przez nikogo nie były wcześniej jedzone w Polsce. Dlatego zalecam ostrożność – jedząc każdy nowy gatunek zaczynajmy od niewielkiej ilości – jednego lub kilku liści, kłączy czy owoców. Jeśli nasz organizm toleruje go, po dwóch dniach można próbować zwiększyć dawkę. W końcu zaszkodzić nam może nawet cebula, czy agrest...

Jeśli nie jesteśmy pewni, czy roślina jest jadalna, a chcemy się tego w przybliżeniu dowiedzieć, możemy przeprowadzić tzw. próbę smakową. Cytuję ją w lekko zmodyfikowanej wersji za Darmanem. Jej przebieg jest długi i nie polecam takich zabaw, kiedy jesteśmy głodni i w potrzebie, raczej kiedy mamy ochotę na eksperymenty. A więc próbuj tylko jednej części rośliny np. liści albo owoców. Nie jedz nic innego przez kika godzin przed próbą. Po tym czasie potrzyj roślinę o wewnętrzną część łokcia lub przegubu. Odczekaj 15 minut na ewentualny odczyn alergiczny. Wybierz fragment testowanej porcji i przyktnij go na 3 minuty do zewnętrznej strony powierzchni wargi. Jeśli brak jakichś nieprzyjemnych odczuć, połóż go na języku na 15 minut (niezła medytacja, nie?). Jeśli brak odczucia pieczenia, silnej goryczy itp. włóż go do ust i trzymaj przez dalsze 15 minut, nie połykając. Jeśli czujesz, że wszystko jest w porządku połknij próbkę i odczekaj 8 godzin. Jeśli wystąpią niepokojące objawy sprowokuj wymioty, pij dużo wody lub udaj się do lekarza. Jeśli nic się nie dzieje możesz zjeść większą porcję (np. garść) i odczekać następne 8 godzin. Nie zapominaj też, że są rośliny, które szkodzą dopiero po codziennym, długotrwałym użyciu (np. paprocie), a więc jeśli jesteś powiedzmy w Australii i coś ci nawet bardzo smakuje, nie jedz tego na okrągło (jakie są tego skutki zobacz pod hasłem → MARSYLIA).

SKŁAD ROŚLIN

To co decyduje o wartości odżywczej roślin to ich skład chemiczny – możliwie duża ilość składników pokarmowych i możliwie mała ilość substancji trujących. Białka, cukry, tłuszcze zawarte są w niewielkich ilościach w każdej komórce roślinnej. Komórki roślinne otoczone są jednak grubą ścianą komórkową złożoną z celulozy, której nasz organizm nie trawi. Wiele komórek roślinnych przechodzi w stanie nienaruszonym przez nasz przewód pokarmowy. Jedynie zwierzęta czysto roślinożerne rozwiązały ten problem przez współpracę z mikroorganizmami rozwijającym się w ich żołądkach (krowa) lub jelitach grubych (koń, królik). W czasie ewolucji rośliny wykształciły mechanizmy obrony przed roślinożercami. Są to kolce, ciernie, gruba skórka oraz substancje trujące.

W czasie prowadzonych przeze mnie warsztatów często zadawane mi jest pytanie: „czy widząc nową, nieznaną roślinę jesteśmy w stanie „wyczuć" jej skład chemiczny. Odpowiedź brzmi: „tak, ale do pewnego stopnia". Wyposażeni jesteśmy w zmysł smaku, który jest wspaniałym, przenośnym laboratorium. Smak słodki oznacza obecność cukrów prostych. Smak słony, koncentrację soli mineralnych, szczególnie chlorków. Smak kwaśny, odczyn pokarmu (obecność kwasów). Smak gorzki daje nam możliwość wykrycia wielu alkaloidów (zwykle trujących, w mniejszych ilościach leczniczych). Nasze upodobania smakowe są wynikiem podświadomej chęci optymalizacji składu naszego pokarmu. Oczywiście możemy czasem zostać oszukani. Słodziki to substancje słodkie, które nie zawierają cukru. W korzeniach roślin z rodziny złożonych możemy także natknąć się na inulinę, wielocukier, który nie jest przyswajany przez organizm i powoduje wzdęcia. Co gorsze, możemy nie wyczuć obecności niektórych substancji trujących, szczególnie w wypadku grzybów. Większość zielonych roślin trujących ma wyraziście gorzki smak i trudno jest przypadkowo zatruć się nimi na śmierć (oczywiście można się czasem pochorować), natomiast zjedzenie bardzo smacznego, nawet jednego muchomora sromotnikowego (miałem kiedyś kęs w ustach, przez pomyłkę!) wysyła nas na tamten świat. Oczywiście nie wszystkie gorzkie pokarmy są trujące. Zjedzenie większej ilości surowych żołędzi spowoduje jedynie zaparcie lub lekki ból głowy, nie mówiąc o kawie, która dla wielu z nas jest chlebem codziennym. Dorosły człowiek potrzebuje w ogóle pewnej dawki gorzkiego smaku, stąd popularność kawy prawdziwej, czy kaw zbożowych. Gorzkie pokarmy zawierają prawie zawsze substancje, które mają działanie lecznicze, np. bakteriostatyczne, bakteriobójcze, stymulujące lub regulujące działanie różnych narządów itd.

Drugi zmysł, który pomaga nam wykryć pewne substancje, to węch. My ludzie, podobnie jak ptaki, jesteśmy wzrokowcami, potrafimy jednak, przy pewnej praktyce wywęszyć wiele rzeczy. Większość naszych krewnych, ssaków, to zdecydowani węchowcy. Potencjał węchu jest olbrzymi. Wiele motyli nocnych potrafi namierzyć swojego partnera z odległości kilku kilometrów na podstawie jednej cząsteczki feromonu. Potencjał węchu człowieka jest zapomniany. Nikt nas tego nie uczy. Wiele rzeczy robimy nieświadomie. Potrafimy wyczuć zapach zgnilizny, czy przyjemny zapach perfum (zawierających różne lotne olejki o działaniu bakteriobójczym lub wręcz zwierzęce feromony). Zmysł węchu jest silnie zależny od tła. Po przebywaniu przez dłuższą chwilę w zasmrodzonym pomieszczeniu nie będziemy czuli nic. Zwykle nie doceniamy też jak silny zapach ma współczesny człowiek myjący się mydłem i używający perfum. Człowiek nie używający mydła może wyczuć jego zapach w lesie już z odległości 10 m! Węch pozwala nam rozpoznać substancje podobne do znanego nam wzorca, którego właściwości znamy. Znając orzeźwiające i bakteriobójcze właściwości mięty, rzepika, lebiodki i lubiąc te zapachy, możemy odkryć nowe rośliny w nieznanym kraju, które mają podobne właściwości, np. eukaliptusy w Australii, czy pysznogłówkę w Ameryce.

Wiele osób zadaje mi pytanie, czy ta a ta roślina jest trująca. Okazuje się, że niełatwo jest na to pytanie odpowiedzieć. Większość roślin nie jest ani trująca, ani jadalna. Są niesmaczne i mało pożywne. Większość roślin ma jakieś właściwości lecznicze. Niewiele jest roślin naprawdę trujących, a tylko nieliczne są trujące śmiertelnie, w niewielkich ilościach (np. paru liści). Do takich najgroźniejszych należą szalej, szczwół, tojad, lulecznica, bieluń, lulek, pokrzyk, cis, zimowit, ciemiężyca i wawrzynek. Koniecznie zapoznaj się z ich wyglądem zanim zaczniesz próbować wszystkie napotkane rośliny! Liście szczwołu i szaleju można pomylić z jadalnymi baldaszkowymi, a liście zimowitu z czosnkiem niedźwiedzim i kozibrodem. Liście jednej trzeciej gatunków naszej flory nadają się na sałatki lub gotowane papki, przynajmniej wtedy, gdy są młode. Takie gatunki też zostały włączone do tej książki, choć chyba najważniejsze to zapoznać się z tymi gatunkami, które mogą dostarczyć najwięcej „paliwa" naszemu organizmowi, w postaci białek, węglowodanów i tłuszczów. A takich gatunków nie ma wiele. Są to rośliny o jadalnych owocach, nasionach i kłączach.

NASIONA I SUCHE OWOCE

Nasiona mogą być otoczone mięsistą owocnią (np. śliwki), owocnia może być sucha (strąki fasoli), często też jest bardzo cienka lub zupełnie połączona z nasieniem (orzechy, ziarniaki). Nasiona są częścią roślin, która swoim składem może nas najbardziej zbliżyć do mięsa, bogatego w białko. Nasiona zawierają dużo substancji zapasowych, które przeznaczone są do rozwoju młodej rośliny. Zależnie od gatunku mogą dominować w nich białka, tłuszcze lub skrobia. Przykładowo nasiona karagany syberyjskiej (z rodziny strączkowych) zawierają 36% białka, 12% tłuszczu, kasztany jadalne - 25% skrobi i 15% innych cukrów, a mało białka (3%), nasionka komosy - 49% węglowodanów i 16% białka, orzechy leszczyny - 60% tłuszczu, i 15% białka, orzech włoski i jego amerykańscy krewniacy – 60% tłuszczu, 21-24% białka i 10-15% cukrów, ziarniaki pszenicy i innych traw – ok. 60% skrobi i 6-18% białka, orzeszki sosnowe 40-50% tłuszczu, 30% skrobi, 5-10% cukrów i 10-15% białek.

Szczególnie bogate w białko są nasiona roślin strączkowych. Mają one często otoczkę z trujących saponin, dlatego powinny być namoczone w wodzie przez kilkanaście godzin, a potem gotowane. Rozpowszechniony jest pogląd, że białka roślinne nie zawierają kompletu aminokwa-

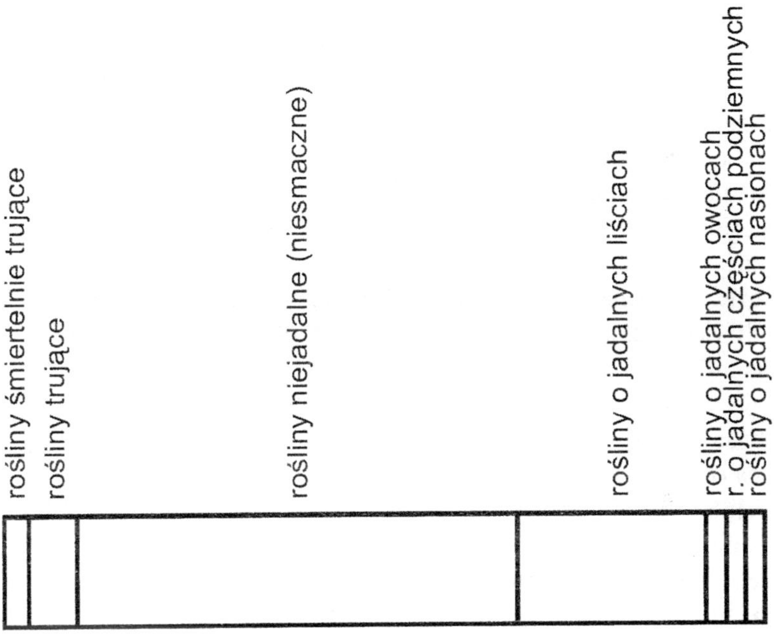

rośliny śmiertelnie trujące
rośliny trujące
rośliny niejadalne (niesmaczne)
rośliny o jadalnych liściach
rośliny o jadalnych owocach
r. o jadalnych częściach podziemnych
rośliny o jadalnych nasionach

Ryc. 1 Proporcje w jadalności różnych gatunków roślin.
Schemat na podstawie: Participating in Nature, J. Elpel.

sów, tak jak każde białko zwierzęce. Jest to nie do końca prawdziwe. Białka roślinne zawierają te same aminokwasy, ale w innych proporcjach, np. zboża są bogate w metioninę, a ubogie w lizynę, natomiast rośliny strączkowe ubogie w metioninę, a bogate w lizynę. Dlatego w wielu krajach tradycyjnie łączy się potrawy zbożowe (np. ryż, chleb, podpłomyki) z potrawami z roślin strączkowych (fasola, groch, soczewica, soja). O ile jesteśmy jednak w stanie zaspokoić nasze potrzeby energetyczne przy pomocy różnorodnej diety z nasion, owoców i korzeni roślin, na pewno zaspokoimy także nasze zapotrzebowanie na białko. Tak naprawdę głównym problemem przy odżywianiu się samymi roślinami jest zdobycie odpowiedniej ilości cukrów i tłuszczów, jak też witaminy B12 (obecnej głównie w mięsie). Kilkuletnie zapasy tej ostatniej są na szczęście magazynowane w wątrobie.

Oprócz białka nasiona zawierają często dużo tłuszczów. Szczególnie dużo tłuszczu zawierają orzechy (orzech włoski, leszczyna, buk) oraz nasiona słonecznika i kłokoczki, a także pestki derenia jadalnego i derenia świdwy. Dzikie amerykańskie gatunki orzechów mają zdrewniałe części orzecha trudne do oddzielenia od jadalnego jądra. Indianie zbierali więc duże ilości orzechów, miażdżyli je razem ze zdrewniałymi ściankami (odrzucając jedynie zielone łupiny) i gotowali z wodą. Wypływający na powierzchnię tłuszcz zbierano łyżką, a resztę odrzucano. Podobnie wykorzystywać można nasiona derenia świdwy, bowiem reszta nasiona i owoc są niesmaczne.

Niektóre rośliny bronią się przed zjadaniem nasion przez zwierzęta i produkują różne toksyny. Należy szczególnie uważać na nasiona niektórych roślin z rodziny różowatych, szczególnie jabłoni, gruszy, brzoskwini, moreli, wiśni, śliwy itp. Nie rozgryzione mogą przejść nie strawione, natomiast po ich rozgryzieniu uwalnia się z nich kwas pruski, który powoduje nawet śmiertelne zejścia. Co ciekawe nasiona wspomnianych rośliny otoczone są smaczną owocnią, przyciągającą zwierzęta, strategią rośliny jest jednak przywabić zwierzęta, które połykają całe owoce, ale nie niszczą nasion, które przechodzą nie strawione przez przewód pokarmowy. Inne rośliny, takie jak leszczyna, dąb, buk, kasztan i orzech, wykształciły w trakcie ewolucji niezwykle pożywne nasiona, aby przyciągnąć zwierzęta, które zjadają część orzechów, ale pozostałą część przenoszą na znaczne odległości, robiąc z nich spiżarnie (myszy, sójki, wiewiórki). Spiżarnie takie były wyszukiwane przez ludzi. Oszczędzało to trudu zbierania roślin. W przypadku myszy oprócz nasion zawierają one zwykle dużo korzeni roślin, często jadalnych.

OWOCE

Botanicznie owocami są i ziarniaki traw, i żołędzie, i mięsiste owoce śliwy. W tym rozdzialiku omówione zostaną tylko owoce w potocznym tego słowa znaczeniu, tzn. owoce mięsiste, lub mięsiste niby-owoce (poziomka, malina) będące np. wytworami dna kwiatowego lub zbiorem malutkich owoców. Owoce mięsiste wykształciły się jako przystosowanie do rozsiewania przez zwierzęta. Zwierzęta jedzą owoce, a nasiona wydalają z kałem, często po przeniesieniu na dalszą odległość. Owoce mięsiste są więc produktem roślinnym specjalnie zaprojektowanym przez naturę do konsumpcji. Mają zwykle przyjemny smak, przynajmniej dla części zwierząt. Można je podzielić na dwie grupy. Do pierwszej należą owoce zawierające dużo cukrów prostych, bardzo słodkie. Zwykle utrzymują się krótko na roślinach i szybko psują się. Są najbardziej poszukiwane przez zwierzęta i ludzi. Należą tu porzeczka, czereśnia, poziomka, winorośl. Niektóre bogate w cukry owoce mogą utrzymywać się dłużej dzięki obecności substancji hamujących procesy fermentacji i gnicia, np. tanin u tarniny, kwasu jabłkowego u dzikich jabłek, kwasu cytrynowego w cytrynie. Drugą grupę owoców stanowią te długo, prawie do wiosny, wiszące na roślinach. Zawierają one mało cukrów, są jednak czasem bogate w tłuszcze, np. owoce głogu. Nie są więc dobrą pożywką dla drobnoustrojów i mogą stanowić bazę pokarmową dla ptaków w zimie. Takie „zimowe" owoce (głóg, jarzębina, kalina) są często mało atrakcyjne smakowo dla człowieka i wymagają specjalnego przygotowania np. gotowania, odgoryczania, mogą też być wręcz trujące (ligustr).

Wiele mięsistych owoców stanowi jeden z najcenniejszych w przyrodzie rodzajów pożywienia. Zawierają łatwo przyswajalne cukry, witaminę C (czasem także witaminę A) oraz cenne dla metabolizmu kwasy i mikroelementy. Coraz bardziej popularne są diety frutariańskie (jedzenie jedynie owoców i nasion). Propagatorzy tych diet podkreślają jak łatwostrawne są owoce i jeśli jemy ich odpowiednio dużo, zawierają idealną proporcję cukrów i białek. Dla naszych krewniaków, małp, owoce są podstawowym składnikiem menu (obok drobnych zwierząt, jajek i owadów).

Główny problem przy odżywianiu się dzikimi owocami stanowi nieregularna ich dostępność w przyrodzie (poza tropikami), w klimatach okresowo chłodnych lub suchych są dostępne tylko w lecie i jesieni, lub na przełomie pory wilgotnej i suchej. Oczywiście można owoce konserwować i przechowywać na później. Metodą, którą najczęściej stosowały różne prymitywne ludy było suszenie. Czasami owoce suszono całe (winorośl, porzeczka), krojono na plasterki (jabłka) lub ugniatano w kulki lub placuszki z wielu drobnych owoców, które suszono na słońcu (jeżyny, czeremcha, świdośliwa). Indianie w swoich potrawach często łączyli suszone owoce z mięsem, które gotowali w formie słodkawego gulaszu.

Z owoców dziko występujących w Polsce, oprócz znanych także z ogrodów jabłek, gruszek, czereśni, malin, poziomek, porzeczek, trzeba wymienić też borówki, tarninę, bez czarny, berberys, rokitnik i czeremchę. Rośliną jadalną jest też bez koralowy, ale dopiero po podgotowaniu. Z roślin nierodzimych, hodowanych w ogrodach lub zdziczałych, smaczne jadalne owoce mają świdośliwa, mahonia, dereń jadalny i aktinidia (kiwi).

CZĘŚCI PODZIEMNE

Korzenie, kłącza, cebule i bulwki roślin mają tę wielką zaletę, że można je wykopać z ziemi w chłodnej porze roku (o ile wiemy gdzie ich szukać, a ziemia nie jest zamarznięta), kiedy roślina pozbawiona jest zielonych części. Ponadto łatwo je przechowywać, na świeżo w chłodnym ciemnym miejscu lub po ususzeniu.

W częściach podziemnych rośliny gromadzą często dużą ilość substancji zapasowych wyprodukowanych w poprzednich sezonach, używanych do wzrostu na wiosnę. Najczęstszym materiałem zapasowym w korzeniach jest skrobia. Skrobia jest wielocukrem złożonym z wielu cząsteczek glukozy, podstawowego cukru w metabolizmie. Skrobia jest łatwo rozkładana przez organizm człowieka. Stanowi więc szybko dostępne paliwo energetyczne. Rośliny z rodziny złożonych *Asteraceae* mają inną substancję zapasową – inulinę, także wielocukier, ale złożony z cząsteczek fruktozy. Inulina nie jest niestety przyswajana, zalegając w jelitach ulega fermentacji, przy której powstają gazy. Na szczęście, oprócz inuliny w korzeniach tych znajdują się jeszcze mniejsze ilości innych substancji odżywczych, dlatego warto jeść korzenie roślin z rodziny złożonych, np. łopianu, ostrożenia, czy topinamburu. Poza tym inulina stanowi podstawowy pokarm dla symbiotycznych bakterii jelitowych (tych obecnych w jogurtach) ułatwiających przyswajanie wielu substancji, np. wapnia.

Podziemne części wielu roślin zawierające skrobię mogą być jedzone po umyciu i nawet na surowo, nie zawierają bowiem trujących substancji. Należy tu pałka wodna, marchew, pasternak, kminek. Większość dzikich gatunków zawiera w korzeniach dużo włókien. Tak więc marchew dzika, pomimo że przyjemna w smaku, jest dużo trudniejsza w „obróbce", niż marchew ogrodowa. Włókniste korzenie można gotować całe, a potem żuć jak gumę i wypluwać, zaś wywaru używać do robienia zup. Można też korzenie od razu posiekać na paromilimetrowe plasterki i włókna połykać (to tylko celuloza – jak w otrębach). Są jednak rośliny, które zniechęcają amatorów na swoje organy, takich jak myszy, dzik, czy ludzi, przez magazynowanie razem ze skrobią trujących substancji często wyczuwalnych w smaku jako gorzkie. W większości wypadków rośliny te można jeść po ugotowaniu, czasem kilkakrotnym i połączonym z odlaniem wody, płukaniu roztworem popiołu drzewnego lub zwyczajnie po upieczeniu w żarze ogniska, albo tylko po ususzeniu. Takie rośliny, o bogatych w skrobię organach, wymagające przyrządzania, to np. ziemniak, obrazki, orlica, lilia, kokorycz i kokoryczka.

NAJWAŻNIEJSZE DZIKIE ROŚLINY EUROPY ŚRODKOWEJ O PODZIEMNYCH ORGANACH BOGATYCH W SKROBIĘ I INNE PRZYSWAJALNE CUKRY

gatunki jadalne nawet na surowo

Czyściec błotny *Stachys palustris*
Groszek bulwiasty *Lathyrus tuberosus* (bulwki)
Groszek skrzydlasty *Lathyrus montanus* (bulwki)
Kminek *Carum*
Marchew *Daucus*
Pałka *Typha*
Pasternak *Pastinaca*
Perz właściwy *Agropyron repens*
Sitowie *Scirpus (Schoenoplectus)*

gatunki wymagające gotowania

Dwulistnik *Ophrys*
Jeżówka *Sparganium*
Koślaczek *Anacamptis*
Kukułka *Dactylorhiza*
Lilia *Lilium*
Łączeń *Butomus*
Malwa ogrodowa *Alcea*
Podkolan *Platanthera*
Prawoślaz *Althaea*
Psiząb *Erythronium*
Storczyk *Orchis*
Strzałka *Sagittaria*
Świerząbek bulwiasty *Chaerophyllum bulbosum*
Wszewłoga *Meum*

gatunki wymagające wielogodzinnego gotowania, w niektórych przypadkach połączonego z suszeniem i/lub ługowaniem

Bobrek *Menyanthes*
Grążel *Nuphar*

Kokorycz *Corydalis*
Kokoryczka *Polygonatum*
Krwiściąg lekarski *Sanguisorba officinalis*
Obrazki *Arum*
Orlica *Pteridium aquilinum*
Rdest wężownik *Polygonum bistorta*
Skrzyp *Equisetum*
Żabieniec *Alisma*

LIŚCIE I ŁODYGI

Liście i łodygi zawierają dużo wody i nie trawionej przez człowieka celulozy (błonnika), ponadto niewielkie ilości cukrów i białek, oraz witaminy (szczególnie C i kwas foliowy). Celuloza jest wielocukrem, którego łańcuchy są rozkładane na glukozę przez niektóre wiciowce i pierwotniaki. Przeżuwacze (np. krowa, wielbłąd, koza) mają wielkie żołądki, w których zjedzone liście są rozkładane przez te mikroorganizmy, ulegające w dalszych częściach żołądka strawieniu. Przeżuwacze więc trawią mikroorganizmy a nie trawę! Królik, aby strawić zjedzone rośliny pożera swoje odchody, tak że rośliny przechodzą dwa razy przez jego przewód pokarmowy. Człowiek (podobnie jak świnia) nie jest przystosowany do odżywiania się liśćmi i gałązkami. Jesteśmy w stanie wykorzystać jedynie znikomą ilość energii zmagazynowanej w tkankach tych organów. Oczywiście częste jedzenie liści jest zdrowe (dostarczają nam witamin), a obecna w nich celuloza ułatwia przemieszczanie jedzenia w przewodzie pokarmowym. Większe ilości liści jedzono w okresach głodu i niedostatku. Z liści organizm jest w stanie wydobyć niewielkie ilości cukrów, poza tym ludzie mieli pełne żołądki.

Liczba gatunków o jadalnych liściach, czyli tych, które nie zawierają jakichś szkodliwych substancji i są smaczne, jest niezliczona. Jadalność większości gatunków zależy od wieku liści. Młode kilkudniowe liście buka są delikatne i mają kwaskowaty smak, z wiekiem robią się twarde i gorzkawe. Przykłady można by mnożyć. Są też gatunki, których liście lub pędy są niejadalne na surowo (np. pastorałowato zwinięte młode liście wielu gatunków paproci), ale stają się jadalne po ugotowaniu.

Liście są też podstawowym materiałem na herbatki. Napoje z liści są przyrządzane także (a właściwie głównie) z gatunków, które zawierają wiele substancji czynnych, które w większych ilościach mogłyby być nawet toksyczne (herbata, lebiodka, mięta, krwawnik, bylica itd.). Herbatka zrobiona z kilku listków dostarcza nam więc odpowiednich ilości pewnych substancji działających pobudzająco, uspokajająco, odświeżająco, leczniczo itp.

Są gatunki, których liście są gorzkie i dla wielu osób niesmaczne (np. mniszek, cykoria). Nabierają one łagodniejszego smaku po „wybieleniu", czyli odcięciu ich od dopływu światła na parę dni (np. przykrywając doniczką lub obsypując ziemią).

Pamiętajmy, że robiąc sałatki z surowych liści łatwo możemy połknąć jaja pasożytów (najczęściej glisty). Trzeba je dobrze opłukać, i nie zbierać w pobliżu odchodów zwierząt. Bezpieczniejszą formą użytkowania liści jest gotowanie ich na papkę, jak szpinaku. Warto do takiej papki dodać masła i czosnku. Niektóre rośliny o ciekawym smaku na surowo (czosnaczek, czosnek niedźwiedzi, rdest pierprzowy) tracą go po ugotowaniu. Inne stają się jadalne lub smaczne dopiero po ugotowaniu (pokrzywa, barszcz). Dobre wyniki daje często nawet samo blanszowanie (zanurzenie na parę sekund we wrzątku). Warto po prostu trochę poeksperymentować. Rajem dla wielbicieli szpinaków i sałatek jest wiosna. Wtedy nałatwiej o pyszne liście.

Liście mają też parę ważnych zastosowań. Mogą służyć zamiast talerzy i papieru śniadaniowego. W Indiach posiłki je się często na liściach bananowców, a w Anglii owijano dawniej masło liśćmi lepiężnika. Ponadto liście (oczywiście te pozbawione goryczy) służą do wykładania dołów do pieczenia mięsa lub korzeni.

KALENDARZ

Klimat Polski wyraża się w silnej cykliczności i podziale na pory roku. Inne rośliny i ich części są dostępne w różnych miesiącach.
Wczesną wiosną, jak tylko stopnieje śnieg, a ziemia odmarznie, zaczynają się pojawiać pierwsze zielone rozetki liści, które czasem rosną już pod śniegiem. Są lata, kiedy już w lutym znajdziemy wychodzące z ziemi, stulone pędy pokrzywy, liście ziarnopłonu, szczawika, szczawiu. Prawie przez całą zimę możemy znaleźć w strumykach zielone listki

rzeżuchy. Smaczną herbatkę (zawierającą witaminę C) można parzyć z igieł jodły, sosny i świerka. O ile ziemia nie jest zamarznięta i wiemy czego i gdzie szukać, możemy zabrać się za wykopywanie kłączy pałki wodnej, marchwi, pasternaku, perzu, orlicy. Marzec to zwykle okres kiedy drzewa puszczają soki. Sok z klonu, brzozy i wielu innych drzew można zbierać podstawiając naczynie pod rurkę wbitą w drzewo lub nacięcie w kształcie litery „V". Wiele ludów pierwotnych jadło też wiosenną miazgę i łyko drzew. Chodzi tu o warstwę pomiędzy korą a drewnem. Dla uproszczenie będę ją nazywał podkorzem. Na wiosnę jest ono pełne słodkiego soku. Można je kroić na kawałeczki jak makaron. Nie jest to coś co zachwyca podniebienie, ale zawiera cukry – paliwo naszego organizmu.

Późną wiosną możemy wykorzystywać już dziesiątki gatunków roślin. Liście są młode, soczyste i wyjątkowo pyszne. Łatwiej też zlokalizować rozetki roślin o smacznych korzeniach.

Lato daje nam trochę owoców – poziomki, porzeczki, czereśnie, czeremchę. Można je suszyć na zimę. Liście wielu gatunków robią się gorzkie lub łykowate, ale zawsze można znaleźć jakieś młode pędy, albo smaczne rodzaje liści. Łatwo wzbogacić wtedy dietę o grzyby, owady i inne zwierzęta.

Jesień daje nam wielkie bogactwo owoców, ale liście są coraz starsze i mniej smaczne. Zapasy pokarmu zostały za to zgromadzone w korzeniach.

JAK ZBIERAĆ I PRZYGOTOWYWAĆ JEDZENIE

Nie zbieraj z natury roślin chronionych, oraz takich, które wydają Ci się rzadkie w danej okolicy. Zawsze pozostawiaj większość roślin danego gatunku nietkniętą. Liście roślin do surowych sałatek starannie myj (jaja glist!), szczególnie dokładnie te z wiglotnych łąk i bagien (możliwość zarażenia motylicą). Staraj się zbierać każdy gatunek do osobnego naczynia, czy worka, zaoszczędzisz sobie pracy przy przygotowaniu potrawy. Korzenie dzikich roślin warto drobno posiekać, bo zwykle są potwornie łykowate.

Książka zawiera niewiele konkretnych przepisów. Głównym celem tego przewodnika jest ukazanie wszystkich krajowych jadalnych gatunków roślin. Sposoby ich wykorzystania nakreśliłem ogólnie. Każdy kto umie ugotować zupę jarzynową i obrać marchewkę może poeksperymentować z dzikimi roślinami. Oto kilka najważniejszych sposobów ich przyrządzania.

Surówki. Liście i korzonki wielu roślin są bardzo smaczne na surowo. Trzeba tylko rośliny umyć i drobno posiekać. Warto próbować łączyć różne gatunki, tak jak łączymy na przykład kapustę, marchewkę i cebulę. Do roślin o łagodnym smaku, np. roszpunka, funkia czy lipa, można dodawać do smaku liście o ostrym smaku, np. chrzan, rzeżuchę, rdest ostrogorzki, czy czosnek niedźwiedzi. Jedzenie surowych roślin pozwala wykorzystać większość mikroelementów, witamin i różnych substancji czynnych obecnych w roślinach.

Blanszowanie. Przygotowanie roślin do spożycia polegające na zanurzeniu na parę sekund we wrzątku. Jest to coś pośredniego między jedzeniem rzeczy surowych i gotowanych. Niektóre liście są ciężkostrawne na surowo, np. liście kapusty, a blanszowanie czyni je łatwiej strawnymi, zarazem nie niszcząc wartości pokarmowych. Dodatkowo zabieg ten usuwa lub zabija większość jaj pasożytów i zmywa brud. Polecane jest więc szczególnie podczas przygotowania jedzenia w krajach gorących.

„Szpinaki" (Papki). Liście roślin można gotować z małą ilością wody, bądź tłuszczu, w rodzaj papki. Najczęściej przyrządzaną w ten sposób rośliną w naszej kuchni jest szpinak. Dla większości liści wystarcza 5-10 minut gotowania na małym ogniu. Zabieg ten zmiękcza liście, czasem też rozkłada jakieś toksyczne składniki. Z drugiej strony w roztworze zachowuje się wiele cennych substancji. Przygotowując szpinaki z niektórych trujących na surowo roślin np. kaczeńca (przed jego kwitnieniem) wodę z gotowania trzeba odlać, zabieg powtórzyć i gotować rośliny aż przestaną być gorzkie (dla kaczeńca – ok. 1 godzina gotowania). Papki można przyprawiać np. czosnkiem, solą, pieprzem itp. Bardzo smaczne papki otrzymujemy np. z pokrzywy i barszczu zwyczajnego. Naczyniami ludów pierwotnych były często jedynie pudełka z kory i skórzane worki. Sosy, papki i zupy gotowano w nich przez wrzucanie rozgrzanych do czerwoności kamieni do potrawy. Pierwsze wrzucano kilka kamieni, a potem w miarę jak ochładzały się dodawano po jednym nowym, wyjmując stare. Może to nas przerażać, ale jest to bardzo efektywna metoda, odparowywano w ten sposób nawet wodę z syropu klonowego. Nie przejmowano się wcale obecnością drobnych okruchów kamieni i piasku.

Zupy warzywne. Tradycyjnym słowiańskim określeniem na zupę jest „polewka". Do dziś zupa z kilku gatunków warzyw stanowi częsty element naszego obiadu i pojawia się na polskich stołach 1-2 razy w tygodniu. Nie jest ona importem z innych kuchni, ale rdzennie słowiańską potrawą. W czasach prehistorycznych głównym składnikiem takich polewek był u nas barszcz zwyczajny. W mieszanych zupach należy używać jedynie roślin naprawdę jadalnych. Jeden liść rośliny o gorzkim smaku może nam zrujnować potrawę. W zupach warto łączyć liście i korzenie, np. liście barszczu i pokrzywy z korzeniami marchwi i pasternaku.

Kiszonki. Kisić (inaczej – kwasić) można wiele zielonych roślin (wie o tym rolnik robiący kiszonki). Obecnie w naszym kraju przetrwał jedynie obyczaj kiszenia kapusty, ogórków i grzybów. Dawniej używano więcej gatunków roślin. Kiszenie było szczególnie popularne u ludów północy, był to sposób na przechowywanie dużych ilości roślin jako źródła witaminy C na okres wielomiesięcznych zim. Przykładowo Kjellman opisał następujące potrawy kwaszone u Czukczów.

1. roraut – czarnej barwy, z rocznych kwitnących pędów gnidosza sudeckiego *Pedicularis sudetica*.
2. jungaut – zielonej barwy, z gnidosza z dodatkiem *Halianthus peploides*.
3. ankaot – kwitnące roczne pędy *Halianthus peploides* i gałązki wierzby *Salix boganidensis* z piaskiem!
4. guit-guit – w trzech odmianach. Pierwsza z gałązek wierzby *Salix boganidensis*. Druga z liści lepiężnika *Petasites frigidus* z dużą domieszką liści skalnicy *Saxifraga punctata*, ulistnionych rocznych pędów wierzby *Salix boganidensis* oraz z pędów kwiatowych i ulistnionych *Cinereraria palustris* i szczawioru alpejskiego *Oxyria digyna*. Trzecia z nadziemnych części rdestu *Polygonum polymorphum*.

Jak podaje Maurizo, jeszcze w roku 1912 w guberni wiackiej w Rosji (za Wołgą) chłopi kwasili materiał roślinny w dosyć osobliwy sposób: „Beczka na ten cel przeznaczona stoi pod ściekiem z dachu chałupy, kładą zaś do niej różne odpadki jedzenia jak ziemniaki, kapustę, buraki, różne jarzyny i owoce. Pod jesień odstawia się tę beczkę, do której lała się woda z dachu; zawartość to marznie, to taje i kiśnie. Jedzą chłopi tę kiszonkę także i na wiosnę i w lecie; zabierają pewną część z sobą, idąc na pole do pracy, w worku skórzanym, który zawiązują sznurkiem. Worki, leżąc na słońcu rozdymają się i przewracają z boku na bok. Mazistą tę masę kiszoną, o niepokaźnym wyglądzie, zwanym w miejscowym dialekcie sałamachą, sałamatą i sałaputrą, jadają chłopi z wielkim upodobaniem. W podobnie pierwotny sposób przygotowują chłopi w Małopolsce w podgórskich okolicach kapustę szatkowaną. Kwaszą ją bowiem, jak gdzie indziej paszę dla bydła, w wykopanych w ziemi dołach i każdą warstwę przegradzają całemi nieszatkowanemi głowami kapusty. Zapach, wydobywający się z dołów, zatruwa całą okolicę."

Górale szwajcarscy kisili liście szczawiu alpejskiego *Rumex alpinus* i wiązów, a Japończycy kiszą pokrojone w plasterki młode pędy rdestowca japońskiego *Reynoutria japonica*. Wiele ludów Azji przechowuje w ten sposób także liście czosnku niedźwiedziego *Allium ursinum*.

Krócej kiszono liście i łodygi barszczu zwyczajnego. Zalewano je ciepłą wodą i kwaszono jedynie kilka dni. Częściowo zachodziła fermentacja mlekowa (jak w kiszonej kapuście), a częściowo alkoholowa. Po ugotowaniu dawało to potrawę stojącą pomiędzy naszą zupą, kiszoną kapustą i piwem!

Suszenie. Jest to bardzo cenna metoda w warunkach prymitywnych, bowiem suszone rośliny można przechowywać luzem, na kawałku kory, w woreczku czy garnku. Suszenie niestety powoduje rozkład niektórych cennych substancji odżywczych. Z drugiej strony dzięki suszeniu można pozbyć się niektórych trucizn, i ułatwić ono może przyrządzenie na przykład korzeni orlicy czy obrazków. Indianie bardzo często suszyli na słońcu drobne owoce (świdośliwa, czeremcha, borówka, bez dziki, porzeczki, winorośl), roztarte wpierw i uformowane w rodzaj ciasteczek. Suszyli oni w swoich szałasach także części podziemne roślin, takich jak lilie, psizęby, czy łopian. Można także suszyć zielone liście i pędy, np. młodych majowych pokrzyw. W naszej kuchni także występują suszone owoce (śliwki, jabłka, rodzynki), z których przyrządza się kompoty lub które dodaje się do bigosu.

Ługowanie. Metoda ta polega na namaczaniu lub gotowaniu roślin w roztworze o odczynie silnie zasadowym, otrzymanym przez rozpuszczenie w wodzie popiołu. Trujące substancje o odczynie kwaśnym (np. taniny) wiążą się z substancjami zawartymi w popiele i przechodzą do roztworu. Stosuje się tylko popiół z drzew liściastych. W wielu źródłach wymienia się popiół z drewna lipowego jako najlepszy do tego celu. Ługowanie stosuje się najczęściej przy przygotowaniu żołędzi (→ dąb) i pędów oraz kłączy → orlicy. Wyługowane rośliny trzeba dobrze przepłukać. Niewielkie ilości popiołu nie są szkodliwe (dostarczają nam nawet cennych soli mineralnych), większe ilości mogą jednak podrażniać przewód pokarmowy, powodować zaparcia, działają też rakotwórczo.

Pieczenie. Metoda ta jest o tyle wygodna, że w ogóle nie wymaga naczyń, była więc często stosowana przez ludy prymitywne. Na żarze pieczono np. dziki czosnek, bulwki strzałki wodnej, cebule lilii i kłącza orlicy. Można także na chwilę wkładać na żar całe pędy zielonych roślin (np. mięty).

Australijscy Aborygeni oraz Indianie, szczególnie ci z zachodniego wybrzeża, przyrządzali mięso, kłącza i cebule różnych roślin w dołach ziemnych. Dół powinien mieć średnicę 3-4 razy większą niż stos naszego pożywienia, np. na jednego kurczaka z warzywami potrzebny jest dół głębokości 30 cm i 45 cm średnicy. Na większe posiłki dziura nie musi być dużo głębsza, ale raczej szersza. Dno i ściany dołu powinniśmy wcześniej wyłożyć płaskimi kamieniami. Następnie w dole palimy ognisko, przynajmniej przez godzinę, w dużych dołach dłużej, nie żałując suchych gałęzi. W czasie palenia ogniska zbieramy dosyć duży stos zielonych liści, najlepiej z roślin przynajmniej częściowo jadalnych (np. trawy), nigdy nie trujących. Co ciekawe Indianie używali często do tego celu liści paproci (które są gorzkie!?). Oczywiście najlepsze są tu rośliny całkowicie jadalne, np. komosa, pokrzywa, ostrożeń. Po wypaleniu ogniska i usunięciu żaru przy pomocy kawałka drewna lub kory wykładamy cały dół liśćmi. W środku naszego „gniazda" wkładamy właściwą potrawę, np. kurczaka. Przyrządzając jakieś duże zwierzęta, wkładamy w jego środek rozżarzony kamień z ogniska. Potem przykrywamy potrawę warstwą liści od góry, a na to kładziemy „wieczko" z kory, które z kolei przykrywamy kilkunastoma centymetrami ziemi. Tak zakopane jedzenie zostawiamy na przynajmniej trzy godziny, najlepiej na cały dzień, lub całą noc. Odkopując jedzenie trzeba bardzo uważać, żeby nie zabrudziła go za bardzo osypująca się ziemia... Używając tej metody nie przypalimy jedzenia, nabierze one cudownego aromatu i nie potrzebujemy też naczyń.

DRZEWA JAKO POKARM

Drzewa nie są tylko źródłem budowlanego i opałowego drewna oraz orzechów i mięsistych owoców. Pożywienie można uzyskać z ich pni i gałęzi... Na przedwiośniu, w naszych warunkach zwykle w marcu i pierwszej połowie kwietnia, w pniach drzew płynie do góry słodkawy sok. Tak wędrują składniki zapasowe z korzeni, które służą za budulec dla nowo produkowanych pędów. Pozyskiwać można sok wielu gatunków drzew. Najlepsze do tego są klony (włączając jawor) i brzozy. Smaczny sok (jak twierdzi mój sąsiad Fryderyk Kaszyk, koneser drzewnych soków) mają też podobno lipa, buk, grab, osika i czereśnia. Sok olszy jest gorzki. Sok taki zwykle zawiera 0,5-1,5 % cukru (jedynie sok niektórych klonów, np. cukrowego i jesionolistnego, może mieć 2-4% cukru). Można go pić na surowo, zagęszczać na syrop i cukier lub fermentować w wino lub ocet. Dokładny opis pozyskiwania znajduje się pod hasłem → klon.

Zjadano dawniej także całe płaty podkorza (miazgi). Pokarm ten jest dosyć twardy i pozbawiony smaku. Jednak śladowe ilości cukru dostarczały trochę energii głodującym ludziom i zapychały im żołądki. Na północy Europy i w Rosji najczęściej używano do tego celu sosny, brzozy i wiązu górskiego. Podczas jednej z wojen trasę armii można było odczytać po ogryzionych z kory drzewach. Płaty drzewnej miazgi zarówno Skandynawowie jak i Indianie suszyli na zapas. Zmielona służyła jako dodatek do chleba, podpłomyków i zagęszczacz do zup.

Po ustaniu wypływu słodkich soków z drzew, w wielu rejonach świata jedzono młode liście. Świeżo wypuszczone liście takich gatunków jak lipa, buk i wiąz są bardzo smaczne i kruche. Jak donosi Maurizo, w Szwajcarii jeszcze w czasach nowożytnych kiszono liście wiązów, jak kapustę.

OD CZEGO ZACZĄĆ

Mam świadomość, że dla osoby niezbyt obeznanej z tematem liczba roślin i informacji o nich może wydać się przytłaczająca. Dlatego w paru punktach wybrałem zadania na początek.
1. Naucz się identyfikować jak największą ilość roślin, z reguły wystarczy rozpoznanie rośliny do rodzaju. Gatunki w obrębie rodzaju mają zwykle dosyć podobny smak i właściwości.
2. Wybierz się nad staw późną wiosną. Zetnij młode pędy pałki wodnej wychodzące z wody, jak najmniejsze, takie o długości 20-50 cm. Obierz je z zewnętrznych twardszych warstw, z białych środków zrób zupę.
3. Także wiosną zbierz kilkadziesiąt czubków młodych pokrzyw. Posiekaj je, dodaj pół szklanki wody, trochę masła i czosnku. Gotuj 10 minut, podawaj jak szpinak.
4. W kwietniu i maju spróbuj jeść surowe młode liście lipy i buka. Później możesz jeść młode liście lipy wyrastające u nasady pnia. Próbuj jak najwięcej roślin na surowo, ale tylko po listku. Jeśli są gorzkie i niesmaczne, wypluwaj je, nie zatrujesz się. Łatwo zatruć się tylko grzybami (które obecnie są klasyfikowane w odrębnym od roślin królestwie grzybów). Na wszelki wypadek zapoznaj się jednak z najbardziej trującymi gatunkami wymienionymi w rozdziale SKŁAD ROŚLIN. Na łące jedz kwiaty stokrotki, szczaw, rzeżuchę, barszcz, w lesie szczawik.
5. Naucz się rozpoznawać rośliny z rodziny baldaszkowatych. Są podobne do siebie. Wiele z nich to cenne rośliny jadalne, niektóre natomiast są trujące. Spróbuj znaleźć w twojej okolicy rosnące na łąkach i przydrożach (zwykle na glebach gliniastych) barszcz, marchew, kminek i pasternak. Są wspaniałymi warzywami do zup.
6. Ugotuj zupę z dzikich liści i korzeni. Rośliny dobieraj starannie, jeden liść o gorzkim smaku zrujnuje całą zupę. Zdarzyło mi się kiedyś zepsuć zupę jedną gałązką bylicy. Najbezpieczniej używać wyżej wspomnianych: pałki, szcza-

wiu zwyczajnego, szczawiku, barszczu, marchwi, kminku, pasternaku, czosnku niedźwiedziego, pokrzywy, stokrotki, a także kozibrodu i młodych korzeni łopianu. Zupę taką można przyprawić miętą, lebiodką (oregano) lub macierzanką.

7. Jeśli masz ogród poświęć kilka cebul lilii. Ugotowane smakują jak ziemniaki. Spróbuj też surowych liści funkii i płatków liliowców. Wszystkie trzy rośliny to specjały japońskiej kuchni.
8. Dzień Św. Michała (29 września) to tradycyjny moment początku zbierania żołędzi, wcześniej spadają głównie robaczywe. Zjedz kilka żołędzi na surowo na miejscu, resztę zabierz i ugotuj je z popiołem (szczegóły tej metody pod hasłem → dąb).
9. No i nie przegap różnych leśnych jagód. Smażone na patelni, z odrobiną wody, dadzą pyszną konfiturę. Można z nich ugniatać placuszki, które potem suszy się na słońcu.

Orlica pospolita.

Pędy orlicy przed gotowaniem.

Młode pędy trzciny.

Kaczeńce.

Rdest wężownik.

Złoć żółta.

Orzeszki bukowe.

Czosnaczek.

Jasnota purpurowa.

Łopian większy.

Młode owocostany topoli.

Czermień błotna.

PRZEGLĄD GATUNKÓW ROŚLIN JADALNYCH

AGREST → PORZECZKA

AKTINIDIA (KIWI) Actinidia (aktinidiowate Actinidiaceae)

Ok. 40 gatunków dwupiennych pnączy ze wsch. Azji. W uprawie spotyka się u nas głównie dwa gatunki: aktinidia ostrolistna *A. arguta* i pstrolistna *A. kolomikta* o owocach przypominających agrest, dojrzewających w jesieni. W handlu oraz bardzo rzadko w uprawie (wrażliwa na mrozy) spotyka się aktinidię smakowitą („aktinidię chińską" lub „kiwi") *A. deliciosa*. Owoce wszystkich gatunków są smaczne, często przypominają w smaku agrest.

AMBROWIEC Liquidambar (oczarowate Hamamelidaceae)

Ambrowiec balsamiczny *Liquidambar styraciflua* jest drzewem czasem uprawianym w parkach i ogrodach, głównie na zachodzie kraju. Jego stwardniała żywica była używana przez Indian jako guma do żucia. Chociaż gorzka, ma właściwości antyseptyczne i lecznicze, orzeźwia oddech.

AMSINCKIA Amsinckia (szorstkolistne Boraginaceae)

Czasem u nas zawlekana *Amsinckia lycopsoides* była jadana przez Indian. Atsugewi jedli prażone, zmielone nasiona ubite w formie ciasteczek (bez późniejszego dalszego przygotowania), a Indianie Mendocino jadali soczyste pędy tego gatunku.

ANAFALIS Anaphalis (złożone Asteraceae)

Czasami dziczejący na zachodzie kraju anafalis perłowy *Anaphalis margaritacea (Gnaphalium margaritacea)* ma liście jadalne po ugotowaniu.

ARCYDZIĘGIEL →DZIĘGIEL

ARONIA Aronia (różowate Rosaceae)

W Polsce powszechnie uprawiana i czasem zdziczała jest jedynie aronia śliwolistna *Aronia x prunifolia*, mieszaniec aronii czarnej *Aronia melanocarpa* z aronią czerwoną *A. arbutifolia*. Gatunki te pochodzą z Ameryki Pn.

Owoce są jadalne po dojrzeniu, kwaskowato-mączysto-gorzkawe. Nie wszyscy je lubią (ja uwielbiam). Są świetnym dodatkiem do przetworów z innych owoców. W swojej ojczyźnie owoce aronii (aronii czarnej) były użytkowane przez Indian Abnaki i Potawatomi.

ASTER Aster (złożone Asteraceae)

W Polsce dziko występują trzy europejskie gatunki astrów: gawędka *A. amellus* (ten gatunek jest pod ochroną) - na bogatych w wapń suchych murawach na niżu, solny *A. tripolium* - nad Bałtykiem i na solniskach na Kujawach oraz alpejski *A. alpinum* - w Tatrach i Pieninach. Ponadto szereg gatunków amerykańskich i azjatyckich jest uprawianych w ogrodach – często potem dziczeją.

Jadalne są młode gotowane pędy i liście astra gawędki i solnego. Ten drugi gatunek był też w niektórych krajach marynowany. Nic nie wiadomo o przydatności astra alpejskiego. Z gatunków amerykańskich uprawianych w Polsce jedynie owoce *Aster dumosus* były jedzone przez Indian Tewa. Liście najpospolitszych obcych gatunków astra - astra nowobelgijskiego *A. novi-belgii* i nowoangielskiego *A. novae-angliae* są przypuszczalnie niejadalne.

BABKA Plantago (babkowate Plantaginaceae)

W naszym kraju występuje kilka gatunków babek. Babka większa *Plantago major* rośnie na ścieżkach i innych miejscach wydeptywanych w wielu regionach świata. Indianie nazywali ją „stopami białego człowieka", gdyż wędrowała wraz z osadnikami, wzdłuż ich ścieżek. Była używana jako warzywo w Chinach oraz przez Indian (np. Czirokezów i Mohikan), używano tylko najmłodszych liści. Na łąkach występuje powszechnie babka lancetowata *Plantago lanceolata*, na suchych łąkach i murawach babka średnia *P. media*, której nasion Jakuci używali jak kaszy, a na piaskach babka piaskowa *P. arenaria (indica)*. Na wybrzeżu Bałtyku występuje jeszcze babka nadmorska *Plantago maritima* i niezwykle rzadka babka pierzasta *Plantago coronopus*. W Tatrach natomiast rośnie babka górska *P. atrata* i wężowa *P. serpentina*.

Liście babek są jadalne na surowo lub gotowane, są jednak włókniste, gorzkawe i niezbyt smaczne. Należy więc jeść jedynie te młode. Najsmaczniejsze są podobno babka nadmorska, dodawana przez Francuzów do rosołu, i babka pierzasta, używana czasem do sałatek we Francji i Włoszech. Liście babek mają działanie przeciwbakteryjne, ponadto efektywnie tamują krwawienie. Stosowane też są przy wielu innych dolegliwościach. Nasiona babek mogą być gotowane jak kasza lub mielone i dodawane do ciastek i chleba. Smakują trochę jak siemię lniane. Szybkość zbioru ręcznego nie jest jednak zbyt wysoka (20-100 g na godzinę). Surowe nasiona mogą być jedzone jako łagodny środek przeczyszczający.

LIŚCIE BABKI SMAŻONE W CIEŚCIE

Przyrządzić ciasto ubijając 2 jaja, 3 łyżki mąki, sól, 1 łyżkę oleju, 1 łyżkę wody. Umyte i osuszone świeże liście dowolnego gatunku babki (około 20 sztuk) oprószyć mąką i maczać w cieście. Szybko smażyć je po obu stronach w rozgrzanym oleju. Ciasto można też przyrządzić na słodko z cukrem pudrem i cynamonem.

BAGNO Ledum (wrzosowate Ericaceae)

Na torfowiskach wysokich całej Polski występuje bagno zwyczajne *Ledum palustre*. Znajduje się pod ochroną. Jego świeże lub suszone liście używane były przez Eskimosów i Indian jako niezwykle ceniony materiał na herbatę. Należy ją przyrządzać przy użyciu zimnej wody pozostawiając naczynie w słonecznym miejscu albo parzyć przez krótki czas w otwartym naczyniu. W inaczej (silniej) parzonej herbacie wydziela się narkotyk zwany *ledel*. Roślina jest także używana w ziołolecznictwie.

BARSZCZ Heracleum (baldaszkowate Apiaceae)

Barszcz zwyczajny *Heracleum sphondylium* jest pospolitą rośliną żyznych łąk, przydroży i przychaci. Swoim zasięgiem obejmuje Eurazję i Amerykę Północną. Dawniej dzielony był na kilka pomniejszych gatunków, o zbliżonych właściwościach (np. *Heracleum sibiricum*). Barszcz jest zapomnianym warzywem, kiedyś bardzo ważnym dla Słowian. Nazwa potrawy „barszcz" pochodzi właśnie od tej rośliny. Obszerną monografię jego użytkowania w Polsce napisał profesor Rostafiński i większość informacji o barszczu w tym rozdziale pochodzi z tej pracy. Gotowane młode pędy, zarówno świeże, jak kiszone, dają wspaniałą zupę o delikatnym smaku i brązowozielonym kolorze, która jest jednym z moich ulubionych dzikich dań. Surowe pędy są też jadalne, ale nie wszystkim smakują. Najcenniejszą częścią rośliny są obrane ogonki liściowe. Młode kwiatostany, krótko gotowane lub smażone smakują jak brokuły. Większe ilości barszczu na surowo mogą drażnić gardło lub powodować pieczenie w żołądku. O użytkowaniu sfermentowanych liści i łodyg barszczu w Polsce, Rosji i na Litwie wzmiankuje nawet słynny angielski „Zielnik" Gerarde'a z 1597. A oto co pisze Marcin z Urzędowa w wydanym w 1595 r., już po swojej śmierci „Herbarzu Polskim":

„Barszczu kto pożywa, odwilża mu zywot, przeto dobrze go pożywać tym, którzy miewają zatwardzenie żywota, czyni *etionem alvi etc.* (...) Gdy barszcz kwaszą po polsku, dobrze ij pić w febrach, gorączkach, w pragnieniu, albowiem pragnienie i kolerę uśmierza i chciwość jedzenia pobudza swą przyprawą. (...) Przyprawiony z jajcy a z masłem, dobrze jeść takich dniów, gdy mięśniej polewki nie jedzą, bo takież czyni jako mięśnia polewka."

Natomiast Szymon Syreński w swym „Zielniku" z 1613 r. pisze:
„Barszcz nasz znajomy jest każdemu u nas, w Rusi, w Litwie, w Żmujdzi, aniźliby się mógł z okolicznościami swemi opisać. (...) Do lekarstwa i stołu użyteczny jest bardzo smaczny. Tak korzeń jako liście. Acz korzeń tylko do lekarstwa użyteczniejszy jest, liście zaś do potraw. (...) Zbierają liście w maju pospolicie. (...) Smaczna i wdzięczna jest polewka barszcz jako go u nas, w Rusi i w Litwie czynią. Bądź sam tylko warzony, bądź z kapłonem albo z innemi przyprawami, jako z jajcy, ze śmietaną, z jagły."

Posiekane łodygi, liście i kwiatostany wrzucano do beczek i zalewano wodą. Po pewnym czasie fermentował. Sfermentowany barszcz może zawierać niewielką ilość alkoholu. Był więc czymś pośrednim między piwem i kiszoną kapustą. Na Litwie i w Rosji czasem fermentowano go razem z borówkami, przypuszczalnie także z odurzającą borówką bagienną, a na Kamczatce z owocami jagody kamczackiej *Lonicera coerulea*. Fermentacja barszczu następuje szybko. W ciepłym miejscu przy piecu już po 2 dniach robi się przyjemnie kwaśny, a po kilku dniach smierdzi bardziej niż kiszona kapusta.

Jak wspomniano wyżej źródła siedemnastowieczne zgodnie podają, że barszcz był w powszechnym użyciu i był jedną z głównych polewek.

Był on także składnikiem jadłospisu profesorów Uniwersytetu Jagiellońskiego. „Przez cały wielki post w środy bywał barszcz na polewkę, ryby pieprzone, jarzyny i karpie, a w pierwszy dzień Wielkiej Nocy podawano wpierw szołdrę z jajami, następnie barszcz, wieprzowinę, kapłony z midownikiem, groch i jagnięta." (Rostafiński za Karbowiakiem). Król Władysław Jagiellończyk, kiedy przebywał na węgierskim tronie tęsknił za zieleniną z barszczu i kazał ją sobie przyrządzać.

O tym, że barszcz zaczął wychodzić z użycia w XVIII wieku świadczy skąpy opis tego gatunku w „Dykcyonarzu" księdza Kluka. Za to ksiądz Ładowski w „Historyi naturalnej Królestwa Polskiego" z 1783 pisze: „Prostactwo gotuje z niego zupę, którą zowią Barszczem". A ksiądz Jundziłł w „Botanice Stosowanej z 1799 podaje, że barszcz „u nas w Litwie tylko i w niektórych innych północnych krajach za pokarm dla ludzi jest zażywanym. Na ten koniec młode liście zbierają się, kwaszą się zwyczajem innych jarzyn naszych, i są często dla wieśniaków pokarmem. Albo ususzone w cieniu, nakształt selerów, ku dalszemu użyciu się zachowują."

Ostatnia wzmianka o użytkowaniu zupy z barszczu na Litwie pochodzi z 1845 r. a z Schonen (Szwecja) z 1811.

Kapitan Cook relacjonował, że było to dawniej podstawowe warzywo mieszkańców Kamczatki, używane do wszystkich potraw. Gdy Rosjanie wzięli w posiadanie ten kraj roślina ta stała się jedynie źródłem alkoholu. W Rosji i Syberii obrane ogonki liściowe były suszone na słońcu, powiązane w zbite pęczki, aż uzyskiwały żółty kolor, wtedy słodka cukrowata substancja krystalizuje na ich powierzchni, i były jedzone jako delikates. Na 400 jednostek wagi udawało się uzyskać 1 jednostkę cukru.

Aromatyczne są jadalne po ugotowaniu korzenie barszczu zwyczajnego, ale traktować je należy bardziej jako lekarstwo, niż jedzenie.

Nie napotkałem w literaturze wzmianki o użytkowaniu nasion. Kiedyś jednak ususzyłem przypadkowo garść zielonych nasion, miały fantastyczny anyżowy zapach, po dodaniu 1/2 l spirytusu i 2 łyżek miodu dały wyborną nalewkę. Przyrządzam ją każdego roku.

Amerykański podgatunek barszczu zwyczajnego, często traktowany jako osobny gatunek *Heracleum maximum (H. lanatum)*. Był jedzony przez ponad 30 plemion zachodniego wybrzeża Ameryki. Jedzono obrane ogonki liściowe i bardzo młode pędy, suszone lub gotowane. Dla Indian Okanagon, Haisla i Hanaksiala był to wiosną jeden z podstawowych pokarmów. Thompson jedli jego pędy tylko do czerwca, potem robią się twarde, unikali także jedzenia zbyt dużych ilości na surowo, tak więc zwykle pędy gotowano.

Oprócz tego w ogrodach uprawiany jest dużo większy barszcz Mantegazziego *Heracleum mantegazzianum*, pochodzący z Kaukazu, który dziczeje i wykazuje tendencję do ekspansji. Rozproszony jest na terenie całego kraju, szczególnie przy niektórych PGR-ach, gdzie był uprawiany jako roślina pastewna. Największe połacie tego barszczu znajdziemy miejscami w Beskidzie Niskim, szczególnie w Zawadce Rymanowskiej. Jego pędy zawierają duże ilości furanokumaryn, które działają drażniąco na skórę (tylko w słoneczne suche dni, tzw. fototoksyczność). Szczególnie wrażliwe na poparzenia są wargi oraz skóra osób o jasnej karnacji. Opryskanie sokiem przy ścinaniu roślin może spowodować powstanie ropiejących pęcherzy na skórze. Przypuszczalnie jednak po ugotowaniu jest to, jak wszystkie inne gatunki barszczu, cenna roślina jadalna. Furanokumaryny zawierają także inne gatunki z tego rodzaju, także barszcz zwyczajny, ale w mniejszych ilościach, tak że kontakt z liśćmi i łodygami powoduje lekką wysypkę lub pieczenie.

BAŻYNA Empetrum (wrzosowate Ericaceae)

Na wrzosowiskach i w widnych borach na pn. Polski i w wyższych partiach gór występuje bażyna czarna *Empetrum nigrum*. Jej jagody mają wodnisty kwaskowaty smak lepszy po przemrożeniu. Jedzone były dawniej przez nasz lud, jak też w Rosji i Szkocji. Ksiądz Kluk pisał o nich: „pospolstwo iagod zażywa na pokarm, lubo wabiącey przyiemności nie maią, i obfite ich zażycie głowę zawraca." Stanowiły ważne pożywienie Eskimosów i Indian, np. Cree i Odżibwejów. Jedzono je na surowo lub ubite z dodatkami (cukrem lub tłuszczem zwierzęcym, np. olejem z foki), często zmieszane z innymi jagodami, np. borówkami. Tanana przechowywali zapasy jagód same lub z tłuszczem w brzozowych pudełkach pod ziemią.

PASTA BAŻYNOWA ESKIMOSÓW INUPIAT.

Przepis na podstawie informacji z Moermana. Potrawa ta jest wciąż przyrządzana przez ten lud. Jest ona podobno tak smaczna i ma tak zrównoważony smak, że rzekomo można nią się odżywiać wiele dni i nie znudzi się, o ile zastosowano składniki w odpowiedniej proporcji - jeden galon jagód (ok. pięć litrów) i wątroby czterech dużych pstrągów. Przy oddzielaniu wątroby trzeba odrzucić woreczek żółciowy. Na czas oprawiania całej ryby należy namoczyć wątrobę w wodzie, potem jeszcze raz ją wypłukać odlewając wodę. Pogotować wątrobę w świeżej wodzie przez 5 do 10 minut, potem odsączyć i ostudzić (tak można ją przetrzymywać do kilku dni w lodówce). Z rosołu z tych ryb zebrać tłuszcz i zachować go jako dodatek do pasty, na którą bardzo dokładnie należy ubić wątroby, tak aby nie została ani grudka. Można to zrobić nawet ręką. Trzeba dodać troszkę wody, żeby pasta była jak gęste ciasto naleśnikowe. Na końcu dodać jagody i zmieszać tak, aby pasta obkleiła je dookoła. Nie używa się do tej potrawy, ani cukru, ani soli. Przybysze preferowali pastę z pstrąga, ale po przyzwyczajeniu się woleli pastę o mocniejszym smaku z tłustszej ryby zwanej w języku angielskim „tom cod".

W górach obok bażyny czarnej znajdziemy jeszcze bażynę obupłciową Empetrum hermaphroditum o trochę mniejszych owocach i podobnym zastosowaniu.

BEBŁEK Peplis (krwawnicowate Lythraceae)

Bebłek błotny *Peplis portula (Lythrum pepli)* występuje w całym kraju na wilgotnych polach i namuliskach. Jego liście są jadalne na surowo lub gotowane.

BECKMANNIA Beckmannia (trawy Poaceae)

Beckmannia robaczkowata *Beckmannia eruciformis*. Trawa ta była dawniej wysiewana na wilgotnych łąkach, występuje czasem zdziczała.

Nasiona pokrewnego gatunki (dawniej nie rozróżnianego od b. robaczkowatej) były zbierane przez Indian Klamath i Indian z Montany jako pożywienie.

BERBERYS Berberis (berberysowate Berberidaceae)

Na terenie całego kraju występuje w zaroślach śródpolnych i widnych suchych lasach berberys zwyczajny *Berberis vulgaris*. Jego owoce są konserwowane w cukrze i przerabiane na dżemy i galaretki, także u nas. Można je też suszyć na zimę. Jadalny też na surowo, ale tylko dla miłośników kwaśnego smaku. Kwaśnym, przypominającym cytrynę, sokiem można doprawiać sałatki. Oto co pisze o tym gatunku ksiądz Kluk: „Liści młodych w Hollandyi zażywaią na sałatę, albo one ze sztuką mięsa gotuią. Sok z jagod wyciśniony, wyśmienicie w kuchni zastąpić może mieysce soku cytrynowego. Gdzieby tych iagod bydź mogło wiele, ognistą wodką z nich mieć można."

Liczne inne jadalne gatunki z tego rodzaju spotykane są w uprawie, najczęściej masowo sadzony w zieleni miejskiej berberys Thunberga z Japonii.

SOK Z BERBERYSU
Jagody utrzeć na papkę. Zalać równą ilością wrzątku. Odstawić na godzinę, a potem wycisnąć sok, dosłodzić do smaku, przelać do butelek i pasteryzować.

KONFITURA Z BERBERYSU
0,5 kg berberysu, 1 kg cukru. Jagody wydrylować, sparzyć, odcedzić i zasypać połową cukru. Odstawić do następnego dnia, aby puściły sok. Z pozostałego cukru zrobić syrop, którym należy zalać owoce. Smażyć na wolnym ogniu, zbierając wypływające na powierzchnię szumowiny. Gdy konfitura zgęstnieje, przestać podgrzewać. Po godzinie zlać w słoiki i zamknąć.

BEZ (DZIKI BEZ) Sambucus (przewiertniowate Caprifoliaceae)

Bez czarny *Sambucus nigra* występuje pospolicie na miejscach ruderalnych i w lasach. Gatunek ten ma jadalne dojrzałe owoce, z których można robić cenny sok (używany do barwienia win gronowych) i wino. Można je jeść na surowo lub gotowane. Na surowo mogą powodować czasem drobne zaburzenia żołądkowe, rozwolnienia, nudności i podrażniać nerki (szczególnie jedzone w większych ilościach). Bezpieczne w użyciu są natomiast gotowane. Bardzo smaczny (i bez skutków ubocznych) jest napój przyrządzany z kwiatów. Kwiaty można też smażyć w cieście. Liście, łodygi i **niedojrzałe** owoce bzu są trujące. Należy więc uważać zbierając owoce na wino – nie spieszyć się ze zbiorem dopóki wszystkie owoce dobrze nie dojrzeją. Na Kielcczyźnie przyrządzano dawniej zupę z owoców bzu zwaną tam bzówką lub fafułą.

PRZEPISY Z BZEM CZARNYM

SYROP *10 kwiatostanów bzu, 2 l wody, 2 kg cukru, sok z 5 cytryn Kwiaty sparzyć wodą, pozostawić pod przykryciem na 12 godz., dodać cukier, odgrzać i dodać sok z cytryny. Można eksperymentować z ilościami składników (np. więcej kwiatów, mniej cytryny).*

FRONTINIAC – WINO Z KWIATÓW BZU (XVIII - wieczny przepis angielski)

600 ml kwiatów bzu oderwanych od gałązek kwiatostanów, dobrze ugniecionych, 1 kg cukru, 450 g rodzynek, sok z 2 cytryn, 4,5 l wody, 1 dobrze ubite białko z jaja. Gotuj wodę, cukier, rodzynki i białko razem przez 1 godz. Nastaw drożdże. Pozwól mieszaninie ochłodzić się, wmieszaj kwiaty bzu, sok z cytryn i drożdże. Zostaw do fermentacji w wiadrze na 3 dni, a potem przelej ciecz do butli fermentacyjnej. Gdy jest już zupełnie klarowne przenieś do butelek i zakorkuj. Wyjątkowo dla białych win, jego smak poprawia się po dłuższym czasie, dlatego powinno dojrzewać przynajmniej kilkanaście tygodni.

LEMONIADA Z BZU – zasłyszany przeze mnie w Norwich przepis na wiktoriańską lemoniadę, daje 5 l najlepszej lemoniady jaką piłem w życiu, zbliżone przepisy znane są w wielu krajach Europy, także i u nas, i należą do niesłusznie zapomnianego dziedzictwa z repertuaru naszych babć.

W suchy dzień zbierz cztery ładnie pachnące (nie przekwitnięte) kwiatostany bzu czarnego. Bez czarny kwitnie krótko (zwykle na początku czerwca), więc nie przegap okazji. Można zamrozić trochę kwiatów na zapas. W ładną pogodną jesień można spotkać gdzieniegdzie pojedynczy kwitnący kwiatostan, też go można wykorzystać. Zagotuj pół litra wody z około 100 g cukru, a gdy syrop ZUPEŁNIE ostygnie zalej nim kwiaty w jakiejś misce. Przykryj to talerzykiem. W ten sposób przyspieszamy namnażanie specjalnych drożdży występujących na kwiatach bzu. Po 2-3 dniach kwiatostany wyrzucamy, a uzyskany aromatyczny, fermentujący syrop (zobaczymy małe bombelki jak w szampa-

nie) przenosimy do 5 l butli na wino. Wyciskamy jeszcze do niej 1 cytrynę (a jak lubimy cytryny to i cztery). Następnie przygotowujemy jeszcze więcej syropu mieszając 900 g cukru i 4,5 l wody i dopełniamy nim butlę po ostudzeniu (aby nie zabić drożdży). Butlę zamykamy korkiem ze szmatki. Można ją zakręcić, ale trzeba uważać, bo po kilku dniach może eksplodować. Napój nadaje się do picia po 3-5 dniach, kiedy część cukru zamieni się w alkohol. Tak proszę Państwa – wiktoriańskie lemoniady miały prąd! (na niekórych angielskich lemoniadach są ostrzeżenia dla kierowców).

WINO Z BZU – *przepis prawie identyczny jak przepis na lemoniadę. Używamy jedynie dwa razy więcej cukru (ok. 2 kg), a butlę zatykamy korkiem z rurką fermentacyjną. No i sam proces fermentacji jest dłuższy, jak przy każdym winie, około miesiąca.*

SOS „PONTACK" (nazwa pochodzi od restauracji na Lombard Street w Londynie), przepis za Mabey

Wlej jeden pint (nieco ponad pół litra) gotującego octu (lub claretu) do 1 pinta owoców bzu w kamiennym naczyniu. Przykryj i włóż na noc do piekarnika pozstawiając go na bardzo małym ogniu. Rano zlej płyn, wlej go do garnka z 1 łyżeczką soli, odrobiną gałki muszkatołowej, 40 ziarnkami pieprzu, 12 goździkami, drobno posiekaną cebulą i kawałeczkiem imbiru. Gotuj przez 10 minut, wlej ciecz (wraz z przyprawami) do pełna do butelki i mocno zakręć. Sos nadaje się do użycia **po siedmiu latach.**

ZUPA

Opłukane owoce (1-2 baladachy na osobę) rzucamy na sito, polewamy wrzątkiem i przecieramy. Dodajemy około pół litra wody na osobę. Słodzimy do smaku lub dodajemy kilka słodkich owoców, na przykład gruszek. Zupę zaprawiamy zasmażką lub/i śmietaną. Podajemy na zimno lub gorąco.

MUSLI

250 g owoców bzu czarnego, 3 łyżki miodu, 1 łyżka soku cytrynowego, 4-5 łyżek płatków owsianych, 1 szklanka wody, 50 g migdałów lub/ i dowolnych orzechów

Płatki owsiane namaczamy w wodzie na kilka godzin. Owoce bzu zagotowujemy z miodem i sokiem z cytryny. Namoczone płatki owsiane

polewamy rozgotowanymi owocami i obsypujemy obranymi i posiekanymi migdałami lub orzechami.

KWIATY W CIEŚCIE
Pół szklanki mąki, 1 jajko, 150 ml letniej wody, sól, kwiatostany bzu czarnego (nie wolno ich płukać). Robimy ciasto naleśnikowe (mąka, jajko, woda i sól). Obtaczamy nim dokładnie kwiatostany i, trzymając za szypułkę kwiatostanu, smażymy na gorącym tłuszczu, aż lekko podbrązowieją. Osuszamy je z tłuszczu papierem, obcinamy szypułkę i podajem z cukrem (najlepiej brązowym).

MARYNOWANE OWOCE BZU (ELDERBERRY CHUTNEY)
65-70 dkg owoców bzu czarnego (bez ogonków), 5 dkg brązowego cukru, 12 g mielonego imbiru, ćwierć łyżeczki mielonego pieprzu czarnego, szczypta mielonych goździków, 1 cebula, 300 ml octu jabłkowego, 1 łyżeczka soli, szczypta mielonej gałki muszkatołowej, 5 dkg rodzynek.

Owoce myjemy starannie i odsączamy wodę. Przecieramy je przez sitko. Do otrzymanej papki dodajemy drobno siekaną cebulę i wszystkie inne składniki. Gotujemy na małym ogniu, mieszając, przez 20 minut. Gorącą papkę wlewamy do wysterylizowanych słoików i zakręcamy.

Bez koralowy *Sambucus racemosa* występuje w prześwietleniach leśnych, dziko lub zdziczały w całej Polsce. Jego owoce są trujące na surowo (powodują wymioty), natomiast stanowią wartościowe pożywienie po ugotowaniu. W Ameryce Pn, gdzie ten gatunek też występuje, były używane powszechnie przez Indian pn-zach. wybrzeża Ameryki Pn. Owoce zwykle wpierw kładziono na gorących kamieniach (aby rozłożyć toksyczny składnik) i potem suszono. Jagody bardzo dobrze nadają się na dżemy i galaretki. Podobno najważniejsze aby nie jeść nasion, bo to one są trujące, sam sok, nawet surowy, ma być nieszkodliwy.

SYROP Z BZU KORALOWEGO. Stosowany od kilku wieków w Anglii jako lek na przeziębienia.
Zbież owoce w suchy dzień. Przepłukaj. Oddziel owoce od łodyżek. Przykryj niewielką ilością wody i gotuj na małym ogniu przez pół godziny, aż jagody staną się miękkie. Przecedź przez szmatkę. Ostrożnie

podgrzewaj sok, mieszając i dodając powoli cukier. Dodaj 40 dkg cukru i 9 goździków na 0,5 l soku. Gotuj przez 10 minut i ostudź. Można go przechowywać w pasteryzowanych butelkach lub zamrażać. Syrop ten można rozcieńczać wodą lub mieszać z napojami alkoholowymi.

Bez hebd *Sambucus ebulus* występuje rzadziej niż pozostałe gatunki, głównie na południu kraju, na miedzach, przydrożach i skrajach lasu. Z wyglądu bardzo podobny do bzu czarnego. Nie jest jednak krzewem, ale bujną byliną – nie wytwarza zdrewniałych pędów, ma też większe owoce. Zwykle tworzy wielometrowe zarośla. Owoce są lekko trujące na surowo, podobno jadalne po ugotowaniu. We Włoszech hebd jest najpospolitszym gatunkiem bzu i spotakałem tam ludzi, którzy parzą z jego kwiatów leczniczą herbatę podobną do herbaty z bzu czarnego. Nie wiem na ile ten zwyczaj jest rozpowszechniony i na ile jest niebezpieczny.

BIEDRZENIEC Pimpinella (baldaszkowate Apiaceae)

Do rodzaju tego należy rzadko u nas uprawiany biedrzeniec anyż *Pimpinella anisum*, którego nasiona dają przyprawę do słodyczy i alkoholi – anyż. Ponadto występują u nas dziko na łąkach dwa gatunki – biedrzeniec mniejszy *Pimpinella saxifraga* i większy *Pimpinella major*.

Biedrzeniec większy ma liście niezbyt smaczne, o nierzyjemnym zapachu, jadalne po ugotowaniu. Natomiast biedrzeniec mniejszy ma smaczne liście, o łagodnym, ale głębokim smaku, nadające się jako dodatek do zup. Jego nasiona mogą być stosowane jak anyż, do wyrobu nalewek i jako przyprawa do słodyczy.

Biedrzeniec mniejszy był od wieków stosowany jako roślina lecznicza. Korzeń był stosowany jako lek w chorobach układu pokarmowego i oddechowego. Liście mogą być dodawane do zup jako przyprawa zbliżona trochę do lubczyku, używa się ich w kuchniach niektórych krajów europejskich (Hiszpania, Włochy, Francja).

BLUSZCZYK Glechoma (wargowe Lamiaceae)

Bluszczyk kurdybanek *Glechoma hederacea* występuje pospolicie w lasach i zaroślach. Ma lekko gorzkawe liście, które mogą być używane w sałatkach, omletach, herbatkach i zupach. W dawnych czasach używany był w Anglii do aromatyzowania i klarowania piwa. W Karpatach i Puszczy Białowieskiej występuje jeszcze podobny bluszczyk

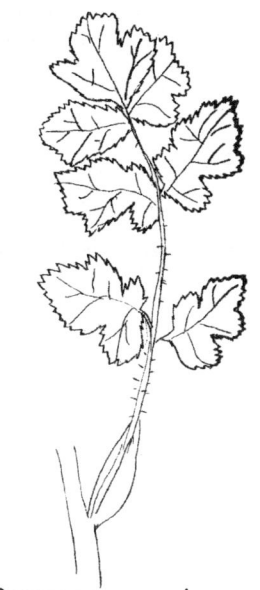
Barszcz zwyczajny

Biedrzeniec mniejszy

Bobrek trójlistkowy

Borówka czernica

kosmaty *Glechoma hirsuta*. Bluszczykiem kurdybankiem nadziewano dawniej świńską nogę serwowaną na Wielkanoc w okolicach Ludlow (Anglia). Galasy tworzące się w jesieni na liściach bluszczyka kurdybanka były jadane przez wieśniaków francuskich.

BOBREK Menyanthes (bobrkowate Menyanthaceae)

Bobrek trólistkowy występuje na bagnach chłodniejszych krajów północnej półkuli, dosyć częsty także i u nas. Surowa roślina jest gorzka. Bogaty w skrobię korzeń po długotrałym przygotowanu nadaje się na pożywienie. Plemiona Alaski oraz Finowie i Lapończycy suszyli korzenie, mielili, ługowali (gotowali z popiołem), i po powtórnym wysuszeniu mielili na mąkę. W Szwecji liście dodawano do piwa zamiast chmielu. W Hebrydach, gdzie brakowało tytoniu, zastępczo żuto korzeń bobrka. Bobrek był także czasem stosowany jako roślina lecznicza o korzystnym działania na trawienie i jako środek przeciwgorączkowy.

BODZISZEK Geranium (bodziszkowate Geraniaceae)

Większość gatunków bodziszków jest przypuszczalnie niejadalna. Jedynie korzeń bodziszka porozcinanego *Geranium dissectum*, występującego głównie na pd. Polski, na przychaciach i przydrożach, był na Tasmanii gotowany i jedzony jak marchew.

BORÓWKA Vaccinium (wrzosowate Ericaceae)

Borówka czernica *Vaccinium myrtillus* rośnie u nas pospolicie w lasach różnych typów na glebach kwaśnych, najczęściej w borach iglastych. Ma niebieskie owoce o specyficznym mdłym, ale przyjemnym smaku. Łatwe do suszenia jak rodzynki, dobrze konserwują się też w postaci soków i konfitur, wymagając mniej cukru od innych owoców. Wyborne smażone z cukrem. Po przysmażaniu nabierają aromatu, którego pozbawione są surowe rośliny. Cenna roślina lekarska. Świeże owoce działają lekko przeczyszczająco, suszone używane są przeciw biegunkom u dzieci. Napar z liści czernicy jest natomiast używany przy infekcjach dróg moczowych.

Borówka bagienna (pijanica, łochynia) *Vaccinium uliginosum* występuje głównie w borach bagiennych i na obrzeżach torfowisk wysokich. Ma przyjemne w smaku owoce, podobne do czernicy, ale troszkę większe. Często zainfekowane są grzybem powodującym upojenie podobne do alkoholowego. Przytrafiło mi się coś takiego osobiście po zjedzeniu sporej ilości tych owoców koło Supraśla w Puszczy Knyszyńskiej. Nie było to nieprzyjemne. Jagody łochyni używane były i są przez Eskimosów i kilka plemion Indian pn.-zach. Ameryki, jedzone na surowo, mrożone lub suszone lub w przetworach, często dodawane do różnego rodzaju ciastek, jedzone z ikrą, olejem, cukrem, miodem, marynowane z ziemniakami, sałatą i kapustą albo jako materiał na ocet.

Borówka brusznica *Vaccinium vitis-idaea* wytwarza czerwone owoce, w smaku kwaśne, trochę jak żurawina. Wielki amerykański XIX wieczny pisarz Thoreau gotował je z cukrem na deser. Jedzona w krajach północnej Europy, także i u nas sos z brusznicy podaje się do mięsa. Na Syberii była trzymana w wodzie w zimie, nabiera wtedy lepszego smaku, jedzona aż do wiosny. Jagody brusznicy używane były i są przez Eskimosów i kilka plemion Indian pn.-zach. Ameryki, jedzone na surowo, mrożone lub w przetworach, często dodawane do różnego rodzaju ciastek i sosów, jedzone z ikrą, olejem, cukrem. Z liści można parzyć herbatkę, która w większych ilościach może być trująca (zawiera arbutynę).

DŻEM Z BRUSZNICY *Owoce parzymy wrzątkiem. Część jagód zgniatamy tłuczkiem, by puściły sok, następnie dorzucamy resztę. Można dodać obrane kawałki gruszek lub jabłek (w stosunku 1:4 do masy brusznic) i smażyć tak długo, aż owoce staną się szkliste. Potem przenosimy do słoików i pasteryzujemy. Dżem można też osłodzić, dobierając ilość cukru do smaku.*

Borówka wysoka (amerykańska) *Vaccinium corymbosum* jest u nas coraz częściej uprawiana jako roślina owocowa. Pochodzi ze wschodniego wybrzeża Ameryki Pn, z klimatu podobnego jak u nas. Jej owoce były często jedzone przez Algonkinów i Irokezów. Jedli je na surowo, ale częściej suszyli w postaci ciasteczek lub dodawali do pemmikanu.

BÓB → WYKA

BRODAWNIK Leontodon (złożone Asteraceae)

W naszym kraju występuje kilka gatunków z tego rodzaju. Pospolity jest jedynie występujący wszędzie na trawnikach, łąkach i pastwiskach brodawnik jesienny *Leontodon autumnalis* oraz rosnący na łąkach i murawach bodawnik zwyczajny *Leontodon hispidus*.

Brodawnik jest jakby miniaturką →mniszka lekarskiego i może być podobnie do niego używany. Jadalne są młode liście (starsze bardzo gorzkie). Z kwiatów można robić syrop i wino.

BRODOBRZANKA → MANNA

BRZOZA Betula (brzozowate Betulaceae)

W całym kraju występują dwa gatunki drzew z tego rodzaju: **brzoza brodawkowata** *Betula pendula (B. verrucosa)* i **b. omszona** *B. pubescens*. Brzoza brodawkowata, i dawniej nie rozróżniana od niej b. omszona (dlatego będą omówione razem), były także w Polsce, ale szczególnie w Rosji, źródłem soku z pnia, pozyskiwanym masowo na przedwiośniu. Sok otrzymuje się w czasie pierwszych słonecznych wiosennych dni, przed rozwinięciem liści. Stosuje się trzy metody. Wwierca się do pnia rurkę albo robi się nacięcie w kształcie litery „Y" lub „V", u dołu którego podkłada się słomkę lub rozłupaną gałązkę z wydrążonym rdzeniem, pod który podkłada się naczynie albo wkłada się do naczynia (np. butelki) odgiętą gałązkę z obciętym wierzchołkiem (mającą wciąż połączenie z pniem), sok skapuje wtedy z gałązki jak z rury. Jedno drzewo daje zwykle kilka litrów soku dziennie, zwykle 4 do 7. Pozyskiwanie soku ze zbyt dużej rany (szerszej niż 20 cm) zabija lub osłabia drzewo. Sok brzozy zawiera zwykle 0,5-1% cukru (sacharozy). W butelkach jest sprzedawany na ulicach rosyjskich miast. Szybko się psuje w cieple (po 24 godz.), ale w niższej temperaturze (np. ok. 10 C) można go przechowywać przez kilka dni. Aby przefermentować go na napój alkoholowy najlepiej go zagęścić przez gotowanie (i odparowanie). Przez długie gotowanie udało mi się kiedyś otrzymać, z soku z kilku drzew zbieranego przez trzy dni, butelkę gęstego brązowego syropu przypominającego syrop klonowy (potem zrobiłem z tego pyszne wino). Amerykańskie gatunki brzozy były użytkowane w podobny sposób. Przy niedoborze soku klonowego mieszano go z sokiem brzozowym, albo pozyskiwano sok brzozowy osobno. W przekazach ludowych wielu narodów spożywanie soku brzozowego ma działanie oczyszczające i uzdrawiające.

PRZEPIS NA WINO BRZOZOWE

Na butlę 5 litrową - 100 l soku brzozowego, 2-3 garście siekanych rodzynek, sok z 2 cytryn, drożdże winne

Sok gotujemy (odparowujemy) w dużym naczyniu przez kilka godzin, tak aby ze 100 l otrzymać 4,5 l syropu (zagęszczamy sok 20-25 krotnie). Sok możemy zbierać przez kilka dni z 5-7 brzóz. Jeśli zebraliśmy za mało soku, możemy go osłodzić cukrem (np. na 50 l soku – pół kilo cukru). Kiedy przygotowaliśmy już pierwszy litr gorącego syropu, studzimy do temperatury 30 stopni, zalewamy nim rodzynki, dodajemy drożdże i cytrynę. Pozostawiamy w przykrytym naczyniu w temperaturze pokojowej. W ciągu kolejnych kilkudziesięciu godzin przygotowujemy resztę syropu i po wystudzeniu dodajemy do naszej fermentującej mieszaniny. Po 2-3 dniach wlewamy wino do butli fermentacyjnej i pozostawiamy w ciepłym pomieszczeniu aż ustanie fermentacja (zwykle około 4 tygodnie). Potem wino zlewamy do butelek (jeśli jest zbyt wytrawne lekko osładzamy syropem z cukru). Wino będzie miało żółtawy kolor, jak tokaj. Niektórzy moi goście po wypiciu wina brzozowego czuli się odurzeni i senni, ale może to tylko wina ilości. Podobne wino można robić z klonów.

Innym ważnym surowcem brzozowym jest podkorze. Można je pozyskiwać w różnych porach roku, ale najsłodsze jest na wiosnę. Zmielone było jedzone jako pożywienie głodowe w Skandynawii i Rosji. Sproszkowane ubijano je z ikrą jesiotra na Kamczatce. Podkorze brzozy papierowej *Betula papyrifera* jedli Indianie Cree.

W Szwecji i Norwegii wiórki drewna brzozowego były w okresie głodu dodawane do chleba (wcześniej gotowane i pieczone).

Jadalne są także młode liście i kwiatostany.

Pączki i rozwijające się lepkie liście (także po wysuszeniu) są stosowane jako środek leczniczy przy chorobach nerek, szczególnie przy kamicy nerkowej.

Ponadto na torfowiskach Polski północnej i wschodniej występuje krzewiasta **brzoza niska** *B. humilis*, a jedynie na trzech stanowiskach (Kujawy i Sudety) **brzoza karłowata** *B. nana*. Oba gatunki krzewiaste są pod ochroną.

Kwiatostany i młode liście brzozy karłowatej były jedzone na surowo, a pączki i gałęzie używano jako przyprawę do sosów. Z liści można przyrządzać herbatę, natomiast herbatę o innym smaku daje podkorze.

BUK Fagus (bukowate Fagaceae)

Buk zwyczajny *Fagus sylvatica* występuje dziko w dużej części kraju za wyjątkiem Polski środkowej i pn-wschodniej. Młode liście mają bardzo miły kwaskowaty smak, idealne na sałatki. Niestety wykorzystywać je można tylko przez 2-3 tygodnie wczesną wiosną, kiedy nie są jeszcze twarde i gorzkie. Czasem można też trafić na drugi okres wzrostu liści w lecie, wtedy też najmłodsze liście są jadalne.

PRZEPIS NA NALEWKĘ Z LIŚCI BUKOWYCH
Na nalewkę używamy świeżo rozwiniętych liści. Wypełniamy nimi słój i zalewamy ginem. Pod 2 tygodniach gin odcedzamy, a liście wyrzucamy. Dodajemy cukru i brandy do smaku, mieszamy i odstawiamy do dojrzenia, przynajmniej na dwa tygodnie.

Nasiona buka, czyli orzeszki bukowe były jadane w wielu krajach, też i u nas. Ceniono je także jako pokarm dla świń. Nasiona zawierają prawie 20% oleju, który można wyciskać, w smaku równa się olejowi z oliwek. W Hannowerze stosowano go do sałatek i zamiast masła. We Francji smażone orzechy dostarczały swego rodzaju kawy. W Norwegii i Szwecji wiórki drewna bukowego były gotowane w wodzie, pieczone i potem mieszane z mąką jako materiał na chleb. Nasiona zawierają faginę, związek ten w większych ilościach jest toksyczny i może mieć działanie podobne do alkoholu. Olej bukowy nie zawiera faginy.

Podobny gatunek, buk amerykański *Fagus grandifolia* był szeroko stosowany przez Indian, m.in. Algonkinów, Irokezów i Potawatomi. Szczególnie szukano wyłuskanych orzechów zbieranych przez wiewiórki i myszy. Schowki myszy można było poznać po resztkach orzeszków rozrzuconych po śniegu. Orzeszki jedzono na świeżo, suszone (choć rzadko zdołano uzbierać tyle aby starczyło na zimę) oraz tłuczone i gotowane z owocami, ziemniakami itp. Olej z powierzchni gotowanych orzechów zwykle zbierano do przyprawiania innych potraw. Irokezi robili też napój z gotowanych orzeszków. Masło z tego gatunku jeszcze do niedawna sprzedawano w niektórych stanach USA.

BUKWICA →CZYŚCIEC

BUNIUM Bunium (baldaszkowate Apiaceae)

Bardzo rzadko do nas zawlekane *Bunium bulbocastanum* ma smaczne korzenie, jadalne także na surowo. Po ugotowaniu smakują jak kasztany. Jadalne są też liście, surowe lub gotowane, a nasiona i kwiaty są czasem stosowane jako przyprawa o smaku zbliżonym do kminu.

BYLICA Artemisia (złożone Asteraceae)

Rośliny używane z reguły jako zioła lecznicze, magiczne, aromatyczne, rzadziej jako przyprawy i warzywa.

Bylica piołun *Artemisa absinthium* występuje na suchych żwirowych glebach na całym niżu. Tworzy często widoczne z daleka srebrzyste kępy na pastwiskach (jest omijany przez bydło). Pomimo silnie gorzkiego smaku liście były dawniej w Europie stosowane do przyprawiania sosów. W Maroku malutki kawałeczek liścia jest dodawany do tradycyjnej marokańskiej herbaty (zobacz → MIĘTA) dla dodania szczypiącego odcienia w smaku. Roślinę tą używano także do wyrobu nalewki zwanej absyntem, bardzo popularnej w XIX w., pitej często przez artystów (np. van Gogha), po I wojnie światowej zakazanej w wielu krajach z powodu bardzo niekorzystnego wpływu na człowieka przy większych dawkach (halucynacje, konwulsje), dzięki obecności toksycznego tujonu. Jednak w niewielkich ilościach substancja ta stymuluje działanie mózgu. Piołun jest stosowany jako roślina lecznicza, szczególnie przy chorobach przewodu pokarmowego. Był też powszechnie używany jako środek wywołujący poronienia.

Bylica roczna *Artemisia annua* występuje bardzo rzadko na niżu na miejscach ruderalnych. Tradycyjna chińska roślina lecznicza. Jeden z najsilniejszych leków antymalarycznych. Raczej niejadalna.

Bylica polna *Artemisia campestris* rozpowszechnina na niżu na suchych przydrożach i miedzach. Spokrewniona z *A. abrotanum*, jednak mniej bogata w związki czynne. Stosowana jako roślina lecznicza, najczęściej do pobudzania krwawień miesięcznych. Indianie Czarne Stopy stosowali ją do wywoływania sztucznych poronień. Zmielone nasiona tego gatunku Navaho jedli w formie papki.

Bylica estragon (draganek) *Artemisia dracunculus* uprawiana w ogródkach, czasem dziczeje. Na zachodzie Europy często stosowana jako przyprawa do zup, różnych tłustych dań, octu i sałatek. Wspomaga trawienie. Młode liście można jeść gotowane. Stosowane jako pobudzająca apetyt przystawka i przyprawa w Persji. Liście i wierzchołki je się w wielu krajach w sałatkach, marynatach i occie do sosu rybnego oraz z befsztykami i chrzanem.

Bylica miotłowa *Artemisia scoparia* występuje tylko na piaskach w dolinie Wisły oraz na Lubelszczyźnie, na miejscach ruderalnych. Młode liście są jadalne po ugotowaniu. Roślina ma działanie antybakteryjne. Stosowana w ziołolecznictwie.

Bylica pospolita *Artemisia vulgaris* jest jedną z najpospolitszych roślin, występuje na przydrożach, śmietniskach i innych miejscach ruderalnych. Ma szerokie rozprzestrzenienie na świecie, występuje także w wielu krajach tropikalnych. Młode liście mogą być jedzone na surowo lub gotowane, są jednak bardzo aromatyczne i gorzkie. Wspomagają trawienie tłustych potraw. W Japonii młode liście są używane jako warzywo (czasem wchodzi w skład tzw. „siedmiu ziół" jedzonych wiosną – więcej o tym zwyczaju pod hasłem → TASZNIK). Suszone liście i wierzchołki pędów można używać do parzenia herbaty. Używano ich dawniej także do przyprawiania piwa. Młodymi liśćmi można przyprawiać omlet lub jajecznicę, używamy około 1 łyżeczki posiekanych liści na kilka jaj. Gatunek ten ma długą historię użytkowania jako roślina lecznicza, w dolegliwościach pokarmowych, menstruacyjnych i przeciw robakom. Większe ilości mogą być toksyczne.

Bylica boże drzewko *Artemisia abrotanum* jest półkrzewem uprawianym w ogródkach, czasem dziczeje. Jej gorzkie pędy w małych ilościach służą jako przyprawa do ciast, sałatek i octu. Można z nich także parzyć herbatę. Dawniej stosowana w ziołolecznictwie, teraz raczej straciła na znaczeniu. Stosowana była dla polepszenia trawienia, do przyspieszenia krwawienia miesięcznego i jako środek przeciw robakom. Przyprawiano nią także w niektórych krajach piwo.

Nasiona czasem zawieczonej **bylicy dwuletniej** *Artemisia biennis* były jedzone przez Indian Gosiute.

Coraz częściej uprawiana i zdziczała, amerykańska **bylica luizjańska** *Artemisia ludiviciana* była używana przez Apaczów jako przyprawa do mięsa, Czarne Stopy żuli jej liście dla przyjemności, a Gosiute jedli jej nasiona. Była ponadto stosowana przez Indian Prerii jako oczyszczająca ze złych wpływów roślina aromatyczna w obrzędzie szałasu potów.

Nic bliżej nie wiadomo o innych występujących w Polsce gatunkach bylicy: **austriackiej** *A. austriaca*, **skalnej** *A. eriantha* i pontyjskiej *A. pontica*.

CHABER Centaurea (złożone Asteraceae)

Większość gatunków tego rodzaju to rośliny trujące i lecznicze. Jadalne młode pędy i kwiaty (surowe lub gotowane) ma jedynie chaber bławatek *Centaurea cyanus*, dawniej pospolity, obecnie zanikający, chwast pól uprawnych. Płatków bławatka używa sięczasem do barwienia napojów na niebiesko. Zalecana jest jednak pewna ostrożność przy jedzeniu tego gatunku, bowiem Couplan podaje, że zawiera on centaurynę i różne glikozydy.

CHAMEDAFNE Chamaedaphne (wrzosowate Ericaceae)

Chamedafne północna *Chamaedaphne calyculata* występuje na kilku torfowiskach Polski Północnej. Odżibwejowie parzyli herbatę z jej świeżych lub suszonych liści. W większych ilościach jest trująca. Znajduje się pod prawną ochroną.

CHMIEL Humulus (konopiowate Cannabaceae)

Chmiel zwyczajny *Humulus lupulus* występuje w całej Polsce, w lasach i zaroślach, szczególnie nadrzecznych. Żeńskie „szyszki" używane od starożytności jako przyprawa do piwa nadająca mu gorzki smak. Gatunek ten występuje także w Ameryce Pn. Algonkinowie, Lakotowie, Odżibwejowie i Apacze używali go zamiast sody do pieczenia ciast i chleba, szyszki powodują bowiem rośnięcie ciasta (w języku Apaczów chmiel nazywa się „robić z tym ciasto"). Z szyszek chmielu można także parzyć uspokajającą herbatkę. Oprócz działania uspokajającego indukują one wypływ mleka u karmiących matek i działają silnie bakteriostatycznie. Zarówno męskie, jak i żeńskie kwiaty chmielu są używane w Alzacji i Flamandii jako dodatek do sałatek.

W dawnych czasach, także w Polsce, młode pędy wychodzące z ziemi na wiosnę jadano na surowo lub w gotowane w zupie. Są bardzo apetyczne. Jadalne są też młode liście (do końca maja) i mięsiste korzenie.

CHOINA Tsuga (sosnowate Pinaceae)

Choina kanadyjska *Tsuga canadensis* jest u nas czasem uprawiana w parkach, szczególnie na zachodzie kraju. Ostatnio popularna w ogródkach przydomowych w karłowatej, gniazdkowatej odmianie 'Jeddeloh'. Czipewejowie i Odżibwejowie robili herbatę z jej liści, Irokezi robili herbatę z jej gałązek i wody klonowej, a Indianie Micmak napój z kory. Indianie robili też na wiosnę ciasteczka z jej miazgi i oleju z łososia. W Nowej Anglii roślina używana była do aromatyzowania domowego piwa.

Rzadziej u nas uprawiana jest *Tsuga heterophylla* – jej podkorze (miazga) było powszechnie używane przez Indian jako zapasowe pożywienie na zimę. Pieczono je przez noc w dole z ziemią a potem formowano w ciasteczka suszone na zimę (m.in. Indianie Bella Coola i Oweekeno). Czasem ciasteczka te przed wysuszeniem albo dopiero przed użyciem mieszano z tłuszczem i suszonymi owocami. Jedynie Salisz suszyli je całe płatami. W warunkach głodowych w czasie wędrówki Nitinaht jedli igły i gałązki choiny. Cowlitz używali wierzchołków gałązek do przyprawiania mięsa, a Hesquiat żuli jej żywicę.

CHONDRILLA Chondrilla (złożone Asteraceae)

Chondrilla sztywna *Chondrilla juncea* rośnie na niżu na miejscach piaszczystych. Ma jadalne liście, na surowo albo lepiej po ugotowaniu. We Francji używana do sałatek.

CHRZAN Armoracia (krzyżowe Brassicaceae)

Chrzan pospolity *Armoracia rusticana* jest pospolitym chwastem pól i przydroży. Należy do tych niewielu dzikich roślin wciąż używanych w codziennej kuchni. Jest to jedna z naszych najstarszych przypraw, używany w kuchni polskiej przynajmniej od średniowiecza. Korzeń chrzanu jest dodawany do ogórków, lub tarty jest mieszany z burakami ćwikłowymi lub jajkiem i śmietaną, albo dodawany do sosów (sos chrzanowy robiony z dodatkiem octu, soli i małej ilości miodu), w Alzacji miesza się go ze śmietaną. Wikingowie chrzan zabierali w beczkach na swoje statki, służył jako konserwant mięsa i nieuświadomione źródło witaminy C. U nas chrzan stanowi jeden z głównych składników wielkanocnego stołu. Podobnie Żydzi jedzą go podczas paschy, aby jego ostry smak przypominał im niewolę egipską.

Jadalny jest zarówno korzeń chrzanu jak i liście. Zastosowanie korzenia wymieniono powyżej. Zmacerowane liście mogą być dodawane jako przyprawa do zup. Mają smak zbliżony do kapusty, ale piekący. W niektórych okolicach piecze się na nich chleb, można też nimi owijać gołąbki.

Chrzan ma działanie silnie bakteriobójcze i stymuluje trawienie. Większe ilości mogą silnie podrażniać przewód pokarmowy. Swój ostry smak zawdzięcza temu samemu glikozydowi, która ma gorczyca. Korzeń zawiera także duże ilości witaminy C.

CHRZAN Z JABŁKAMI

Pół kg jabłek, kilka łyżek utartego korzenia chrzanu, łyżka cukru, odrobina soku z cytryny. Jabłka obrać, środki wyrzucić. Chrzan oczyścić i drobno utrzeć. Wymieszać z cukrem i sokiem z cytryny.

BIAŁY SER Z CHRZANEM DO KANAPEK

Wymieszać następujące składniki: 250 g białego sera, 3 łyżki utartego chrzanu, 2-3 łyżeczki mleka oraz sól i cukier do smaku.

CHWASTNICA Echinochloa (trawy Poaceae)

Chwastnica jednostronna *Echinochloa crus-galli* to pospolity chwast roślin okopowych. Gotowane lub mielone nasiona mogą być używane jak proso (dawniej była nawet zaliczana do rodzaju proso). Dosyć łatwo je zbierać. Można z nich robić płatki, makarony, placki. Te bardzo smaczne nasiona były zbierane przez kilka plemion Indian, np. Yuma gotowali papkę ze zmielonych nasion z rybami.

Jadalne na surowo lub gotowane są też młode pędy, wierzchołki starszych pędów i rdzeń.

CIBORA Cyperus (turzycowate Cyperaceae)

Na nadwodnych namuliskach występują w naszym kraju cibora żółta *Cyperus flavescens* i brunatna *Cyperus fuscus*. Nic nie wiadomo bliżej o ich zdatności do spożycia. Jadalne są natomiast niektóre gatunki nie występujące w naszym kraju. Indianie pd.-zach. Stanów Zjednoczonych zbierali i jedli nasiona *C. erythrorizos, C. odoratus* i bulwiaste korzenie *C. squarrosus* i *C. rotundus* oraz zdziczałej *C.esculentus*. Cibora jadalna *Cyperus esculentus*, tzw. czufa, występuje w pd Europie i pn. Afryce. Jej bardzo słodkie korzenie o smaku orzechów znajdywane były nawet w egipskich grobach. Uprawiana m.in. we Włoszech, Hiszpanii, Turcji i Niemczech. Korzenie dają jadalny olej. Robi się z nich także napoje i desery. Nasiona tego gatunku były używane na Węgrzech jako substytut kawy.

CIS Taxus (cisowate Taxaceae)

Cis pospolity *Taxus baccata* jest u nas rzadkim drzewem w stanie dzikim, choć jego rozproszone stanowiska można znaleźć tu i ówdzie w całej Polsce. Jego odmiany krzewiaste są często uprawiane w ogrodach. Cała roślina jest silnie trująca oprócz pomarańczowych osnówek („jagód"). Osnówki, uwielbiane przez ptaki, są wytwarzane tylko przez okazy żeńskie cisa. Są bardzo słodkie i kleiste. Zawarte w nich nasiona są trujące, ale zwykle omyłkowo połknięte przechodzą przez przewód pokarmowy nienaruszone. Na wszelki wypadek lepiej je jednak wypluwać.

Wobec informacji o bardzo trujących właściwościach cisa (podobno zjedzenie jednej gałązki powoduje śmierć) tajemniczo brzmią wzmianki o robieniu przez Indian napoju z cisu kanadyjskiego *Taxus canadensis*. Irokezi zalewali osnówki i liście wodą i syropem klonowym i fermentowali w rodzaj piwa, a Indianie Penobscot robili napój z gałązek.

CYKORIA Cichorium (złożone Asteraceae)

Cykoria podróżnik *Cichorium intybus* jest pospolitą rośliną szczególnie liczną na suchych przydrożach.

Używana w wielu krajach dawniej i dziś. W stanie surowym jest bardzo gorzka (dlatego siekany i pieczony korzeń jest używany jako substytut kawy). Arabowie jedli korzeń cykorii (bogaty w skrobię i inulinę), po wielokrotnym gotowaniu połączonym z odlaniem wody. Korzeń należy pozyskiwać przed kwitnieniem, z jak najmłodszych roślin (starsze niż 2 lata są bardziej gorzkie). Młode liście można dodawać do sałatek, starsze są tak gorzkie, że przed użyciem najlepiej gotować je przynajmniej raz i odlać wodę. Gatunek ten sprzedaje się w Grecji i

Czyściec błotny

Chmiel zwyczajny

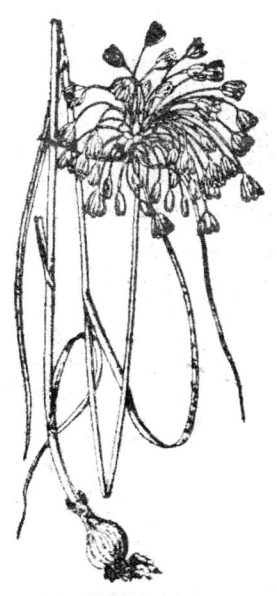
Czosnek zielonawy

Buk zwyczajny

Włoszech jako wiosenne warzywo, zbierane z natury. Innym często stosowanym sposobem zmiejszenia gorzkości jest wybielanie rośliny (białe bezchlorofilowe liście otrzymujemy przez obsypanie rośliny ziemią na wiosnę lub przeniesienie korzeni do ciemnej piwnicy). Pąki kwiatowe można marynować, a niebieskie „płatki" dodawać do sałatek.

Na południu Europy uprawiany jest, spotykany u nas w handlu, podróżnik endywia *C. endivia.*

CYMBALARIA Cymbalaria (trędownikowate Scrophulariaceae)

Cymbalaria murowa (Lnica murowa) *Cymbalaria muralis (Linaria cymbalaria)* to niewielka czołgająca się po murach roślina. Występuje czasem zdziczała, szczególnie na zach. kraju. Jej liście są jadalne na surowo, jako że mają piekący smak, lepiej nie jeść większych ilości, bo mogą być lekko toksyczne.

CZARCIKĘS Succisa (złożone Asteraceae)

Czarcikęs łąkowy *Succisa pratensis* występuje dosyć często na łąkach zmiennowilgotnych. Jego młode pędy są jadalne na surowo. Gatunek wykorzystywany w ziołolecznictwie np. przy gorączkach i kaszlu.

CZARNUSZKA Nigella (jaskrowate Ranunculaceae)

Dziko, głównie na południu na suchych polach na podłożu wapiennym, występuje u nas czarnuszka polna *Nigella arvensis.* W ogrodach uprawiana jest też czarnuszka siewna *N. sativa* i damasceńska *N. damascena.*

Nasiona wszystkich czarnuszek są bardzo smaczne i mogą być używane jako przyprawa, szczególnie do posypywania pieczywa i ciast oraz do curry. Najpowszechniej jest używana czarnuszka siewna, która jest jedną z głównych przypraw od Bałkanów po Indie. Jest ona też ceniona jako roślina lekarska, poprawia m.in. trawienie i zwiększa wydzielanie mleka u karmiących matek. W wierzeniach ludowych ma w ogóle powiększać piersi kobiece (!).

CZECHRZYCA Scandix (baldaszkowate Apiaceae)

Czechrzyca grzebieniowa *Scandix pecten-veneris* występuje u nas rzadko w pasie wyżyn na polach i ugorach na podłożu bogatym w węglan wapnia. Jedzona od czasów starożytnych nad Morzem Śródziemnym, na surowo w sałatkach lub gotowana jak szpinak.

CZEREMCHA → ŚLIWA

CZERMIEŃ Calla (obrazkowate Araceae)

Czermień błotna *Calla palustris* występuje w całej Polsce na mokradłach. W krajach skandynawskich jej korzeń był używany jako pokarm. Jest on szkodliwy na surowo (zawiera m.in. kryształy szczawianu wapnia powodujące potworne kłucie w ustach) i wymaga dłuższego przygotowania. W Skandynawii był suszony, mielony, gotowany, pozostawiany na parę dni, suszony i znowu mielony. Mąkę tak otrzymaną mielono z innymi rodzajami mąki (m.in. z drzew) do wypieku chleba. Podobno mąka ta, po odpowiednim przygotowaniu jest bardzo smaczna. Innym sposobem było suszenie, mielenie i podgrzewanie, do momentu gdy zanikał gorzki smak. Korzeń był też podobno jedzony przez Indian Leśnych ze wsch. Ameryki Pn. Indianie przerabiali też mielone owoce i nasiona na odżywczą mąkę. Owoce zawierają jednak saponiny i mogą powodować zatrucia.

CZOSNACZEK Alliaria (krzyżowe Brassicaceae)

Czosnaczek pospolity *Alliaria petiolata (A. officinalis)* jest rośliną dwuletnią częstą na żyznych półcienistych siedliskach, nawet w miastach, w żywopłotach, parkach i na skraju lasu.

Cała roślina ma smak, zapach i działanie zbliżone do czosnku i gorczycy. Liście są jadalne, najlepiej na surowo, bo gotowane tracą aromat, zachowując gorzki smak. Były one jedzone przez ludność wiejską różnych krajów Europy, szczególnie, że rozwijają się dosyć wcześnie na przedwiośniu. Nasion można używać jako przyprawy. Jadalne są też zielone owoce (łuszczyny).

Czosnaczek jest rośliną stosowaną w ziołolecznictwie, ma m.in. działanie antyseptyczne.

CZOSNEK Allium (liliowate Liliaceae)

Dziesiątki gatunków z tego rodzaju były i są jedzone przez znaczną część ludności świata, część z nich jest powszechnie uprawiana (czosnek pospolity, cebula, pory, szczypiorek itd.). Rośliny z tego rodzaju mają wyrazisty smak, który urozmaica smak potraw. Mają też zwykle działanie rozgrzewające i bakteriobójcze. Niektóre gatunki (np. czosnek pospolity) obniżają ciśnienie krwi. W Polsce występuje dziko kilkanaście gatunków.

Większość dzikich gatunków czosnku występujących w Polsce to drobne rośliny do 50 cm wysokości o wąskich liściach przypominających szczypiorek *A. schoenoprasum*. Mają jadalne cebule, liście (wiosną, kiedy są jeszcze miękkie) oraz wykształcające się na wierzchołku łodygi cebulki przybyszowe. Mają one smak podobny do czosnku uprawnego, ale zwykle słabszy. O ile do zwyczajnych potraw dodajemy jeden do kilku ząbków czosnku, w wypadku krajowych gatunków potrzeba jedną do kilku garści cebulek, aby nadać potrawie odpowiednio silny aromat. Najpospolitszymi gatunkami są czosnek zielonawy *A. oleraceum* (był kiedyś używany w Szwecji i W.Brytanii) i cz. winnicowy *A. vineale* (jedzony kiedyś w Anglii), rzadsze są cz.wężowy *A. scorodoprasum* (dawniej uprawiany w Europie) oraz nie tworzący cebul na wierzchołku łodygi cz. skalny *A. montanum*. Gatunki te występują głównie na różnego rodzaju suchych murawach, zwykle na podłożu bogatym w węglan wapnia.

Żadnych cebul (ani podziemnych, ani nadziemnych) nie tworzy czosnek kątowy *A. angulosum* występujących na wilgotnych łąkach w dolinach większych rzek. W Syberii; nad górnym Jenisejem nazywany jest „myszej czesnok" i był (może nadal jest) zbierany i solony na zimę.

Bardzo różny wyglądem i środowiskiem występowania od wyżej wspomnianych jest czosnek niedźwiedzi *Allium ursinum*. Gatunek ten rośnie w wilgotnych lasach liściastych głównie w górach i na pogórzu, choć pojedyncze stanowiska są rozsiane po całej Polsce (występuje np. w Puszczy Białowieskiej). Zwykle tworzy olbrzymie wielometrowe (albo i kilkukilometrowe) łany. Jego szerokie liście są bardzo smaczne na surowo (podobnie jak i cebule) i nadają się świetnie jako dodatek do kanapek i sałatek. Gotowane lub suszone tracą w pewnym stopniu czosnkowy aromat, ale były w wielu krajach od Anglii po Kamczatkę używane jako warzywo do zup. Roślina ta jest wciąż popularnym dzikim warzywem na Ukrainie, w Rosji (jako „czeremsza" lub „czemsza") i na Kaukazie (np. w Czeczenii, Armenii, Gruzji). W dramacie Czechowa „Trzy siostry", w akcie drugim pojawia się humorystyczny dialog, którego głównym tematem jest właśnie czosnek niedźwiedzi. W Moskwie, Lwowie i większości innych miast dawnego Związki Sowieckiego gatunek ten jest sprzedawany na targach świeży, kiszony lub solony. Czosnek niedźwiedzi wypuszcza liście z ziemi już na przedwiośniu. Kwitnie w maju, liście kwitnących osobników stają się łykowate i mniej smaczne. Liście obumierają w czerwcu i nie pozostaje po nich ani śladu, dla tego chcąc wykopywać cebule w lecie lub jesieni trzeba znać miejsce jego masowego występowania. Cebule te, po zmieleniu, dodaje się na Kaukazie do sosu ze śmietaną i papryką, stanowiącego przystawkę do mięsa. Liście czosnku niedźwiedziego najlepiej zbierać w marcu i kwietniu. W Niemczech ostatnio robią się popularne poszatkowane solone liście tego gatunku zalane oliwą z oliwek. To naprawdę wspaniały dodatek do sałatek.

PRZEPISY Z CZOSNKIEM NIEDŹWIEDZIM

CZOSNEK KISZONY

Czosnek niedźwiedzi można kisić jak ogórki. Liście wraz z ogonkami, zebrane w kwietniu, myjemy i wkładamy dosyć ciasno do litrowych słoików, w czasie wkładania co jakiś czasem przesypujemy je solą (potrzebujemy około dwie łyżeczki soli na litrowy słoik). U góry zostawiamy przestrzeń wolną od liści o grubości ok. 2 cm. Na końcu zalewamy gorącą wodą, starając się, aby jak najwięcej powietrza uciekło ze słoika. Liście lekko ubijamy i mieszamy aby usunąć kieszenie powietrza. Słoik zakręcamy i umieszczamy w zacisznym zakątku domu, najlepiej dosyć chłodnym. Po 2 tygodniach rośliny będą już ukiszone. Możemy je przechowyć miesiącami. Oczywiście podobnie jak w przypadku ogórków mogą zdarzyć się słoiki zepsute, rozpoznamy je po objawach gnicia lub gorzkim smaku. Większość słoików zawierać będzie liście o niezwykle silnym smaku, pośrednim między czosnkiem i kiszonymi ogórkami. Dla początkujących mają one silny zapach, nie powinno się ich jeść zbyt dużo! Można je podawać na surowo, jako przystawkę do drugiego dania lub po ugotowaniu (smak robi się łagodniejszy) dodawać do zup i bigosów.

CZOSNEK W OLIWIE

Liście i ogonki czosnku zbieramy w kwietniu, staramy się wybierać liscie bez zabrudzeń (np. ptasich odchodów), gdyż do wyrobu tego delikatesu nie powinniśmy ich myć. Liście (suche, nie zmoczone przez deszcz) kroimy w poprzek na kawałki o szerokosci 5 mm i wkładamy do słoików i zalewamy olejem z oliwek, można je osolić. Takie „liście w oleju" są wspaniałym dodarkiem do białego sera i greckich sałatek z serem feta i oliwkami. Słoiki przechowujemy w lodówce do 2 miesięcy. Potem zwykle fermentują i zamieniają się w czosnek kiszony.

MIZERIA Z CZOSNKIEM

1 ogórek sałatkowy, szklanka śmietany lub jogurtu, kilka liści czosnku niedźwiedziego, pieprz, 1 łyżka pokrojonych liści mięty pieprzowej, sól, cukier, 1 łyżka mielonych orzechów.
Ogórek obieramy i kroimy w plasterki. Do nabiału dodajemy resztkę składników, mieszamy i posypujemy całość mielonymi orzechami. Przed podaniem schładzamy.

Zobacz też przepis w haśle CZYŚCIEC.

Dosyć podobnym do czosnku niedźwiedziego gatunkiem, ale rozwijającym się trochę później, jest czosnek siatkowaty *Allium victorialis*, rzadki gatunek gór i pogórza, u nas występujący w lasach jodłowych, łęgowych i na wysokogórskich łąkach. Używany m.in. przez Kirgizów i Buriatów. W Rosji znany jako „sibirskaja czeremsza". Na Syberii gotowany stanowi składnik nadzienia do pierogów i jest kiszony w mleku, a w Chinach dodawany do marynat mięsnych. Używany także w kuchni japońskiej (tam znany jako *gyôja ninniku*). Legioniści rzymscy zjadali go wierząc, że leczy rany oraz dodaje siły i męstwa. O tyle dobrze uzupełnia się z czosnkiem niedźwiedzim, że liście dłużej pozostają zielone i smaczne, a więc nadają się do jedzenia nawet na początku lata.

Większość amerykańskich gatunków z rodzaju *Allium* była używana przez Indian. Najczęściej służyły jako przystawka lub dodatek do innych potraw, zwykle pieczono je w żarze lub w dole ziemnym.

CZYŚCICA Acinos (wargowe Lamiaceae)

Czyścica drobnokwiatowa *Acinos arvensis (Calamintha acinos)* występuje na suchych murawach, na przydrożach i w zaroślach w całym kraju. Kwitnące pędy mogą być stosowane jako przyprawa, jak tymianek, który przypomina w zapachu. Ma jednak od niego słabszy i mniej trwały aromat.

Zobacz też KLINOPODIUM.

CZYŚCIEC Stachys (wargowe Lamiaceae)

Liście czyśćca lekarskiego (bukwicy lekarskiej) *Stachys officinalis (Betonica officinalis)* mogą być wykorzystywane do przyrządzania aromatycznej i orzeźwiającej herbaty. Jest to poza tym cenna roślina lecznicza, dawniej powszechnie używana przy bólach głowy, nerwowości i jako roślina ogólnie wzmacniająca. Stymuluje także trawienie i pracę wątroby. W połączeniu z żywokostem lekarskim i lipą stosowany przy chorobach zatok. Stosowany był także zewnętrznie do przemywania ran.

Czyściec błotny *Stachys palustris* występuje w całym kraju w wilgotnych zaroślach, odłogach i na polach. Dawniej zbierano jego podłużne, robakowate bulwki korzeniowe, tworzące się w jesieni. Mają przyjemny orzechowy smak i są bardzo pożywne. Gotowano je, suszono lub jedzono na surowo, dodawano je także do chleba. Młode pędy są jadalne po ugotowaniu. Indianie Gosiute zbierali także jego nasiona.

Bulwki czyśćca błotnego można zbierać już od września. Jako że są duże (grubości 0,5 do 1,5 cm, długości kilku cm) zbiera się je szybko (średnio 1 kg na godzinę). Szukać ich należy na wilgotnych gliniastych polach, w miejscach gdzie uprawiano ziemniaki lub zboże. Często z daleka widać ich żółty kolor na oraninie. Jest to jedno z łatwiejszych do zdobycia źródeł pożywienia. Niestety gatunek ten znajdziemy tylko w regionach rolniczych, a nie w puszczy...

Jedzono okazjonalnie także liście czyśćca leśnego *Stachys sylvatica*, u nas częstego w wilgotnych lasach liściastych, zwykle jako przyprawę.

Nic nie wiadomo o jadalności kilku pozostałych gatunkach czyśćca występujących w Polsce.

CZYŚCIEC BŁOTNY A LA RZEPNIK

Duża garść bulwek czyśćca błotnego (zbieramy je jesienią lub na przedwiośniu), 3 cebulki czosnku niedźwiedziego (lub 2 ząbki czosnku), 1 cm kłącza kopytnika (lub kawałeczek świeżego imbiru), sos sojowy, olej (kilka łyżek).
Bulwki, cebulki i kłącza umyć, osuszyć i OSOBNO pokroić ostrym nożem na cieniutkie plasterki. Olej rozgrzać silnie nad ogniem, aż zacznie lekko dymić. Wrzucić kilka kropel sosu sojowego. W pomieszczeniu uniesie się cudowny aromat. Po sekundzie wrzucić kopytnik. Zamieszać drewnianą łyżką. Zaczekać kilka sekund. Wrzucić czosnek. Zamieszać i poczekać kilka sekund. Wrzucić czyściec. Mieszać przez kilkadziesiąt sekund, aż się przyrumieni na brzegach. Zdjąć z ognia i podawać z tłuczonym żołędziami.

DAGLEZJA Pseudotsuga (sosnowate Pinaceae)

Daglezja (Jedlica) zielona *Pseudtsuga menziesii* pochodzi z zach. wybrzeża Ameryki Pn. U nas często sadzona w lasach. Jej żywica żuta była przez m.in. Apaczów i Yurok. Indianie Karok i Yurok używali młodych pędów na herbatę. Paiute i Karok przyprawiali nią pieczone mięso. Yuki używali świeżych liści do przyrządzania napoju zbliżonego do kawy (?) Shuswap pili jej słodki sok, a Thompson i Okanagan-Colville zbierali cukier wydzielający się na gałęziach. Wiosną Indianie zdzierali także podkorze i suszyli je jako zapas pożywienia.

DĄB Quercus (bukowate Fagaceae)

W naszym kraju rosną pospolicie w lasach dąb szypułkowy *Quercus robur*, bezszypułkowy *Q. petraea* oraz na jednym stanowisku (w Bielinku nad Odrą) dąb omszony *Quercus pubescens*, gatunek typowy dla suchych lasów południowej Europy. Ponadto coraz częściej jest spotykany zdziczały lub sadzony amerykański dąb czerwony *Quercus rubra* (znajdziesz go Czytelniku nawet na polskich groszach w Twoim portfelu!).

Żołędzie większości gatunków dębów na świecie były użytkowane przez prymitywne kultury jako wspaniałe źródło skrobi, stanowiąc czasem podstawowe pożywienie roślinne, odpowiadające swą rolą ziemniakom we współczesnej Polsce. Przeciętny polski obywatel może za swój dzienny zarobek kupić dziesięć wiaderek ziemniaków. Taką samą ilość żołędzi można zebrać w ciągu jednego dnia w roku ich obfitego owocowania, który następuje co 2-3 lata. Trochę więcej czasu potrzeba jedynie na ich przygotowanie. Nie odeszliśmy więc tak bardzo daleko od naszych przodków...

Problem z żołędziami polega na tym, że są gorzkie, bo zawierają taninę. Z przyjemnością można zjeść kilka żołędzi na surowo, przy większej ilości drętwieje język, można też nabawić się zaparcia lub bólu głowy. Słodkie, pozbawione goryczki owoce ma dąb wielkoowocowy *Quercus macrocarpa* z Ameryki Pn. Znam w Polsce dwa owocujące okazy – w parkach w Wilanowie i Krasiczynie. Osobniki wydające słodkie żołędzie spotyka się u większości gatunków dębów, jednak niezwykle rzadko. Z gatunków europejskich jedynie lekko gorzkie są żołędzie *Quercus ilex* (jeden z głównych składników zieleni miejskiej i lasów na wybrzeżu Morza Śródziemnego). Zupełnie pozbawione goryczki są żołędzie populacji dębu omszonego *Quercus pubescens* z Bielinka i Turyngii. Każdego kto znajdzie słodkie żołędzie pod jakimś krajowym dębem szypułkowym lub bezszypułkowym proszę o natychmiastowy kontakt! W Ameryce robi się eksperymenty nad stosowaniem żołędzi jako źródła skrobi dla ludzi. Wyobraźmy to sobie – zamiast pól ziemniaków i pszenicy – luźne gaje dębowe.

Żołędzie były podstawowym składnikiem pożywienia roślinnego wielu plemion Indian, szczególnie w Kalifornii. Tamże budowali oni olbrzymie spichlerze plecione w formie koszy na nóżkach. Natomiast Paiutowie kładli je w doły wyłożone liśćmi szałwi. Niektóre plemiona przechowywały zapas żołędzi przez wiele lat w bagnistym gruncie. Żołędzie są też zapomnianym pokarmem Europejczyków, przypuszczalnie używali ich w czasach prehistorycznych, do czasów nowożytnych dodawanie żołędzi do mąki przetrwało jedynie w Norwegii, w czasach głodu. Istnieje kilka metod na usuwanie z nich taniny. Najłatwiejsza polega na moczeniu żołędzi w ługu (wodnym roztworze popiołu) z drzew liściastych, najlepiej lipy (wystarczy kilka łyżek popiołu na niewielki garnek z żołędziami). Kolejność postępowania jest dowolna: niektóre plemiona (np. Odżibwejowie) moczyły w ługu obrane całe żołędzie, a potem płukały je i gotowały, Potawatomi trzymali je w siateczce i wypłukiwali goryczkę serią gorącej i zimnej wody, potem suszyli je i tłukli na mąkę. Inne plemiona ługowały wcześniej rozdrobnione, potłuczone żołędzie.

Indianie Shasta tłukli je z nawet z łupą, którą potem odwiewali. Indianie Cowlitz i Paiutowie wkładali żołędzie w bagnisty grunt, gdzie powoli traciły gorzki smak.

Żołędzie po ugotowaniu i wyługowaniu mają mało wyrazisty smak, trochę zbliżony do gotowanego zboża. Mogą stanowić jednak podstawę różnych potraw. Indianie jadali je zwykle z mięsem i syropem klonowym.

Już na Węgrzech licznie występuje dąb burgundzki *Quercus cerris*. Na Bliskim Wschodzie drzewo to jest odwiedzane w sierpniu przez wielkie ilości małych owadów, które nakłuwając rośliny powodują wydzielanie słodkiego płynu bogatego w cukier, krystalizującego w małe ziarenka. Wędrowne plemiona Kurdystanu zbierają (a może już tylko zbierały) tą wydzielinę zanurzając całe gałęzie, na których się formuje, w gorącej wodzie i odparowując ją w syrop. Jest ona używany jako słodzik lub mieszana z mąką do ciast.

DĄBRÓWKA Ajuga (wargowe Lamiaceae)

Kilka gatunków dąbrówki występuje w naszym kraju. Młode pędy najpospolitszego z nich – dąbrówki rozłogowej *Ajuga reptans* mogą być jedzone na surowo, są jednak gorzkie i niesmaczne. Gatunek ten był dawniej używany jako roślina lecznicza o właściwościach ściągających, m.in. do tamowania krwotoków.

DEREŃ Cornus (dereniowate Cornaceae)

Dereń jadalny *Cornus mas* spotykany jest u nas głównie w uprawie, rzadko zdziczały. Dziko występuje już jednak w suchych zaroślach na podłożu wapiennym na Słowacji i Ukrainie, już na wschód od Przemyśla. Jeden z najciekawszych owoców o wyszukanym smaku przypominającym wiśnie. Idealny na nalewki i kompoty. Dobry jest też miód z owocami derenia. Dawniej przechowywano je też w zalewie jak oliwki, a nasiona pieczono i mielono na substytut kawy lub wytłaczano z nich olej. Na Zakaukaziu owoce suszy się i miele na proszek, który podobnie jak owoce ma kwaśny smak, jest on stosowany do przyprawiania mięs i sosów.

Dereń świdwa *Cornus sanguinea*, pospolity krzew występujący w lasach i zaroślach całej Polski ma owoce gorzkie i bardzo niesmaczne, mogące powodować nudności. Dawniej z nasion wytłaczono jadalny olej.

Dąb szypułkowy

Dereń jadalny

Dziurawiec zwyczajny

Dzwonek skupiony

Dereń rozłogowy *Cornus sericea (C. stolonifera)* z Ameryki Pn. i blisko z nim spokrewniony (czasem łączony w ten sam gatunek) **dereń biały** *Cornus alba* z Azji są pospolicie sadzone w zieleni miejskiej i ogrodach. Niesmaczne owoce derenia rozłogowego były jedzone przez kilkanaście plemion Indian, szczególnie Okanagon, na surowo lub rzadziej gotowane. Indianie Flathead i Kutenai mieszali je z jagodami świdośliwy i cukrem przyrządzając specjalną słodko-kwaśną potrawę. Była to poza tym święta roślina Indian – zeskrobane łyko derenia było głównym, obok liści mącznicy, składnikiem mieszaki „kinnikinnick", palonej w fajce indiańskiej.

Dereń szwedzki *Cornus suecica* występował dawniej koło Kołobrzegu. Jego dojrzałe jagody jadali m.in. Eskimosi. Są bogate w pektyny, gorzkie i niesmaczne

DĘBIK Dryas (różowate Rosaceae)

Dębik ośmiopłatkowy *Dryas octopetala* występuje u nas jedynie w Tatrach i Pieninach (jest pod ochroną). Liście nadają się na herbatkę.

DŁAWISZ Celastrus (dławiszowate Celastraceae)

W naszym kraju uprawiany jest wschodnioazjatycki dławisz okrągłolistny *Celastrus orbiculatus* i bardzo rzadko dławisz amerykański *C. scandens*.

Podkorze dławisza amerykańskiego były gotowane w postaci gęstej zupy jako pożywienie głodowe przez Indian Menominów, Odżibwejów, Czipewejów i Potawatomi. Trzeba zachować ostrożność bo roślina ta jest trująca na surowo (zawiera saponiny i euonyminę), wymaga długiego gotowania.

Gotowane młode liście dławisza okrągłolistnego są jadane na Dalekim Wschodzie.

DŁUGOSZ Osmunda (długoszowate Osmundaceae)

Długosz królewski *Osmunda regalis* jest rzadką paprocią, występującą w rozproszeniu w podmokłych lasach na niżu. Brak danych o jego jadalności, ale w Japonii pokrewny długosz japoński *Osmunda japonica*, zwany tam *zenmai*, jest znanym warzywem, przyrządzanym podobnie jak →ORLICA. Młode wychodzące z ziemi „pastorały" po podgotowaniu używa się w różnych potrawach – sałatkach, zupach i daniach z duszonych warzyw. Jak w przypadku innych paproci regularne spożywanie tej rośliny może zubożyć organizm w witaminę B1.

DRIAKIEW Scabiosa (szczeciowate Dipsacaceae)

W naszym kraju występują cztery gatunki z tego rodzaju. Liście driakwi gołębiej *Scabiosa columbaria* występującej z rzadka na suchych murawach Polski zach. i pn. są podobno jadalne.

DWULISTNIK Ophrys (storczykowate Orchidaceae)

Dwulistnik muszy *Ophrys insectifera* występuje tylko w Tatrach, Pieninach oraz niezwykle rzadko w pasie wyżyn. Znajduje się pod ochroną. Z korzeni tego gatunku można robić salep, podobnie jak z korzeni → storczyków i → kukułek.

DWURZĄD Diplotaxis (krzyżowe Brassicaceae)

Na miejscach ruderalnych występuje dwurząd murowy *Diplotaxis muralis* i rzadziej dwurząd wąskolistny *Diplotaxis tenuifolia*. Mają liście, o podobnym do rzeżuchy, piekącym smaku, które mogą być dodawane do sałatek.

DZIEWIĘĆSIŁ Carlina (złożone Asteraceae)

Obrane dno kwiatowe dziewięćsiła bezłodygowego *Carlina acaulis* i dz. pospolitego *Carlina vulgaris s.l.*, gatunków występujących na suchych murawach i pastwiskach, jest jadalne po ugotowaniu analogicznie do karczochów. Przypuszczać należy, że podobne właściwości ma dno kwiatowe niezwykle rzadkiego, występującego jedynie na wyżynach Polski pd-wsch. dziewięćsiła popłocholistnego *C. onopordifolia*. Podobno jadalny jest także korzeń dziewięćsiła bezłodygowego.

Przebywając w miejscu i kraju, gdzie legalne jest zbieranie dziewięćsiłu bezłodygowego i jest go dużo, można się nim nieźle najeść. Będąc w Apeninach udało mi się kiedyś przyrządzić pyszną zupę z trzydziestu den kwiatowych tego gatunku. Smakowała bardzo podobnie do zupy z kalarepy.

Dziewięćsił bezłodygowy i popłocholistny znajdują się w naszym kraju pod ochroną.

DZIĘGIEL Angelica (baldaszkowate Apiaceae)

W Polsce występują trzy gatunki dzięgla. Bardzo pospolitym gatunkiem wilgotnych łąk, zarośli i olszyn jest dzięgiel leśny *Angelica sylvestris*. Na brzegach wód i w wilgotnych zaroślach występuje w górach, na Wybrzeżu i czasem zdziczały na niżu dzięgiel litwor (arcydzięgiel litwor) *Angelica archangelica (Archangelica officinalis)*, który jest gatunkiem chronionym. Rzadko występuje na rozproszonych stanowiskach dz. łąkowy (starodub łąkowy) *A. palustris (Ostericum palustre)*, który też znajduje się pod ochroną.

Korzenie, liście i obrane łodygi arcydzięgla można jeść na surowo lub gotować, można je stosować jako aromatyczny dodatek do sałatek i ciast. Nasiona są świetną przyprawą. W islandzkim statucie króla Hakona (1271-73) powiedziano: „ktoby wtargnął do cudzego warzywnika litworowego lub czosnkowego, nie będzie się mógł odwołać do prawa, w razie gdyby go pobito lub karano i odebrano wszystko, coby tylko miał przy sobie". Norweskie prawo zwyczajowe z początku XIII w. (Frostupinglov) mówi, że dzierżawca, któryby założył warzywnik litworowy, ma prawo, wyprowadzając się zabrać ze sobą połowę posadzonych roślin. Wcześniejsze zaś takie prawo z początku XII w. (Gulapingslov) dozwoliło mu zabierać wszystkie. Surowe łodygi i liście bardzo cenili Lapończycy i Eskimosi z Grenlandii. Dla Lapończyków arcydzięgiel był symbolem nieśmiertelności. Kandyzowana łodyga jest używana jako deser. Olejek lotny otrzymany z korzenia jest używany do aromatyzowania żywności. Z nasion, liści i korzenia można także parzyć herbatę. Na Kamczatce z korzeni robiono napój alkoholowy. Korzenie arcydzięgla są też składnikiem likieru Chartreuse i likieru benedyktyńskiego.

Arcydzięgiel litwor to znana od starożytności roślina lecznicza. Używano jej głównie przy niestrawnościach oraz jako środek ogólnie wzmacniający.

Arcydzięgiel jest rośliną dwuletnią. Młode liście zbieramy wiosną np. w maju, a nasiona we wrześniu. Korzeń roślin jednorocznych wykopuje się między jesienią a kwietniem.

Podobne właściwości do arcydzięgla ma dzięgiel leśny. Jego surowe łodygi i liście jedzono dawniej nad dolną Wołgą. Zawiera jednak mniej związków czynnych i jest mniej smaczny. Poza tym jest mniejszy, a więc wolniej pozyskuje się z niego surowiec. Posiekane liście są dobrym dodatkiem do gotowanych kwaśnych owoców i rabarbaru. Nasiona są używane jako przyprawa do słodkich potraw. Jadalne są też gotowane korzenie. W medycynie stosowany czasem w chorobach układu oddechowego.

DZIURAWIEC Hypericum (dziurawcowate Clusiaceae)

Dziurawiec zwyczajny *Hypericum perforatum* występuje pospolicie na łąkach, murawach i skrajach lasów.

Jego liście i owoce nadają się na herbatkę. Mogą być też jedzone, ale w niewielkich ilościach, na surowo. Dziurawiec zwyczajny jest rośliną zielarską o różnorodnym zastosowaniu. W naszym kraju rośnie jeszcze kilka innych gatunków dizurawca, przypuszczalnie o zbliżonych właściwościach.

DZWONECZNIK Adenophora (dzwonkowate Campanulaceae)

Dzwonecznik wonny *Adenophora liliifolia* jest byliną występującą w naszym kraju jedynie na kilkudziesięciu stanowiskach, w suchych murawach i widnych lasach, głównie w Małopolsce. Znajduje się pod ochroną.

Gruby korzeń tego gatunku, po ugotowaniu, był jadany we wsch. Europie. Ma on mieć słodki smak. Jeszcze kilka innych gatunków dzwonecznika o jadalnych korzeniach bądź liściach występuje we wschodniej Europie, Syberii i na Dalekim Wschodzie.

DZWONEK Campanula (dzwonkowate Campanulaceae)

W naszym kraju występuje kilkanaście gatunków z tego rodzaju, głównie na łąkach, przychaciach i w prześwietleniach lasów liściastych. **Wszystkie gatunki z tego rodzaju są mniej lub bardziej jadalne.** Początkujący botanicy powinni jedynie nauczyć się odróżniać dzwonki od, na pierwszy rzut oka, podobnych, ale trujących tojadu, ostróżki i goryczki. Poszczególne gatunki dzwonków różnią się głównie miękkością pędów. Są to zupełnie niedoceniane wartościowe rośliny jadalne. Korzenie (zwykle niestety łykowate), liście i kwiaty można dodawać do surówek i zup.

A oto gatunki, których użytkowanie w przeszłości jest udokumentowane. **Dzwonek pokrzywolistny** *Campanula trachelium* występuje u nas powszechnie w lasach, zaroślach i na przychaciach. Jak podaje Mowszowicz, w niektórych miejscowościach korzenie i liście używane były do przyrządzania pożywienia, z liści gotuje się zupę. **Dzwonek brzoskwiniolistny** *Campanula persicifolia* występuje w całej Polsce w widnych lasach, zaroślach i w żywopłotach. Był dawniej używany jako pożywienie w Anglii. **Dzwonek jednostronny** *Campanula rapunculoides* jest pospolitym gatunkiem skrajów lasu, zarośli, muraw i miejsc ruderalnych. Zapomniane warzywo, dawniej uprawiany w niektórych krajach dla jadalnych słodkich korzeni jedzonych na surowo lub gotowanych. **Dzwonek rapunkuł** *Campanula rapunculus* był dawniej uprawiany w ogrodach Anglii i Francji (rzadko i u nas) jako warzywo, szczególnie w XVI i XVII w. Czasami spotyka się go w naszym kraju w stanie zdziczałym. Uprawiany był dla słodkich korzeni o posmaku orzechów jedzonych na surowo lub gotowanych.

FARBOWNIK Anchusa (szorstkolistne Boraginaceae)

Na suchych miedzach, przydrożach i przychaciach występują pospolicie na niżu farbownik lekarski *Anchusa officianalis* i farbownik polny (krzywoszyj polny) *A. arvensis (Lycopsis arvensis)*.

Młode liście farbownika lekarskiego były jedzone w pd. Francji i Niemczech. Barwnika otrzymanego z korzeni używano do barwienia tłuszczów i napojów alkoholowych na kolor różowy. Gatunek ten był powszechnie stosowany w ziołolecznictwie, zawiera substancje śluzowe i ma właściwości wykrztuśne.

FENKUŁ (KOPER) WŁOSKI Foeniculm (baldaszkowate Apiaceae)

Fenkuł włoski (Koper włoski) *Foeniculum vulgare* pochodzi z pd. Europy. U nas rzadko uprawiany i dziczejący. Jest cennym warzywem, którego wszystkie części są jadalne. Młode korzenie są jadalne na surowo lub gotowane, tylko wiosną przed wytworzeniem długiej łodygi, potem robią się łykowate. Bardzo smaczne są też bulwiaste nasady liści (włoskie „finocchio"), młode łodygi (neapolitańskie „carosellas") i młode liście. Kwiaty są cenną przyprawą do zup i sałatek oarz materiałem na herbatkę. W Chinach i Indiach jako przyprawa cenione są też nasiona (owocki), w Europie czasem stosowane jako przyprawa do ryb.

FIOŁEK Viola (fiołkowate Violaceae)

Ponad 20 gatunków fiołków rośnie u nas dziko. Ich młode liście i pączki kwiatowe można jeść na surowo lub gotowane, dodawane do zup, zagęszczają je jak okra. Kwiaty można jeść na surowo, a z liści parzyć herbatę. Najlepiej używać gatunków o fioletowych kwiatach, te z żółtymi jedzone w większych ilościach podobno powodują biegunki. Niektóre amerykańskie gatunki fiołków były jedzone przez Indian. Po podgotowaniu smażyli je i dodawali do różnych potraw.

W naszych lasach najczęściej spotykane są fiołek leśny *Viola reichenbachiana* i fiołek Rivina *V. riviniana*, a na polach fiołek trójbarwny *V. tricolor*. Jednym z częściej spotykanych gatunków jest rosnący głównie w parkach i żywopłotach fiołek wonny *Viola odorata*. Charakteryzuje się on silnym zapachem kwiatów, które były wykorzystywane do wyrobu perfum i aromatyzowania win. Można też z nich robić wonny syrop (przepis zobacz „woda różana" w haśle → RÓŻA). Do rodzaju tego należy też bratek ogordowy *V. xwitrockiana*, mieszaniec kilku gatunków fiołków.

Kilka gatunków fiołków jest używanych w ziołolecznictwie, przy bardzo różnorodnych schorzeniach, mają działanie wykrztuśne i moczopędne. Korzeń fiołków ma działanie wymiotne.

PIERWIOSNKI I FIOŁKI W CUKRZE PO ANGIELSKU

Tradycyjnie w Anglii używano do tego przepisu kwiatów fiołka wonnego oraz pierwiosnka bezłodygowego, ale nadają się także świetnie kwiaty pierwiosnka wyniosłego i lekarskiego. Pierwiosnki i fiołki tworzą razem wspaniałą żółto-fioletową kompozycję. Ubij białko z jajka z dodatkiem odrobiny wody różanej. Pomaluj tą mieszaniną zerwane kwiaty, używając miękkiego pędzla. Obtocz je następnie w cukrze pudrze i zostaw na noc, żeby wyschły.

FUNKIA Hosta (liliowate Liliaceae)

Różne gatunki funkii są powszechnie hodowane w ogrodach i na cmentarzach. Pochodzą ze wsch. Azji, gdzie są jedzone gotowane lub przechowywane solone. W Japonii najczęściej jadana jest *Hosta sieboldia-*

na (zwana tam *ôbagibôshi)*. Według moich doświadczeń są wyśmienite też na surowo, przewyższając smakiem wszystkie znane mi gatunki liści, włączając sałatę. Nie dziwi więc fakt, że są ulubionym pokarmem ogrodowych ślimaków. Roślina jadalna warta rozpropagowania.

GAJOWIEC Galeobdolon (wargowe Lamiaceae)

Gajowiec żółty *Galeobdolon luteum (Lamiastrum galeobdolon, Lamium galeobdolon)* występuje pospolicie w lasach liściastych całej Polski. Młode liście i pędy są jadalne po ugotowaniu, niezbyt smaczne.

GAULTERIA Gaultheria (wrzosowate Ericaceae)

Leśne krzewinki z Ameryki Pn uprawiane w ogrodach, najczęściej gaulteria pełzająca *Gaultheria procumbens*. Aromatyczne liście tego gatunku, zawierające substancję zbliżoną do aspiryny, używane były przez Indian (m.in. Czipewejów i Algonkinów) na herbatkę. Irokezi ubijali owoce w ciasteczka suszone na słońcu. Natomiast *Gaultheria shallon* nie ma tak aromatycznych liści, ale jej owoce były używane przez Indian z kilkadziesięciu plemion np. Makah i Thompson. Jagody jedzono na surowo, szeroko stosowano też suszenie w formowanych ciasteczkach, do jedzenia w zimie po namoczeniu w tłuszczu. Do przyprawiania dań rybnych Hesquiat używali całych gałązek z jagodami.

GĘSIÓWKA Arabis (krzyżowe Brassicaceae)

Na miejscach suchych, murawach i przydrożach występuje w całej Polsce gęsiówka szorstkowłosista *Arabis hirsuta* i g. wieżyczkowata (wieżyczka gładka) *A. glabra (Turritis glabra)*. W Tatrach występuje także g. alpejska (uprawiana też na skalniakach). Gęsiówka szorstkowłosista i gładka były jedzone w pn. Azji na surowo lub gotowane, czasem przechowywane solone. Mają przyjemny, lekko piekący, rzodkiewkowy smak. Napar z gęsiówki gładkiej był używany jako napój przez Czejenów.

W niektórych krajach Eurazji jadana jest gęsiówka alpejska *Arabis alpina*, występująca w Tatrach, i inne gatunki z tego rodzaju.

W naszym kraju występują jeszcze trzy inne gatunki gęsiówki, przypuszczać należy, że ich wartość pokarmowa jest zbliżona do wyżej wymienionych.

GLEDICZJA (IGLICZNIA) Gleditsia (strączkowe Fabaceae)

Glediczja trójcierniowa *Gleditsia triacanthos* jest dosyć często spotykana w naszych parkach, pochodzi z Ameryki Pn. Nasiona są jadalne na surowo lub gotowane. Niedojrzałe nasiona smakują jak zielony groszek, zawierają głównie węglowodany, oraz niewielką ilość białka i tłuszczu. Drzewo to wytwarza gigantyczne strąki, do 40 cm długości. Młode strąki mogą być jedzone po ugotowaniu. Słodki miąższ wewnątrz strąków można jeść na surowo lub przerabiać na syrop. W starszych robi się gorzki. Czirokezi jedli dojrzałe strąki na surowo albo przyrządzali napój z ich soku z dodatkiem wody.

GLICYNIA Wisteria (strączkowe Fabaceae)

Glicynia chińska *Wisteria sinensis* jest pnączem ozdobnym coraz częściej u nas uprawianym. W ojczyźnie jej nasiona jedzono czasem gotowane, choć podobnie jak strąki i kora, są uznawane za trujące i były przyczyną wielu zatruć. Natomiast kwiaty wydają się bezpieczniejsze w użyciu. Są dokładnie płukane, potem gotowane i smażone w cieście naleśnikowym. Je się też czasem młode gotowane liście. Inny gatunek glicynii *Wisteria floribunda* jest użytkowany podobnie w Japonii, skąd pochodzi. Gotowane kwiaty podawane są tam także z octem lub sosem sojowym.

GŁODEK Draba (krzyżowe Brassicaceae)

Młode liście głodka żółtego *Draba nemorosa*, występującego rzadko na terenach piaszczystych są jadalne po ugotowaniu.

GŁOWIENKA Prunella (wargowe Lamiaceae)

Głowienka pospolita *Prunella vulgaris* występuje pospolicie na łąkach, pastwiskach i leśnych drogach. Młode liście są jadalne na surowo lub po ugotowaniu, gorzkawe z powodu obecności tanin, które można wypłukać wodą. Orzeźwiający napój można robić zalewając świeżo posiekane liście zimną wodą. Gatunek ten był szeroko stosowany do okładania ran i wrzodów (angielska nazwa rośliny – „selfheal" = „sam leczy"), liście mają silnie przeciwbakteryjne działanie, hamują wzrost wielu szczepów bakterii. Stosowane są liście świeże lub suszone. Wewnętrznie stosowane przy gorączkach, biegunkach, krwotokach wewnętrznych.

Głowienka wielkokwiatowa *Prunella grandiflora* występuje rozproszona w całej Polsce, w suchych zaroślach i murawach. Ma liście jadalne na surowo lub gotowane, o łagodnym smaku.

GŁÓG Crataegus (różowate Rosaceae)

Obecnie przyjmuje się, że w Polsce występują trzy rodzime gatunki głogu: jednoszyjkowy *Crataegus monogyna*, odgiętodziałkowy *C. rhipidophylla (C. curvisepala)* i dwuszyjkowy *C. laevigata (C. oxyacatha)*. Ponadto w uprawie znajduje się kilka gatunków amerykańskich, o większych owocach niż nasze krajowe gatunki.

Owoce głogu są jadalne. Nie smakują jednak jak typowe owoce. Są mączyste, zawierają też pewną ilość tłuszczu. Nie są słodkie. Jednak jadane były u nas przez wiejską biedotę. Można z nich przyrządzić rodzaj pożywnej papki: owoce przecieramy przez sito i w ten sposób oddzielamy nasiona. Papkę suszymy (możemy jej dodawać do mąki, sosów, zup, itp.) lub podawać od razu, na surowo lub gotowaną. Smak tej papki jest dosyć mdły i łagodny, ale jeśli trafimy na dojrzałe owoce, nie ma w nim nic nie przyjemnego, a są one wyjątkowo pożywne. Z liści można przygotowywać herbatkę. Nawet starsze liście są smaczne na surowo, polecam je jako rodzaj przygryzajki podczas wycieczek. Najlepsze są jednak pąki, które rozwijają się jako jedne z pierwszych u drzew. Wspaniale kontrastują swym zielonym kolorem posypane po buraczkach. Dobrze komponują się też w różnych sałatkach np. z gotowanych ziemniaków i jajek oraz surowej cebulki.

Głóg jest wartościową rośliną lekarską. Jego owoce i kwiaty stanowią skuteczne lekarstwo przy wielu chorobach serca, mają działanie uspokajające akcję serca..

Liczne gatunki głogu były jedzone przez prawie wszystkie plemiona indiańskie. Konsumowano je na świeżo lub suszone w ubite placuszki. Nie był to zbyt ceniony pokarm, a raczej pożywienie zapasowe. Irokezi suszone ciasteczka traktowali jako suchary zabierane na polowania. W plemieniu Czarnych Stóp przy zbiorach *C. chrysocarpa* obowiązywał pewien rytuał. Przed rozpoczęciem zbioru trzeba było ofiarować drzewu dar: łuk i strzały zrobione z cierni drzewa, dla jego chłopców, a dla dziewczynek miniaturowane mokasyny z liści. Dopiero po tym można było zrywać z drzewa owoce. W zamian za ten dar owoce głogu nie powodowały bólu żołądka.

GNIDOSZ Pedicularis (trędownikowate Scrophulariaceae)

Kilka gatunków gnidosza występuje u nas z rzadka, zwykle na torfowiskach niskich i wilgotnych łąkach. Są to gatunki chronione. Prawdopodobnie wszystkie mają jadalne liście, na surowo i gotowane, choć istnieją jedynie dane o używaniu do jedzenia liści gnidosza królewskiego *Pedicularis sceptrum-carolinum* i sudeckiego *P. sudetica* oraz gatunków nie rosnących w naszym kraju, w tym amerykańskich. Co ciekawe gnidosz sudecki, oprócz Sudetów, rośnie w tundrze, gdzie był jednym z podstawowych warzyw Czukczów i Eskimosów, którzy często kisili go na zimę.

GORCZYCA Sinapis (krzyżowe Brassicaceae)

Gorczyca jasna (biała) *Sinapis alba* jest powszechnie u nas stosowaną przyprawą (np. w musztardzie i wędlinach). Uprawiana i czasem dziczejąca. Liście jadalne na surowo i po ugotowaniu, robią się trujące po wykształceniu łuszczyn (owoców). Nasiona można jeść skiełkowane, dodawać do potraw całe albo mielić. Smak łagodniejszy od gorczycy czarnej *Sinapis nigra*. Ostry smak gorczycy powstaje przez reakcję enzymu myrozyny z glikozydem sinigryną. Reakcja zachodzi tylko po dodaniu zimnej lub letniej wody i trwa ok. 10-15 min. Dodanie gorącej wody, octu lub soli powoduje inhibicję enzymu, smak jest wtedy gorzkawy i mniej piekący. Z nasion można też otrzymywać jadalny olej.

Zbliżony smak i właściwości do gorczycy białej ma gorczyca polna *Sinapis arvensis*, pospolity chwast polny. Wyjątkowo dobry smak mają nie rozwinięte kwiatostany, gotowane na parze przez kilka minut.

GORCZYCZNIK Barbaraea (krzyżowe Brassicaceae)

Cztery gatunki gorczycznika występują w naszym kraju. Pospolicie nad brzegami wód, na murawach i w miejscach ruderalnych rośnie gorczycznik pospolity *Barbaraea vulgaris*. W wilgotnych zaroślach i łąkach, nad rzekami występuje gorczycznik prosty *B. stricta*. Sporadycznie, niezwykle rzadko występują też gorczycznik pośredni *B. intermedia* i gorczycznik wiosenny *B. verna*.

Gorczycznik pospolity i wiosenny były z rzadka uprawiane jako warzywo w różnych krajach Eurazji. Te dwa gatunki występują zdziczałe także w Ameryce i były jedzone przez Czirokezów (podgotowywane i płukane liście). Ich młode liście są jadalne i mają smak zbliżony do rzeżuchy. Młode kwiatostany i starsze liście robią się gorzkie i mogą być jedzone po ugotowaniu i odlaniu wody. Należy przypuszczać, że pozostałe gatunki mają podobne właściwości.

GORYCZEL Picris (złożone Asteraceae)

Goryczel jastrzębcowaty *Picris hieracioides* występuje w całym kraju na suchych murawach, przydrożach i skrajach lasów. Rzadko na zachodzie kraju występuje goryczel żmijowcowaty *Picris echioides*. Oba występujące u nas gatunki mają liście jadalne na surowo lub gotowane, niezbyt smaczne, gorzkie jak u mniszka.

GORYCZKA Gentiana i Gentianella (goryczkowate Gentianaceae)

W naszym kraju występuje kilkanaście gatunków z tych dwóch blisko spokrewnionych rodzajów.

Korzeń alpejskiej goryczki żółtej *Gentiana lutea* (nie występuje u nas dziko) i rosnącej w Tatrach goryczki kropkowanej *Gentiana punctata* był używany zamiast chmielu do piwa.

Goryczuszka polna *Gentianella (Gentiana) campestris* była wg Linneusza używana jak chmiel do piwa przez ubogą ludność Szwecji.

Wszystkie krajowe gatunki goryczek i goryczuszek znajdują się pod ochroną.

GORYSZ Peucedanum (baldaszkowate Apiaceae)

W naszym kraju występuje pięć gatunków goryszy, z tego dwa jadalne.

Gorysz miarz *Peucedanum ostruthium* występuje dziko jedynie w Sudetach. Na niżu był czasem uprawiany i dziczeje. W różnych krajach Europy uprawiano go czasem dla liści i korzeni, jadanych po ugotowaniu, mających silny i podobno ciekawy pieprzny aromat. Ze sfermentowanych korzeni robiono też napój.

Na mokrych łąkach i zaroślach na całym niżu dosyć pospolity jest gorysz błotny *Peucedanum palustre*. Jego korzeń ma smak podobny do imbiru i stymulujące działanie, używany był w Rosji jako przyprawa, a w Finlandii smaży się go w cukrze.

GOŹDZIK Dianthus (goździkowate Caryophyllaceae)

Goździk pierzasty *Dianthus plumarius* jest uprawiany w ogrodach, występuje dziko w Tatrach i Pieninach. Z jego płatków robiono syropy, sosy i octy.

Goździk pyszny *Dianthus superbus* jest dosyć rzadkim gatunkiem łąk zmiennowilgotnych na niżu. Jadano jego gotowane liście, zawiera podobno trujące saponiny, ale w niewielkich ilościach.

Nic nie wiadomo o użytkowaniu jako pokarmu innych krajowych gatunków z tego rodzaju.

Większość gatunków goździków (w tym wyżej wymienione) znajduje się pod ochroną.

GÓŁKA Gymnadenia (storczykowate Orchidaceae)

Gółka długoostrogowa *Gymnadenia conopsea* występuje na łąkach i zaroślach całego kraju, najczęściej jednak w górach. Znajduje się pod ochroną. Ma smaczne i pożywne bulwy, podobnie jak storczykowate z rodzaju → kukułka i → stroczyk, które dają salep, białawy proszek wyrabiany na Bałkanach i Azji Mniejszej, bogaty w skrobię, o słodkim smaku i dziwnym piżmowym zapachu, używany do karmienia małych dzieci, chorych i starców. Podobno jedna uncja (ok. 3 dkg) salepu wystarcza jako dzienna racja pożywienia człowieka. Robiono z niego także napój oraz dodawano do chleba. Bulwy pozyskuje się w okresie kiedy rośliny przechodzą w stan spoczynku i żółkną im pędy.

W Tatrach i Puszczy Romnickiej rośnie też gółka wonna *Gymnadenia odoratissima*, przypuszczalnie ma podobne właściwości jak wyżej wymienionych gatunek.

GRĄŻEL Nuphar (grzybieniowate Nymphaeaceae)

Grążel żółty *Nuphar lutea* występuje w wodach stojących w całym kraju. Na północy kraju można jeszcze znaleźć grążel drobny *Nuphar pumila*, przypuszczalnie o podobnym zastosowaniu. Oba gatunki znajdują się pod ochroną.

Juliusz Słowacki w „Lilii Wenedzie" wspomina o spożywaniu szypułek kwiatów grążela przez głodujących chłopów:

*„Lilije wodne nas od głodu bronią,
Ilekroć zboże roku nie dotrzyma".*

Korzeń grążela żółtego zawiera skrobię. Na surowo jest gorzki i musi być odpowiednio przyrządzony. Orzeźwiający napój z kwiatów robiony był w Turcji, korzenie i ogonki liściowe jedzono w Rosji i Finlandii. Gotowany korzeń był jedzony przez Indian m.in. Lakota i Komanczów. Indianie Thompson, Mendocino i Cree cięli korzeń na cienkie plasterki i suszyli na zimę. Potem można było go sproszkować i dodawać do zagęszczania zupy. Bardzo cenione były też sproszkowane mielone nasiona gotowane w zupie (Indianie Mendocino, Paunisi i Klamath). Indianie z Montany prażyli nasiona jak popcorn, a Algonkinowie ssali ogonki liściowe dla zaspokojenia pragnienia.

GROSZEK Lathyrus (strączkowe Fabaceae)

Kilkanaście gatunków groszku *Lathyrus* występuje dziko w całej Polsce. Zielone strąki i nasiona, dojrzałe nasiona i młode pędy chyba wszystkich gatunków z rodzaju *Lathyrus* są jadalne, najlepiej po ugotowaniu. W ten sposób mogą być przypuszczalnie użytkowane na przykład napospolitsze nasze gatunki: groszek łąkowy *Lathyrus pratensis* (próbowałem go, jest bardzo smaczny) oraz rosnące w lasach – groszek leśny *Lathyrus sylvestris* i wiosenny *L. vernus*. Nie ma jednak danych w literaturze etnobotanicznej o ich użytkowaniu. Może powodem tego jest fakt, że groszki wydają mało nasion. W eksperymentach polowych z groszkiem łąkowym nigdy nie udało mi się zebrać więcej niż 20 g nasion na godzinę.

Groszek nie powinien jednak być dominującym pożywieniem. W miejscach, gdzie nasiona groszków stanowiły podstawę pożywienia i były jedzone przez dłuższy czas obserwowano syndrom chorobowy, latyryzm, polegający głównie na zaburzeniach nerwowych. Ostatnio zanotowano go w r. 1979 w pn. Indiach, gdzie ludność suchych terenów uprawia *Lathyrus sativus*. Jest on spowodowany nagromadzeniem się w ciele rzadkiego i toksycznego aminokwasu. W mniejszych ilościach, lub jedzone od czasu do czasu, rośliny te są jednak zupełnie jadalne.

Głóg dwuszyjkowy Groszek łąkowy

Grzybienie białe Gwiazdnica pospolita

Na gliniastych polach, przydrożach i w zaroślach występuje w całym kraju groszek bulwiasty *Lathyrus tuberosus*. Małe bulwki na jego korzeniach są bogate w skrobię i mogą być jedzone na surowo lub gotowane, najlepsze smażone. Stanowią jeden z najsmaczniejszych pokarmów dostępnych w naszej dzikiej przyrodzie, niestety są drobne i trudne do zbierania. Groszek bulwiasty był uprawiany w Holandii, a z dzikich stanowisk zbierany przez Niemców, Francuzów, Kałmuków i Tatarów.

Głównie na zachodzie Polski (szczególnie na Pomorzu), na suchych murawach i w zaroślach, występuje groszek skrzydlasty *Lathyrus montanus (L. linifolius)*. Górale szkoccy cenili smaczne słodkie bulwki na korzeniach tego gat., suszyli je i żuli przy piciu whiskey. W Holandii i Flandrii smażono je jak kasztany, a w Szwecji stanowiły nawet towar handlowy.

Groszek nadmorski *Lathyrus japonicus subsp. maritimus* występujący na wybrzeżu Bałtyku był używany jako pożywienie zarówno w Europie jak i przez Indian Ameryki Pn. Jedzono zielone strąki i nasiona, dojrzałe nasiona i młode pędy oraz skiełkowane nasiona.

W podobny sposób jak wyżej wymieniony gatunek używano też groszek szerokolistny *Lathyrus latifolius*, u nas dziko jedynie koło Pińczowa oraz uprawiany i dziczejący. Gatunek ten znajduje się pod ochroną.

GRUSZA Pyrus (różowate Rosaceae)

W całej Polsce, głównie na miedzach i skrajach lasów, występuje grusza pospolita (polna) *Pyrus pyraster*, a w uprawie powszechna jest grusza domowa *Pyrus communis*, mieszaniec gruszy pospolitej z kilkoma innymi gatunkami.

Prawdziwie dzikie gruszki są mniejsze od gruszek domowych i okrągłe a nie podłużne. Spotyka się też formy pośrednie między tymi gatunkami – o małych podłużnych gruszkach. Dzikie gruszki są dosyć twarde na surowo. Zwykle szybko opadają na ziemię (przystosowanie do roznoszenia przez ssaki naziemne), gdzie odleżawszy kilka dni stają się słodkie i miękkie. Z gruszek fermentowano rodzaj wina podobny do cydru. Gruszki były u nas tradycyjnie przechowywane na zimę w zalewie octowej (zwyczaj ten zachował się na Podlasiu) lub suszone (kompot z suszonych gruszek jest jedną z tradycyjnych wigilijnych potraw. Z gruszek można też robić różne desery, gdyż rozgotowane owoce są bardzo słodkie. Można ich więc używać jako słodzika do przetworów z mniej słodkich owoców np. bzu czarnego, brusznicy, kaliny itp.)

Grusza był uprawiana od czasów starożytnych (wRzymie znano ich kilkadziesiąt). W 1607 r. na dworze Wielkiego Księcia Toskanii Cosmo III serwowano 209 odmian..

Liście grusz zawierają arbutynę, glikozyd o działaniu moczopędnym, obecny również u roślin wrzosowatych.

GRUSZYCZKA Pyrola (gruszyczkowate Pyrolaceae)

Kilka gatunków gruszyczek, zaliczanych dawniej do jednego rodzaju *Pyrola* występuje u nas, głównie w lasach iglastych.

Mieszkańcy Alaski zbierali jagody gruszyczki jednokwiatowej *Moneses (Pyrola) uniflora*, występującej także i u nas. Rosną one jednak zwykle bardzo nielicznie. Gatunek ten ma też podobno jadalne nasiona. W Europie jest uznawana za roślinę trującą.

Młode liście gruszyczki jednostronnej *Orthilia (Pyrola) secunda* są jadalne w niewielkich ilościach, mają właściwości ściągające. Jadalne są też podobno jej nasiona.

Jadalne są też podobno owoce i liście gruszyczki mniejszej *Pyrola minor*. Owoce tego gatunku, które przetrwały zimę sprzedawano podobno na targach amerykańskich do wyrobu ciast.

GRZYBIENIE Nymphaea (grzybieniowate Nymphaeaceae)

Grzybienie białe *Nymphaea alba* występują w wodach stojących na całym niżu. Rzadko na północy kraju występują jeszcze grzybienie północne *Nymphaea candida*. Oba gatunki znajdują się pod ochroną.

Stare, kilkuletnie korzenie po ugotowaniu można podobno jeść (zawierają do 40% skrobi). Zawierają jednak toksyczne substancje, nie wiadomo na ile można się ich pozbyć przez gotowanie. Fakt, że korzenie grzybieni nie były używane jako pożywienie przez Skandynawów i Indian, którzy znali praktycznie wszystkie nie trujące rośliny, wskazuje, że powinno się zachować ostrożność przy próbach jedzenia tej rośliny. Jedynie Francuzi używali ich korzeni grążela do aromatyzowania piwa.

Jadalne są też podobno nasiona.

Grzybienie są używane jako roślina lecznicza, korzeń przy biegunkach, kwiaty zaś działają silnie uspokajająco i obniżają popęd płciowy.

GRZYBIEŃCZYK Nymphoides (bobrkowate Menyanthaceae)

Grzybieńczyk wodny *Nymphoides peltata* występuje w wodach na niżu, jedynie na kilkunastu stanowiskach. Znajduje się pod ochroną. Jego liście są jadalne po ugotowaniu. Jadalne są też podobno pąki liściowe i nasiona.

GWIAZDNICA Stellaria (goździkowate Caryophyllaceae)

Gwiazdnica pospolita *Stellaria media* jest powszechnie występującym chwastem polnym. Liście gwiazdnicy są bardzo smaczne. Można je jeść na surowo, ale z powodu obecności niewielkich ilości saponin spożywając większe ilości lepiej je gotować, podawane osobno lub jako dodatek do zup. W łagodne zimy na zachodzie kraju może być pozyskiwana prawie przez okrągły rok. Zbierano kiedyś także nasiona dodawane do chleba lub do zagęszczania zup, ale jest to zajęcie dla naprawdę zdesperowanych. W Japonii liście tego gatunku gwiazdnicy („hakobe") są często gotowane wiosną z ryżem. Stanowią jedno z siedmiu „wiosennych ziół" jedzonych na siódmy dzień Nowego Roku (dawniej siódmy dzień pierwszego miesiąca chińskiego kalendarza księżycowego). Więcej o tej tradycji pod hasłem →TASZNIK.

PRZEPIS NA ZUPĘ Z GWIAZDNICY

Duży pęk liści i łodyg gwiazdnicy, 1 ziemniak, 1 cebula, 1 żaba, 1 łyżka śmietany.

Umytą gwiazdnicę poszatkować (wpierw oczyścić ze zżółkniętych martwych części). Obranego ziemniaka i cebulę pokroić na drobną kostkę. Żabie odciąć głowę. Usunąć wnętrzności, jak przy oprawianiu królika. Przednie i tylne łapy, skóra, kości, wątroba i serce nadają się do zupy. Nalać do garnka półtora litra wody, dodać wyżej wymienione części żaby, gwiazdnicę, cebulę i ziemniaka. Gotować 15 minut. Dodać łyżkę śmietany.

HORTENSJA Hydrangea (hortensjowate Hydrangeaceae)

Kilka gatunków z tego rodzaju jest uprawianych w ogrodach.

Hortensja krzewiasta *Hydrangea arborescens* pochodzi z Ameryki Pn. Czirokezi przyrządzali herbatę z obranych młodych gałązek, gotowali je także traktując jak młodą fasolkę szparagową.

Hortensja pnąca *Hydrangea petiolaris (H. anomala)* jest pnączem pochodzącym z Dalekiego Wschodu. Japończycy miażdżą świeże liście i dodają je do sojowej pasty miso. Jadane są też gotowane liście, smakują jak ogórki. Pozyskuje się też z tego pnącza słodki sok.

Hortensja ogrodowa *Hydrangea macrophylla* jest niewielkim krzewem rosnącym dziko od Himalajów po Japonię, gdzie nazywana jest *amacha*. Młode liście suszone i potarte między rękami robią się słodkie, używane były do robienia słodkiej herbaty zwanej „herbatą niebios" podawane są w czasie buddyjskich ceremonii, np. w dzień urodzin Buddy w Japonii. Zawierają fellodulcynę, substancję będącą naturalnym słodzikiem. Jeden mały liść może osłodzić filiżankę herbaty. Starsze liście, suszone i sproszkowane są używane do przyprawiania żywności. Starsze liście i pędy są jedzone gotowane. Młode liście zawierają podobno trujący kwas pruski (jak pestki jabłoni i śliw), jego zawartość zmniejsza się prawie do zera podczas starzenia się liści.

HYZOP Hyssopus (wargowe Lamiaceae)

Hyzop lekarski *Hyssopus officnalis* pochodzi z pd. Europy. U nas uprawiany w ogrodach jako roślina przyprawowa, czasem dziczeje.

Liście i kwiatostany hyzopu są przyprawą znaną od starożytności, używany do zup, sosów, mięs i sałatek. W smaku zbliżony do mięty i szałwi.

W przeszłości był cenioną rośliną lekarską, używaną jako panaceum na wiele chorób.

IGLICA Erodium (bodziszkowate Geraniaceae)

Na suchych miejscach ruderalnych występuje często iglica pospolita *Erodium cicutarium*. Została zawleczona do Ameryki, gdzie była używana przez Indian. Indianie Costanoan jedli jej surowe łodygi, Diegueno gotowali liście wcześnie na wiosnę, zanim pojawią się kwiaty, a dzieci z plemienia Hopi żuły korzenie. Liście są dobrym dodatkiem do sałatek i zup.

IGLICZNIA →GLEDICZJA

IRYS →KOSACIEC

JABŁOŃ Malus (różowate Rosaceae)

W naszym kraju rzadko w lasach występuje jabłoń dzika *Malus sylvestris*, a częściej spotykamy uprawiane lub zdziczałe formy jabłoni domowej *Malus domestica*. Powszechnie uważa się, że jabłoń domowa powstała w starożytności jako krzyżówka kilku gatunków, m.in. *Malus domestica* i *M. pumila*. Najnowsze badania genetyczne wykazują jednak, że wszystkie odmiany uprawne mogą pochodzić od środkowoazjatyckiej *Malus sieversii*.

Owoce dzikiej jabłoni są bardzo cierpkie, ale mogą być jedzone przy odrobinie samozaparcia. Lepiej je gotować lub suszyć. Warto pamiętać, że jabłka można z powodzeniem suszyć na zimę, pokrojone na plasterki. Jabłka zawierają dużo pektyn, nadają się więc do robienia galaretek, mają działanie ściągające i przeczyszczające. Pestki jabłek zawierają kwas pruski, który jest silnie toksyczny w większych ilościach, choć w mniejszych poprawia trawienie. Liście jabłoni mają działanie silnie antyseptyczne.

APPLE CRUMBLE – najbardziej tradycyjny deser angielski

Kilkanaście jabłek (najlepiej renet), pół szklanki płatków owsianych, pół szklanki mąki (najlepiej razowej), pół do całej szklanki brązowego cukru (nie może być biały, bo smak będzie dużo gorszy), ćwiartka kostki masła, 1 łyżeczka sproszkowanego cynamonu, 1 łyżeczka goździków, sok z 1 cytryny, szczypta zmielonej gałki muszkatołowej, lody waniliowe (opcjonalnie).

Obrać jabłka. Pokroić na dosyć cienkie kawałki. Podgrzewać je z odrobiną wody i 2 łyżkami cukru, aż zamienią się w papkę. Podczas podgrzewania mieszać. Dodać cynamon, goździki i gałkę. Żaroodporny garnek wysmarować tłuszczem. Wlać otrzymaną papkę jabłkową, nie wyżej niż na trzy czwarte wysokości garnka. Papkę przykryć równomiernie dobrze wymieszanymi ze sobą: płatkami, mąką i resztą cukru. Całość włożyć do piekarnika 30-60 min., w temp. 180 C. Serwować na ciepło z lodami waniliowymi.

JAGODA KAMCZACKA →WICIOKRZEW

JAŁOWIEC Juniperus (cyprysowate Cupressaceae)

Jałowiec pospolity *Juniperus communis* rośnie w całej Polsce na pastwiskach, wrzosowiskach i w suchych borach. Nib-jagody tego gatunku są powszechnie stosowane w Europie i Azji jako przyprawa do mięs, kiszonej kapusty i alkoholu, u nas głównie do bigosu. W Niemczech używano ich zamiast pieprzu. W Szwecji były konserwowane, jako materiał na napój lub prażone jak kawa. We Francji pędzono piwo „genevette" przez fermentację równej ilości wywaru z jałowca i jęczmienia. Podobne piwo pędzono też w Kamaon (Indie). W Karelii pędzono z nich wódkę. W większych ilościach niż parę jagód może być trujący, szczególnie silnie podrażnia nerki (notowano nawet zejścia śmiertelne). Natomiast parę jagód (używamy tylko dojrzałych – niebieskich) dodane do garnka z sosem nadaje mu przyjemny aromat. Indianie Anticosti przyrządzali napój z gałązek z owocami gotowanymi razem z ziemniakami, drożdżami i wodą. Indianie Thompson i Jemez używali fragmentów gałązek do parzenia herbaty. Odżibwejowie parzyli herbatę z gałązek powszechnie u nas uprawianego jałowca płożącego *Juniperus horizontalis*. Jagody niektórych innych gatunków jałowca były suszone, gotowane lub mielone na mączkę do przyprawiana potraw (*J. californica, J. deppeana, J. osteosperma, J. scopulorum* i *J. virginiana*).

Owoce jałowca pospolitego są powszechnie używane w domowym ziołolecznictwie przy problemach z trawieniem, chorobach nerek i pęcherza moczowego.

Rosnący w górach Europy południowej jałowiec sabiński *Juniperus sabina* (u nas powszechnie uprawiany w ogrodach, dziko tylko w Pieninach) jest silnie trujący. Kobiety z plemienia Sabinek używały go do wywoływania poronień. Jedynie nad Donem z niby-jagód tego gatunku pędzono wódkę.

Jałowiec pospolity był świętą rośliną, używaną przez szamanów syberyjskich. Występuje on też w Ameryce Pn. Jednak Indianie używali zwykle w ceremoniach jałowca wirginijskiego (u nas powszechnego w ogrodach w odmianie 'Skyrocket'). Jego gałązki zawieszone na tipi odstraszały pioruny. Z gałązek robiono kadzidła (smudgesticks) używane do okadzania przy ceremoniach szałasu potów.

JANOWIEC Genista (strączkowe Fabaceae)

Na skrajach lasów i murawach występuje często janowiec barwierski *Genista tinctoria*. Na Kaukazie jego pączki były marynowane i używane w sosach jak kapary. Nasiona janowca mogą być podobno substytutem kawy. Nic nie wiadomo o jadalności kilku innych rzadszych gatunków z tego rodzaju.

JARNIK Samolus (pierwiosnkowate Primulaceae)

Jarnik solankowy *Samolus valerandi* występuje jedynie na nielicznych solniskach na Kujawach i Pomorzu. Jego gorzkawe liście są jadalne na surowo i gotowane.

JARZĄB Sorbus (różowate Rosaceae)

Do rodzaju tego należą niewielkie drzewa wytwarzające jadalne owoce. Najpospolitszym gatunkiem naszych lasów jest u nas jarzębina (jarząb pospolity) *Sorbus aucuparia*, częsty gatunek lasów na glebach kwaśnych (bory, kwaśne dąbrowy i kwaśne buczyny). Poza tym spotyka się jeszcze kilka rzadkich gatunków – jarząb brekinia *S. torminalis* (zachodnia Polska - chroniony, i w zieleni miejskiej), mączny *Sorbus aria* (Tatry, Pieniny i w zieleni miejskiej), szwedzki *S. intermedia* (Pomorze – chroniony, i w zieleni miejskiej), nieszpułkowy *S. chamaespilus* i grecki *S. graeca* (Pieniny).
Owoce jarzębu pospolitego i niektórych innych gatunków z tego rodzaju (np. jarzębu brekinii i kaszmirskiego *S. cashmiriana*) są gorzkie i niesmaczne (znane są odmiany owocach pozbawionych goryczki), nadają się tylko na przetwory, choć były jadane w okresach głodu. Ponadto owoce jarzębu pospolitego zawierają lekko toksyczny kwas sorbowy i jego pochodne. Z owoców wyrabiano napoje alkoholowe, a suszone mielono na mąkę do wyrobu chleba (Wielka Brytania, Liwonia, Szwecja, Kamczatka). Istnieją odmiany jarzębu pospolitego pozbawione goryczki, można się jej też w dużym stopniu pozbyć na kilka sposobów (przez blanszowanie – zanurzenie na krótko w gorącej wodzie, mrożenie lub moczenie przez dobę w wodzie z octem).

Smaczne są natomiast owoce jarzębu szwedzkiego i mąkinii oraz większości innych pokrewnych im całolistnych gatunków, choć poszczególne osobniki mogą różnić się atrakcyjnością smaku. Owoce tych gatunków są mączyste i słodkie. Niektóre źródła podają, że lepiej je jeść po przemrożeniu, ale owoce, które zbierałem z ulicznych nasadzeń w Anglii smakowały mi dużo bardziej zerwane prosto z drzewa. Ulica w Norwich, na której mieszkałem obsadzona była kilkoma gatunkami z tego rodzaju, przez cały wrzesień i październik z dużą przyjemnością jadłem codziennie kilka lub nawet kilkanaście kiści jarzębu szwedzkiego i mąkini. Można z nich też robić przetwory, ja robiłem rodzaj powidła, które zakwaszałem niewielką ilością owoców jeżyn. Owoce jarzębu mąkini były we Francji i Szwajcarii suszone i formowane w ciasteczka w okresach niedostatku, a w Indiach jedzone na pół przegnite.

JASKIER Ranunculus (jaskrowate Ranunculaceae)

W naszym kraju występuje ponad 20 gatunków z tego rodzaju. Większość gatunków jest trująca na surowo (zawierają protoanemoninę). Trujące właściwości zanikają zwykle po starannym ususzeniu lub ugotowaniu roślin połączonym z odlaniem wody, ale rośliny wtedy pozbawione są raczej jakiegokolwiek smaku.

Liście zdziczałego z Europy jaskra ostrego *Ranunculus acris*, u nas pospolitego na łąkach i pastwiskach, były gotowane i jedzone przez Czirokezów. Jadalne po ugotowaniu są też podobno liście i korzenie (musi być wcześniej wysuszony) występującego także na łąkach i pastwiskach jaskra bulwkowego *Ranunculus bulbosus*. Pozbawone piekącego smaku są liście jaskra rozłogowego *R. repens*, rosnącego na wilgotniejszych łąkach i polach (da się je zjeść nawet na surowo), był on używany w Europie jako warzywo. Jadalne są też jego korzenie. Pasterze Wołoscy jedli po ugotowaniu liście najbardziej trującego jaskra jadowitego *Ranunculus sceleratus*, rosnącego u nas na miejscach podmokłych.

Zobacz też → ziarnopłon.

JASNOTA Lamium (wargowe Lamiaceae)

W naszym kraju występują: jasnota biała *Lamium album* (na przychaciach), purpurowa *L. purpureum* (chwast polny), różowa *L. amplexicaule* (chwast polny) i plamista *L. maculatum* (wilgotne lasy i zarośla) oraz blisko spokrewniony → gajowiec żółty *Galeobdolon luteum (Lamium galeobdolon)*. Ich liście, o ściągających właściwościach, nie są zbyt smaczne, ale mogą być jedzone na surowo lub gotowane. Można też parzyć z nich herbatkę. Liście jasnoty białej i purpurowej były na przykład jedzone w Szwecji. Szczególnie cenna jest jasnota purpurowa, gdyż choć jest gatunkiem jednorocznym, można ją często zbierać na polach i ugorach w czasie zimy. Jasnota biała jest ziołem tradycyjnie stosowanym dla złagodzenia przebiegu ciężkich miesiączek. Liście jasnoty różowej (jap. *hotokenoza*) stanowią jedno z japońskich siedmiu „wiosennych ziół" jedzonych na siódmy dzień Nowego Roku (dawniej siódmy dzień pierwszego miesiąca chińskiego kalendarza księżycowego). Więcej o tej tradycji pod hasłem →TASZNIK.

JASTRUN Leucanthemum (złożone Asteraceae)

Liście pospolitego na łąkach kośnych i suchych murawach jastruna (złocienia) zwyczajnego *Leucanthemum vulgare (Chrysanthemum leucanthemum)* są jadalne wczesną wiosną. Podobno w Hiszpanii z jego korzeni robiono sałatki.

JASTRZĘBIEC Hieracium (złożone Asteraceae)

Z pośród wielu gatunków jastrzębca występujących w naszym kraju istnieją dane jedynie o jadalności młodych liści jastrzębca baldaszkowego *Hieracium umbellatum* częstego gatunku muraw, zarośli i skrajów lasu. Przypuszczać należy, że pozostałe gatunki, choć niezbyt smaczne mogą być okazjonalnie spożywane.

JESION Fraxinus (oliwkowate Oleaceae)

Pospolitym drzewem w naszym kraju jest jesion wyniosły *Fraxinus excelsior*. Jego owoce były dawniej używane w wielu krajach jako pożywienie (głównie głodowe), moczone w soli i occie i jedzone jako przyprawa (jeszcze w XIX w Rosji). Zawierają jadalny olej.

MARYNOWANE NASIONA JESIONU (przepis z John Evelyn „Acetaria, a Discourse of Sallets" 1699, za Phillipsem)

Zbierz je młode (tylko bardzo młode i miękkie – przyp. ŁŁ) i gotuje je w 3 lub 4 zmianach wody, aby wyciągnąć gorzkość, i kiedy są delikatne, przygotuj syrop z ostrego białego winnego octu i cukru z odro-

Iglica pospolita

Jeżogłówka gałęzista

Kaczeniec błotny

Kasztan jadalny

biną wody. Potem gotuj na bardzo szybkim ogniu i wtedy staną się zielone i gotowe do włożenia do naczynia, jak tylko ostygną.

Rzadko spotykany w uprawie jest jesion mannowy *Fraxinus ornus*, z południa Europy. Gatunek ten jest specjalnie uprawiany we Włoszech. Gdy drzewo ma 8-10 lat każdego dnia nacina się go w jednym miejscu od początku lipca do września. Z tych nacięć wypływa lepka biała ciecz, która twardnieje w „mannę", używaną jako środek przeczyszczający i słodzik. Zbiera się ją przez 9 lat, po czym drzewo ścina się. Odrasta ono przez 4-5 lat i znowu może rodzić mannę. Mannę zbiera się raz w tygodniu. Z jednego hektara można uzyskać 6 kg manny wysokiej jakości i 80 kg manny podlejszej. Podobno na Sycylii także jesion wyniosły produkuje trochę manny.

Pospolicie sadzony przy drogach jesion pensylwański *Fraxinus pennsylvanica* z Ameryki Pn. był użytkowany przez Odżibwejów. Jedli oni podkorze tego drzewa, gotowane w pasach jak makaron, smakuje ono trochę jak jajka.

JEZIERZA Najas (jezierzowate Najadaceae)

Liście jezierzy morskiej *Najas marina* występującej w rozproszeniu w wodach całego kraju i wymarłej na Pomorzu jezierzy giętkiej *Najas flexilis* są jadalne na surowo. Brak danych o jezierzy mniejszej *Najas minor*.

JEŻOGŁÓWKA Sparganium (jeżogłówkowate Sparganiaceae)

Pięć gatunków jeżogłówki występuje u nas w płytkich wodach. Najczęstsza jest jeżogłówka gałęzista *Sparganium erectum (S. ramosum)* i pojedyncza *S. simplex (S. emersum)*. Rzadsze są jeżogłówka pokrewna *S. angustifolium (S. affine)*, najmniejsza *S. minimum* i zapoznana *S. simplex*.

Jadalne po ugotowaniu są korzenie i nasady łodyg jeżogłówki gałęzistej (być może też innych gatunków). Indianie Klamath jedli korzenie i nasady pędów amerykańskiego gatunku *S. eurycarpum*.

JEŻYNA I MALINA Rubus (różowate Rosaceae)

W naszym kraju występuje aż kilkadziesiąt gatunków z tego rodzaju, wszystkie o jadalnych owocach.

Klasyfikacja jeżyn jest niezwykle zagmatwana, a rozpoznawanie gatunków, z powodu obecności licznych form pośrednich prawie niemożliwe dla laika. Dla wygody większość gatunków jeżyn grupuje się czasem w **gatunek zbiorowy** *Rubus fruticosus agg.* Owoce jeżyn są dosyć smaczne na surowo. Robi się z nich wyśmienite przetwory (konfitury, soki, wina). Podobno jadalne są też korzenie (nie za młode i nie za stare), po długim gotowaniu. Poszczególne gatunki różnią się trochę smakiem, porą owocowania i siedliskiem w którym występują. Najwcześniej (już w końcu lipca) owocuje jedna z najpospolitszych jeżyn (jedyna oprócz jeżyny popielicy jeżyna występująca w pn.-wsch. Polsce) **jeżyna wzniesiona** *Rubus nessensis* (*R. suberectus*). Można ją spotkać w prześwietleniach borów mieszanych i olszyn, oraz na skrajach lasów. Najpóźniej (wrzesień- październik) owocują drobne płożące gatunki spotykane w lasach bukowych na południu kraju, w tym najczęstsza jeżyna karpackich lasów – **jeżyna gruczołowata** *Rubus hirtus.* Dosyć smaczne owoce (choć drobne i nieliczne) ma też najpospolitszy w Polsce gatunek, często spotykany nawet w miastach, na torowiskach i przydrożach – **jeżyna popielica** *Rubus caesius.* Z suszonych liści jeżyn można parzyć herbatkę. Młode pędy są jadalne na surowo, po obraniu. Cała roślina ma działanie ściągające, jest stosowana m.in. przy biegunkach.

Malina właściwa *Rubus idaeus* jest jadana przez prawie wszystkie narody pólnocnej półkuli. Sposób użytkowania jako pokarm pokrywa się całkowicie z jeżynami, chociaż ma trochę szersze zastosowanie medyczne (liście mają działanie antyzapalne, stymulujące, ściągające). Malina jest wspaniałym owocem deserowym, jedzonym we wszystkich krajach strefy umiarkowanej. Daje też wspaniały sok, bez którego jeszcze do niedawna nie obywała się żadna rodzina. Uważany jest u nas, nie bez powodu, za środek leczniczy przeciw przeziębieniom. Stanowi wspaniały dodatek do herbaty. Maliny były jedzone powszechnie przez Indian, świeże lub suszone (m.in. Algonkinów i Okanagon-Colville). Cree jedli także obrane łodygi, a Tanana przechowywali owoce zmieszane z tłuszczem lub/i cukrem. Thompson i Irokezi suszyli urobione z nich ciasteczka. Dla Potawatomi i Odżibwejów był to ulubiony artykuł żywnościowy. Herbatę z liści maliny parzyli Paunisi i Omaha.

Malina moroszka *Rubus chamaemorus* jest rzadkim gatunkiem występujących u nas na kilkunastu stanowiskach, na torfowiskach na północy kraju i w Sudetach. Znajduje się pod ochroną. Występuje też w Skandynawii, Syberii i w Kanadzie. Jej żółte owoce są słodkie i soczyste, bardzo cenione w Skandynawii i przez Eskimosów; Lapończycy przechowywali ich zimowe zapasy pod śniegiem. Eskimosi i Indianie jedli owoce na surowo lub przechowywane w skórach bądź beczkach, często łączone z tłuszczem foki lub cukrem. „Lody eskimoskie" składały się z owoców moroszki, oleju foki i przeżutego łoju z karibu. Jadalne są jej kwiaty, na surowo. Ze świeżych lub suszonych liści można parzyć herbatkę.

Malina kamionka *Rubus saxatilis* jest płożącą byliną występującą w lasach mieszanych na niżu. Jej owoce są bardzo kwaśne, zwykle jedzone z cukrem.

Coraz częściej uprawia się różne obce gatunki amerykańskie i azjatyckie jeżyn i malin (*Rubus xanthocarpus, R. alleghaniensis, R. cockburnianus, R. odoratus*) lub formy mieszańcowe. Wszystkie są godne polecenia jako rośliny jadalne.

KONFITURA Z MALIN
Maliny zasypać cukrem (w stosunku 4:1) i odstawić na noc. Następnego dnia smażyć na wolnym ogniu przez około 20 min., często mieszając. Zlać do gorących słoików i zakręcić.

JĘZYCZKA Ligularia (złożone Asteraceae)

Języczka syberyjska *Ligularia sibirica* występuje na kilku stanowiskach na bagiennych łąkach w pasie wyżyn. Znajduje się pod ochroną. Jej liście są jadalne po ugotowaniu. Brak danych o jadalności gatunków uprawianych u nas w ogrodach (np. *L. dentata, L. przewalskii*).

JODŁA Abies (sosnowate Pinaceae)

Rodzimym gatunkiem jest jodła pospolita *Abies alba*. Występuje ona dziko jedynie na południu kraju, poniżej linii Zielona Góra-Łódź-Siedlce. Największe jej skupiska znajdują się w górach i na pogórzu. Kilka gatunków z tego rodzaju jest czasem uprawianych.

Brak jest danych o użytkowaniu jodły pospolitej jako pokarmu, oprócz tego, że jej gałązki są świetną przyprawą do piwa. Jedynie Couplan podaje, że Lapończycy i Skandynawowie robili chleb z miazgi tego gatunku. Nie występuje on jednak na północy Europy, więc chodzi być może o jakieś inne drzewo iglaste. Podkorze (miazgę) jodeł (*A. amabilis, A. balsamea, A. grandis, A. lasiocarpa*) jedli także Indianie (np. Haisla i Thompson).

Indianie Micmac przyrządzali napój z kory *Abies balsamea*, a Thompson parzyli herbatę z gałązek *A. grandis*.

Indianie Shuswap jedli nasiona *A. lasiocarpa*. Używali oni żywicę jodły olbrzymiej *A. grandis* jak gumę do żucia, Nitinaht używali do tego jodły *A. amabilis*, a Czarne Stopy *A. lasiocarpa*.

Czarne Stopy przyrządzali rodzaj ciastka (sproszkowane szyszki pozostawione przez wiewiórki zmieszane z tłuszczem z grzbietu i szpikiem kostnym) rozdawanego podczas zebrań i ceremonii zarówno dla poprawienia trawienia jak i jako delikates.

„Balsam kanadyjski" to żywica otrzymywana z jodły balsamicznej lub rzadziej z innych gatunków. Podobny olejek produkowany jest także z jodły syberyjskiej *A. sibirica*.

Jodła ma właściwości antyseptyczne i wykrztuśne.

Herbata parzona z gałązek i igieł naszej rodzimej jodły pospolitej jest jednym z moich ulubionych napojów. Może być szczególnie cenna w czasie śnieżnej zimy jako jedyna z niewielu dostępnych roślin.

JUDASZOWIEC Cercis (strączkowe Fabaceae)

Bardzo rzadko uprawiane są u nas poniżej opisane dwa gatunki krzewów z tego rodzaju.

Dzieci Czirokezów jadły kwiaty judaszowca kanadyjskiego *Cercis canadensis*, a Indianie Navaho piekli jego pąki w popiele, a nasiona gotowali. Francuscy Kanadyjczycy używali kwiatów na sałatki i marynaty.

Niedojrzałe strąki judaszowca południowego *Cercis siliquastrum* używane były przez Greków i Turków do sałatek, kwiaty smażone w cieście, a pąki marynowane w occie.

KACZENIEC Caltha (jaskrowate Ranunculaceae)

Kaczeniec błotny (knieć błotna) *Caltha palustris* to pospolita roślina całej północnej półkuli, rosnąca na mokradłach, nad strumieniami i wilgotnych olszynach.

Liście, od lutego do kwietnia, przed zakwitnięciem rośliny jadalne po ugotowaniu i odlaniu wody (czynność najlepiej powtórzyć), później trujące. Młode liście i łodygi były powszechnie gotowane i jedzone przez Indian (Abnaki, Eskimosi, Czipewejowie, Irokezi, Menominowie, Mohikanie i Odżibwejowie), podawane osobno albo z mięsem lub tłuszczem. Podobno Indianie i mieszkańcy Syberii jadali także korzenie gotowane w podobny sposób jak liście. Na południu USA pączki kwiatowe marynowano zamiast kaparów. Surowe kaczeńce zawierają kilka trujących substancji, m.in. protoanemoninę i saponiny. W młodych liściach ich koncentracja jest niska, a gotowanie powoduje rozkład protoanemoniny. Najlepiej liście gotować dwa razy po pół godziny, za każdym razem zmieniając wodę. Gotujemy aż do ustąpienia gorzkiego smaku.

Oto co pisze o tym gatunku ksiądz Kluk: „Pączki kwiatowe nierozwinione, poki twarde są, marynowane, zastąpić mogą na stoły cudzoziemskie kapary. Głodnych czasów korzenie zażywać się mogą zamiast ogrodowego warzywa."

KALINA Viburnum (przewiertniowate Caprifoliaceae)

Pospolicie w naszym kraju, z reguły na miejscach wilgotnych rośnie kalina koralowa *Viburnum opulus*. Jej owoce są mało smaczne, wręcz ohydne (smakują jak żurawina z gorzkim posmakiem), długo pozostają na krzewach (są jedzone przez wygłodniałe ptaki na samym końcu), ale były czasem używane jako pożywienie, szczególnie w postaci przetworów, także jako substytut żurawiny. Lepsze są po ugotowaniu. Słynny amerykański pisarz XIX-wieczny, Thoreau, jadał ją z cukrem, a w Norwegii i Szwecji słodzono ją miodem. Jej owoce były używane także przez Indian, np. Czipewejów i Irokezów (występuje również w Ameryce). Jedzono je na surowo, dodawano do sosów lub suszono w postaci grudek. Kora kaliny koralowej ma silne działanie przeciwskurczowe, szczególnie na macicę. Istnieją doniesienia o zatruciach owocami kaliny jedzonymi na surowo.

GALARETKA Z KALINY za Phillipsem, zmodyfikowane
Pół kg jagód kaliny, skórka z 1 pomarańczy, półtorej szklanki wody, pół kg cukru.

Oczyszczone owoce i utartą skórkę pomarańczową gotujemy razem przez 10 minut na małym ogniu, mieszając. Przecieramy przez sitko. Otrzymaną papkę wlewamy z powrotem do rondla i dodajemy cukru. Mieszając, podgrzewamy, aż do rozpuszczenia cukru, a potem do pojawienia się pierwszych oznak gotowania. Wlewamy do czystych ciepłych słoików. Zostawiamy do zestalenia i ostygnięcia. Potem zakręcamy słoiki.

Czasami można też u nas znaleźć zdziczałą z parków kalinę hordowinę, występującą dziko już zaraz za południowymi granicami Polski, na glebach wapiennych. Jej owoce są także mało smaczne, jedzone raczej w ostateczności.

KARAGANA Caragana (strączkowe Fabaceae)

Karagana syberyjska *Caragana arborescens* pochodzi z centralnej Azji. Dobrze rośnie na suchych piaszczystych glebach, na których jest chętnie uprawiana w naszym kraju, często w formie żywopłotów.

Karagana, krzewiasta krewniaczka grochu i fasoli, jest być może jedną z pokarmowych roślin przyszłości, ponieważ ma jadalne po ugotowaniu, pożywne nasiona (36% białka, 12% tłuszczu), a jest łatwym w uprawie krzewem mogącym rosnąć na wyjątkowo jałowych, suchych siedliskach borów sosnowych. Jadalne są także gotowane zielone strąki. Oto co pisze o tym gatunku ksiądz Kluk (jako „grochowe drzewo"): „Ziarna nasienne nie tylko mielone zażywać się mogą do ciasta, ale i całe miękko się gotuią, i iako groch pożywieniem być mogą."

KARBIENIEC Lycopus (wargowe Lamiaceae)

Na miejscach wilgotnych, najczęściej w olszynach, występuje karbieniec pospolity *Lycopus europaeus*. Jego korzenie były jedzone w dawnych czasach w Chinach, jako pożywienie głodowe, surowe lub gotowane. Korzenie *L. asper* i *uniflorus* jedli Indianie, a *L. lucidus* mieszkańcy Dalekiego Wschodu.

KASZTAN Castanea (bukowate Fagaceae)

W naszym kraju kasztan jadalny *Castanea sativa*, to drzewo rzadko spotykane w parkach, głównie na zachodzie kraju. Pospolity w pd. Europy i pd-zach. Azji. Często cierpi od mrozów, szczególnie na wschodzie kraju, i czasami wydaje jedynie puste owoce. Czasami przemarza do ziemi i przybiera formę wielopniową. Ciekawostką jest stary jednopniowy kasztan jadalny w parku w Jaćmierzu koło Sanoka, w części Polski, gdzie temperatury co kilka lat spadają do –30 stopni.

Kasztan jadalny stanowił podstawę pożywienia wieśniaków wielu rejonów Hiszpanii, Francji i Włoch, będąc dla nich głównym źródłem skrobi. Jedzono je pieczone lub wyrabiano mąkę z której wypiekano chleb lub ciastka. We Francji jedzony obecnie głównie jako słodycze „marrons glacés" i krem kasztanowy.

Pokrewne gatunki były używane w Ameryce i Azji, np. Czirokezi i Irokezi mielili kasztany *Castanea dentata* do wyrobu chleba lub gotowali i ubijali na pastę, jedząc osobno albo z innymi produktami, używali też oleju z kasztanów.

Kasztany zwierają dużo skrobi (25%) i innych cukrów (15%), a mało białka (3%) i tłuszczu (3%). Mają też dużo witaminy B1, B2 i C.

KREM KASZTANOWY, za Lanską, zmodyfikowany

Pół kg kasztanów, szklanka mleka, pół szklanki cukru, laska wanilii, odrobina rumu. Kasztany sparzyć wrzątkiem. Obrać na gorąco zarówno z twardych łupin, jak i miękkiej zewnętrznej otoczki pod łupiną. Zagotować z mlekiem ,wanilią i cukrem. Utrzeć na jednolitą masę i dodać rumu do smaku. Stosowany jako nadzienie lub dodatek deserowy. Można dodać trochę mniej cukru i używać jak masła orzechowego, na przykład do smarowania podpłomyków.

KASZTANOWIEC Aesculus (kasztanowcowate Aesculaceae)

Najczęściej spotykanym gatunkiem jest kasztanowiec biały *Aesculus hippocastanum*. Drzewo to bardzo wrosło w krajobraz Polski, można je znaleźć w każdym parku, nie jest jednak rodzime – pochodzi z gór Albanii i Grecji.

Owoce kasztanowca wyglądają apetycznie, ale są bez przygotowania silnie trujące. Zawierają bardzo dużo saponin (aż 8-26%), substancji powodujących niszczenie (hemolizę) czerwonych ciałek krwi. Saponiny można usunąć przez gotowanie połączone z wypłukiwaniem. Trzy gatunki kasztanowca, azjatycki *A. indica* i amerykańskie *A. californica* i *A. parviflora* były jedzone po takim przygotowaniu przez tubylców. Oto jak wykorzystywali owoce *Aesculus californica* Indianie Pomo. Gotowane orzechy jedzone z pieczonymi wodorostami, mięsem i owocami morza. Orzechy kładziono wpierw do gorącej wody, żeby rozluźnić łupę. Po usunięciu łupy jądro wrzucano z powrotem do gotującej wody dopóki nie były miękkie jak ziemniaki. Potem mielono je w moździerzu i ługowano. Istniała też druga, starsza metoda. Orzechy obierano, pieczono w popiele do miękkości. Potem je tłuczono i kładziono w zagłębieniu z piasku przy strumieniu. Przez pięć godzin tą kaszę ługowano wodą ze strumienia. Po ustąpieniu goryczki były gotowe do jedzenia bez gotowania.

Inna metoda przyrządzania owoców kasztanowca polega na kilkakrotnym gotowaniu pokawałkowanych kasztanów i wymianie wody za każdym razem. W ten sposób usuwamy trującą substancję, ale także wiele wartościowych związków, pozostawiając głównie skrobię, która stanowić może podstawę do dań z innymi produktami.

O preparowaniu owoców kasztanowca pisze też ksiądz Kluk: „Czasu drogości można z nich mieć chleb smaczny, dobry i zdrowy, podług przepisu P. Kurella, któremu z tey mąki biszkokty się nawet udawały. Na to przerzyna się w kilku mieyscach brunatna łupina kasztanów, kładą się w beczkę warstwami, przesypuiąc niegaszonym wapnem: nalewa się wody, i mokną 24. godzin. Zlawszy tę wodę, nalewa się czysta, co dzień odmieniając, aż się wapno wypłocze. Obłupuią się, i ieszcze w czystey wodzie moczą 24. godzin : potem tłuką się, i w wodzie pławią, w ktorey mąka osiadła wysusza się."

Surowe kasztany były używane przez Indian Costanoan jako trucizna na ryby. Ryby charakteryzują się bowiem niezwykłą wrażliwością na obecność saponin, śmiertelne są dla nich nawet niewielkie ich ilości, nieszkodliwe dla człowieka.

Kasztanowiec ma pobudzające działanie na krążenie. Jest stosowany w nieżytach przewodu pokarmowego, przy krwawieniach jelitowych i w wielu innych zaburzeniach układu krążenia i układu pokarmowego.

KĄKOL Agrostemma (goździkowate Caryophyllaceae)

Kąkol polny *Agrostemma githago* jest coraz rzadszym u nas chwastem zbożowym. Dawniej był pospolity i zwalczany, dziś prawie wymarł. Dawniej jego wielkie czarne (w środku białe) nasiona zanieczyszczały mąkę, jako że są lekko trujące. Jednak w Rosji, a szczególnie na Syberii z nasion kąkolu pędzono wódkę. Jeszcze w roku 1911 wielkie obszary ziemi zasiewano kąkolem w okolicach Czeljabińska. Po prostu był to plon, który najlepiej się tam udawał. Liście kąkolu były okazjonalnie jedzone, najlepiej je ugotować, gdyż zawierają saponiny.

KIELICHOWIEC Calycanthus (kielichowcowate Calycanthaceae)

Kielichowiec wonny *Calycanthus floridus* to krzew pochodzący z Ameryki Pn., czasem uprawiany w ogrodach. W Ameryce kora tego gatunku i innych amerykańskich gatunków kielichowca była używana zamiast cynamonu – jest niezwykle aromatyczna. Brak jednak doniesień o dodawaniu go do pokarmu przez Indian, którzy stosowali go jedynie jako lekarstwo, należy więc zachować pewną ostrożność (zawiera alkaloid hamujący akcję serca!).

KIELISZNIK Calystegia (powojowate Convolvulaceae)

Kielisznik zaroślowy *Calystegia sepium* występuje pospolicie nad rzekami i na siedliskach ruderalnych. Jego łodygi jedzone były w Indiach, a gotowane korzenie w Chinach. Łodygi należy podobno opłukać przed gotowaniem. Mają słodki, przyjemny smak. W pd. Anglii marynowano delikatne pędy zachodnioeuropejskiego nadmorskiego *Calystegia soldanella*. Można je także gotować, mają takie same właściwości jak poprzedni gatunek. Uwaga, oba gatunki mogą spowodować rozwolnienie.

KLINOPODIUM Clinopodium (wargowe Lamiaceae)

Klinopodium pospolite (czyścica storzyszek) *Clinopodium vulgare (Calamintha vulgaris)* występuje w całym kraju na suchych skrajach lasów. Ma aromatyczne jadalne liście. Można ich używać jako dodatku do potraw na surowo lub gotowane. Zapach nieco zbliżony do oregano lub mięty, ale niezbyt silny i mniej przyjemny.

KLON Acer (klonowate Aceraceae)

W Polsce spotykamy trzy rodzime gatunki, klon pospolity *Acer platanoides*, jawor *A. pseudoplatanus* i klon polny (paklon) *A. campestre*. Blisko granic Polski, już na Słowacji i Ukrainie występuje klon tatarski *A. tataricum*. Ponadto uprawianych jest coraz więcej gatunków klonów z Azji i Ameryki. Niektóre z nich dziczeją, rozsiewają się na obrzeżach lasów, torach kolejowych, w dolinach rzek. Szczególnie rozprzestrzenił się u nas klon jesionolistny *A. negundo*. Co ciekawe słynny kanadyjski klon cukrowy jest spotykany w naszym kraju bardzo rzadko, rośnie wolno i jest tak podobny do klonu pospolitego, że nikt nie myślał o jego upowszechnieniu.

Podstawowym produktem otrzymywanym z klonu jest słodki sok z pnia, przetwarzany potem na syrop lub cukier. Sok ten można otrzymać tylko na przedwiośniu, zwykle w marcu, rzadziej w kwietniu lub lutym. Sok klonów zawiera więcej cukru niż innych drzew, nie jest też gorzki. Przy formowaniu soku bardzo ważna jest pogoda. Najlepszej jakości produkt tworzy się podczas ciepłych i słonecznych dni przedzielonych bardzo zimnymi nocami. W Ameryce taką pogodę mają właśnie główne zagłębia klonowe – wschodnia Kanada i Nowa Anglia. Najczęściej używanym gatunkiem jest klon cukrowy *A. saccharum*, którego sok zawiera zwykle 2-3 % cukru (głównie sacharozy). Jedno drzewo daje ponad 2 kg cukru (rekordowo 16 kg). Inne gatunki klonu, w tym nasze krajowe klony, mają sok o połowę mniej słodki. Wyjątkiem jest tu (tylko wg niektórych źródeł) klon jesionolistny *Acer negundo*, którego sok jest jeszcze słodszy od klonu cukrowego i daje bielszy cukier.

Sok i syrop klonowy był jednym z podstawowych pokarmów Indian, szczególnie w strefie lasów wschodniego wybrzeża. Używali go jako dodatku do prawie wszystkich produktów, tak jak Chińczycy powszechnie używają sosu sojowego, a my soli. O lasy klonowe plemiona toczyły wojny. Na czas zbioru soku wszyscy przenosili się w te miejsca. Okres zbioru soku jest bowiem bardzo krótki (nie więcej niż miesiąc). Sok zbierano robiąc odpowiednie nacięcia na drzewie i podstawiając naczynia uszyte z kory brzozowej, zszyte gotowanym łykiem lipowym lub rdzeniową częścią korzenia sosny Banksa, uszczelnione żywicą. Sok spływał do nich rureczkami zrobionymi z patyczków z wydrążonym rdzeniem np. z sumaków. W naszych warunkach świetnie zdają egzamin przepołowione gałązki bzu czarnego. Zebrany sok gotowano wrzucając do naczyń rozżarzone kamienie. Inną metodą było pozostawianie soku, aby zamarzł w nocy. Woda oddzielała się od cukru (pozostającego na dnie), tak więc wierzchnią warstwę lodu wyrzucano. Niestety powyżej pewnego stężenia syrop nie zamarzał i trzeba było go odparowywać. Obecnie na skalę przemysłową pozyskuje się sok klonowy wbijając do drzew metalowe rurki o średnicy ok. 1 cm i długości ok. 10 cm. Wbija się je w drzewo na głębokość paru centymetrów, pod kątem ok. 20 stopni, z zewnętrzną częścią skierowaną w górę. Na rurkach zawiesza się małe wiadereczka.

Tylko częściowo odparowany sok fermentuje w przyjemny napój wyskokowy (pity przez Irokezów), który szybko zamienia się w ocet. Odżibwejowie i Potawatomi używali tego octu wraz ze słodkim syropem do przyprawiania mięsa na słodko-kwaśno.

Oprócz wyżej wymienionego klonu cukrowego i jesionolistnego, rzadziej używano także soku takich gatunków jak *Acer circinatum, A. glabrum, A. grandidentatum, A. nigrum, A. pennsylvanicum, A. rubrum, A. saccharinum*. Odżibwejowie mieszali ze sobą sok klonu cukrowego, jesionolistnego i brzóz. Irokezi na swoich ceremoniach podawali napój przyrządzony z syropu klonu srebrzystego *A. saccharinum* zmieszany z jeżynami i wodą. Czejeni przyrządzali wysoce cenione słodycze z soku *A. negundo* i skrawków skór zwierzęcych.

Kambium *A. rubrum, saccharum i saccharinum* suszono i mielono na mąkę do chleba, natomiast Apacze gotowali kambium *Acer negundo* dopóki nie wykrystalizował się z niego cukier.

Młode liście klonów są smaczne i bogate w cukier

Czarne Stopy używali suszonych pokruszonych liści *A. glabrum* jako przyprawy do przechowywania mięsa.

Klon używany był na trochę mniejszą skalę w Europie i Azji. Cukier z soku klonu pospolitego *Acer platanoides* otrzymywano w Norwegii, Szwecji i na Litwie. W Anglii dzieci ssały skrzydełka niedojrzałych nasion jaworu *Acer pseudoplatanus*, aby wycisnąć słodką zawartość. Jeszcze zielone nasiona (skrzydlaki) można marynować (choć zwykle są gorzkie). Kałmucy gotowali w wodzie nasiona klonu tatarskiego *A. tataricum* (po usunięciu skrzydełek), a potem używali je do jedzenia po zmieszaniu z mlekiem i masłem.

Kminek zwyczajny

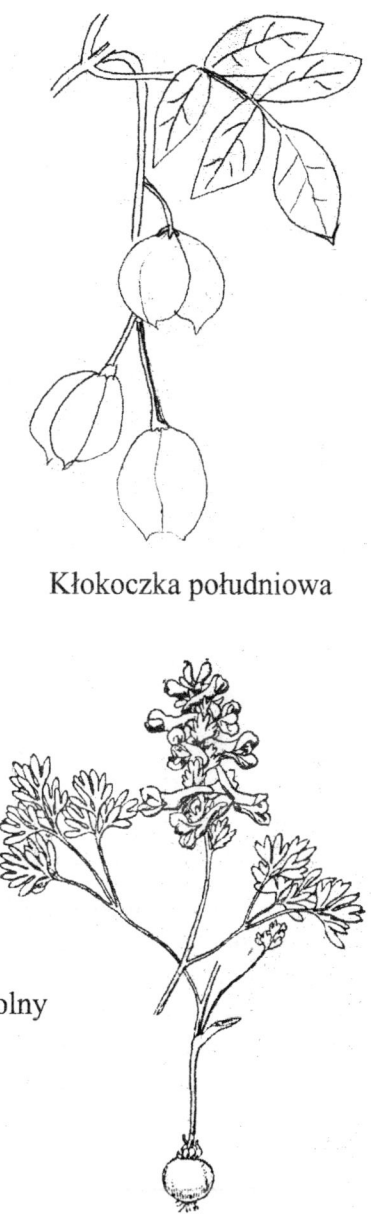
Kłokoczka południowa

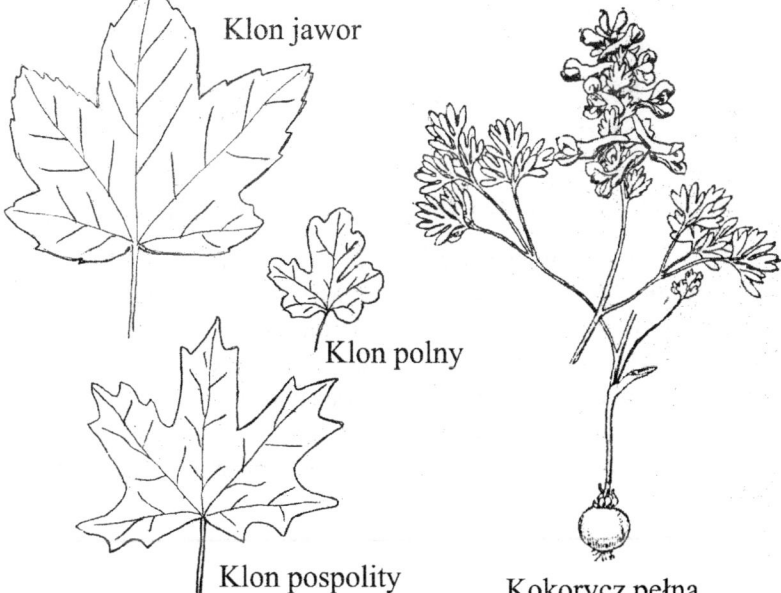

Klon jawor

Klon polny

Klon pospolity

Kokorycz pełna

Radzę szczególnie zwrócić uwagę na klon jesionolistny. Gatunek ten jest w centralnej Polsce uzawany za chwast, a przecież potencjalnie to najbogatsze źródło cukru w Polsce po buraku cukrowym! Może być ważnym gatunkiem dla kogoś kto chciałby odżywaiać się dzikimi roślinami przez cały rok i jest w stanie zebrać na przedwiośniu odpowiednią ilość syropu. Uwaga! Należy pamiętać że drzewo z pełnym nacięciem dookoła całego pnia umrze. Ściągając sok należy wykonać tylko JEDNO nacięcie w kształcie litery „V", nie szersze niż 20 cm, albo używać rurki. Po wyjęciu rurki otwór należy zatkać drewnianym korkiem, aby zahamować wyciekanie soku. Pamiętajmy, że po nacięciu sok może płynąć z drzewa jeszcze przez parę tygodni!

KŁĘK Gymnocladus (strączkowe Fabaceae)

Kłęk amerykański *Gymnocladus dioicus* jest drzewem pochodzącym z Ameryki Pn., czasem uprawiany w naszych parkach. Jego nasiona były pieczone jak kasztany przez Meskwaki i Paunisów.

KŁOBUCZKA Torilis (baldaszkowate Apiaceae)

Kłobuczka japońska *Torilis japonica* występuje u nas pospolicie w zaroślach i na przydrożach. Jej liście są jadalne po ugotowaniu, a korzeń może być jedzony nawet na surowo, po obraniu.

KŁOĆ Cladium (turzycowate Cyperaceae)

Kłoć wiechowata *Cladium mariscus* występuje dosyć rzadko na brzegach wód i na torfowiskach węglanowych rozproszona na niżu i Lubelszczyźnie. Jej młode pędy są podobno jadalne.

KŁOKOCZKA Staphylea (kłokoczkowate Staphyleaceae)

Kłokoczka południowa *Staphylea pinnata* występuje u nas bardzo rzadko w południowej Polsce (głównie we wschodniej części Pogórza Karpackiego), w lasach i zaroślach, na glebach bogatych w węglan wapnia. Znajduje się pod ochroną. Orzeszki tego krzewu, bogate w olej, były jedzone w Niemczech przez dzieci (smakują jak pistacje), pokrewny gatunek *Staphylea tripholia* z Ameryki Pn. był także czasem jadany przez Indian. Liście kłokoczki występującej w pn-wsch. Azji były podobno jadane po ugotowaniu. W Grecji młode pąki są używane jak kapary, a na Kaukazie kwiaty są kiszone.

KMINEK Carum (baldaszkowate Apiaceae)

Kminek zwyczajny *Carum carvi* jest pospolitą rośliną dwuletnią pastwisk, łąk i przydroży. Jego dojrzałe nasiona są jedną z tradycyjnych polskich przypraw, dodawane do chleba, bigosu i sera. Niemcy robią z nich nalewkę (kuemmel).

W innych krajach północnej Europy jedzono także gotowane korzenie (bardzo smaczne, o smaku zbliżonym do marchwi) i liście. Ciekawą przyprawę stanowią także zielone nasiona (smakują inaczej niż dojrzałe). Korzenie należy wykopywać przed kwitnieniem rośliny, potem tracą wartości odżywcze.

KNIEĆ zobacz KACZENIEC

KOCIMIĘTKA Nepeta (wargowe Lamiaceae)

Na miejscach ruderalnych i przydrożach występuje, niezbyt licznie, w całej Polsce kocimiętka właściwa *Nepeta cataria*. Rzadko na południu, na suchych zboczach spotkać też można kocimiętkę nagą *Nepeta pannonica*.

Zapach kocimiętki właściwej, podobnie jak kozłka, przyciąga koty. Liście tej rośliny używane były czasem w Anglii do przyprawiania sosów. Odżibwejowie parzyli z nich herbatę.

KOKORYCZ Corydalis (dymnicowate Fumariaceae)

W naszych lasach występuje kilka gatunków kokoryczy. Na zachodzie kraju najczęstsza jest kokorycz pusta *Corydalis cava* o dużych, pustych w środku bulwach do kilkunastu cm średnicy, a na wschodzie kokorycz pełna *Corydalis solida* o małych ale pełnych bulwkach, do 1 cm średnicy. W zach. Polsce występuje jeszcze kokorycz wątła *Corydalis intermedia (C. fabacea)* oraz bardzo rzadka kokorycz drobna *Corydalis pumila*, natomiast w Karpatach też bardzo rzadka kokorycz żółtawa *Corydalis capnoides*. Na murach można też spotkać zdziczałą z ogrodów kokorycz żółtą *Corydalis lutea*.

Bogate w skrobię bulwy kokoryczy pełnej były gotowane w dużych ilościach przez Tatarów Kałmuckich. Trzeba jednak być ostrożnym z tą rośliną, jest ogólnie uznawana za trującą! Na pewno wymaga długiego gotowania, po godzinie gotowania bulwy są wciąż piekące i niesmaczne. Była ona używana od ponad tysiąca lat w medycynie chińskiej. Używana jest szczególnie jako roślina uspokajająca, stymulująca lub łagodzące ból (bolesne miesiączki, bolesne rany, lumbago), obniża ciśnienie i ma właściwości halucynogenne. Brak danych o innych wymienionych gatunkach . Kokorycz pełna kwitnie tylko kilka dni, zwykle pod koniec marca, liście rozwijają się tylko wiosną, bulwy najlepiej pozyskiwać pod koniec maja kiedy żółkną jej liście. Wcześniej bulwki będą mniej wartościowe, później będą niezykle trudne do znalezienia w ziemi. Kokorycz należy do wolnorosnących gatunków leśnych i powinniśmy zwrócić szczególną uwagę, aby nie wyniszczyć jej stanowisk.

KOKORYCZKA Polygonatum (liliowate Liliaceae)

Kokoryczka wielokwiatowa *Polygonatum multiflorum* występuje dosyć często w lasach liściastych. Korzeń i młode pędy są jadalne, muszą być jednak ugotowane, zawierają bowiem saponiny i kryształy szczawianu wapnia. Korzeń macerowany przez jakiś czas w wodzie daje substancję pełną skrobi. Był on używany we Francji jako pożywienie głodowe. Używany także we wsch. Azji (chińskie *huangjing*, czytaj huangdzing). W Turcji ceniono gotowane młode pedy. Indianie (np. Czirokezi) jedli blisko spokrewniony gatunek *Polygonatum biflorum* czasem traktowany jedynie jako podgatunek kokoryczki wielokwiatowej. Suszone korzenie ubijane były w rodzaj mąki używanej do wyrobu chleba. Młode pędy gotowano albo podgotowywane płukano i smażono. Liście i łodygi mieszano w sałatce z fasolą i *Ligusticum canadense*. Korzenie jedzono szczególnie zimą.

Podobne właściwości i zastosowanie mają dwa pozostałe gatunki spotykane w naszych lasach – kokoryczka wonna *Polygonatum odoratum*, jadana we wsch. Azji, oraz przypuszczalnie kokoryczka okółkowa *P. verticillatum*. W Japonii jadana jest *Polygonatum japonicum* (jap. *amatokoro*).

Korzenie kokoryczki muszą być długo gotowane, aby stały się jadalne. Najlepiej to robić przez trzy godziny z dodatkiem paru łyżek popiołu z drzew liściastych, co ułatwia usuwanie trujących substancji. Korzenie gotujemy w całości. Na początku są gorzkie, trujące i kłują w język (szczawiany jak u obrazków i monstery). Odpowiednio przyrządzone stają słodkie i mają smak podobny do tłuczonych ziemniaków. Pamiętajmy, że kokoryczki są wolnorosnącymi roślinami leśnymi i łatwo je wyniszczyć. Tak np. zrobił XIV-wieczny chiński poeta-pustelnik Kamienny Dom, który wyzbierał wszystkie jej korzenie na górze, na której mieszkał i musiał je kupować od sprzedawców wiejskich lub zadowolić się czym innym:

„*gdy kończy się kokryczka, wciąż jest pyłek sosny"*, pisał. Kokoryczki były od wieków używane jako rośliny lekarskie. Mają m.in. działanie ściągające i wymiotne. Powinny być stosowane jedynie przez profesjonalnych zielarzy.

KOLCOWÓJ Lycium (psiankowate Solanaceae)

Kolcowój szkarłatny *Lycium barbarum (L. halimifolium)* pochodzi z Chin. Występuje często zdziczały na nieużytkach, np. torowiskach kolejowych. Wytwarza jadalne owoce o ciekawym smaku. Należy je jeść tylko kiedy są dojrzałe (niedojrzałe mogą być toksyczne – jak u wielu innych psiankowatych). Młode pędy jadalne po krótkim gotowaniu.

KOMOSA Chenopodium (komosowate Chenopodiaceae)

Większość gatunków komos była wykorzystywana jako pożywienie przez wiele ludów Eurazji i Ameryki. Są to rośliny występujące na miejscach ruderalnych, przychaciach, śmietniskach, przydrożach oraz jako chwasty upraw okopowych np. ziemniaków. Mają jadalne liście, młode także na surowo, starsze liście muszą być gotowane (raz lub dwa razy), a woda odlana. Jadalne są także nasiona, które były mielone na mąkę. Nasiona zawierają saponiny (jak fasola), dlatego powinny być przed użyciem namoczone przez noc, a potem dobrze przepłukane. Zawierają 49% węglowodanów i 16% białka.

Najpospolitszym i najczęściej używanym gatunkiem jest komosa biała (lebioda) *Chenopodium album*. Od czasów prehistorycznych do XVIII w. była ona uprawiana jako warzywo w Europie, wciąż jedzona jest w Japonii (znana tam jako *akaza*). W czasie I i II wojny światowej była najczęściej wykorzystywaną dziką rośliną będącą substytutem warzyw. Jeden z najpowszechniej użytkowanych przez Indian gatunków roślin. Jadało ją przynajmniej 30 szczepów Indian i Eskimosów (np. Irokezi, Thompson, Dakota, Navaho, Apacze). Młode rośliny były najczęściej jedzone gotowane jak szpinak, rzadziej na surowo. Navaho, Paiute i Indianie z Montany jedli też zmielone nasiona. W podobny sposób użytkowano jeszcze kilkanaście innych amerykańskich gatunków z rodzaju

Chenopodium. Bardzo pożywna, bogata w witaminy A, B1, B2 i C oraz w mikroelementy. Na glebach zatrutych dużymi dawkami nawozów sztucznych może kumulować trujące substancje azotowe.

Innym pospolicie użytkowanym gatunkiem, głównie dla liści, była w Europie komosa strzałkowata *Chenopodium bonus-henricus*, u nas spotykana głównie na zachodzie kraju. Używano jej podobnie jak komosy białej oraz jedzono obrane młode pędy, jak szparagi, odkopywane razem z częścią znajdującą się tuż pod ziemią.

Wszystkie gatunki komosy są jadalne. Należy jednak kierować się zmysłem smaku. Niektóre gatunki mogą być bardziej aromatyczne i zjedzenie większych ilości może być niezdrowe (ale też i niemożliwe), chodzi szczególnie o komosę mierzliwą *Chenopodium vulvaria* o nieprzyjemnym zapachu.

Pamiętać należy, że do rodzaju tego należy *Chenopodium quinoa*, gatunek amerykański, którego nasiona są sprzedawane w sklepach ze zdrową żywnością, gdy tymczasem jego bliski krewniak – komosa biała – jest bezlitośnie tępionym chwastem!

KONICZYNA Trifolium (strączkowe Fabaceae)

Choć dwadzieścia kilka gatunków koniczyny występuje w Polsce i są to rośliny cieszące się uznaniem typowych roślinożerców np. krów, to mało jest danych o jedzeniu koniczyny przez człowieka. Niektóre gatunki zawierać mogą szkodliwe glikozydy, zwykle w niewielkich ilościach. Zjedzenie więc kilku liści koniczyny nikomu nie zaszkodzi, ale chyba nikt nie będzie miał ochoty na więcej. Z drugiej strony wiadomo, że Indianie Potawatomi na początku wiosny jedli wielkie ilości liści koniczyny, jako rodzaj odreagowania na monotonię zimowej diety. Pierwotni mieszkańcy Ameryki jedli kilka gatunków koniczyny, najczęściej *Trifolium wormskioldii*.

W Europie koniczyna była jedzona głównie w okresie głodu. W Irlandii kwiaty dwóch najpopularniejszych gatunków – koniczyny łąkowej *Trifolium pratense* i białej *T. repens*, były suszone i po sproszkowaniu dodawane do chleba. Jadalne są jeszcze młode liście (przed rozwojem kwiatów) i gotowane korzenie. Z kwiatostanów można parzyć smaczną herbatkę. Nasiona różnych gatunków koniczyny mogą być jedzone po skiełkowaniu w sałatkach jak lucerna, czy soja lub suszone i mielone na mąkę. Ich ręczny zbiór jest jednak bardzo żmudny. Oprócz

Kokoryczka wielokwiatowa Komosa strzałkowata

Konopie siewne

Kopytnik pospolity

dwóch wyżej wymienionych gatunków zanotowano użycie kwiatów i nasion koniczyny szwedzkiej (białoróżowej) *Trifolium hybridum* i krwistoczerwonej (inkarnatki) *T. incarnatum*. W niektórych rejonach Eurazji jadano też surowe lub gotowane liście koniczyny łubinowatej *Trifolium lupinaster*, gatunku u nas rosnącego tylko w widnych lasach pn.-wsch. i środkowej Polski, rozprzestrzenionego szerzej m.in. w Rosji i na Syberii.

KONIOPŁOCH Silaum (baldaszkowate Apiaceae)

Koniopłoch łąkowy *Silaum silaus (Silaus flavescens)* występuje na wilgotnych łąkach na zachodzie Polski. Liście, o kwaśnym smaku, mogą być gotowane jak szpinak.

KONOPIE Cannabis (konopiowate Cannabaceae)

Konopie siewne *Cannabis sativa* były od wieków uprawiane w Polsce jako roślina jadalna, olejo- i włóknodajna. Roślina ma także właściwości narkotyczne. Jej działanie jest jednak łagodne, a szkodliwość dużo niższa od alkoholu. Niestety wciąż także w naszym kraju istnieje prawny zakaz jej uprawy i zażywania, obłożony licznymi sankcjami. Jest to jeden z przejawów głupoty, złej woli i nietolerancji władz i części społeczeństwa. Roślina stanowiłaby konkurencję dla lobby alkoholowo-tytoniowego monopolu będącego złotą żyłą dla naszego rządu.

Konopie występują dziko w pd. Rosji i Syberii oraz w Azji Centralnej i Południowej. W Polsce spotyka się je zdziczałe na siedliskach ruderalnych.

Smażone pędy konopii były bardzo popularnym pożywieniem w Rosji i Polsce, jedzonym zarówno przez chłopów, jak i możnych. W roku 1500 w jednej kuchni klasztornej Zakonu Krzyżackiego zużyto ponad dwie tony konopii. Nad Wołgą w okresie postu jadano olej z nasion konopii. Nasiona są jadalne na surowo i gotowane (są bardzo pożywne), ale trudno oddzielić je od łupin. Wytłaczano z nich dawniej olej, o którym tak pisze ksiądz Kluk: „Podług doświadczeń w małey części czynionych, cztery funty nasienia daią 12. łótów oleiu. Oley ten iest zielony. (...) Prócz skutków odmiękczaiących pospolitych innym oleiom, ma ieszcze moc bole uśmierzaiącą. Nasienie iest ulubione rożnemu ptactwu, i wzbudza ich do parzenia się; stąd kury tym nasieniem żywione, iaia obficie niosą."

Prażone nasiona konopii są składnikiem japońskiej mieszanki siedmiu przypraw, zwanej *shichimi togarashi*, w skład której wchodzi także chilli, nasiona sezamu, maku i gorczycy. Posypuje się nią makaron i inne potrawy.

Konopie mają także znaczenie w ziołolecznictwie, jako roślina uspokajająca i uśmierzająca ból, a także stosowana przy chorobach układu oddechowego.

KONWALIA Convallaria (liliowate Liliaceae)

Konwalia majowa *Convallaria majalis* występuje w lasach prawie całej Polski. Jest gatunkiem trującym, zawierającym glikozydy, o działaniu podobnym do naparstnicy (używana do leczenia chorób serca). Podobno jednak można robić wino z rodzynek aromatyzowane kwiatami konwalii. Trzeba jednak zachować dużą ostrożność przy eksperymentowaniu z tym trunkiem!

KONWALIJKA Maianthemum (liliowate Liliaceae)

Konwalijka dwulistna *Maianthemum bifolium* jest pospolitą rośliną naszych lasów. Jest uznawana za roślinę trującą, zawiera saponiny i glikozydy nasercowe. Indianie Potawatomi jedli jagody pokrewnej *Maianthemum candense*, ale nie jest znana receptura usuwania z nich trujących substancji.

KONYZA Conyza (złożone Asteraceae)

Konyza kanadyjska (Przymiotno kanadyjskie) *Conyza canadensis (Erigeron canadensis)* jest przybyszem z Ameryki, obecnie pospolitym chwastem polnym w całym kraju. Indianie Miwok jedli surowe sproszkowane liście i wierzchołki pędów, które smakują jak cebula. Podobno jadalne są też gotowane młode liście.

KOPER Anethum (baldaszkowate Apiaceae)

Koper ogrodowy *Anethum graveolens* pochodzi prawdopodobnie z pd-zach. Azji. W Europie hodowany od starożytności. W Polsce uprawiany powszechnie jako roślina ogrodowa, przejściowo dziczeje na przychaciach.

Liście i kwiaty kopru są wspaniałą przyprawą do zup, sosów, ziemniaków. Liście tracą całkowicie smak po ugotowaniu, dlatego należy je dodawać do potraw przed podaniem. Nasiona mają jeszcze silniejszy aromat i służą głównie jako przyprawa do octu i kiszenia ogórków. Koper jest stosowany w ziołolecznictwie przede wszystkim przy niestrawnościach, szczególnie wzdęciach, także u małych dzieci.

KOPER WŁOSKI →FENKUŁ

KOPYTNIK Asarum (kokornakowate Aristolochiaceae)

Kopytnik pospolity występuje w prawie całej Polski, za wyjątkiem Pomorza Zachodniego, w lasach liściastych. Znajduje się pod częściową ochroną. Brak jest danych o używaniu kopytnika jako rośliny jadalnej. Natomiast kopytnik kanadyjski *Asarum canadense*, aromatem przypominający imbir (angielska nazwa – *wild ginger*, znaczy „dziki imbir"), był często używany przez Indian. Czipewejowie dodawali jego korzenie do wszystkich gotowanych potraw. Meskwaki, Odżibwejowie i Potawatomi stosowali go jako przyprawę do mięs, szczególnie ryb z terenów mulistych (np. sumów). Zaznaczyć należy, że Odżibwejowie wpierw gotowali je w wodzie z popiołem. Można przypuszczać, że nasz kopytnik może być używany w podobny sposób. Ja kilkakrotnie dodawałem jego łodygi i korzenie do różnych potraw (około 10 cm segment na garnek jedzenia) i bardzo lubię jego aromat. Nie odczułem po tym żadnego pogorszenia samopoczucia. Nie należy jednak spożywać jego nadmiernych ilości, bo jest to roślina lecznicza o silnym działaniu jako środek wykrztuśny, a w większych dawkach powodujący wymioty.

KOSACIEC Iris (kosaćcowate Iridaceae)

Na bagnistych łąkach, torfowiskach, w rowach i olszynach rośnie pospolicie kosaciec żółty *Iris pseudoacorus*, a rzadko na łąkach zmiennowilgotnych na niżu rośnie kosaciec syberyjski *Iris sibirica* (powszechnie uprawiany w ogrodach). W pasie wyżyn, na murawach nawapiennych na kilku stanowiskach rośnie kosaciec bezlistny *Iris aphylla*. Ponadto liczne gatunki kosaćców i ich mieszańce są uprawiane w ogrodach. Kosaciec syberyjski i bezlistny znajdują się pod ochroną.

W stanie surowym większość kosaćców jest trująca. Dlatego należy zachować ostrożność przy eksperymentowaniu z nimi.

W Chinach i Japonii z kłączy kosaćca syberyjskiego pozyskuje się jadalną skrobię. Nie dotarłem jednak do opisu ich przygotowania. W Japonii je się też kłącza innych gatunków kosaćców (*I. ensata, I. japonica, I. setosa* i *I. tectorum*).

Nasiona kosaćca żółtego i kilku innych gatunków, po uprażeniu były używane do parzenia napoju podobnego do kawy. *Iris cristata* rośnie w górach Virginii w Ameryce Pn. i dalej na pd. Jego korzeń, gdy się go żuje jest wpierw przyjemny w smaku i słodki, ale po kilku minutach jest bardziej piekący niż chilli. Myśliwi Virginii używali go często, aby zmniejszyć uczucie pragnienia.

KOSTRZEWA Festuca (trawy Poaceae)

W Polsce występuje kilka gatunków z tego rodzaju, najpospoliciej, na łąkach, kostrzewa czerwona *Festuca rubra* i kostrzewa łąkowa *F. pratensis*. Nasiona kostrzew, jak większości traw, są jadalne, ale bardzo trudno jest uzbierać ich większą ilość.

KOŚCIENICA Myosoton (goździkowate Caryophyllaceae)

Kościenica wodna *Myosoton (Malachium) aquaticum* występuje w wilgotnych zaroślach i na brzegach wód. Młode liście były jedzone jako pożywienie głodowe.

KOŚLACZEK Anacamptis (storczykowate Orchidaceae)

Prawdopodobnie wymarły już u nas koślaczek stożkowaty *Anacamptis pyramidalis*, dawniej spotykany na łąkach i murawach, ma bogate w skrobię jadalne kłącza, z których można robić salep (jak → storczyk i → kukułka). Oczywiście informację o jadalności tego gatunku podaję dla porządku, a nie po to aby wykopywać chronione (i wymarłe) rośliny.

KOTEWKA Trapa (kotewkowate Trapaceae)

Kotewka orzech wodny *Trapa natans* jest rzadkim, ginącym gatunkiem występującym w starorzeczach i stawach na nielicznych stanowiskach na południu kraju. Znajduje się pod ochroną. Roślina ta wytwarza jadalne orzechy, bogate w skrobię, które stanowiły ważny element pożywienia wielu prehistorycznych społeczeństw Europy. Trakowie piekli z orzechów kotewki chleb, jadana jest też we Włoszech, Japonii i Chinach. Znane są też inne gatunki *Trapa incisa* (używana przez Ajnów i Japończyków), *T. cochinensis* (jadana przez Chińczyków) i *T. bi-*

spinosa (ze strefy gorącej Starego Świata). Ten ostatni gatunek rośnie licznie w jeziorach Kaszmiru, zbierana sieciami dawała 10 mln funtów orzechów, które stanowiły pożywienie dla 30 tysięcy ludzi przez 5 miesięcy w roku, jedzona na surowo, gotowana lub w formie mąki.

KOZIBRÓD Tragopogon (złożone Asteraceae)

Kozibród poroslistny (salsefia) *Tragopogon porrifolius* z pd. Europy jest uprawiany w niektórych krajach jako warzywo. Ma jadalne korzenie (zbierane w jesieni lub wiosną), młode pędy i kwiaty, wszystkie na surowo i gotowane. Można także jeść jego skiełkowane nasiona. Indianie żuli i jedli sok mleczny wydzielający się ze złamanych pędów kozibrodu. Korzeń salsefii ma działanie oczyszczające i dobroczynny wpływ na wątrobę, jest stosowany przy żółtaczce i chorobach woreczka żółciowego.

Pospolity u nas na suchych łąkach i przydrożach kozibród łąkowy *Tragopogon pratensis* był jeszcze w XVII w. uprawiany w ogrodach Anglii, później ustąpił śródziemnomorskiemu gatunkowi, salsefii. Był on użytkowany w ten sam sposób. Jest on moim zdaniem pierwszorzędnym warzywem o łagodnym smaku. Oto co pisze o tym gatunku ksiądz Kluk: „Jest zdrowym pożywieniem dla ludzi. (...) Korzenie mogą się zażywać do sałat, albo gotować iak warzywo, lub do sztuki mięsa. (...) Korzenie tak są świniom ulubione, że dla nich łąki psuią." W naszym kraju występują jeszcze inne gatunki kozibrodu, najpewniej też jadalne. Są to kozibród wschodni *Tragopogon orientalis* (zwykle traktowany jako podgatunek kozibrodu łąkowego), wielki *T. dubius (T. maior)* – na suchych miejscach na niżu, i pajęczynowaty *T. floccosus (T. heterospermus)* – na piaskach w okolicach Torunia. Wg niektórych źródeł kozibród może być trujący w większych ilościach.

KOZŁEK Valeriana (kozłkowate Valerianaceae)

Kozłek lekarski *Valeriana officinalis* występuje w całym kraju w podmokłych ziołoroślach, rowach, prześwietleniach leśnych. Młode liście mogą być dodawane w niewielkich ilościach do sałatek, a kwiaty o przyjemnym i silnym zapachu, używane do dekorowania potraw. Olejek z liści i korzeni tego gatunku jest czasem używany jako przyprawa do ciast, szczególnie tych z dodatkiem jabłek. Poza tym jest to cenna roślina zielarska. Korzeń (np. w formie herbatki) działa uspokajająco.

Jest to bardzo skuteczny środek dla ludzi o zszarpanych nerwach, nie należy go jednak nadużywać. Nie powinno się go podobno używać dłużej niż 3 miesiące, bo powoduje uzależnienie.

Kozłek dwupienny *Valeriana dioica* występuje na mokrych siedliskach – źródliskach, zaroślach, w olszynach, w całym kraju oprócz Karpat i wschodnich peryferii kraju. Jego gotowany korzeń o silnym zapachu jest jadalny po długim przygotowaniu (np. 2 dniach pieczenia), używany jako dodatek do zup i chleba. Ma podobne właściwości lecznicze jak kozłek lekarski.

Kozłek bzowy *Velriana sambucifolia* występuje w mokrych lasach i ziołoroślach w prawie całym kraju, najliczniej na Pomorzu i południu Polski. Jego liście jadano po ugotowaniu, używano ich także jako przyprawy. Ma podobne właściwości jak kozłek lekarski.

Ponadto w naszym kraju występuje jeszcze na podobnych siedliskach do poprzednich gatunków kozłek całolistny *Valeriana simplicifolia* (poza Polską zachodnią) i kozłek trójlistkowy *Valeriana tripteris* (głównie w Karpatach). Mają przypuszczalnie podobne właściwości lecznicze jak wyżej wymienione gatunki.

Długo gotowane lub pieczone korzenie amerykańskiego gatunku *Valeriana edulis* były jedzone przez kilka plemion pn-zach. Ameryki np. Okanagan-Colville i Paiute.

KROKUS (SZAFRAN) Crocus (kosaćcowate Iridaceae)

Na miejscach trawiastych w Tatrach, na Podhalu i w okolicach Brzeska występuje szafran wiosenny *Crocus vernus*, przez niektórych zaliczany do odrębnego gatunku szafranu spiskiego *Crocus scepusiensis*. Gatunek chroniony. Brak danych o jadalności tego gatunku. Ponadto w ogrodach uprawia się liczne gatunki obce i ich mieszańce.

Crocus cancellatus był w XIX w. sprzedawany na targach Damaszku, kiełkujące cebule jadano jako warzywo. Jadane gdzieś były także gotowane cebule *Crocus kotschyanus* i szafrana siewnego *Crocus sativus*. Istnieją wzmianki o trujących właściwościach tych cebul.

Wyżej wspomniany szafran siewny, czasem hodowany w ogrodach, pochodzi z Bałkanów i Azji Mn. Używany od niepamiętnych czasów dla pylników stosowanych jako przyprawa nie tylko przez Europejczyków i mieszakńców pd-zach. Azji, ale także przez Mongołów. Ten żółty proszek jest stosowany jako przyprawa do chleba, sosów, ryżu i deserów. Bardzo bogaty w ryboflawinę. Najdroższa przyprawa – 150 tysięcy kwiatów daje 1 kg przyprawy, zebranie tej ilości wymaga 400 godzin pracy

KROPIDŁO Oenanthe (baldaszkowate Apiaceae)

Brak danych o występujących w naszym kraju na wilgotnych siedliskach gatunkach: kropidło wodne *Oenanthe aquatica*, piszczałkowate *O. fistulosa* i Lachenala *O. lachenalii*. Natomiast istnieją dane o tym, że jedzono korzenie *Oenanthe pimpinellifolia* i *O. peucedanifolia*. Indianie zach. wybrzeża (np. Costanoan i Cowlitz) jedli młode pędy *O. sarmentosa*, na surowo lub gotowane. W Japonii jada się natomiast *O. javanica* (zwane tam *seri*).

KROPLIK Mimulus (trędownikowate Scrophulariaceae)

Bardzo rzadko, zdziczałe, występują u nas dwa gatunki kroplika - żółty *Mimulus guttatus* i piżmowy *M. moschatus*. Liście tych dwu gatunków były jedzone po ugotowaniu przez Indian Miwok. Indianie Mendocino jedli liście kroplika żółtego na surowo. Indianie suszyli je także i palili, a popiołu używali zamiast soli.

KROWIZIÓŁ Vaccaria (goździkowate Caryophyllaceae)

Krowiziół zbożowy *Vaccaria hispanica (V. pyramidata)* występuje u nas bardzo rzadko (może w ogóle wymarł) na polach i przydrożach. Jego liście mogą być używane jako przyprawa. Nasiona, bogate w skrobię, można mielić na mąkę. Uwaga, zawierają saponiny, podobnie jak większość innych roślin z rodziny goździkowatych.

KRWAWNICA Lythrum (krwawnicowate Lythraceae)

Krwawnica pospolita *Lythrum salicaria* występuje na wilgotnych łąkach, mokradłach i w rowach przydrożnych. Jej liście i korzenie, są jadalne. Jest cenną rośliną leczniczą. Liście mają ściągające właściwości i są podobno najlepszym środkiem przeciw biegunkom, stosowanym bez szkody nawet dla niemowląt. Stosowana też do okładania ran i urazów, sproszkowana – do tamowania krwawienia z nosa.

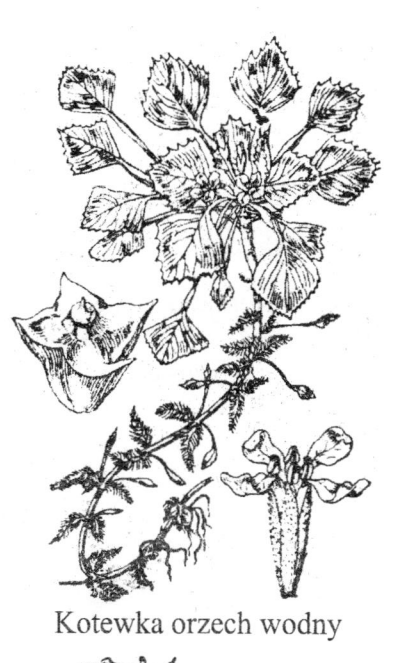

Kotewka orzech wodny

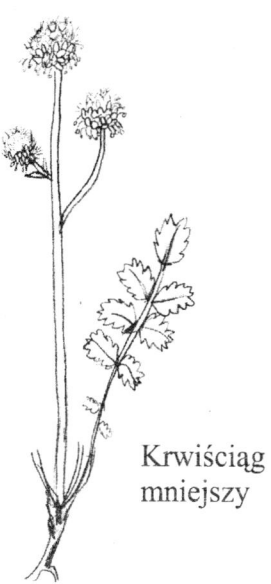

Krwiściąg mniejszy

Kuklik zwisły

Kukułka plamista

KRWAWNIK Achillea (złożone Asteraceae)

W Polsce występuje kilka gatunków z tego rodzaju. Krwawnik pospolity *Achillea millefolium* jest jedną z najpospolitszych roślin, występuje najczęściej w różnego rodzaju miejscach otwartych – trawnikach, łąkach, pastwiskach i przydrożach. Krwawnik kichawiec *A.ptarmica*, choć rozproszony po całej Polsce jest ogólnie dosyć rzadko spotykaną rośliną wilgotnych łąk (częstszy jedynie na Pomorzu), jest także uprawiany w ogrodach.

W Szwecji liście krwawnika pospolitego stosowano czasem zamiast chmielu w piwie, miał mieć właściwości odurzające. Młode liście są czasem w różnych krajach używane jako aromatyczny dodatek do sałatek i materiał na herbatkę. Jako przyprawę można też stosować suszone kwiaty. Indianie Czarne Stopy używali liści i kwiatów tego gatunku do wyrobu przyjemnej herbaty; a Klamath, umieszczali łodygi, liście i owoce wewnątrz ryby jako konserwant. Także w XVI w. w Niemczech owoce krwawnika były dodawane do beczek z winem jako konserwant.

Krwawnik pospolity jest znaną rośliną leczniczą. Krwawnik ma działanie wzmacniające, przeciwkrwotoczne, antyseptyczne, wspomaga także gojenie ran. Zarówno zażywanie wewnętrzne jak i zewnętrznie może wywoływać u niektórych osób objawy uczulenia.

Liście krwawnika kichawca są podobno jadane po ugotowaniu w pn-wsch. Azji.

KRWIŚCIĄG Sanguisorba (różowate Rosaceae)

Krwiściąg mniejszy *Sanguisorba minor (Poterium sanguisorba)* występuje w naszym kraju na suchych murawach, piargach i nadrzecznych kamieńcach, częsty jedynie w Małopolsce i w górach. Jego młode liście mają posmak ogórka; w Anglii czasem używany na sałatki. Dodawany także do zup i napojów orzeźwiających. Jada się też gotowane siewki. Roślina warta wykorzystania ze względu na ciekawy i przyjemny smak.

Krwiściąg większy *Sanguisorba officinalis* występuje dosyć często na wilgotnych łąkach w południowej i środkowej Polsce. Na północy bardzo rzadko. Młode liście i pąki kwiatowe, o ogórkowym smaku są jadalne na surowo lub gotowane. Liście najlepiej zbierać wiosną. Korzenie tego gatunku suszone i zmielone, wraz z korzeniami łączenia baldaszkowatego *Butomus umbellatus*, lilii *Lilium spectabile* i *L. martagon* oraz pałki szerokolistnej *Typha latifolia*, Jakuci (w XIX wieku) dodawali zamiast mąki do potrawy zwanej *butagas*. Długie korzenie, wyglądające jak czarne cygara o średnicy 0,5-1 cm są gorzkie na surowo. Przyrządzałem je kiedyś gotując w roztworze popiołu lipowego. Po około 2 godzinach zrobiły się całkiem miękkie i nabrały słodkawego przyjemnego smaku. Są łatwiejsze do przyrządzenia niż kłącza orlicy, czy rdestu wężownika. Liście i korzenie krwiściągu większego są używane w ziołolecznictwie, głównie dla zatamowania krwawienia, dzięki swoim silnie ściągającym właściwościom.

KUKLIK Geum (różowate Rosaceae)

Kuklik zwisły *Geum rivale* występuje często na wilgotnych łąkach. Jego korzeń ma lekko czekoladowy aromat. Gotowany, daje smaczny napój. W Anglii był stosowany też do przyprawiania piwa. Może być też używany jako przyprawa do różnych potraw. Najlepiej wykopywać go wiosną lub jesienią.

Kuklik pospolity *Geum urbanum* występuje pospolicie w lasach i zaroślach, nawet w miastach. Jego korzeń był dawniej używany w Anglii do aromatyzowania piwa. Zawiera eugenol, aromatyczny związek występujący w goździkach. Korzeń tego gatunku może być gotowany z mlekiem w napój przypominający indyjski korzenny czaj. Młode liście są jadalne po ugotowaniu.

Jadalne są też młode gotowane liście **kuklika sztywnego** *Geum aleppicum*, używane jako warzywo w Azji. Gatunek ten występuje jedynie na wschodzie Polski w zaroślach i na przydrożach. Korzeń tego gatunku ma przypuszczalnie podobne właściwości do dwóch wyżej wymienionych gatunków.

W Tatrach występuje jeszcze **kuklik górski** *Geum montanum*. Tworzy zaskakująco grube kłącza, które wydają się bardzo pożywne. Są jedynie lekko gorzkawe (przypuszczalnie obecność taniny). Będąc w Apeninach robiłem z nich zupę (tam na górskich pastwiskach na wysokości ok. 1500 m npm rosną ich całe łany), nie znam jednak danych literaturowych o ich składzie. W każdym razie nie należy go niszczyć w Tatrach, bo jest u nas nieliczny.

KUKUŁKA Dactylorhiza (storczykowate Orchidaceae)

Do rodzaju tego należy kilka trudnych do odróżnienia gatunków storczyków. Jak wszystkie storczykowate pod ochroną. Zwykle mają purpurowe kwiaty i rosną na wilgotnych łąkach. Najpospolitsze są **kukułka krwista** *Dactylorhiza incarnata (Orchis incarnata)*, **kukułka plamista** *Dactylorhiza maculata (Orchis maculata)* i **kukułka szerokolistna** *Dactylorhiza majalis (Orchis latifolia)*. Dawniej zaliczano je do rodzaju → STORCZYK *Orchis*. Rośliny z obu tych rodzajów mają mięsiste korzenie, bardzo bogate w skrobię. Korzenie spokrewnionych z kukułkami storczyków *Orchis*, gotowane, dawały w Azji Mniejszej potrawę zwaną „salep", którą używano do karmienia małych dzieci, chorych i starców. Robiono z niego także napój oraz dodawano do chleba. Korzenie kukułki także są cennym pokarmem dającym rodzaj salepu i były wykorzystywane przez lud w różnych krajach.

W czasach wiktoriańskich (XIX wiek) w Anglii, przed upowszechnieniem kawy, wśród robotników popularny był napój zwany *salop* robiony ze zmielonych bulw → storczyków i kukułek zmieszanych z wodą, rzadziej z mlekiem lub trunkami wyskokowymi.

Storczykom tym przypisywano magiczne właściwości i stosowano je często jako afrodyzjak, kojarzono bowiem kształt ich palczastych korzeni z genitaliami. Rośliny te charakteryzują się też niesamowitym zapachem, przypominającym trochę piżmo. Odkryłem to w dosyć nietypowy sposób. Kiedyś prowadząc terenowe zajęcia z botaniki dla studentów biologii wyrwałem niechcący jeden okaz z korzeniami. Nie chciałem go wyrzucać, więc zabrałem go do pokoju i włożyłem do szklanki z wodą. Zbudziłem się w zupełnej ciemności mając wrażenie, że koło mnie jest jakiś człowiek. Pachniało kobiecym ciałem. Podążając za zapachem... uderzyłem nosem o szklankę z kukułką.

KUPKÓWKA Dactylis (trawy Poaceae)

Pospolicie na łąkach występuje bujna trawa kępkowa kupkówka pospolita *Dactylis glomerata*. W lasach liściastych występuje jeszcze podobna, rzadsza, kupkówka Aschersona *Dactylis polygama (D. aschersoniana)*. Wiosną słodki rdzeń młodych pędów kupkówki pospolitej był często jedzony przez wiejskie dzieci.

KURZYŚLAD Anagallis (pierwiosnkowate Primulaceae)

Dwa gatunki kurzyśladu występują w Polsce – kurzyślad polny *Anagalis arvensis*, o czerwonych kwiatach i k. błękitny *A. foemina*. Pierwszy gatunek jest pospolitym chwastem pól i przydroży, a drugi występuje rzadko na glebach wapiennych pd. Polski i Kujaw.

Kurzyślad polny był jedzony na surowo we Francji i w Niemczech, a gotowany w Azji Mniejszej. Podobno wciąż jest jedzony w niektórych miejscach w Azji. Jego młode pączki używane gdzieś były jak kapary.

Gatunek ten zawiera saponinę, cyklaminę, szczególnie trującą dla ryb, dlatego jego większe ilości mogą być trujące i dla człowieka. Jest czasem w Indiach używany jako trucizna na ryby.

LEBIODKA Origanum (wargowe Lamiaceae)

Lebiodka pospolita (oregano) *Origanum vulgare* występuje na ciepłych, suchych murawach, na podłożu wapiennym lub gliniastym, najczęściej w pasie gór, wyżyn oraz nad dolną Wisłą, ponadto rozproszona w całym kraju.

Suszone wierzchołki pędów z kwiatami są znane jako przyprawa „oregano", szczególnie popularna we Włoszech i innych krajach śródziemnomorskich, używana do wielu sosów i potraw, szczególnie pizzy. W Szwecji były ona także dodawana do piwa. Obecnie duża część komercyjnego oregano pochodzi z innych gatunków roślin (!) np. *Lippia graveolens, L. palmeri* i *Origanum syriacum*. Z kwitnących wierzchołków pędów można także parzyć herbatkę.

Wspaniały aromatyczny cukier do posypywania deserów można otrzymać zasypując siekane liście i kwiaty oregano zwykłym cukrem. Mieszaninę tą pozostawiamy w słoiku, na słońcu przez jeden dzień.

Oregano jest także używane jako roślina lecznicza, używane m.in. przy niestrawnościach, przeziębieniach i do wywoływania miesiączki, nie powinno być stosowane przez kobiety w ciąży. Jest też silnym środkiem uspokajającym, jednym z najlepszych natutalnych środków antyseptycznych dzięki dużej zawartości tymolu.

W naszych ogrodach jest też czasem uprawiany należący do tego rodzaju **majeranek** *Origanum majorana (Majorana hortensis)*. Majeranek jest przyprawą o nieco zbliżonym smaku do oregano. Był często stosowany w kuchni staropolskiej. Najlepiej go używać w stanie świeżym i dodawać pod koniec gotowania. Majeranek ma podobne właściwości lecznicze jak oregano, ma jeszcze silniejsze działanie uspokajające, podobno obniża także popęd płciowy.

LEPIĘŻNIK Petasites (złożone Asteraceae)

Cztery gatunki lepiężnika – lepiężnik biały *Petasites albus*, wyłysiały *P. kablikianus*, różowy *P. officinalis* i kutnerowaty *P. spurius* występują u nas nad rzekami i potokami. Jadalne są ich aromatyczne ogonki liściowe. Smakują trochę jak ogonki liściowe dzięgieli *Angelica*. Niestety nie da się zjeść większej ich ilości. Lepiężnik biały, a szczególnie występujący również na niżu lepiężnik różowy *Petasites hybridus (officinalis)* mają zastosowanie jako rośliny lekarskie, głównie przy leczeniu przeziębień (podobnie jak blisko spokrewniony podbiał). Ogonki liściowe *P. frigidus* były jedzone przez Eskimosów.

Lepiężnik japoński *P. japonicus* jest jednym z podstawowych japońskich dzikich warzyw, zwanym *fuki*. Ponad metrowe ogonki liściowe tej rośliny sparza się wrzątkiem i obiera, a potem gotuje, marynuje lub kandyzuje. Nie otwarte pączki tego gatunku, zwane *fukinotó* dostępne wiosną sparza się wrzątkiem (dla usunięcia goryczki) i dodaje do wielu pospolitych potraw np. zupy *miso*, słono-słodkich konfiturach *tsukudani* lub w potrawie *tempura*.

LEPNICA Silene (goździkowate Caryophyllaceae)

Większość z kilkunastu gatunków lepnic występujących w naszym kraju jest niejadalna. Nie są one bardzo trujące. Zawierają jednak sużo saponin mających niekorzystny wpływ na nasze zdrowie.

Lepnica bezłodygowa *Silene acaulis*, rosnąca u nas tylko w wyższych partiach Tatr była gotowana i jedzona jako warzywo w Islandii, Arktyce i w krajach alpejskich.

Lepnica rozdęta *Silene vulgaris (S. inflata, S. cucubalus)* pospolita w zaroślach, murawach i na odłogach w całym kraju była dosyć często używana za pożywienie. Młode pędy, kiedy mają nie więcej niż 5 cm długości, smakują jak groch, lekko gorzkawe, potem robią się niejadalne. Jadano także młode liście. W 1865 r. kiedy szarańcza zniszczyła zbiory, potrawa gotowana z tej rośliny była jedną z podstaw pożywienia ludności w rejonie Lewantu.

Kupkówka pospolita

Lebiodka pospolita

Leszczyna pospolita

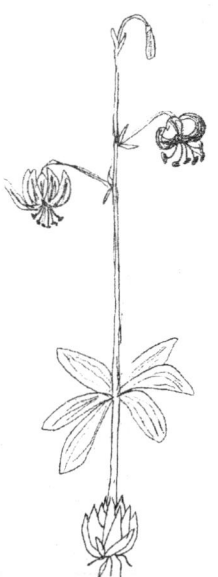
Lilia złotogłów

LESZCZYNA Corylus (leszczynowate Corylaceae)

Leszczyna pospolita *Corylus avellana* jest pospolitym krzewem leśnym. W uprawie spotykamy jeszcze leszczynę Lamberta *Corylus maxima* i drzewiastą leszczynę turecką *Corylus colurna*.
Wszystkie gatunki leszczyn mają jadalne smaczne orzechy, zawierające ok. 15% białka i 60% jadalnego oleju. Olej można pozyskiwać przez wytłaczanie. Indianie natomiast zbierali go z powierzchni zupy zrobionej z rozdrobnionych orzechów i używali jako dodatku do innych potraw. Orzechy często jedli z miodem.
We Włoszech zmielone orzechy laskowe są często dodawane do sosu pomidorowego z makaronem. Jest to w ogóle niedoceniane pożywienie, świetny dodatek do sosów i zup.
Orzechy laskowe można przechowywać jedynie suszone w łupinach. Orzechy są bardzo cenione przez zwierzęta i szybko znikają z dna lasu, dlatego trzeba dołożyć wszelkich starań, aby nie przegapić momentu kiedy opadają z krzewów (sierpień-wrzesień).

LICZYDŁO Streptopus (liliowate Liliaceae)

Liczydło górskie *Streptopus amplexifolius* występuje u nas rzadko w lasach górskich i wyżynnych. Znajduje się pod ochroną. Jego owoce są jadalne, na surowo lub dodawane do sosów i zup. Były jedzone w dużych ilościach przez niektóre plemiona Indian zach. wybrzeża Ameryki, np. Thompson. Uwaga, owoce działają przeczyszczająco. Jagody lepiej gotować, bo zawierają saponiny, mogą więc być lekko trujące. Indianie jedli także młode pędy, surowe lub gotowane, mają one aromat ogórków.

LILIA Lilium (liliowate Liliaceae)

W lasach całego kraju, choć niezbyt częsta, występuje lilia złotogłów *Lilium martagon* (uwaga, roślina chroniona), a w Tatrach i Sudetach spotykana jest lilia bulwkowa *Lilium bulbiferum*. Ponadto w ogrodach hoduje się liczne inne gatunki i ich mieszańce.
Cebule lilii są jednym z najlepszych w naszej przyrodzie źródeł skrobi. Po ugotowaniu smakują trochę jak ziemniaki. Mogą być także suszone na zapas. Niestety wykopanie lilii oznacza zniszczenie rośliny, dlatego należy unikać niszczenia stanowisk chronionej lilii złotogłów.

Cebule naszej leśnej lilii złotogłów były jadane przez Kozaków nadwołżańskich i Jakutów. Kirgizi przyprawiali nimi ser. Są małe, jedna cebula w stanie dzikim waży kilka gramów, na kilogram trzeba by zebrać około 150 cebul. Cebule lilii ogrodowych są kilka razy cięższe. Jednak są łatwiejsze do przyrządzania niż ziemniaki, bo nie trzeba ich obierać, wystarczy jedynie umyć i gotować około godziny, aż zrobią się zupełnie miękkie, maziste, nie chrupiące.

Liczne gatunki lilii są uprawiane na pokarm w Japonii lub/i Chinach (nasza rodzima lilia bulwkowa, a także *L. tigrinum, L. auratum, L. concolor, L. lancifolium, L. speciosum*), a *L. pomponium* jadana była przez Chińczyków, Tatarów i na Kamczatce. W Japonii cebule lilii, znane jako *yurine*, są składnikiem *chawan mushi*, gotowanego na parze sosu deserowego z jajek i *dashi* (rosołu rybnego), z dodatkiem kurczaka, krewetek, orzechów miłorzębu, pasty rybnej *kamaboko* i zioła *mitsuba* (*Cryptotaenia japonica*). Używana także w potrawach z duszonych warzyw (*nimono*) oraz do wyrobu ciasteczek. W Chinach cebule lilii rozgotowuje się w rodzaj kleiku.

Korzenie *Lilium spectabile* i lilii złotogłów *L. martagon*, suszone i zmielone były wraz z korzeniami łączenia baldaszkowatego *Butomus umbellatus*, pałki szerokolistnej *Typha latifolia* i krwiściągu większego *Sanguisorba officinalis* dodawane przez Jakutów (w XIX w.) zamiast mąki do potrawy zwanej *butagas*. Na Syberii cebule lilii jadano także gotowane z mlekiem.

Amerykańskie gatunkii lilii były chętnie jedzone przez niektóre plemiona Indian. Gotowane lub smażone cebule *Lilium columbianum* były jedzone przez Indian zach. wybrzeża np. Okanagon i Thompson. Oto skład zupy warzywnej Indian Thompson: głowy łososi, korzenie *Lewisia*, cebule szachownicy lancetowatej *Fritillaria lanceolata*, cebule lilii kolumbijskiej *Lilium columbianum*, jagody świdośliwy olcholistnej *Amelanchier alnifolia*, suszone sproszkowane korzenie orlicy *Pteridium aquilinum*, siekana dzika cebula i korzenie karbieńca jednokwiatowego *Lycopus uniflorus*. Indianie użytkowali także następujące gatunki lilii: *L. occidentale, L. pardalinum, L. parvum, L. philadelphicum* i *L. canadense*. Najczęstszym sposobem ich przyrządzania było pieczenie w dołach ziemnych w żarze lub dodawanie do zup.

Pyłek lilii może być zbierany jako wysokobiałkowy dodatek do potraw. Z kwiatów można też robić aromatyczny syrop, przepis zobacz „woda różana" (→ RÓŻA).

LILIOWIEC Hemerocallis (liliowate Liliaceae)

W ogrodach naszych uprawiane są setki mieszańców tego wschodnioazjatyckiego rodzaju. Roślina ta dobrze rośnie w naszym klimacie i utrzymuje się nawet po kilkudziesięciu latach w porzuconych ogrodach. W Japonii i Chinach (w jęz. chińskim *huanghua*) są uważane za rośliny jadalne. We wsch. części wyspy Yezo kwitną wielokilometrowe łany liliowców. Kobiety Ajnów zbierały te kwiaty i suszyły je lub przechowywały z solą (może kisiły?) do użytku w zupach. Do zup można też dodawać zebrane z ogrodu zwiędłe kwiaty. Podobno kwiaty odmian pomarańczowych i brązowych są smaczniejszy niż żółtych. W Chinach kwiaty *Hemerocallis minor* jedzone są w sosach do mięs, a młode liście były jedzone dla wywołania halucynacji. Kwiaty innych gatunków liliowców też podobno mogą być halucynogenne w większych ilościach. Młode liście i korzenie są jadalne na surowo lub gotowane.

LIPA Tilia (lipowate Tiliaceae)

W naszych lasach występują dwa gatunki z tego rodzaju – lipa drobnolistna *Tilia cordata*, w całym kraju, i lipa szerokolistna *Tilia platyphyllos*, głównie na południu i zachodzie. Ponadto kilka innych gatunków jest uprawianych jako drzewa uliczne i parkowe.

Młode liście lip są niezwykle smaczne, swoją delikatnością porównywalne z sałatą i funkią. Mają ciekawy słodkawy smak i lekko śluzowatą konsystencję. Choć większość liści robi się później łykowata, nawet późnym latem młode liście pojawiają się na odroślach u nasady pnia. Nagie liście lipy drobnolistnej są smaczniejsze od często włochatych liści lipy szerokolistnej. Wspaniale smakują podawane jak sałata, np. z kilkoma gotowanymi jajkami, solą i oliwą. Z rozwijających się pączków lipy można robić napój alkoholowy.

Już ksiądz Kluk podaje, że z mielonych orzeszków lipowych można robić rodzaj czekolady. Także później, w XIX w. francuski chemik Missa robił czekoladę ze zmielonych w moździerzu lipowych orzeszków i kwiatów. W Prusach próbowano nawet wyprodukować tą substancję na większą skalę, ale pasta ta łatwo się psuła (choć jest podobno bardzo smaczna). Z pni lip można otrzymywać wiosną, jak z brzozy, smaczny słodkawy sok.

Swoją renomę lipa zawdzięcza najbardziej herbacie parzonej z jej kwiatów. Herbata ta jest stosowana także w ziołolecznictwie, szczególnie jako środek napotny przy przeziębieniach. W mniejszych ilościach działa uspokajająco, w większych pobudza jak prawdziwa herbata. Podobno starzejące się kwiaty lipy nabierają właściwości narkotycznych, dlatego do suszenia zbierać najlepiej kwiaty świeżo otwarte. We wsi, w której mieszkam ludzie obrywają całe gałęzie z kwiatami i suszą je na strychach. Kwiaty z gałęzi obrywają w wolnych chwilach, dopiero w jesieni lub zimie.

Węgiel drzewny z lipy jest używany przy zatruciach, biegunkach, a sproszkowany do posypywania oparzeń. Popiół z drewna lipowego (lipy amerykańskiej *Tilia americana*) był wg Indian najlepszym rodzajem popiołu do ługowania niektórych trucizn z innych roślin. Gotowano go np. z żołędziami, aby pozbawić je taniny. Świetne rezultaty daje także popiół z naszych rodzimych lip. Czipewejowie gotowali młode gałązki i pąki lipy amerykańskiej *Tilia americana* lub jedli je na surowo. Pączki lipy można jeść nawet w zimie. Są bardzo śluzowate, ale mogą stanowić ciekawą przystawkę albo dodatek do zup.

LNICA Linaria (trędownikowate Scrophulariaceae)

Kilka gatunków lnicy występuje w naszym kraju, zwykle na suchych murawach. Młode gotowane pędy najpospolitszego gatunku – lnicy pospolitej *Linaria vulgaris* (rosnącej na murawach, przydrożach, miedzach) są podobno jadalne. Trzeba jednak zachować pewną ostrożność, istnieją dane o ich niewielkiej toksyczności.

Zobacz też → CYMBALARIA

LNICZNIK Camelina (krzyżowe Brassicaceae)

W naszym kraju na miejscach ruderalnych występuje lnicznik siewny *Camelina sativa* i drobnoowocowy *C. microcarpa*. Niestety, z powodu udoskonalenia metod oczyszczania ziarna, wyginął już chwast lnu lnicznik właściwy *Camelina alyssum*.

Lnicznik siewny był regularnie uprawiany od czasów neolitu. W średniowieczu w Rosji i Niemczech, a w XIX w. we Flandrii dawał cenny olej kulinarny. Do niedawna był on uprawiany u nas np. na Podlasiu. Na zachodzie Europy olej z tego gatunku robi się znów modny i pewnie jego uprawa niedługo do nas powróci.

LUCERNA Medicago (strączkowe Fabaceae)

W naszym kraju na suchych murawach, zboczach i przydrożach możemy znaleźć lucernę sierpowatą *M. falcata*, nerkowatą *M. lupulina*, siewną *M. sativa* oraz rzadziej lucernę kolczastostrąkową *M. minima*.

Młode liście wszystkich gatunków lucerny są jadalne, na surowo lub gotowane. Liście lucerny siewnej były przez Chińczyków jedzone jako warzywo. Kilka gatunków lucerny było, a może jest jedzonych w Chinach i na Syberii. Liście lucerny są bogate w witaminę K. Lucerna nerkowata, naturalizowana w Kalifornii była cenionym przez Indian warzywem, zbierali także jej nasiona, które prażyli lub mielili na mąkę. Skiełkowane nasiona są wspaniałym dodatkiem do sałatek.

Nie należy spożywać tej rośliny regularnie. Nieskiełkowane nasiona zawierają substancje, które mogą utrudniać trawienie białek. Roślina zawiera także saponiny, które powodują rozpad czerwonych ciałek krwi. Są co prawda słabo wchłaniane przez organizm i można je usunąć przez gotowanie.

ŁĄCZEŃ Butomus (łączeniowate Butomaceae)

Nad wodami, najczęściej na Pomorzu, w Wielkopolsce i nad Wisłą, występuje łączeń baldaszkowaty *Butomus umbellatus*.

Jego kłącza są jadalne po ugotowaniu, zawierają ponad 50% skrobi. Mają podobno nieprzyjemny piekący smak, który znika w dużym stopniu po wysuszeniu. W Norwegii i we włoskim Piemoncie robiono z nich chleb. Także w okolicach Astrachania przyrządzano z nich mąkę. Były też jedzone po upieczeniu w pn. Azji.

Korzenie tego gatunku suszone i zmielone, wraz z korzeniami krwiściągu większego *Sanguisorba officinalis*, lilii *Lilium spectabile* i *L. martagon* oraz pałki szerokolistnej *Typha latifolia* Jakuci (w XIX wieku) dodawali zamiast mąki do potrawy zwanej *butagas*.

Lipa drobnolistna   Łączeń baldaszkowaty

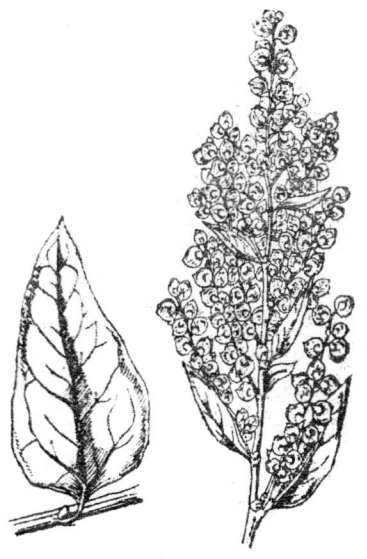

Łoboda ogrodowa   Łopian większy

ŁOBODA Atriplex (komosowate Chenopodiaceae)

Kilka gatunków łobody występuje w Polsce na miejscach ruderalnych (śmietniskach, przydrożach itp.) – najpospoliciej łoboda rozłożysta *Atriplex patula*, rzadziej ł. błyszcząca *A. nitida*, ł. oszczepowata *A. prostrata (A. hastatum)*, ł. długolistna *A. oblongifolia*, ł. gwiazdkowata *A. rosea* i ł. szara *A. tatarica*. Na wybrzeżu Bałtyku występuje jeszcze ł. zdobna *A. calotheca*, ł. nadbrzeżna *A. littoralis* i przypuszczalnie wymarła ł. nadmorska *A. glabriuscula*. W ogrodach pospolicie jest hodowana, przejściowo dziczejąca, odmiana purpurowa łobody ogrodowej *A. hortensis*.

Łoboda ogrodowa była używana w Europie jako warzywo od najdawniejszych czasów, a starożytni Grecji jadali liście *A. halimus*. Zanotowanao także odżywianie się łobodą rozłożystą, oszczepowatą i nadmorską. Łobody mają jadalne, mięsiste liście bogate w sole mineralne. W smaku przypominają trochę szpinak. Smaczniejsze niż surowe i przypuszczalnie łatwiej strawne są po ugotowaniu. Zbierano także nasiona, mielone dodawano do zup lub chleba. Kilkanaście amerykańskich gatunków z tego rodzaju było jadanych przez Indian pd-zach. Ameryki Pn, np. Hopi, Pima i Gosiute. Najczęściej zbierano nasiona, prażono je i mielono na mąkę albo jedzono młode pędy na surowo lub gotowane.

ŁOCZYGA Lapsana (złożone Asteraceae)

Łoczyga pospolita *Lapsana communis* występuje pospolicie na miejscach ruderalnych i na skrajach lasów. Jej młode liście mają na wiosnę smak rzodkiewki, były jedzone jako sałatka w Konstantynopolu i w Anglii. Później mają dosyć nieprzyjemny gorzki smak. Można je także gotować.

ŁOPIAN Arctium (złożone Asteraceae)

Łopian większy *Arctium lappa*. Pospolita roślina występująca na przychaciach, przydrożach i brzegach wód w całym kraju („rzep"). Korzenie cenione dawniej w wielu krajach, młode jedzone na surowo, starsze gotowane. Uprawiany jako warzywo w Japonii (*gobô*). Łopian jest dwuletni, korzenie, aby były smaczne i miękkie, muszą być zebrane między jesienią pierwszego roku a wiosną drugiego roku, przed pojawieniem się łodygi z kwiatami. Korzeń jest biały, ale szybko traci barwę na powietrzu (aby ją zachował musi być przechowywany w occie).

Jest bardzo smaczny. Może być suszony. Korzeń zawiera dużą ilość inuliny, cukru, który nie jest przyswajany przez człowieka, może więc powodować fermetację w jelitach i wydzielanie gazów. Z drugiej strony substancja ta stanowi pożywkę dla pożytecznych bakterii jelitowych. Irokezi suszyli korzenie przy ogniu i przechowywali je na zimę, potem mocząc w wodzie i gotując z nich zupę. Jedli też gotowane młode liście, któresą też podobno jadalne (według mnie mają ohydny smak), ale smaczniejsze są obrane ze skórki łodygi i ogonki liściowe. Oto co pisze o tym gatunku ksiądz Kluk: „Łodygi na wiosnę poki miękkie są, i ogony liściowe, obłupione, mogą się gotować iak szparagi, do zdrowego na stół zażycia; albo kwasić iak ogórki."

Zarówno w medycynie zachodniej jak i w chińskiej uważa się, że korzeń łopiana większego może być używany do odtruwania organizmu z nagromadzonych w nim różnorodnych toksyn.

Podobne właściwości do łopiana większego ma **łopian mniejszy** *Arctium minus* występujący na podobnych siedliskach. Ponadto w Polsce występują jeszcze dwa gatunki łopianów: **łopian pajęczynowaty** *Arctium tomentosum*, też pospolity chwast przychaci, oraz dosyć rzadki leśny **łopian gajowy** *Arctium nemorosum*. Mają one przypuszczalnie podobne właściwości do łopiana większego.

KORZEŃ ŁOPIANU PIECZONY PO JAPOŃSKU
Oczyszczone korzenie łopianu zawijamy w młode, świeże liście łopianu, a potem owijamy folią aluminiową. Wkładamy do gorącego popiołu z ogniska na 45-60 minut. Podajemy z sosem sojowym. Korzenie łopianu pieczone w ognisku często jedzono na wsiach japońskich w jesieni i zimie.

KINPIRA GOBÔ (KORZEŃ ŁOPIANU PO JAPOŃSKU)
Porcja dla 4 osób do podawania jako przystawka, przygotowanie 30 min. plus doba moczenia łopianu
200 g korzeni łopianu, 100 g marchwi, 1 ostra papryczka, *2 łyżeczki białego sezamu, 2 łyżki cukru, woda, półtorej łyżki sosu sojowego, 1 łyżka oleju*

Uwaga! Korzenie zbieramy wiosną lub jesienią wykopując rośliny średniej wielkości (o liściach długości 20-30 cm). Większe rośliny mają korzenie, które, choć duże, są twarde i łykowate.

Korzeń łopianu oczyścić, oskrobać (obieranie niszczy najbardziej aromatyczną część korzenia), korzeń dzielimy na cieniusieńkie paseczki (grubości zapałki, długości 4 cm), tak jakbyśmy strugali ołówek, (moczyć przez dobę w zimnej wodzie z odrobiną octu, zmieniając ją kilkakrotnie – zbiera substancje niesmaczne i niezdrowe), zalać na krótko wrzątkiem i odcedzić. Wysuszyć na ściereczce. Łopian można mieszać z marchwią pociętą w ten sam sposób (można też użyć samej marchwi). Na patelni uprażyć ziarno sezamu, aż zacznie wydzielać zapach. Na łyżce oleju usmażyć pokrojoną na małe kawałeczki ostrą papryczkę. Na tym samym tłuszczu usmażyć równomiernie korzeń łopianu. Dodać marchew, dalej smażyć, aż będzie elastyczna, a olej się wchłonie. Wlać na to sos sojowy, dodać cukier i 2 łyżki wody, dalej gotować razem, mieszając, aż się sos sojowy dobrze wchłonie. Można też dodać odrobinę sake. Wsypać ziarno sezamowe, gotować do całkowitego odparowania wody.

YANAGAWANABE (łopian zapiekany z piskorzem po japońsku), skompilowany na podstawie R. Hosking „A Dictionary of Japanese Food".

Korzenie łopianu układa się na dnie specjalnego glinianego naczynia, gładkiego w środku, z pokrywką z małą dziurką. Przykrywa się je warstwą piskorzy (dojô), oczyszczonych, wyfiletowanych i bez głowy. Wszystko zalewa się słodkim gęstym rosołem rybnym. Po ugotowaniu potrawę serwuje się z jajkami na miękko i pieprzem japońskim Zanthoxylum piperitum (który można zastąpić łatwiej dostępnym pieprzem seczuańskim lub zwykłym świeżo zmielonym czarnym pieprzem).

PIWO ŁOPIANOWE

Potrzebujemy kilka korzeni łopianu, pół kilo brązowego cukru (nie może być biały bo piwo będzie miało wtedy płaski smak), 1 cytryna, drożdże, 5 l wody. Piwu temu możemy (choć nie musimy) nadać gorzkawy smak używając szyszek chmielowych albo gotowanego przez godzinę wywaru z kilku korzeni mniszka. Piwo przyrządzamy wiosną, gdy liście wychodzą z ziemi, potem składniki pokarmowe przechodzą do części nadziemnych. Oczyścić korzenie i pociąć w kostkę. Gotować przez 20 minut w 2,5 l wody. Na boku przygotować drożdże. Dodać cukier do gotującej mieszaniny, potem sok z cytryny, dobrze wymieszać i odcedzić. Ciecz dopełnić do 5 l. Gdy ostygnie dodać drożdże. Zostawić do ferementacji w wiadrze na cztery dni. Potem przelać do zakręcanych butelek i sprawdzać codziennie czy nie zebrało się za dużo gazu. Zwykle jest gotowe do picia po tygodniu. Ciemne piwo podobne do Guinnessa można otrzymać używając oprócż cukru także kilka łyżek ciemnej melasy. Piwo łopianowe, podobnie jak z mniszka oraz z obu tych gatunków razem, było popularnym napojem w dawnej Anglii.

ŁUBIN Lupinus (strączkowe Fabaceae)

Łubin trwały *Lupinus polyphylus* pochodzący z prerii Ameryki Pn. występuje często zdziczały na ugorach i skrajach lasów. Jego nasiona zawierają trujący alkaloid, powodujący zaburzenia funkcjonowania układu nerwowego, ale korzenie były jedzone na surowo lub gotowane przez Indian Kwakiutl. Radzę jednak zachować dużą ostrożność przy eksperymentowaniu z jedzeniem tego gatunku.

MACIERZANKA Thymus (wargowe Lamiaceae)

Kilka gatunków macierzanki występuje w naszym kraju. Jedynie dwa są pospolite w całym kraju – macierzanka zwyczajna *Thymus serpyllum* na suchych glebach gliniastych, żwirowych, kamienistych i macierzanka piaskowa *Thymus serpyllum* na glebach piaszczystych. Pozostałe gatunki ograniczone są do Tatr, Pienin i wyżyn południowej Polski. Ponadto uprawiana, jako roślina przyprawowa, jest macierzanka tymianek *Thymus vulgaris*, pochodząca z pd Europy.

Wszystkie gatunki macierzanki mogą być użytkowane jako przyprawy. Liście zbiera się w lecie w okresie zaraz przed rozwojem kwiatów i suszy. Najbardziej znaną przyprawą z tego rodzaju jest tymianek, ale inne gatunki, choć trochę mniej aromatyczne, mają podobne właściwości. Liście tymianku i innych macierzanek można dodawać do sosów, zup, pizzy lub parzyć z nich herbatkę (albo dodawać je do czarnej herbaty). W Islandii używano macierzanki piaskowej do aromatyzowania kwaśnego mleka. Macierzanka ma cenne właściwości lecznicze . Działa silnie bakteriobójczo i robakobójczo. Stosowana jest szczególnie przy chorobach układu odddechowego.

MAHONIA Mahonia (berberysowate Berberidaceae)

Mahonia pospolita *Mahonia aquifolium* jest krzewem pospolicie uprawianym w ogrodach. Jej kwaskowate jagody były czasami jedzone przez Indian zachodniego wybrzeża Ameryki Pn (np. Indian Thompson), na świeżo, suszone lub w konfiturach. Jedzono też inne gatunki z tego rodzaju.

MAJERANEK →LEBIODKA

MAK Papaver (makowate Papaveraceae)

Kilka gatunków maków występuje u nas dziko lub w uprawie. Mak lekarski *Papaver somniferum* był powszechnie uprawiany dla smacznych nasion używanych u nas i w innych krajach Europy wsch. do przyprawiania pieczywa oraz do ciast. W Indiach dodaje się ich powszchnie do sosów curry. Nasiona maku dają bardzo cenny olej, wyciskany na zimno. Ostatnio uprawa maku jest licencjonowana, jako że niedojrzałe makówki tego gatunku są źródłem opium. Opium (biały mleczko z makówek) zawiera m.in. morfinę, narkotyk, groźny z powodu zdolności do łatwego uzależniania osób go zażywających. Uzależnienie od narkotyków robionych z maku było przyczyną wielu tragedii, jednak licencjonowanie jego uprawy należy postrzegać jako jeszcze jeden przejawów chorobliwej postawy rządów tzw. „krajów cywilizowanych", próbujących ograniczyć pewne działania ludzi siłą, zarazem uzyskujących zarazem ogromne sumy pieniędzy ze sprzedaży jednego z najstraszniejszych narkotyków – alkoholu.

Mak polny *Papaver rhoeas* jest najpospolitszym gatunkiem maku występującym dziko, zwykle na polach bogatych w węglan wapnia, najczęściej w zbożu, rzadziej na przydrożach. Nasiona tego gatunku także stanowią wspaniałą przyprawę używaną w niektórych krajach. Mogą też być źródłem oleju (uważanego za drugi po oliwie pod względem jakości). W krajach śródziemnomorskich np. na południu Francji jada się młode liście maku polnego w sałatkach, mają ciekawy orzechowy smak, po wykształceniu pąków robią się trujące. Mleczko tego gatunku podobno nie zawiera morfiny, ma jednak działanie lekko narkotyczne i uspokajające z powodu obecności innych alkaloidów. Oprócz maku polnego występują jeszcze, także na polach, dwa podobne gatunki: mak piaskowy *Papaver argemone* i wątpliwy *P. dubium*. Brak bliższych danych o ich właściwościach, przypuszczalnie zbliżonych do maku polnego, na pewno mają jadalne nasiona. W Tatrach występuje jeszcze rzadki mak alpejski *Papaver burseri*, brak danych o jego użytkowaniu.

Mak wschodni *Papaver orientale* ma czerwone płatki jak mak polny, ale jest byliną. Jest czasem uprawiany w ogrodach. W jego ojczyźnie – Turcji i Armenii, je się jego zielone główki jako delikates o piekącym smaku, podobno nie mają one właściwości narkotycznych. Zalecam jednak niesłychaną ostrożność z produktami z jakiegokolwiek gatunku maku.

MALINA →JEŻYNA

MALWA Alcea (ślazowate Malvaceae)

Malwa ogrodowa *Alcea rosea* to stały element stereotypowego wiejskiego ogródka. Nie znana jest jej ojczyzna, pochodzi przypuszczalnie z Azji. Młode liście i kwiaty malwy są jadalne na surowo. Zawierają one substancje śluzowe. Ma działanie zmiękczające i łagodzące. Według Couplaina jest uprawiana jako warzywo w Egipcie, gdzie jej liście są używane jako składnik tradycyjnej zupy *melokia*, natomiast Phillips podaje że zupa ta jest robiona z innej rośliny, pokrewnej rośliny – *Carchorus olitorius*. Na pewno jednak liście malwy są świetnym dodatkiem do zup. Jadalne są także gotowane, bogate w skrobię korzenie.

MANNA Glyceria (trawy Poaceae)

W naszym kraju występuje, zwykle nad wodami, kilka gatunków traw z tego rodzaju. Wszystkie mają jadalne, choć dosyć drobne, nasiona.

Nasiona pospolitej manny jadalnej *Glyceria fluitans* były do początku XX w. sprzedawane na targach Litwy i Rosji, a wcześniej także w Polsce i Czechach. Z nasion tych można robić grysiki, kasze, piec chleb zbliżony smakiem do pszennego lub zmielone używać do zagęszczania zupy. Zwykle zbierano je nad wodami, strząsając nasiona w drugiej połowie lata na sito, rano („o rosie"). Jedynie w Rudawach Czeskich uprawianą ją w XVII w. Nasiona tego gatunki zbierali też Indianie Crow i Klamath.

Brodobrzanka wodna (Manna wodna) *Catabrosa aquatica (Glyceria aquatica)* występuje niezbyt licznie na brzegach wód w całej Polsce. Indianie Crow i Gosiute zbierali jej nasiona do jedzenia.

MANNICA Puccinellia (trawy Poaceae)

Mannica odstająca *Puccinellia distans* występowała na glebach naturalnie zasolonych (brzeg morza, solanki śródlądowe). Obecnie rozprzestrzenia się także na siedliskach antropogenicznych (przydroża, gnojowiska). Mannica ma stosunkowo duże nasiona jak na dziką trawę. Mogą być zbierane jak manna czy proso. Nasiona tego gatunku były zbierane jako pożywienie przez Indian Gosiute.

Na wybrzeżu Bałtyku występują jeszcze dwa niezwykle rzadkie gatunki z tego rodzaju.

MARCHEW Daucus (baldaszkowate Apiaceae)

Marchew zwyczajna *Daucus carota* jest pospolitą rośliną suchych łąk, muraw, pastwisk i przychaci, spotykaną na glebach glinastych i wapiennych. Jej południowoeurupejski podgatunek jest przodkiem ogrodowej marchwi o pomarańczowym korzeniu.

Nasza dzika marchew ma cienki, łykowaty, biały korzeń, na pierwszy rzut oka bardzo różny, ale w smaku i zapachu ten sam. Marchew jest rośliną dwuletnią. W pierwszym roku (i na wiosnę drugiego roku) jej korzeń jest miększy i bogatszy w składniki odżywcze, niż korzeń dwuletnich roślin kwitnących. Jadalne są także łodygi i liście marchwi, które można gotować w zupie. Bardzo smaczne są też smażone na oleju kwiatostany. Nasiona mogą być używane jako przyprawa do sosów (jak kminek) lub prażone jako substytut kawy. Łatwa do znalezienia, cenna roślina jadalna o swojskim smaku.

MARCHEWNIK Myrrhis (baldaszkowate Apiaceae)

Marchewnik anyżowy *Myrrhis odorata* występuje w stanie zdziczałym na Śląsku (głównie w Sudetach) i rzadziej na Pomorzu. Pochodzi z południa Europy. Często uprawiany w zach. Europie. Można jeść jego surowe lub gotowane pędy. Na Śląsku gotowano jego korzenie, a zielone nasiona dodawano do sałatek. Korzeń można gotować z cierpkimi owocami, aby złagodzić ich smak. Liści najlepiej używać zanim roślina zakwitnie, potem tracą aromat. Nasiona mogą być stosowane jako przyprawa zarówno zielone, jak i dojrzałe. Z liści można parzyć także herbatę.

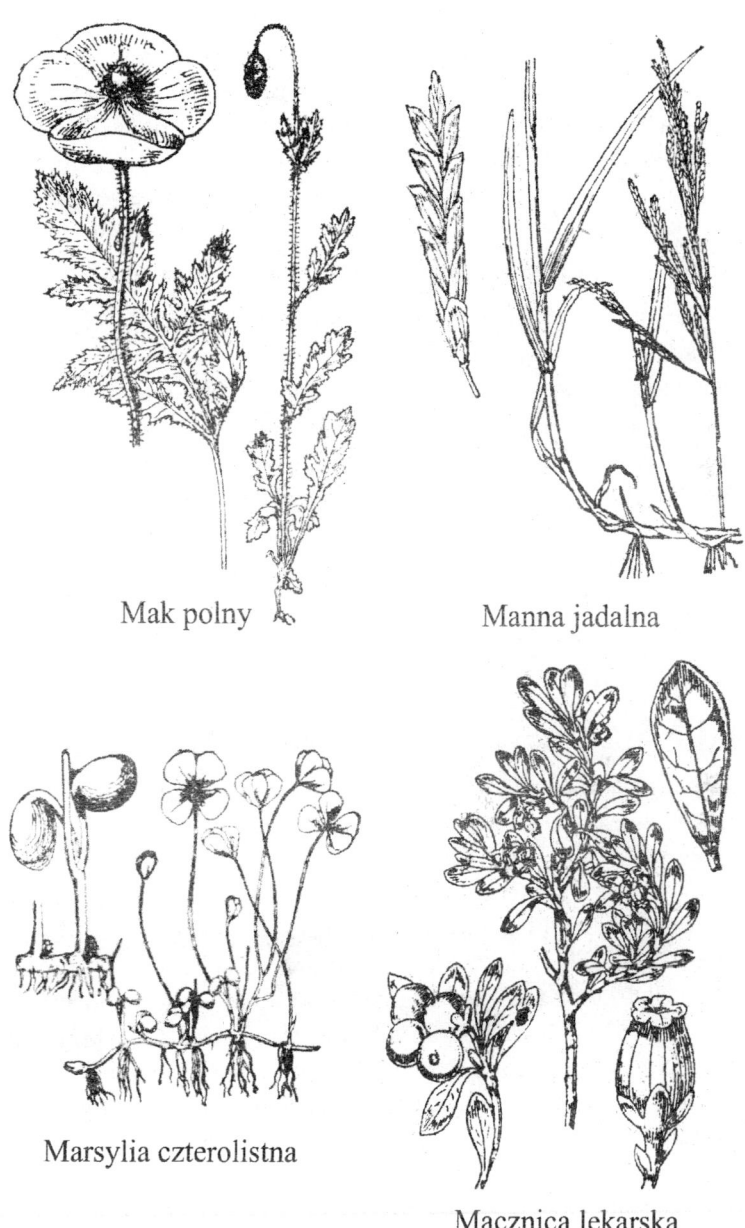

Mak polny

Manna jadalna

Marsylia czterolistna

Mącznica lekarska

MAREK Sium (baldaszkowate Apiaceae)

Na brzegach wód na całym niżu pospolity jest marek szerokolistny *Sium latifolium*. Jego liście jedzono po ugotowaniu we Włoszech, ale, uwaga, może być trujący. W krajach ościennych, też na siedliskach wilgotnych, występuje jeszcze marek kucmerka *Sium sisarum*, ma smaczny gotowany korzeń, znany już od czasów rzymskich, ceniony we Francji. Indianie jedli korzenie *Sium suave* na surowo lub gotowane.

MARSYLIA Marsilea (marsyliowate Marsileaceae)

Dawniej koło Rybnika występowała paproć wodna marsylia czterolistna *Marsilea quadrifolia*. Jej młode pędy były używane w niektórych krajach jako pożywienie głodowe. Ponadto sporokarp, w którym zawarte są zarodniki, zawiera dużo skrobi i był mielony na mąkę do chleba. W Australii *Marsilea drummondii* stanowiła pokarm Aborygenów. Mimo tego członkowie pierwszej ekspedycji próbującej przewędrować przez środek Australii, którzy odżywiali się się tą paprocią, zmarli na chorobę beri-beri (brak witaminy B1). Nie wiedzieli oni bowiem, że paprocie zawierają tiaminazę – enzym rozkłądający tę witaminę. Aby się go pozbyć należało rośliny moczyć w gorącej wodzie.

MARZANKA → PRZYTULIA

MĄCZNICA Arctostaphylos (wrzosowate Ericaceae)

Mącznica lekarska *Arctostaphylos uva-ursi* występuje gdzieniegdzie w suchych borach i na torfowiskach na niżu. Znajduje się pod ochroną. Ten sam gatunek był szeroko stosowany przez Indian. Jagody mają słaby smak na surowo, stają się słodsze po ugotowaniu. Jagody były jadane przez wiele plemion (np. Czarne Stopy, Thompson, Czirokezów, Czipewejów, Salisz, także przez Eskimosów), na surowo lub suszone, smażone lub gotowane. Czasem przechowywano je w tłuszczu zwierzęcym np. niedźwiedzia albo foki albo mieszano z tłuszczem przy podawaniu. Niektóre plemiona przyrządzały je z ikrą ryb i czasem cukrem. Eskimosi Inupiat robili lody z jagód przechowywanych w tłuszczu ze skwarkami. W Grenlandii przyrządza się z nich napój.

Liść mącznicy (zielone liście suszone wczesną jesienią) jest stosowany w europejskim ziołolecznictwie jako środek odkażający drogi moczowe. Z liści Czarne Stopy i Thompson przyrządzali herbatę. Bardzo wiele plemion używało liści mącznicy jako głównego składnika mieszanki fajkowej „kinnikinnick". Liczne w Ameryce inne gatunki mącznicy także stanowiły pożywienie Indian.

POTRAWA PLEMIENIA LEŚNYCH CREE

1 łyżka stołowa tłuszczu zwierzęcego, 2 łyżki ikry, półtora kubka owoców. Jagody lekko podgotowywano w tłuszczu i tłuczono, aż były kruche. Potem wrzucano je do worka z tkaniny i obtłukiwano jeszcze siekierą. Ikra rozmiękczała tłuczone owoce.

MIECHUNKA Physalis (psiankowate Solanaceae)

Miechunka rozdęta *Physalis alkenegi* jest uprawiana w ogrodach i czasem dziczeje. Dojrzałe owoce są jadalne, najlepiej po ugotowaniu. Niezbyt smaczne, jadane były często w basenie Morza Śródziemnego. Jadalne są też podobno młode liście po ugotowaniu, należy jednak uważać – roślina może być trująca.

MIECZYK Gladiolus (kosaćcowate Iridaceae)

Mieczyk dachówkowaty *Gladiolus imbricatus* występuje u nas w całym kraju, ale rzadko, na wilgotnych łąkach i leśnych polanach, najczęściej w zachodniej części Beskidów. Mowszowicz podaje, że z jego bulwek można robić mąkę. Radziłbym zachować ostrożność, w rodzinie tej jest wiele roślin trujących, poza tym gatunek pod ochroną.

MIESIĄCZNICA Lunaria (krzyżowe Brassicaceae)

Nasiona i korzeń (zbierany przed zakwitnięciem rośliny) miesiącznicy rocznej *Lunaria annua*, hodowanej w ogrodach, są jadalne, piekące, o smaku gorczycy.

W górskich lasach bukowych występuje u nas miesiącznica trwała *Lunaria rediviva*. Nic nie wiadomo o jej jadalności, przypuszczalnie ma właściwości zbliżone do wyżej wymienionego gatunku.

MIĘTA Mentha (wargowe Lamiaceae)

Liście i młode pędy mięty były jedzone przez ludzi od czasów prehistorycznych. Są bogate w olejki lotne. Aromat każdego gatunku różni się trochę od siebie. Liście mięty są składnikiem angielskiego sosu miętowego podawanego z jagnięciną, a w wielu krajach (np. Francji i Maroko) popularna jest herbata miętowa. Liście mięty mają działanie antyseptyczne i w wypadku kiedy nie mamy możliwości przegotowania wody, warto wrzucić je na kilka godzin do nieprzegotowanej wody, którą mamy pić, ma to szansę zabić część bakterii. Napar z liści mięty jest używany w wielu krajach przy niestrawnościach i gorączkach. Zapach liści odstrasza myszy i szczury. Mięta (szczególnie mięta polej) nie powinna być używana przez ciężarne kobiety, gdyż w większych ilościach moża powodować poronienia.

Najczęściej spotykane w uprawie są mięta kłosowa (m. zielona) *Mentha spicata* i mięta pieprzowa *Mentha spicata*, która jest krzyżówką mięty wodnej *Mentha aquatica* i kłosowej. U nas nie występują dziko.

Gatunkiem rodzimym, często spotykanym na polach i ugorach oraz nad rzekami, jest mięta polna *Mentha arvensis*. Jest używana jako przyprawa w Azji. Indianie np. Lakota i Czirokezi, robili herbatę z jej liści. Stosowana też jako przyprawa do pemmikanu i zup przez Czarne Stopy oraz do kukurydzy i polenty (papki kukurydzianej) przez Navaho. Liście pokrewnej mięty kanadyjskiej *Mentha canadensis* Indianie piekli na ogniu lub używali jako przyprawę do mięsa. Indianie Dakota układali warstwy tej mięty między suszonym mięsem.

Mięta wodna *Mentha aquatica* jest miejscami pospolita nad naszymi wodami. Także odznacza się przyjemnym, ale silnym aromatem, zbliżonym do mięty pieprzowej.

Mięta długolistna *Mentha longifolia* jest bardzo pospolita na miejscach wilgotnych w Polsce południowej, szczególnie w górach. Ludność wiejska często dodawała jej liście do nadzienia ruskich pierogów. Jej aromat dosyć szybko się ulatnia pod wpływem wysokiej temperatury. Jest on lekko piekący i słodki, zbliżony do aromatu mięty kłosowej (zielonej). Można parzyć z niej wspaniałą herbatkę (kilka liści na jeden kubek wody), najlepiej używając dosyć gorącej, ale nie wrzącej wody

Rzadko, głównie w dolinie Wisły i Odry, występuje jeszcze mięta polej *Mentha pulegium*. Ma smak zbliżony do mięty pieprzowej.

HERBATA MIĘTOWA PO MAROKAŃSKU

Do czajniczka wspypujemy po pół łyżeczki zielonej chińskiej herbaty na osobę oraz hojną garść świeżych lub suszonych liści mięty. Tradycyjnie używana jest mięta kłosowa, ale bardzo zbliżony efekt daje nasza rodzima mięta długolistna. Dla zaostrzenia smaku dodaje się też do tej herbaty maleńki kawałeczek liścia bylicy piołun, ale trzeba dodać jego naprawdę mało, bo jest niezwykle gorzki (stopień gorzkości regulujemy metodą prób i błędów). Tę mieszaninę liści zalewamy wrzątkiem i pozostawiamy do zaparzenia na kilka minut. Serwujemy w miniaturowych szklaneczkach na metalowej tacy, silnie osłodzoną.

ANGIELSKI SOS MIĘTOWY

Ten sos jest tradycyjnie podawany z baraniną. Z umytej garści liści mięty wybieramy same liście i siekamy drobno. Zasypujemy łyżeczką cukru i zostawiamy na przynajmniej pół godziny. Zalewamy 4 łyżkami (ok. 20 ml) octu, najlepiej tzw. malt vinegar (ocet zbożowy koloru brązowego). Sos gotowy!

CHUTNEY (czytaj czatni) MIĘTOWY

2 szklanki octu jabłkowego, 2 łyżeczki sproszkowanej gorczycy, 2 cebule, 80 g rodzynek, pół kg cukru, pół kg jabłek deserowych, ok. 20 dkg świeżych liści mięty (dowolnej).

Wlej ocet na patelnię i dodaj cukru i gorczycy. Podgrzewaj ostrożnie, mieszając, aż cukier się rozpuści. Obierz i drobno posiekaj jabłka i cebulę. Dodaj je, jak też drobno siekane liście mięty, do naczynia. Gotuj przez 10 minut. Dodaj jeszcze rodzynki i sól. Gotuj przez dalsze 5 minut. Wlej do czystych słoików i zamknij. Marynata potrzebuje kilka dni na „przegryzienie" się.

MIKOŁAJEK Eryngium (złożone Asteraceae)

Mikołajek polny *Eryngium campestre* występuje rzadko w dolinie Odry i na południu Polski, na suchych murawach i miejscach ruderalnych. Młode pędy są jadalne po ugotowaniu. Wartościowym pokarmem są jego gotowane korzenie o słodkim smaku, także kandyzowane.

Mikołajek nadmorski *Eryngium maritimum* rośnie jedynie wzdłuż wybrzeża. Jest gatunkiem chronionym. Można go hodować w ogrodzie i potem jeść, natomiast wykopywanie go z naturalnych stanowisk jest wysoce naganne! Jego gotowane lub kandyzowane korzenie („eryngo'), o smaku zbliżonym do kasztanów jadalnych były dawniej cenionym pokarmem w Anglii, wspomina o nich nawet Szekspir. Korzeń mikołajka nadmorskiego może mieć nawet 2 m długości.

ERYNGO – KANDYZOWANY KORZEŃ MIKOŁAJKA NADMORSKIEGO PO ANGIELSKU Przepis z XVI wiecznego „Zielnika" („Herball") Johna Gerarda.

„*Oto sposób przygotowania Eryngo. Zrób cukier do tego celu, i weź go funt (45 dkg- przyp. ŁŁ), białko jaja i pint (570 ml- przyp ŁŁ) wody, gotuj je razem i odszumuj, pozwalając im się gotować, aż zamienią się w dobry syrop, a kiedy zacznie stygnąć dodaj małą miseczkę wody różanej, łyżkę wody cynamonowej i ziarno gałki muszkatołowej, które to były moczone razem przez noc, a teraz odcedzone; do których to, gdy syrop w połowie zimny, dodasz korzenie do namoczenia do następnego dnia; a korzenie będą przysposobione w sposób następujący.*

Korzenie po umyciu i zebraniu muszą być gotowane w czystej wodzie przez cztery godziny, aż zmiękną; potem muszą być obrane do czysta, jak pasternak, a rdzeń trzeba wyciągnąć od końca korzenia; a jeśli rdzenia nie da się wyciągnąć, trzeba korzeń rozciąć, i wtedy wyciągnąć, i za dużo ich nie ruszać, żeby się nie zabrudziły. Pozwól im pozostać w syropie do dnia następnego, a potem podgrzej w obszernym rondlu, ale nie pozwól im się zagotować, niech pozostaną na ogniu godzinę, a ty przewracaj je z boku na bok drewnianą łyżką. Zrobiwszy to, przygotuj dużą misę lub papier, na które rozrzuć trochę cukru, na który położysz korzenie po wyjęciu z rondla. Te papiery włóż do pieca, suszarni, a jeśli nie masz takiego miejsca, rozłóż je przed ogniem. W ten sposób przygotujesz korzenie, a nie ma nikogo kto by ci zalecił lepszy sposób."

Podobno najlepiej używać korzeni i cukru w stosunku 1:1.

Młode pędy są także jadalne, ale są gorzkie i najlepiej je jeść gotowane, po odlaniu wody, albo wybielać jak szparagi. Niestety nic nie wiadomo o jadalności miejscami pospolitego gatunku suchych muraw i przydroży, mikołajka płaskolistnego *Eryngium planum*.

MIŁKA Eragrostis (trawy Poaceae)

Jak wszystkie trawy, ma jadalne nasiona. Jeden z kilku gatunków występujących w naszym kraju – miłka owłosiona *Eragrostis pilosa* (głównie w dolinie Wisły), była w niektórych krajach używana jako pożywienie głodowe.

MIŁORZĄB Ginkgo (miłorzębowate Ginkgoaceae)

Miłorząb jest coraz częściej uprawianym drzewem pochodzącym z Chin i Japonii. Szkoda tylko że owocuje dopiero w późnym wieku. Owoce otoczone są żółtą osnówką, która po dojrzenia potwornie śmierdzi zjełczałym masłem (zawiera kwas masłowy). Jadane powszechnie są natomiast nasiona. Chińczycy uwielbiają je i sprzedają na targach. Pieczone nasiona mają smak zbliżony do ziemniaków i kasztanów, o lekkim posmaku ryby. Lepiej je gotować lub piec, bo na surowo zawierają substancje trujące. Z nasion otrzymuje się też jadalny olej. Miłorząb stał się ostatnio modny w medycynie dzięki odkryciu ciekawych substancji czynnych swoistych dla tej rośliny. Aby roślina żeńska owocowała musi być w pobliżu drzewo męskie, albo naszczepić trzeba gałąź odmiennej płci na tym samym osobniku.

MIODUNKA Pulmonaria (szorstkolistne Boraginaceae)

Obecnie pospolita w naszych lasach liściastych miodunka ćma *Pulmonaria obscura* jest traktowana jedynie jako podgatunek (*ssp. obscura*) miodunki lekarskiej (plamistej) *Pulmonaria officinalis*, której forma typowa, o plamistych liściach występuje jedynie na zachodzie kraju.

Liście miodunki lekarskiej (i ćmej) są jadalne nawet na surowo. Nie są zbyt smaczne (lepiej je mieszać z innym pożywieniem), ale zwykle zostają na zimę i można je nawet odgrzebywać spod śniegu, stanowić mogą wtedy jedno z nielicznych źródeł witaminy C dostępnych w naszym klimacie w chłodnej porze roku. Miodunka lekarska była stosowana jako lekarstwo w chorobach układu oddechowego (szczególnie przy zapaleniu oskrzeli), dzięki zawartości substancji śluzowych, łagodzących nieżyty dróg oddechowych. Często łączona wtedy z podbiałem.

Nic nie wiadomo o kilku innych rzadszych gatunkach miodunki (mających większe liście) występujących u nas. Nie powinny być jednak trujące.

MLECZ Sonchus (złożone Asteraceae)

Trzy gatunki mleczy występują u nas zwykle na miejscach ruderalnych (przychacia, przydroża, pola uprawne). Są to mlecz polny *Sonchus asper*, zwyczajny *S. oleraceus* i kolczasty *S. oleraceus*. Mlecz błotny *S. palustris* występuje rzadko, zwykle na brzegach wód. Młode liście mleczy mogą być jedzone na surowo lub gotowane jak szpinak. Najsmaczniejszy jest podobno mlecz warzywny. Mlecze są zwykle gorzkawe, jak mniszek lekarski. Jadalne są też podobno gotowane korzenie mlecza polnego i warzywnego. Liście mlecza warzywnego i kolczastego były jedzone przez Indian (Pima i kilka parę innych plemion pdzach. Ameryki Pn.), gotowane, rzadziej jedzone na surowo. Mlecze jedzone w większych ilościach mogą być toksyczne.

MLECZNIK Glaux (pierwiosnkowate Primulaceae)

Mlecznik nadmorski (Słoniaw) *Glaux maritima* występuje na solniskach nad Bałtykiem i na Kujawach. Znajduje się pod ochroną. Korzeń był zbierany przez cały rok przez Indian i gotowany długo przed spożyciem, w większych ilościach ma powodować uczucie senności i mdłości.

MNISZEK Taraxacum (złożone Asteraceae)

Rodzaj trudny do klasyfikacji, czasem wyróżnia się setki niewiele różniących się form i gatunków. Większość z nich zwykle klasyfikuje się jako jeden zbiorowy gatunek – mniszek lekarski *Taraxacum officinale*, który jest jedną z najpospolitszych roślin w naszym kraju, zwykle rośnie na trawnikach, przydrożach i łąkach. Liście (najlepiej młode) i korzenie mniszka są jadalne surowe lub gotowane. Mają gorzki smak, nie wszyscy je lubią. Aby ograniczyć gorzki smak liści przykrywa się je na kilka dni czymś ciemnym, tak wybielone mają bardziej łagodny smak, ale są też mniej pożywne. Z dwuletnich korzeni zbieranych w jesieni i prażonych robi się substytut kawy. Z kwiatów, liści i korzeni mniszka można parzyć herbatkę. Z kwiatów robi się też wino, należy przy tym unikać dodawania gorzkich, zielonych części rośliny.

Także Indianie używali mniszka, po jego pojawieniu się w Ameryce. Młode liście na wiosnę były jedzone na surowo lub gotowane m.in. przez Czirokezów i Papago. Odżibwejowie i Potawatomi gotowali liście z octem klonowym i podawali z wieprzowiną lub mięsem jelenia. Apacze dodawali kwiaty do napojów alkoholowych.

W Japonii jadano dawniej liście japońskiego mniszka *Taraxacum platycarpum*, zwanego *tanpopo*. Teraz zastąpił go tam mniszek lekarski. Młode liście zerwane wiosną, zanurza się na chwilę w gorącej wodzie i podaje w potrawach *aemono* (gotowana sałatka z pastą sezamową, sosem sojowym i cukrem) i w *o-hitashi* (potrawa z podgotowanych zielonych warzyw, moczonych w rosole rybnym przyprawionym sosem sojowym i alkoholowym sosem *mirin*, podawana schłodzona.

Mniszek lekarski (wszystkie części rośliny, szczególnie korzeń) jest także używany w ziołolecznictwie. Jest wartościowym środkiem moczopędnym, jako że jest bogaty w potas, nie powoduje zubożenia organizmu w ten pierwiastek. Ma on także działanie bakteriobójcze. Stosowany przy wielu schorzeniach, np. kamieniach żółciowych.

PISSENLIT AU LARD CZYLI MNISZEK ZE SMALCEM PO FRANCUSKU

Na talerzu wyłożonym młodymi liśćmi mniszka kładziemy malutkie kawałeczki gorącego boczku, a następnie polewamy je tłuszczem z patelni i skrapiamy octem.

WINO Z KWIATÓW MNISZKA

Na 5 l wina potrzebujemy: 3 l kwiatów mniszka, 1-1,5 l cukru, 1 cytrynę, 4,5 l wody, drożdże. Obierz cytrynę (odrzucając środkową warstwę białego miąższu). Włóż skórki i główki kwiatów do worka z gazy i gotuje je w wodzie przez 20 minut. Wyciągnij worek, pozwalając cieczy odcieknąć. W otrzymanym wywarze rozpuść cukier. Wlej do wiadra (nie może być metalowe) i gdy woda zrobi się letnia, dodaj sok z cytryny. Pomieszaj drożdże z odrobiną cieczy z wiaderka i wlej je do niego. Zostaw na 3 dni do fermentacji, codziennie mieszając, a potem przelej do butli fermentacyjnej z rurką. Po zakończeniu fermentacji (około miesiąca), przelej do butelek. Wino jest lepsze po odczekaniu kilku miesięcy. Oczywiście istnieją różne warianty przepisu na wino z mniszka. W wielu znich zamiast gotować kwiaty, zalewa się je gorącą wodą i zostawia na 2-3 dni, ale wtedy trzeba uważać, żeby kwiaty nie spleśniały.

PIWO Z MNISZKA

250 g młodych roślin mniszka, łącznie z korzeniami, zebranych wiosną, 5 l wody, 15 g korzeni imbiru, 1 cytryna, 25 g drożdży, pół kg bardzo brązowego cukru, 25 g przyprawy „cream of tartar" (biały osad ze ścianek butli do fermentacji wina).
Rośliny należy umyć i odciąć boczne korzonki, zostawiając korzeń główny. Rośliny razem z tłuczonym imbirem i skórką cytrynową (bez białego miąższu) zalać wodą i gotować przez 10 minut, po czym odcedzić. W uzyskanej cieczy, przelanej do naczynia fermentacyjnego, rozpuścić cukier i cream of tartar. Kiedy mieszanina ostygnie i zrobi się letnia, dodać drożdże i sok cytrynowy, przykryć podwójnie zwiniętą szmatką i pozostawić do fermentacji na 5 dni. Potem, odsączając osad, przelewamy piwo do butelek i zakręcamy. Będzie gotowe po tygodniu, kiedy zacznie syczeć. Należy skonsumować je w miarę szybko, bo nie nadaje się do dłuższego przechowywania. Piwo mniszkowe było w dawnej Anglii dosyć pospolitym napojem, popularnym np. wśród górników. Przyrządzano także podobne piwo z korzeni łopianu albo z tych dwóch roślin razem. Osobiście używałem tego przepisu bez cream of tartar, bo nie miałem go gdzie zdobyć, ale też wychodzi dobre. Ważna jest natomiast jakość cukru. Im cukier ciemniejszy, tym głębszy smak.

MODRZEW Larix (sosnowate Pinaceae)

Na południu Polski na kilkudziesięciu rozproszonych stanowiskach występuje dziko modrzew europejski *Larix decidua*. Często sadzony. Ponadto uprawiany jest modrzew japoński *Larix kaempferi* i jego mieszańce z modrzewiem europejskim.

Podkorze modrzewia europejskiego zbierane na wiosnę, suszone i sproszkowane było dodawane w niektórych krajach do chleba w czasach głodu. Wyżej wspomniane podkorze oraz terpentyna robiona z żywicy modrzewia są stosowane w ziołolecznictwie. W lecie na pędach modrzewia pojawiają się białe słodkawe grudki, znane jako manna z Briancono, które były zbierane jako pożywienie lub lekarstwo.

Jakuci z pn. Syberii ucierali podkorze modrzewia (przypuszczalnie chodzi o modrzew dahurski *Larix davurica*) i gotowali je w zupie z rybą, mięsem i mlekiem.

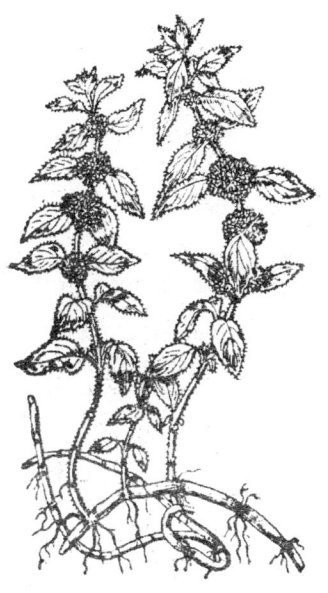

Mięta polna

Miodunka lekarska (plamista)

Niecierpek pospolity

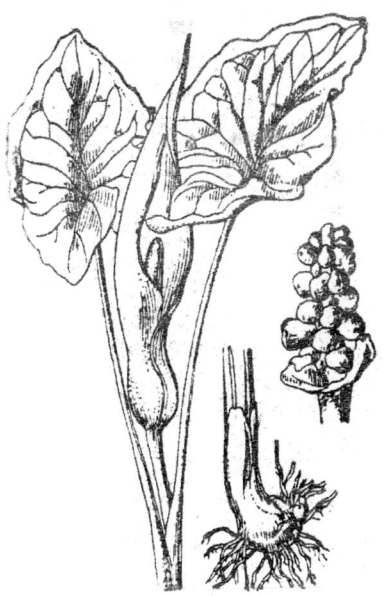

Obrazki plamiste

Kiedy płonęły modrzewiowe lasy Rosji z opalonych pni modrzewia syberyjskiego *Larix russica* wydzielał się sok twardniejący w jadalną substancję zwaną „gumą orenburską".

Indianie Anticosti parzyli herbatę z gałązek i igieł *Larix laricina*. Indianie Flathead i Thompson żuli żywicę z *Larix occidentalis*, a Flathead wiosną jedli jego podkorze. Natomiast Okanogan-Colville i Paiute robili syrop z soku tego gatunku.

MODRZEWNICA Andromeda (wrzosowate Ericaceae)

Modrzewnica zwyczajna *Andromeda polifolia* jest krzewinką występującą na torfowiskach wysokich na niżu Polski oraz w całej pn. Eurazji i Ameryce.

W Ameryce Odżibwejowie i Tanana przyrządzali herbatę powstałą przez zalanie zmacerowanych roślin zimną wodą. Liście i kwiaty parzone w gorącej wodzie wydzielają trujący glikozyd (andromedotoksynę) powodujący zaburzenia trawienne, nerwowe i oddechowe. W Europie od dawnych czasów notowano zatrucia miodem z tej rośliny.

MORWA Morus (morwowate Moraceae)

Kilka gatunków morwy występuje w Ameryce Pn i Azji. W naszym kraju hodowana jest jedynie morwa biała *Morus alba* (której owoce pomimo nazwy mogą być ciemne). Uprawiana była jako pożywienie dla gąsienic jedwabnika.

Owoce morwy białej są bardzo smaczne i słodkie. Duże ilości tych owoców są suszone w rodzaj rodzynek jako pożywienie zimowe w Afganistanie i Kaszmirze.

Jadalne są także młode liście i pędy, po ugotowaniu. Były stosowane jako pożywienie głodowe, podobnie jak pieczone, zmielone młode podkorze. Z młodych pędów można także parzyć herbatkę.

MOZGA Phalaris (trawy Poaceae)

Mozga trzcinowata *Phalaris arundinacea* występuje pospolicie, najczęściej nad rzekami. Jest dużą trawą, ustępującą wielkością jedynie trzcinie. Rdzenie jej młodych pędów są wiosną miękkie i słodkie, mogą być jedzone analogicznie jak → trzcina.

MUCHOTRZEW Spergularia (goździkowate Caryophyllaceae)

Na piaszczystych miejscach ruderalnych pospolicie występuje u nas muchotrzew polny *Spergularia rubra*. Niezwykle rzadko można spotkać jeszcze kilka innych gatunków z tego rodzaju na namuliskach i solniskach. Nasiona muchotrzewu pospolitego były suszone i mielone na mąkę w okresach głodu.

NADBRZEŻYCA Corrigiola (goździkowate Caryophyllaceae)

Nadbrzeżyca nadrzeczna *Corrigiola litoralis* występuje jedynie na kilku stanowiskach na zachodzie Polski, na mokrych nadbrzeżnych piaskach. Ma jadalne liście.

NAGIETEK Calendula (złożone Asteraceae)

Nagietek lekarski *Calendula officinalis* jest rośliną roczną pochodzącą z pd. Europy. U nas uprawiany w ogrodach, czasem dziczeje na przydrożach.

Marynowano dawniej jego pąki kwiatowe. W Holandii i Wielkiej Brytanii pomarańczowe „płatki" wokół koszyczków kwiatowych dodawano do masła i zup (jako przyprawa i dla nadania koloru). Można też nimi barwić makaron i żółte sery. Jadalne także młode pędy. Znana od starożytności roślina lekarska.

NASIĘŹRZAŁ Ophioglossum (nasięźrzałowate Ophioglossaceae)

Nasięźrzał pospolity *Ophioglossum vulgatum* występuje rzadko na wilgotnych łąkach i w zaroślach, w całym kraju. Podobno był używany jako warzywo w zach. Himalajach. Jak wszystkie paprocie, zawiera przypuszczalnie tiaminazę, usuwaną przez gotowanie lub suszenie (zobacz → orlica i → marsylia).

NAWŁOĆ Solidago (złożone Asteraceae)

Z liści pospolicie występującej na suchych łąkach i w widnych lasach nawłoci pospolitej *Solidago virgaurea* można parzyć herbatkę. Rzadko używana na pokarm jest nawłoć kanadyjska *Solidago canadensis* u nas często zdziczała na nieużytkach. Można podobno jeść jej gotowane młode liście i pędy z kwiatami. Indianie zbierali jej nasiona i jedli gotowane korzenie. Wiele gatunków nawłoci jest trujących dla bydła. Radzę zachować ostrożność.

NAWRÓT Lithospermum (szorstkolistne, Boraginaceae)

Korzeń nawrotu polnego *Lithospermum arvense* występującego pospolicie na piaszczystych polach i skrajach lasów może być używano do barwienia wódki na czerwono. Nic nie wiadomo o użyciu pozostałych dwóch występujących u nas gatunków.

NERECZNICA Dryopteris (paprotnikowate Aspidiaceae)

Gotowane kłącza i młode pastorałowate pędy większości gatunków z tego rodzaju były używane jako pożywienie przez Indian pn-zach. Ameryki oraz Eskimosów. W okresach głodu w Norwegii, pn Szwecji i na Syberii kłączy używano jako dodatku przy wypieku chleba. Nasz lud uważał je za rośliny trujące, używane przeciw robakom pasożytniczym. Jak wiele innych gatunków paproci, zawiera prawdopodobnie tiaminazę, enzym powodujący zubożenie ciała w witaminę B1. Niewielkie ilości nie są szkodliwe, ale spożywane regularnie mogą doprowadzić do poważnych problemów zdrowotnych. Enzym ten jest niszczony przez wysoką temperaturę lub gruntowne wysuszenie.

Nerecznica samcza *Dryopteris filix-mas* to najpospolitsza krajowa paproć. Jej kłącza jedzone były przez Indian Bella Coola surowe lub gotowane. Surowe kłącza miały mieć działanie odchudzające. Czirokezi używali naparu z kłączy do zwalczania robaków. Jej młode liście uważam za całkiem smaczne.

Nerecznica krótkoostna *Dryopteris carthusiana* występuje pospolicie w naszych lasach. Mieszkańcy Alaski jedli pieczone wnętrza podziemnych nasad starych ogonków liściowych oraz gotowali młode pastorałowate liście jak szparagi z masłem, margaryną lub sosem.

Nerecznica górska *Dryopteris expansa* występuje niezbyt często w całym kraju. Indianie Clallam, Cowlitz i Thompson jedli jej gotowane kłącza. Cowlitz piekli je w ziemi przez noc. Mieszkańcy Alaski jedli gotowane młode pastorałowate liście, po usunięciu łusek, dodawali do nich olej foczy i suszone ryby. Najlepszym terminem zbioru kłączy jest wczesna jesień. Należy podobno zbierać jedynie kłącza z owalnymi jasnymi wyrostkami. Te z ciemnymi i podłużnymi powinny być omijane (?)

W naszych lasach występuje jeszcze nerecznica grzebieniasta *Dryopteris cristata* i nerecznica mocna *Dryopteris affinis*. Mogą mieć zbliżone zastosowanie do wyżej wymienionych gatunków.

NIECIERPEK Impatiens (niecierpkowate Balsaminaceae)

W naszym kraju występuje powszechnie w wilgotnych lasach niecierpek pospolity *Impatiens noli-tangere* o dużych żółtych kwiatach. Ponadto silnie rozprzestrzeniły się nad rzekami, w lasach i zaroślach niecierpek dronokwiatowy *Impatiens parviflora* (ze wsch. Azji) i różowo kwitnący niecierpek himalajski *Impatiens glandulifera*.

Nasiona niecierpków mają przyjemny orzechowy smak i mogą być jedzone nawet na surowo.

Pędy niecierpków są szkodliwe na surowo, powodują mdłości. Zawierają też dużo szczawianów, podobnie jak szczaw, nie są więc wskazane dla osób ze skłonnością do artretyzmu i kamicy nerkowej. Jadalne są po dłuższym gotowaniu i odlaniu wody.

Łodygi i liście roztarte w dłoniach (lub wyciśnięty z nich sok) mają łagodzące działanie przy potłuczeniach, ranach, a także łagodzą poparzenia pokrzywą.

NOSTRZYK Melilotus (strączkowe Fabaceae)

Głównie na przydrożach, murawach i miejscach ruderalnych występują dwa najpospolitsze gatunki nostrzyka: biały *M. alba* i żółty *M. officinalis*. Rzadziej spotykane są: nostrzyk wyniosły *M. altissima*, wołżański *M. wolgica* i ząbkowany *M. dentata*.

Młode liście nostrzyków są jadalne w niewielkich ilościach na surowo, w większych mogą powodować mdłości. Można też jeść gotowane liście i strąki. Jadalne są też podobno nasiona, po ugotowaniu. Zbiera się je dosyć szybko, w ciągu dnia przynajmniej 1 kg. Można z nich gotować zupę przypominającą grochówkę. Całe rośliny, a szczególnie kwiaty, po ususzeniu pachną wanilią, dzięki zawartości kumaryny. Można z nich robić herbatkę lub dodować do ciast. Muszą być dobrze wysuszone i nie sfermentowane. Dikumarol, substancja używana w truciznach na gryzonie, powodująca powstawanie krwotoków wewnętrznych, jest ekstrahowana z fermentowanego nostrzyku. Dlatego pod żadnym pozorem nie należy jeść tej rośliny źle ususzonej. Notowano bowiem zatrucia bydła spowodowane zjedzeniem takiego siana.

Na pożywienie używano dawniej korzeni nostrzyka wołżańskiego. Nostrzyk żółty ma działanie uspokajające, moczopędne i antyseptyczne dla przewodów moczowych. Jest używany do leczenia żylaków. Obniża także zdolność do krzepnięcia krwi. Jego kwiaty i nasiona są czasem stosowane jako aromat w szwajcarskich serach.

OBRAZKI Arum (obrazkowate Araceae)

Obrazki alpejskie *Arum alpinum* są rzadkim gatunkiem wilgotnych i żyznych lasów liściastych występującym w Karpatach i na ich pogórzu, w Sudetach i na Jurze Krakowskiej. Pokrewny gatunek, obrazki plamiste *Arum maculatum* występuje na kilku stanowiskach na Pomorzu Zachodnim. Oba gatunki znajdują się pod ochroną.

Bulwiaste korzenie wszystkich gatunków obrazków zawierają dużo skrobi (ok. 25%), ale są niejadalne na surowo, bo zawierają dużo kryształów szczawianu wapna, powodujących potworny kłujący ból w ustach po ich zjedzeniu. Aby stały się jadalne muszą być gruntownie wysuszone lub/i gotowane. Liście są jadalne dobrze ugotowane. Roślina wypuszcza liście tylko wiosną (już w czerwcu żółkną i więdną). Potem miejsce, gdzie rosną obrazki można rozpoznać tylko po obecności łodygi z owocami, przypominającej wychodzącą z ziemi czerwoną kolbę kukurydzy. Korzenie można pozyskiwać o każdej porze roku, choć teoretycznie powinny być najbogatsze w skrobię, kiedy roślina jest pozbawiona liści.

Jako, że poszczególne gatunki obrazków są trudne do odróżnienia od siebie i często zmieniała się ich systematyka, nie ma zawsze pewności, którego gatunku dotyczą sprawozdania o ich użytkowaniu. Gotowane korzenie obrazków plamistych (być może chodzi o obrazki alpejskie) były jedzone w Albanii, Slawonii, a liście przez Greków z Krymu. Korzenie i liście *Arum dioscoridis* jedzono w starożytnej Grecji w occie. Mieszkańcy Balearów robili w starożytności ciastka z gotowanych korzeni *Arum italicum* i miodu. W Anglii gotowany i mielony korzeń obrazków plamistych nazywano *Portland sago*, bo handel nimi koncentrował się na wyspie Portland. Proszek ten używano jak salep (zobacz →storczyk) lub arrowroot.

OCZAR Hamamelis (oczarowate Hamamelidaceae)

Kilka gatunków oczarów (najczęściej mieszaniec *Hamamelis x intermedia*) jest uprawianych w Polsce dla kwiatów rozwijających się jesienią, zimą lub wczesną wiosną. Z liści i gałązek oczaru wirginijskiego *Hamamelis virginiana* Czirokezi przyrządzali herbatę. Informacje o jadalności nasion oczarów są mało prawdopodobne.

OCZERET →SITOWIE

OGÓRECZNIK Borago (szorstkolistne Boraginaceae)

Ogórecznik lekarski *Borago officinalis* to jednoroczna roślina, o nieznanej ojczyźnie, u nas czasem uprawiany w ogrodach i dziczeje. Młode liście i łodygi, o posmaku ogórka, są jadalne na surowo, ale z powodu szorstkości, lepsze gotowane. Posiekane mogą być dodawane do wszelakich sałatek, zup i sosów. Kwiaty (o posmaku ostryg), też jadalne. Roślina ma zapach ogórków. Jedzony na pd. Europy, w Grecji liście używane do owijania gołąbków (nadziewane ryżem). Grecy uważali, że kwiaty dodane do kubka wina czyniły pijących wesołymi.

OKRZYN Laserpitium (baldaszkowate Apiaceae)

Okrzyn szerokolistny *Laserpitium latifolium* występuje na suchych murawach i w widnych lasach, zwykle na podłożu wapiennym. Rzymianie przyprawiali nim i kminem karczochy (przypuszczalnie chodzi o nasiona). Jako przyprawę stosowano na pewno też korzenie. Wywar z nasion dodawano także do piwa. Brak danych o jadalności drugiego krajowego gatunku – okrzynu łąkowego (pruskiego) *Laserpitium prutenicum*.

OLCHA Alnus (brzozowate Betulaceae)

W Polsce występują trzy gatunki olch: czarna *Alnus glutinosa* (na niżu), szara *A. incana* (w górach i na pogórzu oraz wyspowo na niżu) i zielona *A. viridis* (w najwyższych partiach Bieszczadów).

Brak wzmianek o jedzeniu europejskich gatunków olch. Natomiast sok z pni olchy czerwonej *A. rubra* z Ameryki Pn. był pity przez Indian Clallam, Skagit i Swinomish, przez tych ostatnich tylko przy nadchodzącym przypływie, a Salisz wiosną jedli podkorze tej olchy z olejem.

Kora olch zawiera bardzo dużo garbników, ma silne właściwości ściągające.

OLIWNIK Eleagnus (oliwnikowate Eleagnaceae)

Czasem uprawiany w ogrodach oliwnik wąskolistny *Eleagnus angustifolia* jak i kilka innych rzadziej stosowanych gatunków, ma jadalne owoce o mączystym smaku. Gatunek ten jadany jest w wielu krajach pd. Europy i Azji.

OMAN Inula (złożone Asteraceae)

Kilka gatunków omanów występuje u nas głównie na suchych murawach. Najpospolitszy z nich oman łąkowy *Inula britannica* (spotykany na pastwiskach, przydrożach i aluwiach) był używany, jak podaje Mowszowicz, w piekarnictwie. Korzenie hodowanego w ogrodach i dziczejącego omanu wielkiego *Inula helenium* można jeść smażone w cukrze.

OREGANO → LEBIODKA

ORLICA Pteridium (orlicowate Hypolepidaceae)

Orlica pospolita *Pteridium aquilinum* jest jedną z najbardziej kosmopolitycznych roślin świata, występuje w różnych zbiorowiskach leśnych i nieleśnych od arktyki do tropików. Jej różne części, a szczególnie zarodniki są silnie rakotwórcze. Była jednak wykorzystywana jako cenne źródło skrobi przez dziesiątki ludów na całym globie. Z dotychczasowych badań wynika, że trujące działanie orlicy jest kumulatywne, tzn. dopiero długie i intensywne jej używanie jest niebezpieczne. Natomiast spożywanie jej od czasu do czasu nie jest szkodliwe. Co ciekawe człowiek jest odporniejszy na działanie tych trucizn niż bydło!

Jej suszone kłącza zawierają aż 60% skrobi. Niestety są one bardzo gorzkie. Tej lekko trującej goryczki bardzo trudno pozbyć się całkowicie, nawet po kilkukrotnym gotowaniu. Można jednak wyeliminować przynajmniej jej większą część. Najłatwiej doprowadzić te kłącza do jadalności przez ich wysuszenie (można je tak przechowywać latami), obranie z gorzkiej czarnej skórki, a potem młócenie kijami. Suche części skrobiowe wykruszają się wtedy z twardych podłużnych włókien. Przy niewielkiej ilości obrabianych kłączy może z tym być trochę zachodu, ale przy większych ilościach można by zamienić to w prawdziwy przemysł. Moje eksperymenty wykazały, że można bez trudu zebrać ok. 6-7 kg świeżych kłączy na godzinę z łana orlicy rosnącego na miedzy na Podkarpaciu. Podobno orlica z Wysp Kanaryjskich ma kłącza dużo grubsze i łatwiejsze do zbierania. Ze względu na swoją pożywność i powszechne występowanie (na zachodzie Europy na pastwiskach występują czasem wielokilometrowe łany tego gatunku) kłącza były często używne jako pokarm. W 1683 r. w niektórych regionach Francji była taka bieda, że ludzie odżywiali się głównie chlebem z orlicy. W 1745 r. książę Orleanu dał Ludwikowi XV kawałek chleba z paproci, mówiąc: „Panie, to jest to czym żyją twoi poddani". Na Syberii warzono piwo z kłączy orlicy dodając słodu w ilości 2/3 ich wagi. Piwo z dodatkiem orlicy wciąż produkuje się w Szkocji i można je nabyć nawet w sklepach. Mieszkańcy Palma i Gomera (Wyspy Kanaryjskie) przyrządzali chleb z zwany „gofio" pieczony z mąki z mielonych kłączy i jęczmienia. W 1405 r. Betançon zauważył, że mieszkańcy Wysp Kanaryjskich w Ferro żyją na korzeniach paproci („jeśli chodzi o ziarno, to nie mieli żadnego, ich chleb był zrobiony z korzeni paproci"). Kłącza orlicy jedli też Indianie - Hesquiat, Nitinaht, Thompson i inne sąsiednie plemiona jadły je pieczone lub gotowane i ubijane na mąkę lub papkę po usunięciu twardej, zewnętrznej skórki. Jedli je także mieszkańcy Nowej Zelandii i Hawajów!

Inną jadalną częścią orlicy są młode pastorałowate liście. Wychodzą one z ziemi bardzo późno (ok. 1 maja) i są jadalne (miękkie) przez jakieś dwa tygodnie (aż osiągną 20 cm wysokości). Jeśli liście można łatwo złamać oznacza to że są jadalne, jeśli liście stawiają opór, łamią się nierówno i pozostają nie złamane włókna, znak, że już za późno na zbiór. Surowe liście są gorzkie i mają działanie rakotwórcze. Dodatkowo zawierają tiaminazę, enzym powodujący rozkładanie wityminy B1. Jadalne są dopiero po ugotowaniu, najlepiej z łyżką popiołu z drzew liściastych (oczywiście potem popiół dobrze jest wypłukać). Takie młode liście gotowali górnicy w Kalifornii, są cenione na Dalekim Wschodzie (Japonia, Korea i Chiny). W Japonii, gdzie orlica znana jest jako *warabi*, używa się ich, po podgotowaniu, do zup oraz w potrawach *aemono* (gotowana sałatka z pastą sezamową, sosem sojowym i cukrem), *o-hitashi* (potrawa z podgotowanych zielonych warzyw, moczonych w rosole rybnym przyprawionym sosem sojowym i alkoholowym sosem *mirin*, podawana schłodzona) oraz *nimono* (potrawa z duszonych warzyw). W czasach głodu wiele japońskich wiosek żyło tygodniami dzięki tej roślinie, podobnie niektórym Chińczykom kojarzy się z Wielkim Głodem lat sześćdziesiątych. W Chinach, gdzie roślina znana jest jako *jue cai* (czyt. dzi-i-e cai), młode pastorały podgotowuje się, a potem smaży krótko na gorącym tłuszczu z sosem sojowym i przyprawami. Liście, na surowo lub gotowane, jedzone były przez Indian (m.in. Costanoan, Salisz, Odżibwejowie). Odżibwejowie żywili się przez przynajmniej kilka dni przed wiosennymi polowaniami wyłącznie orlicą, bo wtedy łania także karmi się nimi, i wojownicy pachnieli jak ona.

ORLIK Aquilegia (jaskrowate Ranunculaceae)

W widnych lasach i zaroślach, na glebach wapiennych występuje orlik pospolity *A. vulgaris*. Jest gatunkiem chronionym.
Orlik pospolity jest rośliną trującą. Można jedynie zbierać bardzo smaczne słodkie kwiaty i dodawać do sałatek.
Zaznaczyć należy, że niektóre gatunki orlika były jedzone. Indianie Miwok gotowali na wiosnę młode rośliny *Aquilegia formosa*. Podobno korzenie *A. canadensis* też były jedzone przez Indian.

ORZECH Juglans (orzechowate Juglandaceae)

Powszechnie w naszym kraju uprawiany dla smacznych orzechów jest orzech włoski *Juglans regia*. Jego nazwa jest myląca – nie pochodzi on z Włoch, a przymiotnik włoski jest synonimem słowa „wołoski" – pochodzący z Wołoch, czyli Rumunii. Gatunek ten bowiem rośnie dziko na Bałkanch i w Azji Mniejszej.
Orzech włoski jest jednym z najsmaczniejszych orzechów. Zebranie zapasu orzechów jest chyba najłatwiejszym sposobem zapewnienia sobie bogatego źródła tłuszczów i białka na zimę. Jądro orzechów gatunków z rodzaju *Juglans* zawiera bowiem 21-24% białka, 60% tłuszczu i 10-15% cukrów. Orzechy suszymy ułożone w jedną warstwę w suchym i przewiewnym miejscu (inaczej spleśnieją). Tak ususzone nadają się do jedzenia nawet po kilku latach. Zmielone wyłuskane orzechy przyjmują postać brązowej masłowatej pasty, można ją dodawać do ciast i zup. Stanowią też wspaniały dodatek do sosu pomidorowego do makaronu. Zmieszane z wodą dają przyjemny napój podobny w smaku do kakao. Podczas gotowania dobrze zmielonych orzechów z wodą na powierzch-

Orlica pospolita   Orzech włoski

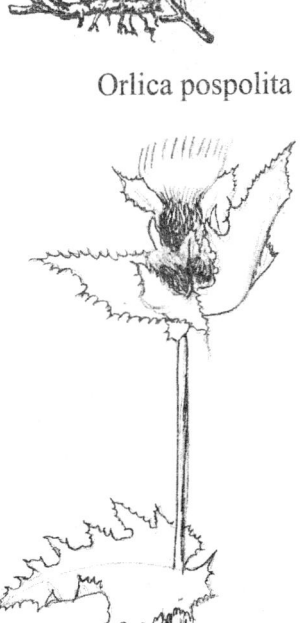

Ostrożeń warzywny   Palusznik krwawy

nię wypływa tłuszcz, który można oddzielać i dodawać do innych potraw. Nie należy przechowywać go zbyt długo, bo jełczeje.

Zielone i jeszcze miękkie orzechy (koniec czerwca) służą do wyrobu nalewek i marynat. Orzechówka (nalewka z zielonych orzechów) jest używana jako skuteczny domowy lek przy niestrawnościach i zatruciach. Cała roślina ma działanie bakteriostatyczne. Działa też zabójczo na wiele roślin, dlatego wokół orzechów jest zwykle dosyć łyso.

W parkach uprawianych jest jeszcze kilka gatunków drzew z tego rodzaju, najczęściej orzech czarny *Juglans nigra* i szary *Juglans cinerea* (ang. *butternut* – „orzech masłowy"). Owoce wszystkich gatunków były używane jako rośliny jadalne.

Owoce orzecha szarego i czarnego były powszechnie zbierane przez Indian np. Irokezów. Orzechy jedli na surowo lub tłuczone, dodawane do różnych potraw, gotowane na papkę (orzechy szare także jako pokarm dla niemowląt), pieczono z nich placki i przyrządzano napój, a olej zebrany z powierzchni zupy orzechowej przechowywano osobno i używano do przyprawiania innych potraw. Zaznaczyć należy, że dzikie orzechy mają owoce mniejsze od form uprawnych orzecha włoskiego, o twardszej łupinie i często trudniej jest oddzielić je od części zdrewniałych. Dlatego Indianie miażdżyli duże ilości całych orzechów (razem z łupiną) i gotowali je z wodą, zbierając jedynie olej z powierzchni tego wywaru. Sok orzecha czarnego jest czasem zbierany na wiosnę, pije się go na świeżo lub koncentruje w syrop albo cukier.

ORZESZNIK Carya (orzechowate Juglandaceae)

Do rodzaju należy 20 gat. amerykańskich i azjatyckich drzew wydających jadalne orzechy. W Polsce w parkach spotyka się rzadko trzy gatunki – orzesznik gorzki *Carya cordiformis*, orzesznik pięciolistkowy *Carya ovata* i orzesznik siedmiolistkowy *Carya laciniosa*.

Orzesznik gorzki ma jadalne owoce, są one jednak gorzkie. Jedzone były przez Irokezów w stanie świeżym lub gotowane w zupie. Bardzo ceniony olej z powierzchni zupy dodawali do innych potraw.

Orzesznik pięciolistkowy, jak większość gatunków z tego rodzaju, ma słodkie i smaczne owoce. Owoce jedzone przez Indian m.in. Dakotów, Paunisów i Irokezów. Orzechy były przechowywane na zimę lub na świeżo gotowane na zupę lub ubijane w papkę na pożywienie dla niemowląt. Natomiast owoce orzesznika siedmiolistkowego były jedzone przez Czirokezów.

OSET Carduus (złożone Asteraceae)

Liście, dna koszyczków kwiatowych i łodygi wszystkich gatunków ostów są mniej lub bardziej jadalne. Pozbawione powinny być tylko kłujących kolców, które wykształcają niektóre gatunki.

W całej Polsce występuje w zaroślach i na miejscach ruderalnych **oset kędzierzawy** *Carduus crispus*. Jego młode liście gotowane były jako potrawa głodowa.

Na miejscach ruderalnych, głównie na zachodzie Polski, występuje **oset zwisły** *Carduus nutans*. Rdzeń młodych łodyg jest smaczny po ugotowaniu. Suszone kwiatostany niektórych gatunków ostu m.in. ostu zwisłego są wciąż używane na zachodzie Europy (głównie we Francji) do ścinania mleka przy wyrobie serów. Kwiatostany maceruje się w wodzie przez 5-6 godzin, poczym zanurza się je w muślinowej siateczce w mleku o temp. 50 C, ścina się ono po pół godzinie. W tej temperaturze potrzebaby kilku godzin, aby stało się to bez udziału ostu.

W Karpatach i Sudetach nad rzekami występuje często łanowo **oset łopianowaty** *Carduus personata*. Jego obrane soczyste łodygi, nawet surowe, zebrane wiosną (przełom kwietnia i maja), mają bardzo przyjemny, łagodny smak. Jest to jedno z najsmaczniejszych warzyw dostępnych w naszej rodzimej przyrodzie.

OSIKA →TOPOLA

OSTROŻEŃ Cirsium (złożone Asteraceae)

Liście, dna koszyczków kwiatowych, łodygi i korzenie wszystkich gatunków ostrożeni są mniej lub bardziej jadalne. Pozbawione powinny być tylko kłujących kolców, które wykształcają niektóre gatunki. Korzeń (podobnie jak korzeń łopianu i topinamburu) zawiera inulinę, wielocukier nie przyswajany przez organizm i powodujący czasem fermentację w jelitach i produkcję gazów.

Występujący na wilgotnych łąkach i w lasach całej Polski, kremowo kwitnący **ostrożeń warzywny** *Cirsium oleraceum* był w Europie uprawiany jako warzywo dla korzeni pozyskiwanych przed zakwitnięciem rośliny. Najmłodsze liście mają smak do złudzenia przypominający sa-

łatę, później robią się gorzkie. W Rosji jedzono je gotowane.
Jadalny jest także jeden z naszych najgorszych chwastów, dwuletni **ostrożeń polny** *Cirsium arvense*. Obieranie rośliny z kolców jest bardzo żmudne, dlatego najlepiej zbierać tylko korzenie roślin jednorocznych.

Jadalne liście, obrane łodygi i gotowane dno kwiatowe ma **ostrożeń głowacz** *Cirsium eriophorum*, rzadki gatunek suchych muraw karpackich. Łodygi są smaczne, muszą być jednak wcześniej namoczone w wodzie, aby usunąć gorzki smak.

Jadalne młode liście i obrane łodygi, surowe lub gotowane, ma **ostrożeń błotny** *Cirsium palustre*, pospolity w całej Polsce na wilgotnych łąkach i pastwiskach.

Na miejscach ruderalnych, przydrożach i pastwiskach występuje **ostrożeń lancetowaty** *Cirsium vulgare (C. lanceolatum)*. Jednoroczny korzeń jest jadalny, w smaku trochę jak topinambur. Indianie Thompson używali, świeże lub suszone, pokrojone kawałki korzenia do gotowania zupy. Jadalne są też młode szypułki kwiatowe, gotowane jako warzywo. Młode liście, po usunięciu kolczastych wyrostków, są jadalne po ugotowaniu, namoczone dzień wcześniej w wodzie z solą. Można też jeść gotowane pąki kwiatowe i pieczone nasiona (jakież żmudne jest ich zbieranie!). Suszone kwiaty mogą być używane zamiast podpuszczki do ścinania mleka.

Pospolitym gatunkiem łąkowym wschodniej i południowej Polski jest **ostrożeń łąkowy** *Cirsium rivulare*. Brak informacji o jego jadalności w literaturze, osobiście jednak oceniam smak jego soczystych pozbawionych kolców liści na równi z ostrożeniem warzywnym (są one przysmakiem krów).

Indianie jedli korzenie, łodygi, liście lub dna kwiatowe niektórych amerykańskich gatunków, gotowane lub na surowo.

OSTRZEŃ Cynoglossum (szorstkolistne Boraginaceae)

Na suchych miejscach ruderalnych występuje ostrzeń pospolity *Cynoglossum officinale*. Jego liście są podobno jadalne na surowo lub gotowane. Mają jednak nieprzyjemny smak, a w większych ilościach mogą być toksyczne. Zawierają ponadto rakotwórcze alkaloidy.

OWIES Avena (trawy Poaceae)

W Polsce powszechnie uprawiany jest owies zwyczajny *Avena sativa*, używany szczególnie do wyrobu płatków owsianych. Dawniej uprawiano także owies szorstki *A. strigosa*, nagoziarnowy *A. nuda* i krótki *A. brevis*. Obecnie jako przydrożny lub polny chwast występują zdziczałe: owies szorstki i o. głuchy *A. fatua*. Ten ostatni gatunek występuje zdziczały także w Kalifornii, gdzie był zbierany z dzikich stanowisk przez tamtejszych Indian.

Wszystkie gatunki z tego rodzaju można użytkować podobnie jak owies zwyczajny. Ziarno może być mielone na mąkę lub gotowane w całości. Jeść można także skiełkowane ziarniaki.

OŻANKA Teucrium (wargowe Lamiaceae)

Ożanka właściwa *Teucrium chamaedrys* występuje u nas na suchych murawach na południu i pd.-wsch. kraju. Jest ona w niektórych krajach używana do wyrobu gorzkich nalewek żołądkowych.

Ożanka nierównozątkowa *Teucrium scorodonia* występuje u nas w widnych lasach i na przydrożach, głównie na zach. kraju. Podobno przypomina w smaku chmiel i jest zamiast niego używana w niektórych rejonach Europy.

Brak informacji o pozostałych dwóch krajowych gatunkach ożanki.

PALUSZNIK Digitaria (trawy Poaceae)

Palusznik krwawy *Digitaria sanguinalis (Panicum sanguinale)* jest obecnie chwastem polnym, kiedyś był uprawiany u nas jako zboże. Ma bardzo smaczne i pożywne nasiona, z których można robić mąkę i kaszę Na glebach piaszczystych występuje jeszcze palusznik nitkowaty *Digitaria ischaemum*, który był użytkowany w podobny sposób.

PAŁKA Typha (pałkowate Typhaceae)

Dwa gatunki pałki, pałka szerokolistna *Typha latifolia* (najpospolitszy gatunek pałki na całej północnej półkuli) oraz wąskolistna *Typha angustifolia* występują w całej Polsce w mokrych rowach oraz na brzegach stawów i jezior. Rośliny z tego rodzaju należą do najważniejszych i **najłatwiejszych** do pozyskania źródeł pożywienia w dzikiej przyrodzie, można je ponadto znaleźć nad wodami na całym świecie. **Wszystkie ich części są jadalne.**

Korzenie, grubości kciuka, są jadalne na surowo i gotowane. Należy pozyskiwać je od jesieni do wiosny. Jedyna trudność polega na tym, że woda jest wtedy bardzo zimna i wkładanie do niej rąk, nie mówiąc o bosych nogach, jest bardzo nieprzyjemne. W lecie są zwiotczałe i mają mało składników pokarmowych. Zwykle są zagłębione w śmierdzącym mule, dlatego należy je dobrze umyć przed użyciem. Używane były przez biednych osadników w Virginii oraz wiele prymitywnych ludów, szczególnie często przez Indian. Najczęściej mielili je na mąkę, z której przyrządzali rodzaj papki, tak robili np. Paiute. Natomiast Indianie Cree suszyli na zimę całe obrane korzenie. Jeden hektar pałki może dać 8 ton mąki z korzeni. Zawierają one 55-80% węglowodanów, w tym 30-46% skrobi, oraz 6-8% białka. Mąkę tą można także dodawać do mąki zbożowej i piec z niej chleb. Pamiętać należy, że korzenie te, pomimo przyjemnego smaku zbliżonego do ziemniaków, zawierają dużo podłużnych włókien, które trudno pogryźć. Są trzy sposoby ich utylizacji. Można żuć surowe lub gotowane korzenie i po paru minutach wypluć włókna. Można pokroić korzenie na plasterki grubości kilku milimetrów i jeść wraz z pociętymi włóknami, wreszcie można, długo gotując korzenie (np. 2-3 godziny) oddzielić sitem odżywczy wywar od włókien.

Sproszkowane korzenie pałki szerokolistnej wraz z korzeniami krwiściągu większego *Sanguisorba officinalis*, łączenia baldaszkowatego *Butomus umbellatus* i dwóch gatunków lilii: *Lilium spectabile* i *L. martagon* były przez Jakutów (w XIX w.) dodawane zamiast mąki do potrawy zwanej 'butagas'.

Najsmaczniejsze są nasady młodych pędów pałki (smakują jak ziemniaki i pory ugotowane razem z dodatkiem niewielkiej ilości małż) w okresie od wczesnej wiosny do czerwca, jadalne na surowo, ale lepsze gotowane w zupie. W lecie robią się twarde. Wyglądają jak gigantyczne pory. Postępujemy z nimi też jak z porami – używamy jedynie miękką białą część długości 5-20 cm. Im później zbieramy te pędy, tym więcej zewnętrznych twardych warstw łodygi musimy odrzucić. Jak rozpoznać, które warstwy odrzucić? Otóż rdzeń nadający się do użycia powinien być tak miękki, że łatwo go pogryźć na surowo. Za twarde warstwy łodygi stawiają opór zębom. Na początku lata z grubej łodygi można użyć jedynie rdzeń gubości cienkiego ołówka, a w sierpniu całe pędy są zbyt twarde i trzeba zacząć zbierać korzenie. Jedna z angielskich nazw pałki to „kozackie szparagi" (*Cossack asparagus*), bo była ona tradycyjnie jedzona przez Kozaków. Angielski podróżnik pisze w swoim opisie podróży po Rosji, że ludzie pożerali ją na surowo z taką zachłannością jakby był to religijny obowowiązek. Widać ją było na każdej ulicy i w każdym domu, przywiązaną do patyków.

Wyborne są także młode żeńskie kwiatostany - „pałki", od których wywodzi swą nazwę cała roślina. Można je jeść na surowo lub gotowane. Smakują jak kolby kukurydzy.

Bardzo cennym pożywieniem, bogatym w białko, jest żółty pyłek. Trzeba jednak dopilnować terminu – pojawia się on na kwiatostanach jedynie na około tydzień. Duże jego ilości można otrzepać z pałek na talerz, Indianie ugniatali go w rodzaj ciasteczek, które później gotowali. Przyrządzanie ciast z dodatkiem pyłku pałki jst szczególnie popularne w pd-wsch. Azji.

Jadalne są także nasiona. Indianie robili z ugniecionych prażonych nasion placki pieczone na żarze, albo też gotowali je przy pomocy rozżarzonych kamieni na papkę lub zupę. Są one bardzo drobne, w dodatku występują razem z puchem. Aby się go pozbyć Indianie wrzucali je do worka razem z żarzącymi się węglami i potrząsali. Puch wypalał się, a z worka wypadały prażone nasiona.

ZUPA Z PĘDÓW PAŁKI

Przebój numer jeden moich warsztatów w Zawadce Rymanowskiej.

Smaczne są jedynie młode pędy wysokości 20-100 cm, zbierane od kwietnia do początku czerwca. Zbieramy 15-30 pędów na osobę. Pałka jest chwastem zwalczanym przez wędkarzy (zarasta stawy), więc jej nie żałujmy. Ścinając część pędów zapewniamy sobie nowy soczysty plon za miesiąc, stare pędy są bowiem twarde. Pędy traktujemy jak pory. Ucinamy tylko białawe 10-20 cm u nasady pędu. Każdy z takich wałeczków obieramy z twardszych warstw, tych które nie łamią się w rękach. Z dużego pędu pałki pozostaje nam tylko wałeczek grubości kciuka lub ołówka, resztę wyrzucamy, bo jest twarda. Wałeczki kroimy na plasterki. Nalewamy tyle wody, żeby jedynie przykryła plasterki kilkucentymetrową warstwą. Do zupy oczywiscie można dodać inne warzywa ogrodowe (marchew, cebula) lub dzikie (szczególnie młode, drobno posiekane liście pokrzywy lub barszczu). Można dodać kostkę rosołową lub żabie udka, sól i pieprz, ale zupa smakuje dobrze nawet bez tych dodatków. Gotujemy ją przez pół godziny.

PAPROTKA Polypodium (paprotkowate Polypodiaceae)

Paprotka zwyczajna *Polypodium vulgare* występuje w lasach całej Polski, często na stromych kamienistych zboczach. Znajduje się pod ochroną. Na zachodzie Europy rośnie także na drzewach, jako jedna z niewielu epifitycznych roślin naczyniowych strefy umiarkowanej. Korzeń ma specyficzny nieprzyjemny zapach i słodki, poźniej mdlący, smak. Korzeń zawiera 15% sacharozy i 4% glukozy. Korzeń paprotki był od wieków stosowany w ziołolecznictwie jako środek stymulujący wydzielanie żółci i łagodny środek przeczyszczający. Herbatka z paprotki ma działanie robakobójcze.

Pokrewne gatunki amerykańskie były jedzone przez Indian. Indianie Salisz jedli świeże kłącza najbliższej krewnej paprotki zwyczajnej (czasem nie są odróżniane od siebie) – *Polypodium virginianum* albo suszonych używali w zimie zamiast cukru. Kłącza *Polypodium glycyrrhiza* były żute lub jedzone dla słodkiego smaku przez Indian z pn.-zach. Ameryki Pn. (np. Thompson), trzymane w ustach łagodziły pragnienie. Kwakiutl suszyli je i gotowali w czasach głodu albo też prażyli, tłukli, kroili na kawałki i żuli z olejem. Thompson żuli też kłącza *P. hesperinum* dla przyjemnego słodkiego lukrecjowego smaku, natomiast *P. scouleri* była używana przez Indian Makah i Hesquiat.

PAPROTNICA Cystopteris (wietlicowate Athyriaceae)

Na zacienionych skałach i murach występuje w całym kraju paprotnica krucha *Cystopteris fragilis*. Bardzo rzadko, głównie w górach, znaleźć można jeszcze paprotnice: królewską *Cystopteris alpina*, górską *C. montana* i sudecką *C. sudetica*.

Paprotnica krucha i górska były używane jako pożywienie głodowe. Jak większość paproci mogą być trujące na surowo.

PAPROTNIK Polystichum (paprotnikowate Aspidiaceae)

Na stromych cienistych zboczach, głównie w lasach bukowych na pd. kraju występują trzy gatunki z tego rodzaju: paprotnik kolczysty *Polystichum aculeatum*, Brauna *P. braunii* i ostry *P. lonchitis*.

Paprotnik kolczysty jest podobno dodawany do sosów „curry" w Indiach. Nie wiadomo czy chodzi tu o młode liście, czy korzenie.

Dwa gatunki amerykańskie były jedzone przez Indian. Pastoralowato zwinięte młode liście *Polystichum arostichoides* były jedzone przez Czirokezów. Kłącza *Polystichum munitum* były gotowane i jedzone m.in. przez Kllallam i Makah. Indianie Nitinaht jedli je tylko latem. Makah gotowali młode pędy *Rubus spectabilis* na gorących kamieniach razem z liśćmi tej paproci, żeby dawała aromat. Klallam oprócz kłączy gotowali też nasady liści.

PARCZELINA Ptelea (rutowate Rutaceae)

Parczelina trólistkowa *Ptelea trifoliata* pochodzi z Ameryki Pn. Jest czasem uprawiana w parkach i dziczeje. Jej gorzkie skrzydlaki były używane zamiast chmielu, jako przyprawa do piwa.

PARIETARIA Parietaria (pokrzywowate Urticaceae)

Rzadko, głównie na Śląsku, występuje na miejscach ruderalnych parietaria lekarska (pomurnik) *Parietaria officinalis*. Ma ona smaczne liście, jadalne na surowo i po ugotowaniu.

PARZYDŁO Aruncus (różowate Rosaceae)

Parzydło leśne *Aruncus sylvestris* występuje w cienistych lasach i zaroślach, w górach i na wyżynach Małopolski, rzadziej na Podlasiu. Jest gatunkiem chronionym. Często uprawiane w ogrodach. Jego młode pędy i liście są jadalne po ugotowaniu. Zawierają jednak pewne ilości kwasu pruskiego, należy więc uważać z tą rośliną, nie jeść za dużo.

PASTERNAK Pastinaca (baldaszkowate Apiaceae)

Pospolicie na łąkach i przydrożach na glebach bogatych w wapń występuje pasternak zwyczajny *Pastinaca sativa*. Jest on przodkiem pasternaku ogrodowego o grubszym korzeniu, uprawianego od starożytności.

Dziki pasternak smakuje podobnie jak ogrodowy. Ma jednak cieńszy i twardszy korzeń. Korzeń, w smaku podobny do pietruszki, ale słodszy, jest wspaniałym materiałem na zupy. Włókniste, twarde części korzenia można odcedzić po ugotowaniu. Jadalne są też młode liście, a nasiona można używać jako przyprawy, jak kopru.

PERZ Agropyron (trawy Poaceae)

Perz właściwy *Agropyron repens (Elymus repens)* jest pospolitym i uciążliwym chwastem polnym. Jednak jego długie i mięsiste kłącza są jadalne i dosyć pożywne (zawierają skrobię). W czasach niedostatku, w Polsce i innych krajach Europy (np. w Finlandii) były jedzone, zwykle suszone i sproszkowane dodawano je do mąki na chleb. Można je też jeść gotowane. Po długim gotowaniu mogą stanowić nawet surowiec do wyrobu piwa. Parzy się z nich także herbatkę. Jadalne są także nasiona perzu, jednak dosyć trudno je zbierać i oczyszczać. Perz ma dobroczynne działanie przy chorobach nerek, wątroby i układu moczowego.

Nic nie wiadomo o użytkowaniu kilku innych rzadszych gatunków z tego rodzaju.

PĘPAWA Crepis (złożone Asteraceae)

W naszym kraju występuje kilka gatunków z tego rodzaju.

Istnieją informacje, że spotykana na suchych murawach i przydrożach pępawa dachowa *Crepis tectorum* ma młode liście jadalne po ugotowaniu. Należy być jednak ostrożnym, niektóre gatunki mogą być toksyczne. Kilka amerykańskich gatunków pępawy było jedzonych na surowo.

PIASKOWIEC Arenaria (krzyżowe Brassicaceae)

W Polsce występuje powszechnie na piaszczystych glebach piaskowiec macierzankowy *Arenaria serpyllifolia*. Poza tym niezwykle rzadko na podobnych siedliskach w centralnej i pn-wsch. części kraju można znaleźć piaskowca trawiastego *Arenaria graminifolia*, a w Tatrach piaskowca orzęsionego *A. ciliata*.

Liście piaskowca macierzankowego można podobno jeść po ugotowaniu.

Na Islandii inny gatunek piaskowca *Arenaria peploides* był jedzony gotowany lub kiszony, jak kapusta, przez Islandczyków. Amerykańskie gatunki piaskowca były przez Indian stosowane jedynie jako lekarstwo.

PIASKOWNICA Ammophila (trawy Poaceae)

Piaskownica zwyczajna *Ammohila areanaria* występuje na wydmach bałtyckich i czasem w głębi. kraju. Dawniej jadano podobno jej ziarniaki (zmielone na mąkę) i kłącza.

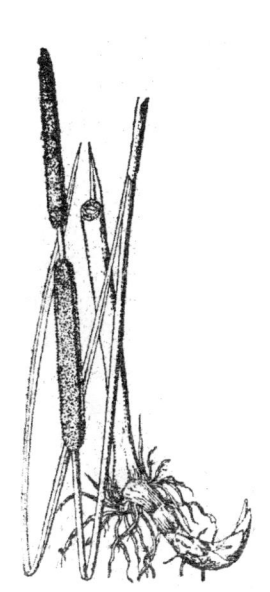  

Pałka wąskolistna   Perz właściwy   Pieprzyca gruzowa

 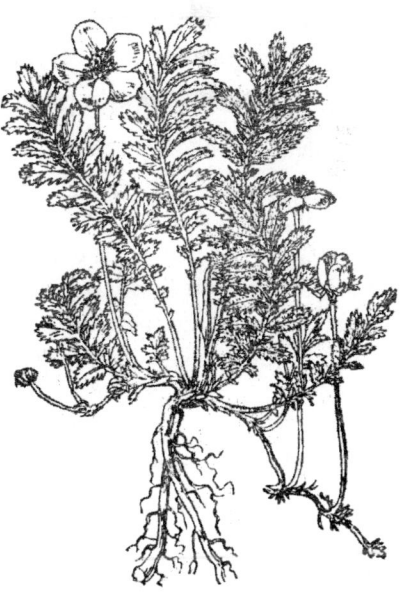

Pierwiosnek wyniosły   Pięciornik gęsi

PIEPRZYCA Lepidium (krzyżowe Brassicaceae)

W Polsce dziko rośnie kilka gatunków, głównie na miejscach ruderalnych. Najpospolitsza jest pieprzyca gruzowa *Lepidium ruderale*. Uprawiana jest także powszechnie pieprzyca siewna ("rzeżucha") *Lepidium sativum*, pochodząca z Bliskiego Wschodu.

Młode liście i niedojrzałe łuszczyny wszystkich gatunków mają piekący smak zbliżony do gorczycy. Świetne do sałatek. Liście występujących u nas - pieprzycy polnej *Lepidium campestre* i p. wirgińskiej *L. virginicum* były jedzone przez Czirokezów, którzy smażyli ugotowane wcześniej rośliny. Nasiona mogą być dodawane do potraw jako ostra przyprawa. Z tłuczonych nasion amerykańskiego gatunku *Lepidium fremontii* rozpuszczonych w wodzie Indianie Kawaiisu przyrządzali napój.

Aby uniknąć tworzenia się szkodliwych (w większych ilościach) substancji w przygotowywanych do jedzenia liściach, zmacerowane liście powinny być polane niewielką ilością ciepłej (nie gorącej, ani zimnej) wody lub octem.

PIEPRZYCZNIK Cardaria (krzyżowe Brassicaceae)

Pierzycznik przydrożny *Cardaria draba* występuje prawie w całym kraju na miejscach ruderalnych. Jego młode liście i pędy są jadalne.

PIERWIOSNEK Primula (pierwiosnkowate Primulaceae)

Siedem gatunków pierwiosnka występuje w naszym kraju. Z tego cztery gatunki tylko w wyższych partiach gór (jeden z nich prawdopodobnie już u nas wymarł) i brak danych o ich wykorzystywaniu. Najpospolitszy z tego rodzaju jest pierwiosnek lekarski *Primula veris (P. officinalis)* miejscami liczny na suchych łąkach i w widnych lasach. W górach i na pogórzu (b. rzadko na niżu) występuje także pierwiosnek wyniosły, rosnący na wilgotnych łąkach i w żyznych lasach liściastych. W ogrodach jest często hodowany pierwiosnek bezłodygowy *Primula vulgaris (P. acaulis)*, dziko już chyba tylko na jednym stanowisku na Wyżynie Lubelskiej, pospolity w lasach i zaroślach Europy Zachodniej.

Młode liście trzech wyżej wspomnianych gatunków są jadalne w niewielkich ilościach na surowo lub gotowane. Później robią się mniej przyjemne w smaku.

W Anglii tradycyjnie fermentowano świeżo otwarte kwiaty pierwiosnka bezłodygowego i lekarskiego z wodą i cukrem w rodzaj wina o właściwościach uspokajających.

Trzy wymienione wyżej gatunki (korzeń i kwitnąca roślina) są czasem stosowane jako rośliny lecznicze. Najsilniejsze działanie ma pierwiosnek lekarski. Używany jest szczególnie przy skurczach, paraliżach i bólach reumatycznych. Roślina zawiera saponiny o działaniu wykrztuśnym i salicylany (o działaniu jak apsiryna).

PIERWIOSNKI I FIOŁKI W CUKRZE PO ANGIELSKU
Tradycyjnie w Anglii używano do tego przepisu kwiatów fiołka wonnego oraz pierwiosnka bezłodygowego, ale nadają się także świetnie kwiaty pierwiosnka wyniosłego i lekarskiego. Pierwiosnki i fiołki tworzą razem wspaniałą żółto-fioletową kompozycję.

Ubij białko z jajka z dodatkiem odrobiny wody różanej. Pomaluj tą mieszaniną zerwane kwiaty, używając miękkiego pędzla. Obtocz je następnie w cukrze pudrze i zostaw na noc, żeby wyschły.

PIĘCIORNIK Potentilla (różowate Rosaceae)

Dwadzieścia kilka gatunków pięciorników występuje w naszym kraju. Kilka z nich było używanych za pożywienie.

Na przydrożach, przychaciach i pastwiskach często występuje pięciornik gęsi *Potentilla anserina*. Jego korzeń jest jadalny na surowo lub gotowany, dosyć smaczny (jak pasternak), choć drobny. Może też być suszony i dodawany do zup lub mąki. W Szkocji i na Hebrydach korzeń tej rośliny dawał niektórym ludziom pożywienie miesiącami. Młode pędy są jadalne na surowo. Z liści można parzyć herbatkę. Używany w ziołolecznictwie, ma działanie ściągające.

Na łąkach i pastwiskach, zwykle na podłożu o odczynie kwaśnym, występuje pospolicie pięciornik gęsi *Potentilla erecta*. Jego korzenie zawierają niezwykle dużo taniny i są w związku z tym niesmaczne. W gotowaniu wytrącają się jednak w rodzaj gumy i mogą być jedzone, raczej jako pożywienie głodowe. Z korzeni można parzyć herbatkę. Duża zawartość taniny (więcej niż w korze dębu) czyni z tego gatunku jedno z podstawowych ziół stosowanych przeciw biegunkom.

Pięciornik krzewiasty *Potentilla fruticosa* występuje na dużych obszarach Ameryki i Eurazji, w Europie na wyspowych stanowiskach, głównie w górach, u nas tylko często sadzony w ogrodach. Na Syberii nazywany „kurylskoj czaj", bo rosyjscy chłopi i Tatarzy robili z jego liści herbatę.

Pięciornik wyprostowany *Potentilla recta* występuje rozproszony na suchych murawach nawapiennych w pd. części kraju. Jego owoce, niedojrzałe i dojrzałe, są jadalne na surowo lub gotowane.

Pięciornik rozłogowy *Potentilla reptans* występuje pospolicie na przydrożach, murawach i skrajach zarośli. Jego młode liście mogą być jedzone na surowo.

Pięciornik skalny *Potentilla rupestris* występuje rzadko na suchych murawach i w widnych lasach w pn. i środkowej Polsce. Mongołowie nazywają go „khaltalsa", a na Syberii „polwoj czaj"; robi się z niego herbatę.

Pięciornik niski *Potentilla supina* występuje na namuliskach i przydrożach, najliczniej w dolnie Wisły i Odry. Jego młode liście były jadane po ugotowaniu jako pożywienie głodowe.

Do rodzaju pieciornik zaliczany jest czasem → SIEDMIOPALECZ-NIK

PIGWA Cydonia (różowate Rosaceae)

Pigwa właściwa *Cydonia oblonga* to niewielkie drzewo uprawiane powszechnie w pd-zach Azji i na Bałkanach, a rzadko i u nas.

Jej podobne do dużej gruszki owoce są dosyć cierpkie na surowo i w dziwny sposób drażnią przełyk (kiedyś prawie zadusiłem się owocem pigwy na śmierć - utknął mi on w gardle, co często zdarza się przy jedzeniu pigwy na surowo). Są jednak świetnym materiałem na konfitury i galaretki oraz jako dodatek do herbaty, zamiast cytryny.

MARMOLADA

Słowo „marmolada" pochodzi z jęz. portugalskiego i pierwotnie oznaczało jedynie konfiturę z pigwy. Aby zachowała ona żywo żółty kolor pigwy wpierw gotujemy w całości, a potem, gdy zrobią się miękkie, ściągamy z nich skórkę na ciepło, palcami, bez użycia żelaza, które powoduje zmianę koloru owoców na brudnołososiowy. Następnie owoce wypestkowujemy, rozgniatamy i rozgotowujemy z odrobiną wody i cukrem (do smaku). Przelewamy do słoików, zalewamy odrobiną winiaku i koniecznie pasteryzujemy.

PIGWOWIEC Chaenomeles (różowate Rosaceae)

Dwa gatunki pigwowca – okazały *Chaenomeles speciosa* i japoński *Ch. japonica*, oba z Dalekiego Wschodu, są uprawiane w Polsce jako rośliny ozdobne. Ich twarde owoce mają takie same właściwości jak pigwa. Są dosyć cierpkie na surowo, ale są świetnym materiałem na konfitury i galaretki oraz jako dodatek do herbaty zamiast cytryny.

PIÓROPUSZNIK Matteucia (wietlicowate Athyriaceae)

Pióropusznik strusi *Matteucia struthiopteris* jest rzadką paprocią, występującą w rozproszeniu w nadrzecznych lasach. Często hodowany (popularny dzięki temu, że łatwo się rozmnaża, dając odrosty korzeniowe) i czasem dziczeje. W Japonii, znany pod nazwą *kogomi* lub *kusasotetsu*, jadany jak wiele innych paproci. Młode wychodzące z ziemi „pastorały" po podgotowaniu używa się w różnych potrawach – sałatkach, zupach i daniach z duszonych warzyw. Jak w przypadku innych paproci regularne spożywanie tej rośliny może zubożyć organizm w witaminę B1.

PIOŁUN → BYLICA

PŁYWACZ Utricularia (pływaczowate Lentibulariaceae)

Kilka gatunków tych owadożernych roślin występuje u nas w wodach stojących ubogich w składniki pokarmowe. Jadalne są podobno korzenie i liście najczęstszego z naszych gatunków – pływacza zwyczajnego *Utricularia vulgaris*. Sok wyciśnięty z jego pędów ma być bogaty w minerały.

PODAGRYCZNIK Aegopodium (baldaszkowate Apiaceae)

Podagrycznik pospolity *Aegopodium podagraria* jest jednym z najpospolitszych gatunków ogrodów, parków i lasów.

Młode liście na wiosnę nadają się na sałatki, starsze liście, dosyć nieprzyjemne w smaku można gotować. Jadany był w starożytnym Rzymie, Szwecji, Szwajcarii, a także w Polsce, stąd jedna z ludowych nazw – „barsznica".

Podagrycznik ma działanie stymulujące, gojące i moczopędne.

Osobiście uważam, że podagrycznik jest przereklamowany jako roślina jadalna, jadłbym go w zupełnej ostateczności.

PODBIAŁ Tussilago (złożone Asteraceae)

Podbiał pospolity *Tussilago farfara* występuje w całym kraju na miejscach ruderalnych, zwykle na poboczach dróg i czasem w lasach. Ma żółte kwiaty podobne do mniszka, które pojawiają się bardzo wcześnie, zwykle w drugiej połowie marca. Podbiał jest ważną rośliną zielarską, używaną w schorzeniach przewodu pokarmowego, np. do wyrobu syropów na przeziębienie. Jego suszone liście można też palić jako lekarstwo.

Liście podbiału są bardzo aromatyczne, powiedziałbym niesmaczne. Z kwiatów można jednak robić wino, podobne do tego z mniszka, i to o miesiąc wcześniej!

PODEJŹRZON Botrychium (nasięźrzałowate Ophioglossaceae)

W naszym kraju na suchych murawach i w widnych lasach występuje rzadko kilka gatunków paproci z tego rodzaju: podejźrzon księżycowy *Botrychium lunaria*, p. marunowy *B. matricariifolium*, p. rutolistny *B. multifidum* oraz prawie wymarły p. wirginijski *B. virginianum*. Kiedyś występowały, obecnie nie odnajdywane, p. pojedynczy *B. simplex* i p. lancetowaty *B. lanceolatum*.

Podejźrzon wirginijski (przypuszczalnie korzenie) był jadany w Himalajach i na Nowej Zelandii.

Wszystkie krajowe gatunki podejźrzonów są pod ochroną.

PODKOLAN Platanthera (storczykowate Orchidaceae)

Podkolan biały *Platanthera bifolia* i zielonawy *P. chlorantha* występują w całej Polsce w lasach i zaroślach, pierwszy z gatunków rośnie też czasem na łąkach. Oba gatunki znajdują się pod ochroną.

Korzenie podkolanów są bogate w skrobię, jadalne po ugotowaniu, mogą stanowić materiał na „salep", zobacz →STORCZYK i →KUKUŁKA.

PODRZEŃ Blechnum (podrzeniowate Blechnaceae)

Podrzeń żebrowiec *Blechnum spicant* występuje w lasach bukowych gór i Pomorza, na kwaśnym podłożu. Jest gatuniem chronionym. Korzenie i młode liście były czasem używane jako pożywienie głodowe.

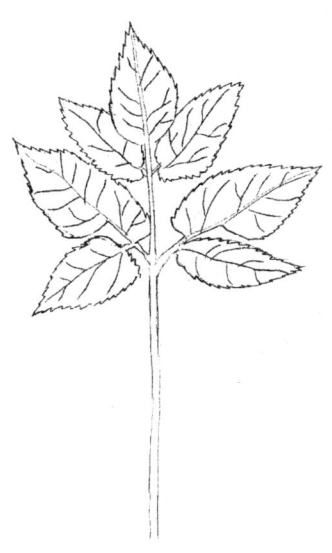

Podagrycznik pospolity

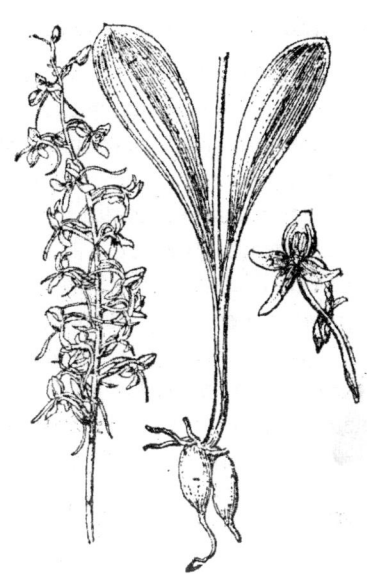

Podkolan biały

Portulaka pospolita

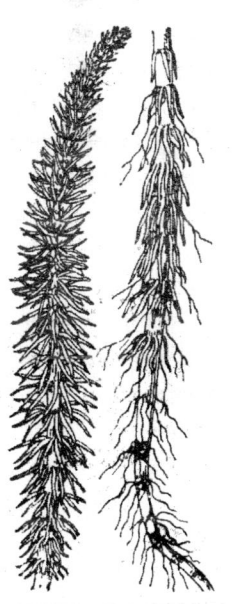

Przęstka pospolita

POKRZYWA Urtica (pokrzywowate Urticaceae)

Jednym z najpospolitszych gatunków roślin jest pokrzywa zwyczajna *Urtica dioica*, występująca na bogatych w składniki pokarmowe siedliskach, zarówno w otoczeniu człowieka, jak i w lasach. Liście i łodygi pokrzyw pokryte są gruczołkami wydzielającymi kwas mrówkowy powodujący podrażnienie skóry i pieczenie. Gotowanie lub suszenie usuwa piekące właściwości.

Młode liście i pędy od przedwiośnia do maja są bardzo wartościowym pokarmem po ugotowaniu. Później należy używać jedynie najmłodszych liści na wierzchołku pędu, o ile są zielone i świeże. Zawierają dużo żelaza oraz witaminy A i C. Stare liście i pędy nie powinny być jedzone, bo zawierają drobne kamyczkowate twory zwane cystolitami, które podrażniają nerki. Liście pokrzywy najlepiej gotować z niewielką ilością wody, z dodatkiem masła i czosnku. Można także dodać imbiru. Ja zamiast imbiru stosuję jedno kłącze naszego rodzimego kopytnika. Liści pokrzywy można też dodawać do zup.

Sok wyciśnięty z liści lub herbatka są czasem pite w celach leczniczych (oczyszczanie krwi, wzmacnianie). Pokrzywa była od zarania dziejów stosowana jako roślina lecznicza, np. przy leczeniu kataru siennego, artretyzmu i anemii.

Sok z liści lub wywar z całej rośliny może być stosowany zamiast podpuszczki do wyrobu wegetariańskiego nabiału.

Z młodych liści pokrzywy warzono czasem piwo.

Na przychaciach występuje jeszcze jednoroczna pokrzywa żegawka *Urtica urens*, mniejsza od pokrzywy zwyczajnej. Może być używana w podobny sposób.

ZUPA Z MŁODYCH POKRZYW PO POLSKU

Kilka garści młodych pokrzyw, 1 cebula, 1 marchew, 1 łyżka masła, pół garnka wywaru z mięsa lub kostki bulionowej, 1 ziemniak, sól, pieprz, 1 łyżka mąki, 2 łyżki śmietany, 1 łyżka octu. Drobno posiekaną cebulę zeszklić na maśle, zasypać mąką i sporządzić jasną zasmażkę. Dodać do niej wypłukane, sparzone wrzątkiem i drobno posiekane pokrzywy oraz marchew w plasterkach, wymieszać i zalać wywarem. Dodać obrane, pokrojone w kostkę ziemniaki i ugotować do miękkości. Dodać przypraw, śmietany i octu. Dłużej nie gotować.

ZUPA MAJOWA NA DZIKO

12 ślimaków winniczków, 2 duże garście młodych pokrzyw, 4 liście czosnku niedźwiedziego lub pęczek szczypiorku, 2 l wody na zupę. Winniczki zabić wrzucając na parę minut do wrzącej wody. Wydłubać z muszelek. Odciąć około połowę ciała zawierającą niesmaczne jelita, pozostawiając jedynie okolicę nogi. Pozostawione ślimacze mięso kroimy bardzo ostrym nożem na bardzo drobne kawałeczki. Wrzucamy je do gorącej wody i gotujemy przez przynajmniej 2 godziny. Możemy odrzucić zbierający się na powierzchni śluz. W międzyczasie myjemy i drobno siekamy liście pokrzywy. Najbardziej pożywne będą, gdy wrzucimy je do gotującej zupy na 5 minut przez zakończeniem gotowania. Po nalaniu do misek zupę posypujemy drobno siekanymi liśćmi szczypiorku lub czosnku. Zupa będzie śluzowata ALE bardzo pożywna.

PIWO POKRZYWOWE

80 czubków młodych pokrzyw, 10 l wody, półtora kilo cukru (przynajmniej częściowo musi być to cukier brązowy), 40 g cream of tartar (biały osad ze ścianek butli do leżakowania wina), 3 łyżeczki drożdży. Gotuj pokrzywy w 10 l wody przez 15minut. Odcedź. Do wody dodaj cukru i cream of tartar. Gdy ostygnie do temperatury 20-30 C dodaj drożdże i wymieszaj. Przykryj gazą i zostaw na 24 godziny. Odszumuj starając się nie zaburzać osadu. Zlej do zakręcanych butelek lub butelek z przywiązywanym korkiem. Na trzeci dzień sprawdź czy jest gotowe. Zwykle jest dobre na czwarty dzień. Po następnych paru dniach piwo robi się zbyt gazowane. Można serwować z listkiem mięty i kostką lodu. Jako, że pokrzywy są najlepsze w maju, piwo idealnie nadaje się na nieformalne majówki lub oblewanie matur.

POMOCNIK Chimaphila (gruszyczkowate Pyrolaceae)

Gorzkie liście i korzenie pomocnika baldaszkowego *Chimaphila umbellata* występującego w naszych lasach iglastych był używany przez Indian Thompson do parzenia herbaty. Gatunek chroniony.

POPŁOCH Onopordum (złożone Asteraceae)

Popłoch pospolity *Onopordum (Onopordon) acanthifolium* występuje na miejscach ruderalnych w całym kraju.

Pąki kwiatowe popłochu po ugotowaniu smakują jak karczochy, chociaż są dużo mniejsze. Jadalne są też młode liście (zanim roślina zakwitnie) i łodygi po obraniu i usunięciu kolców, najlepiej gotowane. Nasiona są bogate w wysokiej jakości olej. Uwaga, roślina może być lekko toksyczna.

PORTULAKA Portulaca (portulakowate Portulacaceae)

Portulaka pospolita *Portulaca oleracea* pochodzi z rejonów tropikalnych i subtropikalnych Starego Świata. Występuje u nas rzadko jako chwast. Od 2000 lat portulaka jest używana jako warzywo w Indiach i Persji, a obecnie w wielu innych krajach. Kwaskowate liście i pędy są jadalne na surowo, ale najlepiej gotowane w zupach, sosach i omletach. Mają śluzowatą konsystencję jak okra. Liście mogą też być suszone lub marynowate. Jadane są też nasiona. Zbiera się całe rośliny przed dojrzeniem nasion, potem się je suszy i młóci. Zbiór ten jest opłacalny jedynie w ciepłym i suchym klimacie np. Australii, u nas dają bardzo mało nasion. Portulaka jest czasem stosowana w ziołolecznictwie.

PORZECZKA Ribes (porzeczkowate Grossulariaceae)

W naszym kraju występuje dziko pięć gatunków z tego rodzaju, a kilka dalszych jest uprawianych.

Porzeczka czarna *Ribes nigrum* występuje pospolicie na niżu w bagiennych lasach olszowych. Ponadto uprawiana. Ma smaczne owoce. Często wykorzystywana do wyrobu soków i innych przetworów. Owoce bardzo bogate w witaminę C i inne wartościowe składniki odżywcze. Bardzo aromatyczne liście są używane jako przyprawa do piwa, zup i kiszonych ogórków, można też z nich parzyć herbatkę.

Porzeczka zwyczajna *Ribes rubrum (R. vulgare)* o czerwonych owocach jest u nas uprawiana powszechnie w ogrodach, czasem dziczeje. Blisko spokrewniona jest **porzeczka dzika** *R. spicatum* (od której pochodzą też niektóre odmiany uprawne), występuje gdzieniegdzie w lasach liściastych. Oba gatunki mają bardzo kwaśne owoce, jadane na surowo, a częściej w postaci kompotów, galaretek i win.

Agrest *Ribes uva-crispa (R. grossularia)* występuje u nas dziko, najczęściej na południu Polski, poza tym powszechnie uprawia się jego odmiany wielkoowocowe. Zielone owoce (kwaśne, niejadalne na surowo) są wspaniałym składnikiem kompotów. Po dojrzeniu robią się bardzo słodkie i są jedzone głównie na surowo. Wiele osób pamięta, że przynajmniej raz w życiu dostało bólu żołądka jedząc zbyt wiele agrestu. Ja sam zatrułem się ciężko dwa razy łącząc agrest z piwem. Właściwie wg moich doświadczeń jest to najbardziej „zdradliwa" roślina jaką znam. Pewniejsza jest po ugotowaniu. Oprócz wspomnianych już kompotów można z owoców robić dżemy i wspaniałe sosy do mięsa. Młode liście są czasem jadane na surowo i gotowane, ale uwaga mogą być toksyczne.

SOS AGRESTOWY

400 g agrestu, 1 łyżka mąki, 3 łyżeczki cukru, 1 łyżka masła, sól, 1-1,2 l słodkiej śmietany, 2 łyżki białego wina. Umyty, oczyszczony z końcówek agrest zalać szklanką wody, zagotować i przetrzeć. Z mąki i masła zrobić zasmażkę, rozprowadzić ją winem, dodać przetarty agrest, cukier, sól i zagotować. Potem dodać śmietany, zagotować jeszcze raz. Podawać od razu z daniami miesnymi.

Porzeczka alpejska *Ribes alpinum* występuje gdzieniegdzie w całym kraju w lasach liściastych. Jej czerwone owoce są słodkie i mączyste. Jadalna na surowo, świetna do sosów (łagodny smak).

Porzeczka żółta *Ribes aureum* jest u nas czasem uprawiana jako roślina ozdobna. Jej czarne owoce były powszechnie jedzone przez Indian m.in. Paiute i Czejenów, na surowo lub suszone. Kwiaty są jadalne na surowo.

W wyższych partiach Sudetów, Tatr, Beskidów i Bieszczadów występuje **porzeczka skalna** *Ribes petraeum*. Jej czerwone owoce są cierpkie, mogą być jadane na surowo, ale są lepsze w gotowanych przetworach.

Porzeczka krwista *Ribes sanguineum* jest u nas czasem uprawiana jako roślin ozdobna. Jej czarne owoce były jedzone na surowo lub suszone przez Indian zach. wybrzeża. Owoce delikatnie zebrane z krzewów w sierpniu można przechowywać aż do listopada, są wtedy smaczniejsze.

POTOCZNIK Berula (baldaszkowate Apiaceae)

Potocznik wąskolistny *Berula erecta* występuje na terenie całego kraju na brzegach wód, najczęściej rzek i strumieni. Jego liście i kwiaty były jedzone przez Apaczów.

POWOJNIK Clematis (jaskrowate Ranunculaceae)

Powojniki zawierają protoanemoninę, trującą substancję, która rozkłada się pod wpływem ogrzewania lub suszenia, dlatego jadalne są tylko po ugotowaniu. Tak przygotowane jadalne są na pewno młode pędy rosnącego w ciepłych zaroślach, głównie na Lubelszczyźnie powojnika prostego *Clematis recta* oraz często zdziczałego powojnika pnącego *Clematis vitalba*. Brak doniesień o jadalności powojnika alpejskiego występującego rzadko w Karpatach.

POZIOMKA Fragaria (różowate Rosaceae)

Najpospolitsza jest rosnąca w widnych lasach i zaroślach poziomka pospolita *Fragaria vesca*. Owoce, choć drobne, są bardzo smaczne. Oprócz jedzenia na świeżo, można je też suszyć. Młode liście można dodawać do sałatek i zup, lub zaparzać z nich herbatkę. Liście i owoce mają działanie lekko ściągające, moczopędne i rozwalniające. Owoce można przykładać w miejsca oparzeń słonecznych.

Rzadziej spotykane - poziomka wysoka *Fragaria moschata* i poziomka twardawa *Fragaria viridis* mają równie apetyczne owoce, różniące się jedynie troszkę smakiem.

Do rodzaju tego należy uprawiana w ogrodach truskawka *Fragaria x ananassa*, mieszaniec dwóch gatunków amerykańskich – *Fragaria chiloensis* i *F. virginiana*.

HERBATA Z LIŚCI POZIOMEK

Liście rozsypujemy w cieniu kilkucentymetrową warstwą i suszymy przez kilkanaście godzin, aż zwiędną. Następnie skręcamy je palcami, dopóki nie zauważymy w nich soku. Skręcone liście wysypujemy warstwą 5 cm do pudła. Nakrywamy mokrą tkaniną i pozostawiamy w temperaturze ok. 26 C na 6-10 godz. Następnie tak sfermentowane liście suszymy przez ok. 40 min. w temp. 100 C np. w piekarniku lub piecu.

PRAWOŚLAZ Althaea (ślazowate Malvaceae)

Prawoślaz lekarski *Althaea officinalis*. Gatunek ten jest uprawiany w ogrodach. Można go znaleźć także na różnego rodzaju murawach i solniskach, przypuszczalnie jedynie zdziczały.

Znany od starożytności jako roślina lecznicza o działaniu zmiękczającym, łagodzącym i przeciwprzeziębieniowym dzięki obecności dużej ilości substancji śluzowych.

Gotowany, smażony z cebulą lub kandyzowany w miodzie korzeń był jedzony, a z jego skoncentrowanego wywaru robione były tradycyjne angielskie słodycze *marshmallows*, obecnie wciąż popularne, ale zwykle produkowane przy użyciu składników zastępczych (skrobi, żelatyny i cukru). Korzeń zawiera 37% skrobi.

Jadalne na surowo lub gotowane są młode liście, kwiaty i młode zielone owoce. Te ostatnie wydają się być wartościowym warzywem, które można też marynować.

PROSIENICZNIK Hypochoeris (złożone Asteraceae)

Liście i kwiaty prosieniczników, choć mniejsze, mogą być używane podobnie jak pokrewnego → mniszka. Liście są gorzkawe, ale mogą być używane jako dodatek do sałatek, kwiaty do wyrobu syropów i win.

W naszym kraju na łąkach i murawach występuje kilka gatunków z tego rodzaju, najczęściej prosienicznik szorstki *Hypochoeris radicta*.

PROSOWNICA Millium (trawy Poaceae)

Prosownica rozpierzchła *Millium effusum* to bujna trawa występująca w lasach liściastych, głównie grądach. Jej nasiona są jadalne, były dawniej zbierane i mielone na mąkę (angielska nazwa „wood millet", czyli „leśne proso"). Z jakiegoś gatunku prosownicy w Peru przyrządza się napój zwany „ullpu".

PRZESTĘP Bryonia (dyniowate Cucurbitaceae)

W zaroślach i na miejscach ruderalnych występuje w naszym kraju przestęp biały *Bryonia alba* i p. dwupienny *B. dioica*.

Młode pędy obu gatunków są podobno jadalne po ugotowaniu. Starsze są niesmaczne. Uwaga, rośliny uznawane zwykle za trujące, a nawet bardzo trujące. Zjedzenie korzenia przestępu białego może podobno spowodować śmierć po kilku godzinach.

PRZETACZNIK Veronica (trędownikowate Scrophulariaceae)

W naszym kraju występuje około 30 gatunków z tego rodzaju. Mają różny pokrój i siedliska, ale bardzo podobne, charakterystyczne niebieskie kwiaty.

Przetaczniki nie należą do najsmaczniejszych roślin. Kilka z krajowych gatunków ma jadalne liście, z reguły o gorzkawym smaku, używane zwykle jedynie jako pożywienie głodowe. Zanotowano użytkowanie następujących gatunków: przetacznik bobowniczek *Veronica beccabunga* (najczęściej), rolny *V. agrestis*, bobownik *V. anagallis-aquatica*, wodny *V. catenata (V. comosa)*, długolistny *V. longifolia*, leśny *V. officinalis* i zwodny *V. paniculata (V. spuria)*.

Z liści przetacznika leśnego *Veronica officinalis* parzy się niekiedy cierpką herbatę.

PRZEWIERCIEŃ Bupleurum (baldaszkowate Apiaceae)

Bardzo rzadko na suchych murawach w Sudetach i Karpatach występuje przewiercień sierpowaty. Jego liście i młode pędy są jadalne po ugotowaniu. Gatunek ten jest blisko spokrewniony z przewiercieniem chińskim *B. chinense*, jedną podstawowych roślin zielarskich w Chinach (bei czai hu). Korzeń tej rośliny używany jest do leczenia m.in. chorób wątroby, malarii i hemoroidów.

Na suchych murawach w Sudetach, nad Odrą, na Wyżynach Wielkopolski i bardzo rzadko na Pomorzu występuje jeszcze przewiercień okrągłolistny *Bupleurum rotundifolium*. Jego liście i młode pędy są jadalne po ugotowaniu, są używane jako przyprawa.

Brak informacji o użytkowaniu pozostałych kilku gatunków z tego rodzaju, przypuszczalnie są też jadalne.

PRZĘSTKA Hippuris (przęstkowate Hippuridaceae)

Przęstka pospolita (sosnóweczka) występuje na niżu nad wodami. Liście i pędy jadane były przez Esimosów, surowe albo gotowane w zupie, także do tzw. „lodów eskimoskich" lub suszone z olejem foki i ikrą łososia. Może być też zbierany w zimie, gdy jego zamarznięte pędy wystają nad lodem.

PRZYMIOTNO Erigeron (złożone Asteraceae)

Występujące na suchych murawach i w widnych lasach przymiotno ostre *Erigeron acris* oraz spotykane na siedliskach ruderalnych przymiotno białe *Erigeron annuus* mają młode liście jadalne po ugotowaniu, tylko jako pożywienie głodowe.

PRZYTULIA Galium (marzankowate Rubiaceae)

Przytulia właściwa *Galium verum*, występująca pospolicie na suchych murawach, przydrożach i torowiskach kolejowych, ma liście jadalne surowe lub gotowane. Kwitnące rośliny były używane do barwienia potraw jak kurkuma lub szafran. Prażone nasiona (podobno jadalne) mogą być stosowane jako substytut kawy. Posiekana roślina była stosowana jak podpuszczka do ścinania mleka przy wyrobie niektórych serów szwajcarskich i jest wciąż stosowana do wyrobu serów koszernych w Izraelu.

Pospolicie w zaroślach i nad rzekami występuje **przytulia czepna** *Galium aparine*. Jej młode pędy są jadalne gotowane, później stają się zbyt twarde z powodu wysycenia krzemionką. Z suszonych roślin można parzyć herbatkę. Owoce tego gatunku są jednym z najlepszych substytutów kawy (kawa pochodzi z te samej rodziny *Rubiaceae*). Należy je zbierać kiedy zmieniają barwę z zielonej na brązową, i prażyć.

Marzanka wonna *Galium odoratum (Asperula odorata)* występuje często w cienistych lasach liściastych, szczególnie buczynach, w prawie całym kraju. Nie ma zapachu na świeżo, natomiast zwykle używana ususzona, ma zapach siana (dzięki kumarynom), który utrzymuje się przez lata. W Alzacji, wsch. Belgii, Luksemburgu i Niemczech cała roślina dodawana jest do białych win (napój taki nazywany jest *maitrank*). W Anglii dodawana czasem do napojów chłodzących. Prosty przyjemny napój uzyskamy zalewając pęd marzanki na kilka godzin zimną wodą. Także wspaniały dodatek do deserów i sosów z mlekiem i śmietaną oraz w sosach z rybą lub drobiem. Służy też do aromatyzowania pościeli i tytoniu. W większych ilościach trująca, szczególnie gdy spleśniała lub sfermetowana. Należy dołożyć więc starań, aby wysuszyć ją poprawnie.

Przytulia (przytulinka, krucjata) krzyżowa *Cruciata laevipes (Galium cruciata)* występująca na skrajach lasów i łąkach ma podobne jadalne liście, surowe lub gotowane. Nigdy jej nie próbowałem, ale podobna do niej **przytulia (przytulinka, krucjata) wiosenna** *Cruciata glabra (Galium vernum)* ma na pewno wstrętny smak.

Młode liście jadalne na surowo lub po ugotowaniu mają także: **przytulia pospolita** *Galium mollugo* (ten gatunek za młodu naprawdę smaczny), **północna** *G. boreale* i **fałszywa** *G. spurium*. Nic nie wiadomo o jadalności pozostałych kilku gatunków przytulii.

PRZYWROTNIK Alchemilla (różowate Rosaceae)

Rodzaj ten obejmuje wiele trudnych do odróżnienia gatunków często grupowanych razem dla wygody jako gatunek zbiorowy – przywrotnik pospolity *Alchemilla vulgaris*. Częsty na wilgotnych łąkach kośnych i pastwiskach, szczególnie liczny w górach.

Przywrotnikowi przyznawano magiczne właściwości już od starożytności. Rosa zbierająca się na liściach, zwana przez alchemików „wodą niebieską" była składnikiem kamienia filozoficznego (stąd nazwa „alchemilla"). Lud polski wierzył, że zażywanie tej rośliny przywraca dziewczynom utracone dziewictwo (stąd nazwa polska „przywrotnik").

Młode surowe liście (całkiem smaczne) mogą być dodawane do sałatek i zup, mają działanie ściągające, wzmacniające, pobudzające trawienie i moczopędne.

PSIANKA Solanum (psiankowate Solanaceae)

Pospolita w wilgotnych zaroślach i lasach psianka słodkogórz *Solanum dulcamara* jest rośliną trującą i niejadalną, natomiast psianka czarna *Solanum nigrum* spotykana na miejscach ruderalnych jest w niektórych krajach uważana za roślinę jadalną, choć stopień jej toksyczności jest wciąż sprawą dyskusyjną. W ciepłych krajach jej liście jedzone są jak szpinak, można je spotkać na targach Afryki i pobliskich wysp (Madagaskaru, Mauritiusu i Reunion). Na Madagaskarze jest podobno podstawowym warzywem jedzonym w sosach z kurczakiem i ryżem. Na Reunion znana jako *brede mafane*. W Chinach jadano owoce, młode pędy, a w dolinie Missisipi robiono z owoców ciasteczka. Jedli ją także Indianie - Czirokezi jedli młode gotowane liście, a Indianie Tubatulabal i Mendocino dojrzałe jagody. Owoce powinny być jadalne po ugotowaniu. Na miejscach ruderalnych występuje jeszcze bardzo rzadko parę innych gatunków psianki.

Do rodzaju tego należą także powszechnie uprawiane warzywa – ziemniak *Solanum tuberosum*, i bakłażan (oberżyna) *Solanum melanogena*.

Liście, łodygi i niedojrzałe owoce wszystkich gatunków z rodzaju *Solanum* (a także blisko spokrewnione pomidory) zawierają trujący alkaloid solaninę, są więc toksyczne na surowo (po ugotowaniu do pewnego stopnia tracą toksyczność).

PSIZĄB Erythronium (liliowate Liliaceae)

Psiząb to bardzo cenna roślina jadalna, o bogatych w skrobię, smacznych cebulach w kształcie półksiężyca. W ogrodach hodowane są najczęściej mieszańce gatunków amerykańskich, o dużych żółtych kwiatach. Natomiast już na Słowacji i Węgrzech, w lasach bukowych rośnie psiząb liliowy *Erythronium dens-canis*.

Psiząb liliowy był zbierany przez Tatarów, którzy suszyli jego cebule, tłukli i gotowali je z mlekiem lub dodawali do rosołu. Według księdza Kluka są też niezłe do nadziewania pieczonych gęsi. Blisko spokrewniony psiząb japoński *Erythronium japonicum* był dawniej w Japonii powszechnie używany do zagęszczania zup (*katakuri-ko*), obecnie trochę rzadziej.

Gotowane korzenie psizębu wielkokwiatowego *Erythronium grandiflorum* używane były przez kilka plemion Indian, szczególnie Thompson, jako bardzo ważne i cenione źródło pożywienia bogatego w skrobię, jak ziemniaki. Surowe korzenie uważano za trujące. Częściowo podsuszone korzenie, na tyle żeby nie pękały, nanizywano na nici lub patyki i dosuszano. Nić zawiązywano potem, tak że tworzyła pętlę którą zawieszano do dalszego przechowywania. Jeden z tybylców twierdził, że suszone bulwy są smaczniejsze od świeżo zebranych. Dzieci jadły wierzchołki bulw jako słodycze. Psiząb był używany przez Thompson jako składnik tradycyjnego puddingu. Razem z psizębem gotowano plechy porostu *Alectoria jubata*, suszone jagody świdośliwy *Amelanchier alnifolia*, konserwowaną ikrę łososia, cebule lilii *Lilium columbianum*, korzenie *Lewisia rediviva* i tłuszcz jelenia. Część z tych składników, w tym psiząb, była opcjonalna. Cebule psizęba były używane także w grach hazardowych. Kobiety wspinały się na zbocza dolin zbierając cebule, niektóre z nich wracały obładowane worami pełnymi tej rośliny, a inne, te które przegrały, wracały z pustymi rękami, pomimo że pracowały równie ciężko.

Indianie zbierali także cebule *Erythronium mesochoreum*, *E. revolutum* i *E. oregonum*, brak danych o jedzeniu przez nich *E. canadense*.

PSZONACZNIK Conringia (krzyżowe Brassicaceae)

Na polach na południu kraju występuje pszonacznik wschodni *Conringia orientalis*, używany w niektórych krajach do wyrobu jadalnego oleju. Liście i młode łodygi są jadalne na surowo.

PYSZNOGŁÓWKA Monarda (wargowe Lamiaceae)

Pysznogłówka pochodzi z Ameryki Pn. W ogrodach często uprawiana jest pysznogłówka dwoista *Monarda didyma*, rzadziej pysznogłówka dęta *Monarda fistulosa* i cytrynowa *M. citriodora*. Liście, a szczególnie kwiatostany i owocostany pysznogłówek mają przyjemny cytrynowo-macierzankowy aromat. Pysznogłówka dęta była stosowana jako przyprawa do zup i kiełbas przez Indian Acoma i Pueblo; Irokezi i Apacze robili z niej także herbatę, Indianie Flathead używali jej do konserwowania mięsa, a Lakota żuli liście, gdy śpiewali i tańczyli. Pysznogłówka cytrynowa była używana przez Indian Hopi jako przyprawa do mięsa z zająca.

RABARBAR (RZEWIEŃ) Rheum (rdestowate Polygonaceae)

W naszym kraju uprawia się kilka gatunków jako rośliny ozdobne i warzywa – rabarbar ogrodowy *Rheum rhaponticum*, kędzierzawy *R. rhabarbarum (R. undulatum)* i dłoniasty *R. palmatum*. Większość gatunków rabarbaru pochodzi z Syberii, Azji Środkowej i Chin. W krajach tych są popularnym warzywem.

Łodygi liściowe rabarbarów są jadalne na surowo lub gotowane. Są kwaśne (jak pokrewny szczaw), zawierają kwas szczawiowy – nie powinny być więc jedzone regularnie przez osoby zagrożone kamicą nerkową lub artretyzmem. Jadane czasem są też młode kwiatostany przed rozwinięciem kwiatów. Rabarbar jest też używany do wyrobu kompotów i ciast.

Rabarbar (głównie dłoniasty) jest jednym z najczęściej używanych roślin w medycynie chińskiej. Uważa się, że ma dobroczynny wpływ na układ pokarmowy. Korzeń rabarbaru (rzewienia) dłoniastego jest używany jako środek przeczyszczający, także w naszym ziołolecznictwie.

RDEST Polygonum (rdestowate Polygonaceae)

W naszym kraju występuje kilkanaście gatunków rdestów: rdest ziemnowodny *Polygonum amphibium* (na brzegach wód), ptasi *P. aviculare*

Przytulia czepna

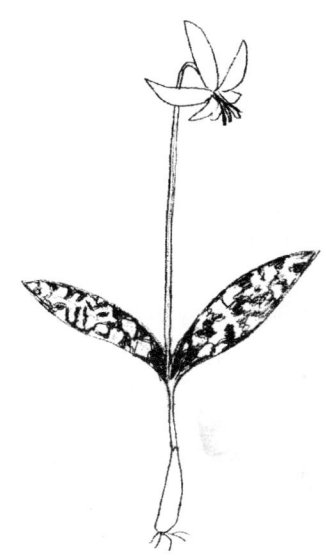
Psiząb liliowy

Rdest ostrogorzki

Rdest wężownik

(miejsca ruderalne, wilgotne pastwiska), wężownik *P. bistorta* (wilgotne łąki), ostrogorzki (pieprz wodny) *P. hydropiper* (mokre przydroża, brzegi wód, także w prześwietleniach leśnych), szczawiolistny *P. lapathifolium* (miejsca ruderalne, brzegi wód), mniejszy *P. minus* (mokre przydroża, brzegi wód), łagodny *P. mite* (mokre przydroża, brzegi wód), plamisty *P. persicaria* (mokre przydroża, brzegi wód, pola) i żyworodny *P. viviparum* (wyższe partie Beskidów i Tatry). Dawniej do rodzaju tego zaliczano także rośliny z rodzaju → RDESTÓWKA i → RDESTOWIEC.

Młode pędy przypuszczalnie wszystkich kilkunastu gatunków rdestów występujących w naszym kraju są jadalne na surowo lub po ugotowaniu, i mają dosyć łagodny smak. Jedynie rdest ostrogorzki ma ostry smak przypominający pieprz lub czili, w mniejszych ilościach jest wspaniałą przyprawą, ostry smak traci po ugotowaniu. Jako jednego z rodzajów pieprzu używali go już starożytni Grecy. Zdziczały w Ameryce był używanu jako przyprawa przez Irokezów. W Japonii na targach sprzedaje się jako pikantną przyprawę nasiona i siewki tego gatunku. Jest to jedno z podstawowych dzikich warzyw japońskich, zwany *tade*. Hoduje się kilka jego odmian. Listki odmiany czerwonej *benitade* umieszcza się obok *wasabi* (zielonego japońskiego chrzanu) do mieszania z sosem sojowym lub tłuczone jako dip do *sashimi* (surowych ryb i surowych owoców morza w plasterkach). Listki zielonej odmiany *yanagitade* (zwanej też *hontade* lub *ma-tade*) stosuje się przy przyrządzaniu ryb, do usuwania ich zapachu. Liście odmiany zwanej *aotade* lub *sasatade*, tłuczone z octem lub mieszaniną octu i sosu sojowego stanowią dip zwany *tade su* serwowany z rybą *ayu*.

Najcenniejszą rośliną jadalną z tego rodzaju jest rdest wężownik. Jego liście są bardzo smaczne, nawet kiedy są stare. Jadane przez wiele ludów Eurazji i arktycznej Ameryki. W Anglii liście gotowano powszechnie na wiosnę, szczególnie na Wielkanoc lub w okresie Wielkiego Postu, robiono z nich *herb pudding* (dosłownie: ziołowy deser), zwany też czasem *dock pudding, Easter ledger* lub *Easter herb*.

HERB PUDDING

Zbierz torbę młodych liści rdestu wężownika, pokrzywy, mniszka i przywrotnika. Staranniej umyj i gotuj przez 10 minut. Odcedź i poszatkuj. Dodaj jedno wcześniej wymieszane surowe jajko i jedno posiekane jajko gotowane, trochę masła, soli i pieprzu. Wymieszaj. Podgrzej to wszystko przez chwilę, a potem uformuj w kształt typowy dla „puddingu", czyli odwróconej głębokiej miski. Mutacji jej jest wiele, znam też zupełnie inny przepis na tę potrawę - układamy warstwy liści (zwykle rdest, szczaw i pokrzywa) i płatków owsianych lub częściowo zmielonego ziarna zbóż w muślinowym worku i gotujemy je w wodzie.

Tradycja robienia *herb pudding* przetrwała w górskich zakamarkach Szkocji i północnej Anglii. W 1971 r. odbyły się pierwsze nieformalne mistrzostwa świata w przygotowaniu tej potrawy.

Gruby korzeń rdesty wężownika, w środku różowy, o ciekawym powyginanym kształcie, jest pełen skrobi. Łatwo go obierać, bo ma ok. 2 cm grubości. Jest jadalny po namoczeniu i upieczeniu – duże ilości tak przygotowanych korzeni jadano w Rosji i na Syberii zamiast chleba w czasach głodu. Zawiera 30% skrobi, 1% szczawianu wapnia i 15 - 36% taniny. Duża ilość taniny powoduje, że jest on bardzo gorzki na surowo (jest używany w ziołolecznictwie, szczególnie przy schorzeniach układu pokarmowego). Osobiście przyrządziłem go przez namoczenie w roztworze popiołu lipowego, w którym potem gotowałem go przez około dwie godziny, po czym zmieniłem wodę i gotowałem przez następne dwie godziny. Wtedy dopiero korzenie tracą gorycz i smakują podobnie do tak samo przyrządzonych żołędzi. Przed gotowaniem korzenie należy obrać i pokroić na kawałki o grubości 0,5 do 1 cm. Całe korzenie można gotować w nieskończoność i dalej będą gorzkie. Nasiona rdestu wężownika są bardzo smaczne, można je gotować w rodzaj kaszy, są chyba największe ze wszystkich gatunków rdestu, na stanowiskach bogatych w ten gatunek udawało mi się zbierać nawet 150 g nasion na godzinę. Liście mają korzystne działanie na rany.

Młode liście rdestu ziemnowodnego jedli Indianie Sioux. Młode liście rdestu szczawiolistnego i ptasiego też były gdzieś jedzone. Nasiona tego ostatniego gatunki, całe lub zmielone dodawano do różnych potraw, np. ciast, placków, papek. Liście rdestu mniejszego są czasem dodawane w Indiach do sosów „curry".

Rdest żyworodny jedzony był przez Samojedów, a w czasach głodu także w Norwegii i na Kamczatce. Używano surowe lub gotowane młode liście i pędy oraz bulwki tworzące się na łodygach, mające podobno przyjemny orzechowy smak.

RDESTNICA Potamogeton (rdestnicowate Potamogetonaceae)

Dwadzieścia kilka gatunków rdestnic występuje w naszych wodach. Istnieją informacje o jadalności trzech poniższych gatunków, spotykanych w całej Polsce.

Rdestnica kędzierzawa *Potamogeton crispus*, ma jadalne po ugotowaniu liście oraz podobno korzenie. W Japonii marynowana lub jedzona z miso (sfermentowaną pastą sojową).

Rdestnica pływająca *Potamogeton natans* ma jadalne bogate w skrobię bulwki na końcach korzeni, mają orzechowy smak.

Rdestnica grzebieniasta *Potamogeton pectinatus* ma także jadalne, bogate w skrobię bulwki na końcach korzeni, można je jeść na surowo, trzeba je tylko obrać ze skórki. Liście i łodygi także jadalne.

RDESTOWIEC Reynoutria (rdestowate Polygonaceae)

Dwa gatunki z tego rodzaju, pochodzące ze wschodniej Azji, są uprawiane w ogrodach i łatwo dziczeją, tworząc nieprzebyte zarośla. Najczęściej spotykany jest rdestowiec ostrokończysty *Reynoutria japonica (Polygonum cuspidatum)*, rzadziej rdestowiec sachaliński *Reynoutria sachalinensis (Polygonum sachalinense)*.

Liście oraz wychodzące z ziemi kilkucentymetrowe młode pędy tych roślin są jadalne po ugotowaniu. Mają kwaśny smak, zbliżony do rabarbaru i szczawiu. Mogą być stosowane jak rabarbar (w ciastach, kompotach itp.). W Japonii młode łodygi rdestowca ostrokończystego, zwane tam *itadori*, ucięte gdy wychodzą wiosną z ziemi i mają 20-25 cm długości, pocięte na plasterki je się na surowo osolone lub przechowuje się, także solone, ubite w naczyniu przyciśniętym z wierzchu kamieniem (jak kiszona kapusta). W ich ojczyźnie jadane są też korzenie obu gatunków, po namoczeniu i ugotowaniu. Wartościowym pokarmem są nasiona rdestowców, są jednak drobne i trudne do zbierania.

RDESTÓWKA Fallopia (rdestowate Polygonaceae)

Na polach, zaroślach i skrajach lasów występuje rdestówka powojowa *Fallopia (Bilderdykia, Polygonum) convolvulus*. Mielone nasiona mogą być jedzone po zmieleniu w formie papki, nasiona są jednak małe i trudne do oczyszczenia (nie oczyszczone mogą podrażnić przewód pokarmowy). Jadalny jest przypuszczalnie też podobny gatunek - rdestówka zaroślowa *Fallopia (Bilderdykia, Polygonum) dumetorum*, spotykany na skrajach lasów i w zaroślach.

REZEDA Reseda (rezedowate Resedaceae)

Występująca na miejscach ruderalnych i przydrożach rezeda żółta *Reseda lutea* ma liście jadalne nawet na surowo. Rezeda mała *Reseda phyteuma* występująca rzadko na suchych murawach Wyżyny Małopolskiej była jadana po ugotowaniu.

ROBINIA Robinia (strączkowe Fabaceae)

Jednym z najpospolitszych drzew naszego kraju jest pochodząca z Ameryki Pn. robinia akacjowa *Robinia pseudoacacia*. Cała roślina, oprócz kwiatów, jest trująca na surowo. Kwaśne owoce robinii są jadalne po ugotowaniu jak groch, czy fasola. Zalecałbym jednak pewną ostrożność przy jedzeniu tych nasion – rzadko były używane przez Indian. Czirokezi pili także napar z kory tego gatunku. Gotowane kwiaty są czasem używane do wyrobu galaretek, do nadzienia na naleśniki i wyrobu napoju.

KWIATY ROBINII W CIEŚCIE

Wpierw przygotowujemy miksturę na ciasto. Ucieramy 4 łyżeczki cukru i 4 żółtka, i dodajemy do nich osiem łyżek mąki oraz 2-3 łyżki mleka, na końcu zaś cztery białka ubite na pianę. Zanurzamy w nich kwiaty robinii. Używamy około pół litra kwiatów. Całe kiście kwiatów zanurzamy w cieście i smażymy na rozgrzanym oleju, jak naleśniki.

PLACUSZKI Z KWIATAMI ROBINII za Jaśkiewiczem

4 żółtka utrzeć z 4 łyżeczkami cukru, dodać 8 łyżek mąki i 2-3 łyżki przegotowanego mleka, a w końcu 4 białka ubite na pianę. Lekko wymieszać i dodawać stopniowo opłukane kwiaty akacji (pojedynczo w ilości około 2 szklanek). Po wymieszaniu wlewać ciasto łyżką na patelnię z rozgrzanym tłuszczem. Smażyć z obu stron.

ROGOWNICA Cerastium (goździkowate Caryophyllaceae)

Kilka gatunków rogownicy występuje pospolicie w całej Polsce, głównie na murawach i łąkach. Jedynie rzadka rogownica leśna *Cerastium sylvaticum* rośnie w lasach. Rogownice mają liście i łodygi jadalne przed kwitnieniem, po ugotowaniu. Z gatunków krajowych jadane były (głównie na Dalekim Wschodzie) następujące gatunki: rogownica pięciopręcikowa *Cerastium semidecandrum*, rogownica pospolita *C. holosteoides* i rogownica źródlana *C. fontanum*.

ROJNIK (ROJOWNIK, ROJNICZEK, SAMORODA) Jovibarba (gruboszowate Crassulaceae)

Łodygi i liście rosnącego w suchych murawach w całej Polsce rojnika pospolitego *Jovibarba sobolifera (Sempervivum soboliferum)* są jadalne na surowo i są świetnym dodatkiem do sałatek. Gatunek ten znajduje się pod ochroną w stanie dzikim, możemy jednak używać rośliny hodowane na skalniakach.

SURÓWKA Z ROJNIKA
1 rozeta liściowa rojnika, 1 mała cebula, sól, 1 łyżka oliwy, 1 łyżka octu. Rozetkę oczyścić i opłukać. Pokroić w kostkę, podobnie postąpić z cebulą. Dodać oleju, octu i soli. Wymieszać.

NAPÓJ CHŁODZĄCY Z ROJNIKA
Kilka zmiażdżonych liści zalewamy letnią wodą i pozostawiamy na jedną godzinę. Przed podaniem napój schładzamy w lodówce.

ROKITNIK Hippophae (oliwnikowate Eleagnaceae)

Rokitnik zwyczajny *Hippophae rhamnoides* występuje dziko w nadmorskich zaroślach, często jest też sadzony wewnątrz kraju, gdzie dziczeje. Wydaje bardzo kwaśne owoce. Niezwykle cenne z powodu dużej zawartości witaminy C i A. Jadany w wielu krajach Europy i Azji, na surowo lub w postaci galaretek i sosów do ryb i mięs (np. Anglia, Francja, Syberia). Najłatwiej zbierać go odłamując całe gałązki z owocami, przed mrozami (potem owoce są słodsze, ale szybko fermentują i robią się mniej smaczne).

Rokitnik znajduje się pod ochroną (oczywiście tylko dzikie okazy nad Bałtykiem).

ROSICZKA Drosera (rosiczkowate Droseraceae)

Sok rosiczki okrągłolistnej *Drosera rotundifolia*, występującej na torfowiskach wysokich całej Polski, był gdzieś podobno używany do ścinania mleka (podgrzewano go razem z mlekiem). We Włoszech robi się z niej napój alkoholowy zwany „rossoli". Liście mają nieprzyjemny żrący smak. Nic nie wiadomo o użyteczności rzadszej rosiczki długolistnej *Drosera anglica* i rosiczki pośredniej *Drosera intermedia*. Rosiczki są pod ochroną.

ROSZPUNKA Valerianella (kozłkowate Valerianaceae)

Roszpunka jadalna *Valerianella locusta* występuje rozproszona na miejscach ruderalnych (polach, przydrożach) w całym kraju. We Francji i Szwajcarii jest cenionym warzywem sprzedawanym na targach. Liście tej jednorocznej rośliny mają bardzo łagodny i przyjemny smak (lepszy niż sałata), dosłownie rozpływają się w ustach. Jadane też były lub są rzadko u nas zawlekane *Valerianella coronata* i *V. eriocarpa*. Bardzo prawdopodobne jest, że kilka pozostałych gatunków (roszpunka ostrogrzbiecista *V. carinata*, bruzdkowana *V. rimosa* i ząbkowana *V. dentata*), występujących u nas na siedliskach ruderalnych, ma podobny smak i właściwości. Sałatkę z roszpunki serwujemy podobnie jak sałatę, tzn. z sosem vinegrette lub z gotowanymi jajkami.

ROZCHODNIK Sedum (gruboszowate Crassulaceae)

Kilka gatunków rozchodnika występuje u nas dziko lub w stanie zdziczałym. Niektóre mają liście o gorzkim i piekącym smaku, jadalne najwyżej jako przyprawa, inne mają łagodny smak i mogą być używane do sałatek i zup.

Pospolity na miejscach suchych rozchodnik ostry *Sedum acre* ma ostry piękący smak. Jedzony w większych ilościach może zaszkodzić, w niewielkich można go stosować jako pikantną przyprawę (także po wysuszeniu i sproszkowaniu).

Rozchodnik wielki *Sedum telephium (S. maximum)* występuje także pospolicie w suchych murawach i zaroślach. Ma łagodniejszy smak od rozchodnika ostrego, liście i **bulwki korzeniowe** (wyglądające jak miniaturowe ziemniaczki) można gotować w zupach, a surowe liście, najlepiej po sparzeniu wrzątkiem, dodawać do sałatek. Jest to jedna z roślin, które warto rozpropagować jako warzywo.

Rozchodnik kaukaski *Sedum spurium*, często uprawiany i dziczejący, ma liście lekko gorzkawe, niezbyt smaczne.

Zobacz też → RÓŻENIEC

RÓŻA Rosa (różowate Rosaceae)

W naszym kraju występuje dziko kilkanaście gatunków róż (często trudnych do odróżnienia), najczęściej **róża psia** *Rosa canina*. Wiele gatunków i odmian jest także uprawianych.

Owoce (właściwie niby-owoce) wszystkich gatunków róż są jadalne. Mają przyjemny kwaśny smak. Przed jedzeniem trzeba usunąć z ich wnętrzna nasiona otoczone warstwą włosków drażniących przewód pokarmowy. Po takim czyszczeniu dobrze jest owoce przepłukać, aby usunąć resztki włosków. Chociaż takie dłubanie jest dosyć pracochłonne, owoce róży są najbogatszym w strefie umiarkowanej źródłem witaminy C. Zawierają także dużo witaminy A, E, flawonoidów i innych cennych substancji, w tym wartościowych dla metabolizmu kwasów tłuszczowych. Przypuszczalnie mają też działanie antyrakowe. Łatwo je suszyć i przechowywać na zimę. Pamiętać należy, aby w początkowej fazie suszenia umieścić owoce w ciepłym i przewiewnym miejscu, gdyż łatwo pleśnieją. Często parzy się z nich herbatkę. Robi się z nich konfitury i wina. Największe (najłatwiejsze do zbierania) owoce ma **róża pomarszczona** *Rosa rugosa* często u nas sadzona i dziczejąca.

Cennym produktem żywnościowym są płatki róż, szczególnie tych których kwiaty mają różowy kolor i przyjemny aromatyczny zapach, szczególnie róży francuskiej *Rosa gallica*, **majowej** *R. majalis*, **stulistnej** *R. centifolia* i **pomarszczonej** *R. rugosa*. Płatki utarte z cukrem używane są u nas w wielu innych krajach (szczególnie na Bałkanach), jako nadzienie do pączków, rogalików i innych wyrobów cukierniczych. Zbierając płatki należy odrywać i wyrzucać ich białe nasady (mają gorzki smak).

W Chinach płatki róży francuskiej *Rosa gallica* są używane do aromatyzowania herbaty. Suszone płatki tego gatunku są ważnym składnikiem północnoafrykańskiej mieszanki przyprawowej „ras-el-hanout". Woda różana (wywar z płatków tego gatunku zalany zimną wodą) jest używana do aromatyzowania wyrobów cukierniczych, np. galaretek «Turkish Delight»

Młode pędy wychodzące ziemi (odrosty) i liście róż są jadalne na surowo lub gotowane.

Indianie Okanagan-Colville wykładali doły do pieczenia liśćmi róży igiełkowatej *Rosa acicularis* (u nas bardzo rzadko hodowana), dla dodania aromatu i zabezpieczenia przed przypalaniem żywności.

KONFITURA Z OWOCÓW DZIKIEJ RÓŻY

Potrzebujemy owoców i cukru w stosunku 4:3. Owoce róży poprzecinać na pół i dokładnie oczyścić z nasion i otaczających ich drażniących włosków. Potem przepłukać kilkakrotnie. Owoce zalać niewielką ilością wrzątku i gotować na wolnym ogniu (żeby nie popękały), aż zmiękną. Przelać zimną wodą i umieścić w słoikach. Zrobić rzadki syrop z cukruo, ostudzić go i zalać nim owoce.

KONFITURA Z PŁATKÓW RÓŻY

Na konfitury nadają się szczególnie formy silnie pachnące, każdy gatunek ma trochę inny aromat. Na Podkarpaciu powszechnie sadzi się przy domach różę zwaną tam „różą do smażenia", o pełnych kwiatach, mieszaniec, którego jednym z rodziców jest róża pomarszczona. Jest ona najlepszym źródłem płatków.

Białą nasadę płatków obcinamy nożyczkami. Bez tej czynności w konfiturze pozostanie lekko gorzki posmak. Płatki myjemy zimną wodą, a potem zalewamy je (2 l wody na 1 kg płatków). Podgrzewamy, doprowadzamy do wrzenia i gotujemy przez 5 minut. Dodajemy cukier i mieszaninę gotujemy, aż zrobi się jednolita. Aby zapobiec utracie barwy i scukrzaniu się dodajemy odrobinę kwasku cytrynowego.

PRZEPIS NA TURECKIE KONFITURY RÓŻANE

2 szklanki płatków róży (odrywamy gorzkawe końcówki), 2 szklanki cukru rozpuścić w szklanki wody zmieszanej z 1 łyżki soku pomarańczowego. Wmieszaj platki i postaw na łagodnym ogniu. Mieszaj i podgrzewaj aż platki rozpuszczą się. Schłódź trochę, nalej do małego słoiczka i zakręć.

NYPONSOPPA – SZWEDZKA ZUPA RÓŻANA

3 szklanki owoców dzikiej róży, 10 dkg cukru, kilka łyżek migdałów, 2,5 l wody, 1 łyżeczka mąki ziemniaczanej lub kukurydzianej. Umyj owoce. Zalej gorącą wodą i gotuj do miękkości, ciągle mieszając. Otrzymaną papkę przesącz przez szmatkę. Dodaj cukru, mąki i odrobinę wody. Znowu zagotuj. Rozlej na talerze. Posyp migdałami pokrojonymi w paski.

WODA RÓŻANA – PRZEPIS ARMEŃSKI
Pół kg płatków róży, 1,8 l wody, 2,5 kg cukru. Płatki róży umieszczamy w worku z gazy. Zalewamy wrzątkiem i zostawiamy na dole pod przykryciem. Odcedzoną dokładnie wodę gotujemy z cukrem przez 20 min. Można dodać odrobinę soku cytrynowego. Po ostudzeniu wodę pasteryzujemy w butelkach. Podobnie w Armenii przygotowuje się też wodę z innych kwiatów, np. fiołków, goździków, lilii, migdałów słodkich, cytryny i moreli.

RÓŻENIEC Rhodiola (gruboszowate Crassulaceae)

Różeniec górski *Rhodiola rosea (Sedum rosea)* występuje u nas jedynie w wyższych partiach Tatr, Beskidów i Sudetów. Występuje licznie w tundrze eurazjatyckiej i amerykańskiej. Był jedną z podstawowych i najbardziej cenionych roślin użytkowanych przez Eskimosów i syberyjskich Czukczów. Soczyste młode liście i pędy, rzadziej korzenie jedzono na surowo, gotowane lub poszatkowane i ukiszone identycznie jak kapusta.

RUDBEKIA Rudbeckia (złożone Asteraceae)

Rudbekie pochodzą z Ameryki Pn. Kilka ich gatunków jest uprawianych w ogrodach. Wysoka, prawie dwumetrowa rudbekia naga *Rudbeckia laciniata* często dziczeje wokół opuszczonych domostw, na przydrożach i skrajach lasów, szczególnie masowo w Bieszczadach. Była jadana przez Czirokezów. Wiązali oni w pęczki liście i łodygi i suszyli na słońcu zawieszone lub gotowali je na świeżo albo podgotowywali i smażyli, jedząc same albo z jajkami i z innymi roślinami. Należy być ostrożnym z tą rośliną. Notowano przypadki zatrucia się nią bydła.

RUKIEW Nasturtium (krzyżowe Brassicaceae)

Na brzegach wód występuje rzadko w prawie całym kraju rukiew wodna *Nasturtium officinale*. Była też dawniej uprawiana, ceniona od starożytności. Jej liście i nasiona mają smak podobny do rzeżuchy. Nasiona można mielić jak gorczycę, albo jeść skiełkowane. Należy unikać jedzenia rukwi na surowo z miejsc, gdzie pasą się owce z powodu ryzyka zarażenia motylicą wątrobową.

RUKIEWNIK Bunias (krzyżowe Brassicaceae)

Rukiewnik wschodni *Bunias orientalis* jest rośliną coraz powszechniejszą w Polsce, wykazującą tendencję do ekspansji, szczególnie na przydrożach i w zieleni miejskiej. Wygląda jak rzepak, który niespodzianie wyrósł w trawniku. Pochodzi z Europy Wsch., nad dolną Wołgą nazywany „dika retka", jedzony był na surowo. Liście przypominają w smaku kapustę, najlepsze gotowane. Młode kwiatostany smakują trochę jak brokuły.

RUKWIEL Cakile (krzyżowe Brassicaceae)

Rukwiel nadmorska *Cakile maritima* rośnie wzdłuż całego naszego wybrzeża. Jak inne rośliny z rodziny krzyżowych ma jadalne liście, łodygi i nierozwinięte kwiatostany, na surowo lub po ugotowaniu. Z powodu ostrego smaku używana raczej jako dodatek, jak chrzan czy rzeżucha. W okresach niedostatku suszony korzeń mielono na proszek i mieszano z mąką na chleb.

RUMIANEK Chamomilla (złożone Asteraceae)

Rumianek pospolity *Chamomilla recutita (Matricaria chamomilla)*, jednoroczny chwast polny, spotykany głównie na glebach bogatych w węglan wapnia. Jest znaną rośliną lecznicza. Napar z kwiatów używany jest powszechnie przy niestrawnościach, podrażnieniach skóry (zewnętrznie) oraz jako łagodny środek uspokajający.

Rumianek bezpromieniowy *Chamomilla suaveolens (Matricaria discoidea, M. matricarioides)* to drobny chwast pospolicie występujący na przychaciach, często razem z babką na miejscach wydeptywanych. Pochodzi z Ameryki Pn. Kwiatostany mogą być używane jako dodatek do sałatek i przyprawa do innych dań. Były jedzone na surowo przez indiańskie i eskimoskie dzieci. Indianie Flathead używali sproszkowanych kwiatostanów do konserwowania mięsa i jagód. Herbata z kwiatostanów ma aromat przypominający ananas, właściwości podobne do rumianku pospolitego, choć niektórzy ludzie mogą być uczuleni na tę roślinę.

RUTA Ruta (rutowate Rutaceae)

Ruta zwyczajna *Ruta graveolens* należy do roślin tradycyjnie hodowanych w wiejskich ogródkach. Używana jest w wielu krajach jako przyprawa do sosów mięsnych lub sałatek. Bardzo ceniona przez starożytnych Rzymian. Stanowiła składnik ich ulubionej przyprawy „moretum", złożonej oprócz tego z czosnku, oliwy z oliwek, octu i dojrzałego sera koziego. Należy ją stosować z wielką ostrożnością. W dawnych czasach stosowana była jako środek wywołujący poronienia. Także skóra wielu ludzi jest bardzo wrażliwa na kontakt z tą rośliną.

RUTEWKA Thalictrum (jaskrowate Ranunculaceae)

Brak informacji o użytkowaniu naszych kilku gatunków rutewki (uznawanych z resztą za trujące). Indianie używali natomiast owoców *Thalictrum occidentale* do przyprawiania pemmikanu, suszonego mięsa i rosołu, a szczep Montagnais używał *Thalictrum pubescens* jako przyprawy do łososia.

RUTWICA Galega (strączkowe Fabaceae)

Rutwica lekarska *Galega officinalis* występuje na mokrych łąkach i przydrożach na południu kraju. Gotowane liście są jadalne, używane jak szpinak. Trzeba zachować pewną ostrożność, istnieją dane że może być toksyczna. Roślina ta może być używana do ścinania sera, zamiast podpuszczki. Używana była też dawniej do leczenia gorączki i różnych chorób zakaźnych.

RZEPICHA Rorippa (krzyżowe Brassicaceae)

Kilka gatunków z tego rodzaju występuje w naszym kraju. Rosnące na miejscach wilgotnych rzepicha ziemnowodna *Rorippa amphibia* i błotna *R. palustis* mają smak zbliżony do rzeżuchy, ich młode liście i pędy mogą być jedzone na surowo lub gotowane. Nic nie wiadomo o pozostałych gatunkach, przypuszczalnie też są jadalne.

RZEPIEŃ Xanthium (złożone Asteraceae)

Na miejscach ruderalnych i brzegach rzek występuje u nas kilka gatunków z tego rodzaju, częściej jedynie rzepień pospolity *Xanthium strumarium*. Kilka plemion Indian (Apacze, Costanoan i Zuni) używało mielonych nasion tego gatunku do wyrobu chleba lub potrawy pinole. Jadalne są też podobno młode liście i pędy, po starannym odgotowaniu i odlaniu wody. Należy zachować ostrożność przy jedzeniu wszystkich części tej rośliny, gdyż jest ona lekko trująca.

Rojnik pospolity

Roszpunka ząbkowana

Rzodkiew świrzepa

Rzepik pospolity

RZEPIK Agrimonia (różowate Rosaceae)

W Polsce znajdziemy trzy gatunki rzepika. Rzepik pospolity *Agrimonia eupatorium*, występuje na większości suchych muraw o odczynie obojętnym lub alkalicznym lub na nasłonecznionych skrajach lasów. Rz. szczeciniasty *A pilosa*, występuje głównie na skrajach lasów w pn-wsch. Polsce, a rz. wonny *A.procera (A. odorata)* na rozproszonych stanowiskach na skrajach lasów w całej Polsce, miejscami liczny.

Liście rzepików dają bardzo przyjemną w smaku, aromatyczną herbatę. Jako surowiec zielarski, znany od starożytności, są stosowane liście rz. pospolitego, ale najbardziej aromatyczny jest rz. wonny. Zawierają one garbniki, niewielkie ilości olejku lotnego i kwasów m.in. cytrynowego i jabłkowego (stąd cytrynowy posmak).

Roślina ta ma działanie ściągające, wzmacniające i przeciwzapalne, poprawiające przemianę materii, a także zawiera znaczne ilości witaminy C oraz choliny, ciała chroniącego wątrobę przed otłuszczeniem.

W Azji liście niektórych rzepików były jedzone jako pożywienie głodowe.

Warto zwrócić uwagę na tą pospolitą roślinę, daje wspaniałą herbatę.

RZEWIEŃ → RABARBAR

RZEŻUCHA Cardamine (krzyżowe Brassicaceae)

Jadalne liście i pędy, na surowo i po ugotowaniu, ma rzeżucha łąkowa *Cardamine pratensis*, występująca wzdłuż strumyków rz. gorzka *C. amara*, spotykana na miejscach ruderalnych rz. włochata *C. hirsuta* oraz występujące w lasach rz. niecierpkowa *C. impatiens* i rz. leśna *C. flexuosa*. Ten ostatni gatunek ma także jadalne korzenie, na surowo i po ugotowaniu. Jadalne są też surowe kwiaty i kwiatostany występującej zwykle masowo rzeżuchy łąkowej (i przypuszczalnie innych gatunków także). Brak informacji o jadalności rzadszych gatunków: rz. drobnokwiatowej *C. parviflora*, rz. rezedolistnej *C. resedifolia* i rz. trójlistkowej *C. trifolia*. Należy przypuszczać, że są równie smaczne jak inne gatunki z tego rodzaju.

Wszystkie części rzeżuch mają piekący (ale ciekawy) smak, dlatego nadają się raczej jako dodatek do sałatek i zup, niż danie główne. Zawierają bardzo dużo witaminy C, są więc cennym jej źródłem na wiosnę, rozetki niektórych gatunków (np. rzeżuchy gorzkiej rosnącej przy strumykach) można też czasem znaleźć nawet w zimie. Najlepiej zbierać młode liście, stare robią się gorzkie.

Zobacz też pokrewny rodzaj → ŻYWIEC i → PIEPRZYCA (do tego ostatniego należy ta „rzeżucha" ze sklepów).

RZODKIEW Raphanus (krzyżowe Brassicaceae)

Do rodzaju tego należy rzodkiew zwyczajna *Raphanus sativus* pospolicie u nas uprawiana, szczególnie w odmianie o małym czerwonym korzeniu (rzodkiewka), rzadziej jako rzodkiew biała i czarna. Ponadto dziko, jako chwast polny, występuje bardzo często rzodkiew świrzepa *Raphanus raphanistrum*.

Rzodkiew zwyczajna jest uprawiana ze względu na smaczne korzenie o lekko piekącym smaku. Mało kto wie, że bardzo smaczne są jej młode liście, łodygi, kwiatostany oraz niedojrzałe owoce. Te ostatnie są w Azji marynowane. Liście tego gatunku (*suzushiro*) stanowią jedno z siedmiu japońskich „wiosennych ziół" jedzonych w siódmy dzień roku razem z gotowanym ryżem. Więcej informacji o tym zwyczaju pod hasłem →TASZNIK.

Rzodkiew świrzepa jest także cenną rośliną jadalną. Młode liście są bardzo smaczne w sałatkach i zupach. Nasiona mają smak zbliżony do gorczycy białej (używanej do produkcji musztardy) i zawierają ten sam glikozyd. W Hebrydach świrzepa jadana była jako sałatka: nasiona o smaku gorczycy były dawniej tak liczne w zbożu, że w dawnej Anglii odsiewano je i sprzedawana jako „gorczyca z Durham" (*Durham mustardseed*). Smaczne są też młode łodygi, kwiatostany i niedojrzałe owoce (łuszczyny) tego gatunku.

SAŁATA Lactuca (złożone Asteraceae)

Sałata siewna *Lactuca sativa* jest gatunkiem powstałym na drodze selekcji z innego dzikiego gatunku sałaty. Powszechnie uprawiana w wielu krajach, także i u nas, dla smacznych wodnistych liści. Ma lekko uspokajające i przeczyszczające właściwości.

Na miejscach ruderalnych w całej Polsce, oprócz pn-wschodu, występuje sałata kompasowa *Lactuca serriola*. Liście jadalne na surowo lub gotowane, najlepiej młode, gdyż później robią się bardzo gorzkie. Na plażach Wolina występuje sałata tatarska *Lactuca tatarica*. Gumiasta substancja z jej korzenia była żuta jako guma do żucia przez Apaczów, Navaho i Zuni.

Mleczny sok wszystkich gatunków sałaty, szczególnie kiedy wchodzą w fazę owocowania i szczególnie sałaty jadowitej *Lactuca virosa* (bardzo rzadko zawlekanej do naszego kraju), zawiera substancję o działaniu podobnym do opium, po ususzeniu zwaną "lactucarium". Nie powoduje ona zaburzeń żołądkowych, jak opium, i była używana przy leczeniach uzależnień od niego. Mniejsze ilości działają nasennie i uspokajająco, większe powodują niepokój, zaburzenia nerwowe lub nawet śmierć.

SAŁATNIK Mycelis (złożone Asteraceae)

Sałatnik leśny *Mycelis muralis* występuje w lasach całej Polski. Surowe liście można dodawać do sałatek, jak liście mniszka.

SELERY Apium (baldaszkowate Apiaceae)

W Polsce występują obecnie dziko dwa gatunki z tego rodzaju: selery błotne *Apium repens*, na kilku stanowiskach na zach. kraju i selery węzłokwiatowe *A. nodiflorum*, jedynie w okolicach Lubska na Dolnym Śląsku. Selery błotne są gatunkiem chronionym.

Oprócz tego powszechnie hodowane w ogrodach są selery zwyczajne *A. graveolens*, których dzika forma występuje na brzegach mórz w Europie (niestety nie nad naszym Bałtykiem). Korzenie, łodygi, liście i kwiaty tego gatunku są jadalne, i są używane powszechnie także i u nas zarówno jako warzywo, jak i czasem jako roślina lecznicza. Należy przypuszczać, że nasze krajowe gatunki mają zbliżone właściwości.

SERDECZNIK Leonurus (wargowe Lamiaceae)

W całym kraju na przychaciach i przydrożach występuje serdecznik pospolity *Leonurus cardiaca*. Suszone lub świeże kwiaty serdecznika mogą być używane do parzenia herbaty lub dodawane jako przyprawa do zup, szczególnie z soczewicy. Były także dodawane do piwa. Serdecznik jest używany w ziołolecznictwie. Stosowany jako łagodny środek uspokajający oraz regulujący pracę serca, zbliżony działaniem do kozłka lekarskiego (waleriany).

SIEDMIOPALECZNIK Comarum (różowate Rosaceae)

Siedmiopalecznik błotny *Comarum palustre (Potentilla palustris)* występujący na torfowiskach na całym niżu był używany przez Eskimosów z Alaski, którzy suszuli jego liście i robili z nich herbatę.

SIT Juncus (sitowate Juncaceae)

W naszym kraje rośnie kilkanaście gatunków z tego rodzaju. Starsze pędy są twarde, nie je ich nawet bydło. Młode pędy niektórych gatunków były jadane, choć istnieje podejrzenie, że są trujące dla wszystkich ssaków, w tym człowieka.

Sit rozpierzchły *Juncus effusus* występuje pospolicie na wilgotnych pastwiskach i torfowiskach. Indianie Snuqualmie jedli jego młodziutkie pędy na surowo.

Sit bałtycki *Juncus balticus* występuje na słonych nadmorsich piaskach. Indianie Paiute zbierali cukier formujący się na wierzchołkach pędów, jedli jego nasiona, a z łodygi przyrządzali sfermentowany napój.

Nic nie wiadomo o użytkowaniu pozostałych gatunków.

SITOWIE Scirpus (turzycowate Cyperaceae)

W naszym kraju występuje kilkanaście gatunków z tego rodzaju, w tym przynajmniej dwa jadalne. Sitowie jeziorne (oczeret jeziorny) *Scirpus (Schoenoplectus) lacustris* występuje na brzegach wód w całej Polsce. Jego kłącza są bogate w skrobię (jak korzenie pałki). Można je suszyć i mielić na mąkę lub robić z nich syrop. Pąki na końcach kłączy są kruche i można je śmiało jeść na surowo. Jadalne na surowo lub gotowane są też młode pędy, niestety tylko wiosną, później robią się twarde. Można też zbierać nasiona oczeretu i mielone dodawać do mąki, ale jest to zajęcie dla wyjątkowo cierpliwych. Bardzo pożywny jest pyłek z kwiatów tego gatunku, można go dodawać do ciast. Pokrewny gatunek *Scirpus acutus* traktowany czasem jako odmiana naszego sitowia jeziornego był jedzony przez Indian. Dakota i Cree jedli na surowo nasady młodych pędów, Paiute i Pomo gotowali korzenie, a Klamath jedli nasiona tego gatunku.

Występujące dawniej nad Bałtykiem, obecnie wymarłe, sitowie (oczeret) amerykańskie *Scirpus (Schoenoplectus) americanus (S. pungens)* było także używane przez Indian, w podobny sposób jak poprzedni gatunek.

Najpospolitszy u nas gatunek sitowia – sitowie leśne *Scirpus sylvaticus*, pospolity na miejscach wilgotnych nie jest podawany przez literaturę jako roślina jadalna, choć ma bardzo smaczny biały rdzeń łodygi na wiosnę. Aby się do niego dostać należy kilku-kulkunastocentymetrową wychodzącą z ziemi roślinę pociągnąć, wyrywając ją łącznie z jej częścią skrytą w ziemi, gdzie znajduje się ów jadalny rdzeń. Informację tą podał mi zaprzyjaźniony botanik – Marek Nowicki z Jabłonicy Polskiej, który sitowie leśne „skubie" od wielu lat. Także kilku innych mieszkańców podkrośnieńskich wiosek powiedziało mi, że jedli rdzenie łodyg sitowia leśnego, gdy byli dziećmi.

Zobacz też →SITOWIEC

SYROP Z SITOWIA

Kłącza sitowia jeziornego zbiera się na wiosnę lub w jesieni. Dokładnie oczyszcza się je z błota, myje i kroi na plasterki. Potem zalewa się je wodą i gotuje przez 1-2 godziny. Następnie odcedzamy ciecz, odrzucając pozostałe twarde kawałki i gotujemy, aż odcedzony sok wygotuje się do konsystnecji gęstego syropu. Otrzymujemy bogaty w skrobię produkt, który może stanowić świetny dodatek do zupy.

SITOWIEC Bulboschoenus (turzycowate Cyperaceae)

Sitowiec nadmorski *Bulboschoenus (Scirpus) maritimus* jak mówi nazwa lubi rosnąć w zasolonych szuwarach, ale nie tylko, bo spotyka się go także w nadrzecznych szuwarach w głębi kraju, aż po Przemyśl! Jego bulwiaste rozłogi są podobno jadalne, zawierają skrobię.

SKALNICA Saxifraga (skalnicowate Saxifragaceae)

W naszym kraju występuje kilkanaście, w większości wysokogórskich, gatunków z tego rodzaju. Brak danych o ich użytkowaniu jako pożywienie. Liście kilku amerykańskich gatunków skalnic były natomiast jadane przez Indian i Eskimosów, na surowo, gotowane lub kiszone. Mongołowie i Buriaci parzyli z liści *Saxifraga crassifolia* herbatę zwaną *badan*.

Sitowie leśne

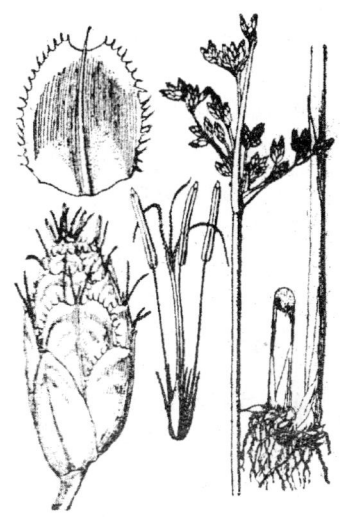
Sitowie jeziorne (oczeret)

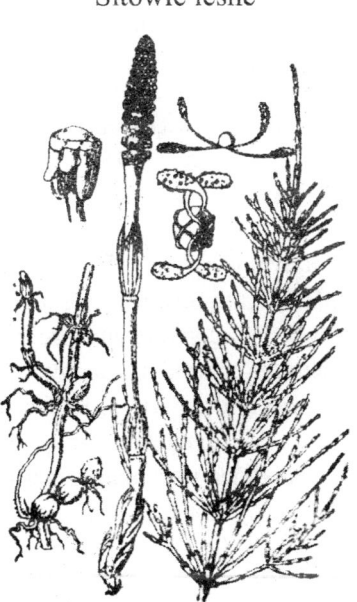
Skrzyp polny

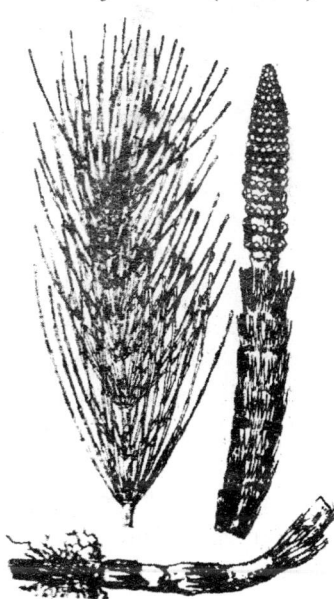
Skrzyp olbrzymi

SKRZYDŁORZECH Pterocarya (orzechowate Juglandaceae)

Skrzydłorzech kaukaski występuje w części Turcji i w górach Kaukazu. U nas czasem uprawiany w parkach. Ma niewielkie, choć jadalne orzechy.

SKRZYP Equisetum (skrzypowate Equisetaceae)

Różne ludy jadały dawniej surowe i gotowane młode pędy wegetatywne („normalne pędy") oraz strobile („szyszki") różnych gatunków skrzypu. Te ostatnie w Japonii znane jako *tsukushi* (cała roślina nazywa się *sugina*) są uważane za przysmak i jedzone w potrawach *aemono* (gotowana sałatka z pastą sezamową, sosem sojowym i cukrem), *ohitashi* (potrawa z podgotowanych zielonych warzyw, moczonych w rosole rybnym przyprawionym sosem sojowym i alkoholowym sosem *mirin*, podawana schłodzona w sałatkach (z sosem sojowym lub mielonym ziarnem sezamu) oraz w *sunomono* (podstawowa sałatka z poszatkowanych warzyw z lekko osłodzonym octem). Jadano także bogate w skrobię kłącza. Skrzypy zawierają jednak tiaminazę, enzym powodujący zubożenie organizmu w witaminę B1. W większych ilościach mogą więc powodować problemy zdrowotne. Gotowanie lub suszenie powoduje rozkład tego enzymu. Skrzyp zawiera poza tym wiele alkaloidów (m.in. nikotynę!), co czyni go cenną rośliną lekarską. Używany jest m.in. do przyspieszania krzepnięcia krwi na ranach. Zawiera też kwas skrzypowy, który osłabia akcę serca i działa uspokajająco. Dzięki dużej ilości krzemu, ma mieć dobroczynne działanie na skórę.

Napospolitszym gatunkiem w naszym kraju jest skrzyp polny *Equisetum arvense*. Jego młode pędy wegetatywne były jedzone na surowo lub gotowane przez Indian Chinook, Hesquiat i Saanich. Hesquiat odbywali ponad 20 kilometrowe wyprawy dla zdobycia większej ilości skrzypu. Soczyste pędy jedzono po obraniu z młodych pochw liściowych, nie było tam „nic oprócz soku". Eskimosi z Alaski jedli czarne bulwki korzeniowe. Są one bardzo małe i bardzo rzadko wykopywano je z ziemi. Natomiast znajdowano je w podziemnych magazynach lemingów i innych gryzoni razem z innymi „mysimi korzeniami".

Skrzyp bagienny *Equisetum fluviatile (E. limosum)* występuje pospolicie na brzegach stawów, jezior i strumieni. Jego kłącza zawierają skrobię; można je jeść gotowane lub smażone z mąką; był jedzony przez Rzymian.

Skrzyp zimowy *Equisetum hyemale* występuje niezbyt często w suchych lasach całej Polski. Indianie Hoh i Quilleute jedli jego suszone korzenie, szczególnie podczas ceremonii związanych z dojrzewaniem młodzieży. Czarne Stopy robili napój z jego gotowanych pędów lub suszyli wierzchołki pędów i jedli utłuczone z ikrą łososia.

Skrzyp olbrzymi *Equisetum telmateia (E. maximum)* jest pospolity w Karpatach, tworzy tam często wielkie łany przy potokach, na niżu bardzo rzadki. Gatunek chroniony (choć w Karpatach pospolity i nie zagrożony, występuje nawet jako chwast polny!). Bulwki korzeniowe i obrane młode pędy wychodzące z ziemi były jedzone surowo lub gotowane przez kilka plemion Indian, np. Clallam. Indianie Nitinaht jedli pędy tego skrzypu jako źródło wody podczas podróży.

W lasach, rzadziej murawach, spotykany jest w całej Polsce skrzyp łąkowy *Equisetum pratense*. Eskimosi Inupiat jedli jego surowe korzenie z olejem foczym. Lepiej jednak zachować ostrożność i jeść je gotowane. Jadalne są podobno też jego strobile.

Brak informacji o jadalności występujących dość rzadko na mokrych piaskach skrzypu gałęzistego *Equisetum ramosissimum* i pstrego *Equisetum variegatum*, jak też pospolitego skrzypu leśnego *Equisetum sylvaticum*.

SŁONECZNIK Helianthus (złożone Asteraceae)

Kilkanaście gatunków z tego rodzaju występuje na preriach Ameryki Pn.

Powszechnie uprawiany w naszym kraju dla smacznych nasion i jadalnego oleju jest słonecznik zwyczajny *Helianthus annuus*. Był i jest użytkowany przez Indian z kilkadziesięciu plemion m.in. Navaho i Paiute. Najczęściej nasiona (czasem wcześniej prażone) mielono na mąkę do pieczenia chleba lub wyrobu rodzaju pasty. Indianie Sanpoil i Nespelem suszyli korzenie na zimę. Pączki słonecznika zwyczajnego można gotować i podawać z masłem, octem i pieprzem.

Słonecznik bulwiasty (topinambur) *Helianthus tuberosus* jest często uprawiany jako roślina ozdobna oraz użytkowa (pokarm dla ludzi i dzików) i dziczeje w Europie. Na korzeniach tworzą się w jesieni kilkucentymetrowe bulwki. Są jadalne na surowo, ale gotowane dłużej niż 1 godzinę robią się bardzo słodkie i naprawdę pyszne. Zawierają głównie inulinę, która nie jest przyswajana przez organizm, co powoduje fermentację w jelitach i powstawanie gazów. Roślina ta ma jednak tak dobry smak, że warto ją włączać do jakichś mieszanych potraw, w warunkach głodu może też swoim słodkim smakiem poprawić nasze morale. Jedzony był przez kilkanaście plemion Indian (m.in. Omaha, Lakota i Irokezów).

Słonecznik jaskrawy *Helianthus x laetiflorus* (*Helianthus rigidus x H. tuberosus*) dziczeje czasem z uprawy. Wytwarza bulwy korzeniowe podobne do poprzedniego gatunku.

SMAGLICZKA Alyssum (krzyżowe Brassicaceae)

Na suchych, piaszczystych lub wapiennych glebach rosną w naszym kraju cztery gatunki smagliczki: kielichowata *Alyssum alyssoides* (w całym kraju), pagórkowa *A. montanum* (głównie w dolinie Wisły i Odry), skalna *A. saxatile* i drobna *A. turkestanicum* (na Podlasiu).

Liście smagliczki kielichowatej mają łagodny smak i mogą podobno być używane w sałatkach. Warto także spróbować innych gatunków z tego rodzaju.

SODÓWKA Suaeda (komosowate Chenopodiaceae)

Sodówka nadmorska *Suaeda maritima* występowała kiedyś na solniskach, obecnie prawie wymarła. Jej słone pędy, surowe lub gotowane stanowią smaczny dodatek do różnych potraw. Młode pędy mogą być marynowane. Ma także jadalne nasiona, nawet na surowo.

SOLANKA Salsola (komosowate Chenopodiaceae)

Solanka kolczysta *Salsola kali* występuje u nas w dwóch podgatunkach. Nad morzem w podgatunku typowym, a na niżu podgatunek ruski (dawniej klasyfikowany jako solanka ruska *Salsola ruthenica*). Młode liście i łodygi tego gatunku są jadalne na surowo lub gotowane. Są wspaniałym chrupiącym warzywem. Można ich używać jak szpinaku lub dodawać do sałatek mieszanych. Jadalne są także gotowane nasiona. W Japonii jadana jest *Salsola komarovii*, zwana tam *okahijiki*.

SOLIRÓD Salicornia (komosowate Chenopodiaceae)

Soliród zielny *Salicornia europaea* (*S. herbacea*) występuje rzadko na wybrzeżu Bałtyku i na solniskach na Kujawach. Na zachodzie Europy, w Anglii i Francji, pędy są zbierane jako warzywo dodawane do zup lub jako przystawka. Najlepiej zbierać je późnym latem. Wymagają kilkuminutowego gotowania. Młode pędy mogą też być marynowane po ugotowaniu. Pędy solirodu są wybitnie smacznym warzywem, o delikatnym, słonym smaku, to prawdziwy delikates. Soliród wytwarza też jadalne drobne nasiona, bogate w białko. Indiane Gosiute mielili nasiona *Salicornia maritima* na mąkę do robienia „słodkiego chleba". Indianie Salisz jedli mięsiste łodygi *Salicornia virginica*.

SOSNA Pinus (sosnowate Pinaceae)

Część gatunków z rodzaju sosna (niestety nie należy do nich nasza sosna pospolita) wytwarza duże jadalne nasiona bardzo cenione jako pożywienie w wielu krajach. Wymienić tu należy m.in. limbę *Pinus cembra*, u nas spotykaną tylko w reglu górnym Tatr (uwaga, chroniona!), której orzeszki stanowiły często przez wiele miesięcy jedyny zimowy pokarm mieszkańców Syberii (tzw. „kiedrowyje orieszki" syberyjskiego podgat. limby), wschodnioazjatycką sosnę koreańską *P. koraiensis*, sosnę żółtą *P. ponderosa* z zach. wybrzeża Ameryki Pn.(nasiona 7 mm) oraz śródziemnomorską pinię *P. pinea*, o największych nasionach (25 mm dł.). Wszędzie gdzie występują gatunki sosny o dużych nasionach, stanowiły one ważny i ceniony produkt żywnościowy. Orzeszki z tych gatunków jedzono na surowo, prażono lub zmielone dodawano do ciast, pieczywa, past itp. Dają one także jadalny olej.

Najpospolitszym gatunkiem drzewa w naszym kraju jest sosna pospolita *Pinus sylvestris*. Podkorze tego gatunku oraz większości gatunków sosen, słodkie od płynącego wiosną w górę drzewa soku, stanowiły pożywienie wielu ludów, szczególnie w okresach niedoboru żywności. Sceny masowego obdzierania z kory sosen i brzóz na przedwiośniu zawierają ruskie latopisy i źródła skandynawskie. Podkorze jedzono na surowo, gotowano lub suszono i mielono dodając do zup i chleba. W Norwegii i Laponii dodawano je do owsianych podpłomyków. Ten podkorowy „produkt" sosnowy Indianie zach. wybrzeża (np .Okanagan i Spokan) pozyskiwali m.in. z sadzonych u nas sosny żółtej i sosny Banksa *P. banksiana*, susząc jego nadmiar w formie ciasteczek.

Młode majowe gałązki sosny, jak też młode kwiatostany męskie, są pyszne na surowo. Zawierają bardzo dużo witaminy C. Można też z nich robić syrop, zalewając je wodą z cukrem, albo dodawać do sosów i zup. Nadają się także na sos do spaghetii imitujący świetnie „pesto" (zielony sos piniowy). Sos taki robimy zalewając drobno posiekane młode pędy oliwą i soląc do smaku (możemy też domieszać garść drobno zmielonych orzechów laskowych lub włoskich).

Terpentyna uzyskana z żywicy sosnowej jest środkiem o działaniu antyseptycznym, moczopędnym i robakobójczym, stosowanym w wielu chorobach, m. in. układu oddechowego. Żywica sosnowa jest całkiem przyjemnym rodzajem gumy do żucia, jako środek antyseptyczny jest szczególnie cenna do smarowania ran na stopach, gdy chodzimy boso, w dzikim terenie. Igły sosny zawierają substancje aromatyczne działające orzeźwiająco, antyseptycznie, wykrztuśnie i moczopędnie. Roztarte igły są świetnym dodatkiem do kąpieli.

Podobne właściwości do sosny pospolitej ma występująca u nas w wyższych partiach gór, chroniona, kosodrzewina *Pinus mugo*.

Indianie piekli czasem zielone szyszki sosen na brzegu ogniska, wyjadając później ich środek.

SOSNÓWECZKA → PRZĘSTKA

SPIRODELA Spirodela (rzęsowate Lemnaceae)

Spirodela wielokorzeniowa *Spirodela polyrhiza* występuje w całym kraju w wodach stojących. Podobno jest jadalna.

SPOREK Spergula (goździkowate Caryophyllaceae)

Na piaszczystych polach i ugorach pospolity jest sporek polny *Spergula arvensis*, rzadsze są sporek wiosenny *S. morisonii (S. vernalis)* i pięciopręcikowy *S. pentandra*.

W Skandynawii z nasion sporka pospolitego w czasach niedostatku robiono chleb. Jadalne są też podobno młode rośliny. Roślina może być toksyczna (zawiera saponiny).

STARODUB → DZIĘGIEL

STARZEC Senecio (złożone Asteraceae)

W naszym kraju występuje ponad 20 gatunków starców. W większości są to gatunki trujące.

Liście starca wiosennego *Senecio vernalis* pospolitego na terenach piaszczystych, przydrożach, odłogach, były czasem jadane na surowo lub gotowane. Jest to jednak roślina trująca dla człowieka i wielu sssaków. Zawiera toksyny kumulujące się w wątrobie.

Istnieją także doniesienia, że marynowano młode łodygi blisko spokrewnionych starca gajowego *Senecio nemorensis*, bądź starca Fuchsa *Senecio fuchsii*.

STOKŁOSA Bromus (trawy Poaceae)

Ziarniaki stokłos są jadalne, jak większości traw. Są jednak małe, więc na pożywienie używano ich sporadycznie. Jedynie dosyć duże ziarniaki ginącego już chwastu zbożowego stokłosy żytniej *Bromus secalinus* były często zbierane przez chłopów polskich razem ze zbożem i traktowane jak zboże, szczególnie w latach nieurodzaju. Z ponad 20 gatunków notowanych w naszym kraju, trzy gatunki były zbierane przez Indian jako pożywienie (jedzone zwykle po ugotowaniu lub upieczeniu) – stokłosa dachowa *Bromus tectorum*, miękka *B. hordaceus* (podgatunek *ssp. thominii*) i sztywna *B. rigidus*. Jadano gdzieś także stokłosę japońską *Bromus japonicus*.

STOKROTKA Bellis (złożone Asteraceae)

Stokrotka pospolita *Bellis perennis* występuje pospolicie na krótko przystrzyżonych trawnikach, na pastwiskach i na wilgotnych łąkach.

Gatunek ten był okazjonalnie używany jako pożywienie głodowe. Ma smaczne liście i kwiaty, które mogą być jedzone zarówno na surowo lub gotowane. Kwiaty są smaczniejsze od liści i łatwiej je zbierać. Cenny gatunek, bo występuje powszechnie na trawnikach i jest wartościowym dodatkiem do zup.

ZUPA ZE STOKROTEK

2 łyżki masła, kilkadziesiąt kwiatostanów stokrotek, kilka suszonych grzybów, szczypta nasion kminku, gałązka macierzanki, mięty lub lebiodki. Składniki zalać wywarem i gotować przez pół godziny.

STORCZYK Orchis (storczykowate Orchidaceae)

Kilka gatunków z tego rodzaju występuje głównie na łąkach, pastwiskach i zaroślach. Znajdują się pod ochroną. Wykazują one tendencję do zanikania, wymarł już prawdopodobnie storczyk cuchnący *Or-*

chis coriophora i trójzębny *O. tridentata*. Najpospolitsze (ale też rzadkie) są storczyk męski *Orchis mascula* i samiczy *O. morio*. Ponadto występują u nas: storczyk kukawka *O. militaris*, błotny *O. palustris*, purpurowy *O. purpurea*, drobnokwiatowy *O. ustulata* oraz jedyny gatunek leśny z tego rodzaju – storczyk blady *O. pallens*. Część gatunków dawniej zaliczana do tego rodzaju została przeniesiona do rodzaju → kukułka *Dactylorhiza*, są one częściej spotykane niż rośliny z rodzaju *Orchis*.

Storczyki (*Orchis* i *Dactylorhiza*) słynęły z magicznych właściwości, szczególnie jako afrodyzjaki, ich korzenie przypominają bowiem narządy płciowe. Korzenie te mają jeszcze inną właściwość, zawierają dużo skrobi. W Grecji i w Azji Mniejszej popularna była (jest?) potrawa zwana *salep*. Jest to śluzowata substancja tworzony przy macerowanie korzeni w wodzie. Korzenie suszono wcześniej i gotowano. Robiono z nich także napój oraz dodawano do chleba. Jako pożywienie nadają się wszystkie gatunki z tego rodzaju, ale komercyjnie do wyrobu salepu najczęściej wykorzystywane były: *Orchis coriophora, O. longicurvis, O. pyramidalis* i *O. ustulata*. Dawnymi czasy robiono w Anglii salep z *Orchis mascula* i kukułek *Dactylorhiza*. Salep z *Orchis ustulata* i innych storczyków jest znany jako pożywienie w Himalajach i Kaszmirze.

W czasach wiktoriańskich (XIX wiek) w Anglii, przed upowszechnieniem kawy, wśród robotników popularny był napój zwany *salop* robiony ze zmielonych bulw storczyków i → kukułek zmieszanych z wodą, rzadziej z mlekiem lub trunkami wyskokowymi. Natomiast na Bliskim Wschodzie robiono napój zwany *cahlab*. Do jego wyrobu korzenie storczyków suszono na słońcu, następnie mielono na grubą mąkę, a później mieszano ją z miodem i cynamonem, i na końcu dodawano do mleka.

STRZAŁKA Sagittaria (żabieńcowate Alismataceae)

Strzałka wodna *Sagittaria sagittifolia* występuje na niżu w głębszych wodach płynących. We wrześniu wytwarza bulwki korzeniowe, zawierające skrobię i białko. Znając miejsce obfitego występowania strzałki, bulwki można wygrzebywać z mułu od września do wczesnej wiosny. Niejadalna na surowo. Bulwki powinny być gotowane lub pie-

Storczyk samiczy

Siedmiopalecznik błotny

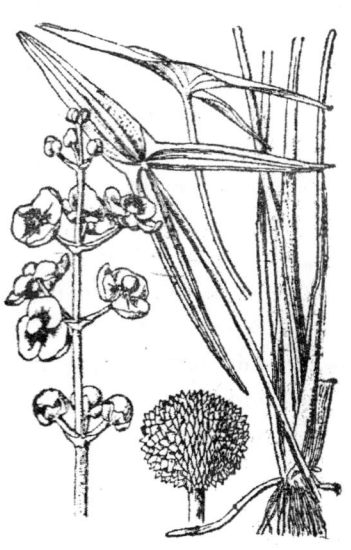
Strzałka wodna

Stulisz lekarski

czone (np. w popiele), należy też później usunąć gorzką skórkę. W smaku podobne do ziemniaków. W Azji (Chiny, Japonia, Indie) jedzenie bulwek strzałek jest dosyć rozpowszechnione. W Japonii np. jada się *Sagittaria trifolia var. edulis* (zwaną tam *kuwai*) o bulwkach 3-5 cm grubości, szczególnie na Nowy Rok. Bulwki można też suszyć i dodawać zmielone do mąki na chleb. Jadalne są też gotowane liście i łodygi, ale niezbyt smaczne.

Strzałka podobno dobrze reaguje na nawożenie: wytwarza wtedy bulwki kilkakrotnie większe (w Chinach do wielkości pięści).

Amerykańskie gatunki strzałki były jadane przez Indian. Menominowie jedli bulwki *Sagittaria cuneata (=S. arifolia)* gotowane lub pokrojone na plasterki zawieszano na nitce i suszono na zimę; Indianie z Montany jedli je na surowo lub gotowane. Odżibwejowie kandyzowali je także z syropem klonowym. Indianie nauczyli się odnajdywać duże zapasy tych bulwek robione przez piżmowce i bobry. Drugim gatunkiem jadanym przez Indian była *Sagittaria latifolia*. Cocoba używali bulwek w grach hazardowych. Pieczone lub gotowane jedzone były m.in. przez Lakotów i Paunisów. Meskwaki okradali spiżarnie piżmaków, gotowane, splasterkowane bulwki wieszali na sznurku z łyka lipowego. Potawatomi gotowali je w dole głębokości 2 m przez kilka dni (!).

STULICHA Descurainia (krzyżowe Brassicaceae)

Stulicha psia *Descurainia sophia* jest pospolitym chwastem przydroży na niżu.

Jej nasiona mają smak podobny do gorczycy i mogą być stosowane zamiast niej, na surowo lub gotowane. Kiełkujące nasiona mogą być dodawane do sałatek. Nasiona stulichy psiej jadane były przez kilka plemion indiańskich zachodniego wybrzeża m.in. Navaho i Paiute. Odwiane nasiona, prażono, a potem mielono. Po ostudzeniu mieszano z zimną wodą w rodzaj napoju. Nasiona, całe lub tłuczone, także przechowywano na zimę. Navaho robili ciastka z mielonych nasion. Pueblo jedli gotowane pędy na świeżo lub toczyli z nich kulki, które później suszyli na słońcu jako zapas pożywienia.

STULISZ Sisymbrium (krzyżowe Brassicaceae)

Na przychaciach i innych miejscach ruderalnych występuje kilka gatunków stuliszów. Przypuszczalnie wszystkie są jadalne, mamy jednak informacje jedynie o użytkowaniu najpospolitszego stulisza lekarskiego *Sisymbrium officinale* i pannońskiego *S. altissimum*. Jadalne są ich młode liście i pędy, surowe lub gotowane, a nasiona można używać jako przyprawę, podobnie do gorczycy. Stulisz lekarski był używany w Europie, jak szpinak, do sosów i sałatek. Ma ciepły piekący smak, niezbyt smaczny. Był on także używany przez Indian. Czirokezi i Tubatulabal jedli jego liście gotowane lub smażone, a Navaho prażone nasiona mielili i dodawali do sosów i zup.

SUMAK Rhus (nanerczowate Anacardiaceae)

Pospolicie jest u nas uprawiany, tworzący czasem zarośla powstałe z odrośli korzeniowych, sumak octowiec *Rhus typhina (R. hirta)*. Gatunek ten pochodzi z Ameryki Pn. Okazy żeńskie tworzą charakterystyczne szyszkowate owocostany, złożone z kosmatych małych owocków. Są bardzo kwaśne. Indianie robili napój o smaku lemoniady (w Ameryce znany jako „Indian lemonade") zalewając owocostany ciepłą wodą i czekając około pół godziny. Użycie gorącej wody wydobywa gorzkie taniny. Można go osłodzić cukrem (wg oryginalnej indiańskiej receptury syropem klonowym). Menominowie nawet specjalnie suszyli owoce na zimę do wyrobu tego napoju. Czirokezi i Potawatomi jedli owoce prosto z drzewa.

SZACHOWNICA Fritillaria (liliowate Liliaceae)

Nasza krajowa szachownica kostkowata *Fritillaria melagris*, dziko na łąkach pod Przemyślem, często hodowana w ogrodach, jest trująca. W niektórych krajach jadano natomiast niektóre inne gatunki z tego rodzaju.

Szczególnie szeroko jadane były cebule szachownicy kamczackiej *Fritillaria camchatcensis*. Gotowane cebule były jedzone przez Indian pn.-zach. Ameryki (Sitka, Hesquiat i Kwakiutl), na Kamczatce i w Himalajach. Na Kamczatce zbierana przez kobiety i przyrządzana na różne sposoby; bardzo smakowała kapitanowi Cookowi. Indianie jedli też *Fritillaria lanceolata, F. pudica* i *F. recurva*. Za trującą uważana jest natomiast *F. atropurpuraea*. Na Bliskim Wschodzie jadana była po ugotowaniu szachownica cesarska *Fritillaria imperialis*, należy jednak zachować ostrożność przy jej jedzeniu, niektóre źródła twierdzą, że jest toksyczna.

SZAFIREK Muscari (liliowate Liliaceae)

Na suchych murawach i polach, na Śląsku i Lubelszczyźnie, występuje szafirek miękkolistny *Muscari comosum*. Znajduje się pod ochroną. Ponadto w ogrodach uprawiany jest szafirek drobnokwiatowy *Muscari botryoides* i szafirek zaniedbany *M. neglectum (M. racemosum)*. Cebule szafirka miękkolistnego są cenione we Włoszech i Grecji. Jako, że nie są zbyt liczne, Grecy sprowadzają je aż z Maroka. Wiosną gotowane cebule podaje się z olejem.

Cebule szafirka zaniedbanego jedzone były na Krecie i we Włoszech. Zawierają one substancję zbliżoną działaniem do saponin. Dlatego nie należy jeść większych ilości tej rośliny, a przed użyciem trzeba je gotować, najlepiej z jedną wymianą wody. Kwiaty szafirka zaniedbanego były dodawane jako przyprawa do rabarbaru.

Kwiaty i liście szafirka drobnokwiatowego można podobno marynować w occie.

SZALEJ Cicuta (baldaszkowate Apiaceae)

Szalej jadowity *Cicuta virosa* jest jedną z najbardziej trujących roślin naszego kraju, dlatego każdy miłośnik dzikiej kuchni powinien umieć go odróżnić. Występuje w całym kraju na terenach bagnistych (nie spotkamy go na zwykłej łące).

W świetle jego trujących właściwości tajemniczo brzmi wzmianka o tym, że Eskimosi z plemienia Inuktitut jedli jego gotowane liście razem ze świeżą rybą. Może znali sposób usuwania trucizny, może chodzi o innych gatunek, albo też w ich kraju jest mniej trujący? W każdym razie odnotowałem tutaj szalej raczej dla porządku, a nie dla tego, aby kogoś zachęcać do próbowania tej rośliny.

SZAŁWIA Salvia (wargowe Lamiaceae)

Kilka gatunków szałwi występuje u nas dziko i w hodowli.

Szałwia lekarska *Salvia officinalis* jest u nas uprawiana w ogrodach, dziko występuje w pd. Europie, na suchych murawach. Jest znanym od starożytności przyprawą i rośliną lekarską. Jej nazwa łacińska – 'salvia', pochodzi od 'salvare' – „wybawiać", 'ratować'. Dodawana do sosów, szczególnie tłustych (ułatwia trawienie tłustych potraw). W Anglii na przykład jest nieodłącznym składnikiem parówek i farszu do bożonarodzeniowego indyka. Uwaga, w większych ilościach toksyczna. Z liści można przyrządzać herbatkę poprawiającą trawienie, naparu tego używa się do przemywania ran, jako że cała roślina ma silnie antyseptyczne właściwości. Jej aromat jest bardzo przyjemny, kojarzony z działaniem dobrych mocy. Indianie Kalifornii używali liści gatunku o zbliżonym zapachu i wyglądzie – *Salvia apiana* jako świętej rośliny aromatycznej w 'sweatlodge' czyli saunie indiańskiej.

Szałwia lepka *Salvia glutinosa* występuje pospolicie na brzegach lasów karpackich, rzadziej w Sudetach i na Lubelszczyźnie. Jej aromatycznych liści dodawano do domowych win (oczywiście nie w naszym kraju).

Szałwia łąkowa *Salvia pratensis* występuje w całym kraju na suchych murawach na podłożu wapiennym. W Anglii i Niemczech jej gorzkich liści dodawano jako przyprawy do piwa i wina. Zanim wprowadzono dodawanie chmielu do piwa, piwiarze chętnie dodawali jej do piwa, bo miała lekko oszałamiające właściwości (choć daje podobno niezły ból głowy na drugi dzień).

Nic nie wiadomo o użytkowaniu rosnącej u nas rzadko na Śląsku i w zach. Małopolsce szałwi gajowej *Salvia nemorosa* i występującej na suchych murawach w całej Polsce, najczęściej na południu kraju, szałwi okręgowej *Salvia verticillata*. Ten ostatni gatunek jest najbardziej aromatyczny z krajowych gatunków, pachnie trochę jak szałwia lekarska, ale o wiele słabiej.

Nasiona kilku gatunków rosnących w Kalifornii (*Salvia apiana, S. carduacaea, S. columbariae, S. mellifera*), znane jako „chia" były używane przez Indian jako ważne źródło pożywienia. Są czasem sprzedawane w amerykańskich sklepach ze zdrową żywnością. Prażone nasiona mielono zwykle na mąkę, z której gotowano rodzaj papki. Bardzo pożywne, podobno garść nasion wystarczała wędrowcy na cały dzień.

SZANTA Marrubium (wargowe Lamiaceae)

Szanta zwyczajna *Marrubium vulgare* występuje rozproszona na miejscach ruderalnych i przydrożach. Liście czasem używane w Europie jako przyprawa. Gorzkie i piekące są dodawane do piw, likierów, a w Anglii robi się z nich napój. Indianie Diegueno pili napar z liści szanty mieszany z miodem.

SZARŁAT Amaranthus (szarłatowate Amaranthaceae)

W Polsce zanotowano występowanie kilkunastu gatunków szarłatów, jednak w większości są to słabo zadomowieni uciekinierzy z ogródków. Szerzej rozprzestrzenionych jest jedynie pięć gatunków: dosyć pospolity szarłat szorstki *Amaranthus retroflexus* oraz sz. biały *A. albus*, sz. komosowaty *A. blitoides*, sz. prosty *A. chlorostachys* i sz. szary *A. lividus*. Występują one tylko na siedliskach ruderalnych (śmietniska, przychacia itp.). Szarłaty są często hodowane w ogrodach (tzw. „kocie ogony").

Pędy i liście szarałatów są jadalne gotowane (młodsze także na surowo). Stanowią bardzo cenne warzywo. Oczyszczone (odwiane) nasiona mogą być mielone na mąkę. Były ważnym zbożem wielu plemion indiańskich m. in. Apaczów i Navaho, są też wykorzystywane w ciepłych krajach Starego Świata. W Polsce dodawanie nasion szarłatu do chleba jest popularyzowane przez naukowców Szkoły Głównej Gospodarstwa Wiejskiego.

Liście szarłatu zawierają sporo białka oraz witaminy A i C.

SZAROTA Gnaphalium (złożone Asteraceae)

W Polsce występuje kilka gatunków z tego rodzaju. Istnieją jedynie dane o jadalności liści szaroty żółtobiałej *Gnaphalium luteo-album* (na surowo lub gotowane). Gatunek ten występuje w roproszeniu w całej Polsce na wilgotnych polach i namuliskach.

SZCZAW Rumex (rdestowate Polygonaceae)

W naszym kraju występuje dziko około 20 gatunków z tego rodzaju. Można je podzielić na dwie grupy. Do pierwszej należą rośliny o liściach u nasady strzałkowatych, jedzone na surowo lub dodawane do zup. Charakteryzują się one silnie kwaśnym smakiem. Do drugiej liczniejszej grupy należą szczawie o liściach owalnych lub podłużnych, o nasadzie sercowatej lub tępej. Ich liście, za młodu mają łagodny smak zbliżony do szpinaku, potem szybko stają się gorzkie. Użytkować można wszystkie liście, które nie są gorzkie na surowo lub tracą gorycz po

Szałwia łąkowa

Szarłat szorstki

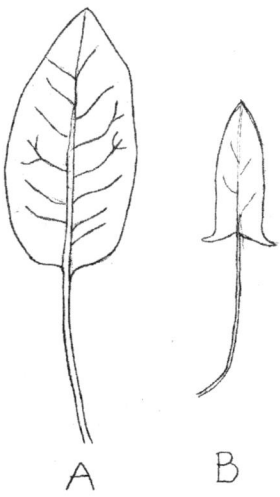

A   B

A - typowy liść gatunków szczawiu o gorzkich liściach; B - liść szczawiu o liściach kwaśnych

Szczawik zajęczy

ugotowaniu i odlaniu wody. Przez lud polski nazywane są często „końskim szczawiem" lub „kobylakiem". Wszystkie gatunki szczawiu zawierają kwas szczawiowy, szczególnie duże jego ilości występują u gatunków o kwaśnych liściach. Regularne spożywanie tych roślin może pogarszać stany chorobowe związane z kamicą nerkową i artretyzmem, na skutek osadzania się w organizmie kryształów szczawianu wapnia. Częściowo zapobiega temu łączenie ich z nabiałem. Z drugiej strony są one bardzo pożywne, można z nich robić zupy, szpinaki i sosy. Zawierają dużo żelaza i witaminy C.

SZCZAWIE O LIŚCIACH O NASADZIE STRZAŁKOWATEJ, O KWAŚNYM SMAKU

Szczaw zwyczajny *Rumex acetosa* jest pospolitym gatunkiem łąkowym. Ma bardzo smaczne kwaśne liście, które można jeść na surowo lub gotowane oraz suszyć na zapas. Jest składnikiem tradycyjnej polskiej zupy szczawiowej robionej na bazie posiekanych liści szczawiu i śmietany. Jest używany jako pożywienie w wielu krajach, od Irlandii po Chiny, tam gdzie nie występuje dziko jest nawet czasem uprawiany. Lapończycy gotowali duże ilości szczawiu z mlekiem renifera. Liści można używać zamiast podpuszczki do robienia sera. Jadalne są też kwiatostany (surowe lub gotowane). Z suszonego sproszkowanego korzenia można robić kluski. Jadalne są też nasiona. Łatwo jest uzbierać nawet kilka wiader owocostanów, młócenie jest jednak bardzo mało wydajne i w sumie można uzyskać około 20 g nasion na godzinę pracy.

Szczaw polny *Rumex acetosella* wygląda trochę jak miniaturowa wersja szczawiu zwyczajnego, ma też podobny do niego smak i zastosowanie. Występuje licznie na uboższych polach, łąkach i pastwiskach o kwaśnym odczynie gleby. Także składnik zupy szczawiowej oraz różnych potraw w innych krajach północnej półkuli.

Szczaw tarczolistny *Rumex scutatus* występuje dziko jedynie w Tatrach. Czasem uprawiany, także w naszym kraju. Podobno najsmaczniejszy gatunek szczawiu, mniej kwaśny od szczawiu zwyczajnego.

Szczaw alpejski *Rumex alpinus*, duży szczaw do 1,5 m wys, występuje w wyższych partiach Karpat i Sudetów. Uprawiany w Anglii i

Francji, jadany też w Chinach. Liście jadalne na surowo lub gotowane. Najlepsze wiosną i w jesieni. W lecie mogą być gorzkie. W Szwajcarii jego liście były dawniej kiszone na pożywienie dla zwierząt i ludzi w okresie niedoboru żywności.

Z grupy kwaśnych szczawi występują jeszcze w naszym kraju: **szczaw górski** *Rumex alpestris*, w wyższych partiach Sudetów i Karpat oraz czasem nieodróżniane od szczawiu polnego - **szczaw wąskolistny** *Rumex tenuifolius* i **szczaw obrosłoowockowy** *Rumex angiocarpus*.

PRZEPISY NA POTRAWY Z LIŚCI GATUNKÓW KWAŚNYCH

POLSKA ZUPA SZCZAWIOWA

Parę garści liści umyć i drobno pokroić. Dodać wywar kości, łyżkę masła lub kostkę rosołową. Zagotować w garnku z wodą. Dodać sól i pieprz. Dodać 2 łyżki śmietany. Podawać z gotowanymi ziemniakami lub jajkiem.

SOS SZCZAWIOWY ANGIELSKI (XVII wieczny)

Chleb, jabłka, cukier i ocet gotować do miękkości i gdy jeszcze gorące wymieszać z roztartą papką z liści szczawiu

SOS SZCZAWIOWY FRANCUSKI

Posiekaj garść liści szczawiu i gotuj z około 3 łyżkami stołowymi masła. Wmieszaj powolutku około dwie trzecie szklanki śmietany, wcześniej zagotowanej, aby nie powstały grudki, i rozrzedź to wywarem z potrawy, której będzie towarzyszył.

SOS SZCZAWIOWY A LA JANE GRIGSON za Philipsem, zmodyf.

12 dkg liści szczawiu, kopiata łyżka bardzo drobno posiekanej cebuli, 2 łyżki białego wermutu, 4 łyżki białego wytrawnego wina, 3 duże żółtka, 22 dkg lekko solonego masła. Pokrój liście na mało paseczki. Gotuj cebulę z winem, wermutem i 4 łyżkami wody, aż ciecz prawie całkiem odparuje. Wymieszaj dokładnie z żółtkami. Osobno rozpuść masło i zmieszaj z połową liści. Kiedy masło będzie się prawie gotować polej nim stopniowo cebulę z żółtkami, mieszając bardzo energicznie. Prędkość wlewania masła zwiększamy wraz z gęstnieniem sosu. Spróbuj i wymieszaj z resztą szczawiu. Podgrzej sos, ale bardzo delikatnie, aby nie powstały grudy. Serwujemy go z rybami, szczególnie łososiem.

SZCZAWIE O LIŚCIACH Z NASADĄ SERCOWATĄ LUB PROSTĄ, NIE STRZAŁKOWATĄ, O SMAKU MAŁO KWAŚNYM

Szczaw wodny *Rumex aquaticus* występuje na brzegach wód w całej Polsce, niezbyt częsty. Liście jedzone na surowo lub gotowane (m.in. przez Apaczów i Tanana). Indianie Hanaksiala trzymali gotowane liście pod ziemią, w beczkach razem z porzeczką *Ribes bracteosum* i bzem koralowym *Sambucus racemosa*, robili także z liści napój wyskokowy.

Szczaw kędzierzawy *Rumex crispus* jest pospolitą rośliną ruderalną. Młode gotowane liście dają na wiosnę bardzo smaczny łagodny szpinak. Gatunek ten używany był przez kilkanaście plemion Indian (np. Czirokezi, Czejeni, Omaha). Rzadziej jedzono je na surowo. Indianie Kawaiisu jedli nasiona prażone na gorących węglach, tłuczone i gotowane na papkę, zaś Paiute moczyli nasiona w wodzie, potem mielili na mąkę i piekli je w piasku, a korzenie piekli w dołach ziemnych, gdy brakowało innych pokarmów. Jadalne są także obrane młode łodygi. Gatunek ten był także jedzony w Chinach.

Szczaw skupiony *Rumex conglomeratus* występuje w całej Polsce (oprócz pn-wsch. części kraju) na miejscach ruderalnych i przenawożonych łąkach. Młode liście są jadalne po ugotowaniu, później robią się bardzo gorzkie. Jadane były przez Indian Miwok. Jadalne nasiona, na surowo i po ugotowaniu.

Szczaw omszony *Rumex confertus* jest nowym przybyszem z Europy pd-wsch. Spotykany już w wielu miejscach kraju, szczególnie wzdłuż rzek i linii kolejowych. Brak danych o jego używkowaniu. Według moich doświadczeń jeden ze smaczniejszych gatunków szczawiu.

Szczaw lancetowaty *Rumex hydrolapathum* występuje na brzegach wód na całym niżu. Ma jadalne liście i nasiona, na surowo i po ugotowaniu. Był jadany w Chinach.

Szczaw nadmorski *Rumex maritimus* występuje na brzegach wód i namuliskash na całym niżu. Indianie Navaho przyrządzali papkę z jego mielonych nasion. Jadalne są także liście, po ugotowaniu.

Szczaw tępolistny *Rumex obtusifolius* występuje w całej Polsce na miejscach ruderalnych i przenawożonych łąkach. Młode liście są jadalne po ugotowaniu, później robią się bardzo gorzkie. Indianie Saanich jedli jego młode łodygi po ugotowaniu. Jadalne nasiona, na surowo i po ugotowaniu.

Szczaw gajowy *Rumex sanguineus* występuje w całej Polsce w prześwietleniach wilgotnych lasów. Ma delikatne i smaczne młode liście, jadalne na surowo i po ugotowaniu, później robią się gorzkie. Był uprawiany w Anglii jako warzywo. Szczaw żółty *Rumex patientia* jest uprawiany w wielu krajach (czasem także u nas) jako warzywo. Liście o łagodnym smaku, gotuje się je czasem z liśćmi szczawiu zwyczajnego, dla dodania kwaskowatego smaku.

Brak wzmianek o użytkowaniu **szczawiu błotnego** *Rumex palustris* i **szczawiu ukraińskiego** *Rumex ucranicus*, ale przypuszczać należy, że mają jadalne nasiona i młode liście, tak jak wszystkie inne gatunki szczawiu.

SZCZAWIK Oxalis (szczawikowate Oxalidaceae)

Jedną z naszych najpospolitszych roślin leśnych jest szczawik zajęczy *Oxalis acetosella*. Ponadto na miejsach ruderalnych i polach występują trzy drobniejsze obce gatunki szczawika: bardzo pospolity szczawik żółty *Oxalis stricta* oraz rzadkie Dillena *O. dillenii* i różkowaty *O. corniculata*.

Liście szczawika zajęczego mają wspaniały kwaśny smak i lekko cytrynowy aromat. Mogą być wspaniałą przekąską podczas leśnych wycieczek. Przy próbach odżywiania się jedynie dzikimi roślinami pozwolą nam zaspokoić naturalne zapotrzebowanie na kwaśne potrawy. Są w wielu krajach dodawane do sałatek i zup. Można także jeść kwiaty. Indianie Potawatomi gotowali z cukrem liście amerykańskiego podgatunku szczawika zajęczego (czasem klasyfikowanego jako *Oxalis montana*). Swój kwaśny smak liście szczawików zawdzięczają obecności kwasu szczawiowego, którego spożywanie w większych ilościach nie jest zbyt zdrowe (zabiera on wapń z organizmu i wiąże go w kryształy, które mogą powodować powstawanie kamieni nerkowych i artretyzmu). Oczywiście okazjonalne spożywanie tej rośliny nie powoduje żadnego zagrożenia, nie powinniśmy tylko uczynić z niej codziennego podstawowego pokarmu. Suszony szczawik może być używany zamiast podpuszczki, do ścinania mleka.

Szczawik różkowaty był jedzony na surowo przez Irokezów, czasem z solą. Liście, kwiaty i bulwki szczawika żółtego były jedzone przez kilka plemion Indian np. Omaha i Paunisów. Kłącza kilku subtropikalnych gatunków szczawika są ważnym składnikiem pożywienia, tam gdzie występują.

SZCZAWIÓR Oxyria (rdestowate Polygonaceae)

Szczawiór alpejski *Oxyria digyna* występuje u nas jedynie w wyższych partiach Tatr i Babiej Góry. Roślina ta jest pospolita w tundrze. Stanowiła jeden z podstawowych składników pożywienia ludów północy (Eskimosów i plemion syberyjskich). Liście, o kwaśnym smaku podobnym do szczawiu, były kiszone w wielkich ilościach w dołach ziemnych. Swój kwaśny smak liście szczawioru zawdzięczają obecności kwasu szczawiowego, którego spożywanie w większych ilościach nie jest zbyt zdrowe (zabiera on wapń z organizmu i wiąże się w kryształy, które mogą powodować powstawanie kamieni nerkowych i artretyzmu). Oczywiście okazjonalne spożywanie tej rośliny nie powoduje żadnego zagrożenia, nie powinniśmy może tylko uczynić z niej codziennego podstawowego pokarmu.

SZCZWÓŁ Conium (baldaszkowate Apiaceae)

Na miejscach ruderalnych i przydrożach w całej Polsce występuje szczwół plamisty *Conium maculatum*. Na surowo jest jedną z najbardziej trujących roślin (wszystkie części rośliny, ale najbardziej nasiona), zjedzenie go powoduje porażenie nerwów powodujące śmierć przez uduszenie. Długie gotowanie lub suszenie powoduje rozkład trucizny i podobno można wtedy jego liście jeść jak szpinak. Osobiście nie ryzykowałbym jednak próbowania tej rośliny pod żadną postacią.

SZCZYR Mercurialis (wilczomleczowate Euphorbiaceae)

Szczyr roczny *Mercurialis annua* jest rzadkim chwastem polnym. W Niemczech jedzono go po ugotowaniu (na surowo jest lekko trujący, zawiera saponiny i różne gorzkie substancje), notowano jednak przypadki zatruć.

Szczyr trwały *Mercurialis perennis* występuje dosyć często, szczególnie w górach, w żyznych lasach liściastych. Jest trujący i nie nadaje się na pożywienie.

SZEFERDIA Shepherdia (oliwnikowate Eleagnaceae)

Krzewy pochodzące z Ameryki Pn. Nazywane tam „buffalo-berry" (jagoda bizonia). W naszym kraju bardzo rzadko uprawia się szeferdię srebrzystą *Shepherdia argentea*. Jej czerwone owoce były pospolicie jedzone przez wiele plemion Indian np. Dakota, Paunisów, Thompson, na świeżo lub gotowane. Dobra na galaretki i do sosów mięsnych. Bardzo obficie owocuje, kwaśne, podobne do porzeczek owoce, są jadalne dopiero po przemrożeniu, suszone przez Indian na zimę. Ciekawe zastosowanie ma inny gatunek, *Shepherdia canadensis*. Jej bardzo gorzkie kwaskowate jagody fermentują w ciągu jednej doby w rodzaj orzeźwiającego piwa. Ich podstawowym zastosowaniem była jednak produkcja deseru zwanego „indiańskimi lodami", smakołyk ten przyrządzało przynajmniej kilkanaście plemion (w tym Carrier, Okanagon-Colville, Thompson i Eskimosi Inupiat). Jagody zbierano na maty rozłożone pod gałęziami, które obijano kijami. Nie używano rąk, aby nie zgnieść jagód. Naczynie na jagody nie mogło być tłuste, a więc używano osobnych naczyń. Jagody ubijano tworząc pianę przypominającą lody (obecność tłuszczu hamuje tworzenie piany), stąd nazwa „soap berry" – jagoda mydlana. Piana tworzy się dzięki obecności, nawiasem mówiąc lekko trujących, saponin. Dodawano do tego deseru cukier (pierwotnie do słodzenia używano pewnej odmiany świdośliwy). Jagody suszono także na gorących kamieniach, potem przenosząc je na szkielet, pod którym paliło się malutkie ognisko odganiające owady.

SZPARAG Asparagus (liliowate Liliaceae)

Szparag lekarski *Asparagus officinalis* występuje w naszym kraju na suchych murawach. Jest też często uprawiany jako roślina ozdobna i łatwo dziczeje. W innych krajach Europy młode pędy wychodzące z ziemi powszechnie jadane, zwykle gotowane, rzadziej na surowo (często wpierw wybielane, obsypywane ziemią, aby pozbawić je chlorofilu, są wtedy smaczniejsze).

Młode pędy i korzenie szparagów mają działanie moczopędne, przeczyszczające krew i lekko rozwalniające.

Owoce zawierają saponiny, mogą więc być toksyczne.

Korzenie i pędy innych gatunków szparagu były używane w różnych krajach Eurazji jako pożywienie.

ŚLAZ Malva (ślazowate Malvaceae)

Zwykle na przydrożach, miejscach ruderalnych, skrajach lasów, zrębach występują u nas następujące gatunki z tego rodzaju: ślaz dziki *Malva sylvestris*, zaniedbany *M. neglecta*, zygmarek *M. alcea*, drobnokwiatowy *M. pusilla* i, najrzadszy, piżmowy *M. moschata*. Ślaz zygmarek był dawniej uprawiany jako roślina jadalna, stąd często jest spotykany jako relikt upraw na grodziskach Wielkopolski. Rośliny z tego rodzaju mają jadalne liście o śluzowatej konsystencji, można je spożywać na surowo lub gotowane (np. w zupach i sosach, jak okra). Mogą zastępować sałatę. Kwiaty mogą stanowić dodatek do surówek. Niedojrzałe nasiona stanowią przyjemną przekąskę.

Wywar z korzeni ślazu zaniedbanego jest używany jako sybstytut białka jajka kurzego do wyrobu bezy. Korzenie gotuje się na małym ogniu, aż wywar zagęści się. Można je ubijać jak białko.

ŚLAZÓWKA Lavatera (ślazowate Malvaceae)

W środkowej i pd. Polsce, spotykana jest na murawach i skrajach lasów ślazówka turyngska *Lavatera thuringiaca*. Jej liście są jadalne na surowo lub gotowane, niezbyt smaczne. Lepsze są kwiaty, które można dodawać do sałatek.

ŚLEDZIENNICA Chrysosplenium (skalnicowate Saxifragaceae)

W naszym kraju występują dwa gatunki z tego rodzaju: śledziennica skrętolistna *Chrysosplenium alternifolium*, w całym kraju w wilgotnych lasach, często przy strumykach, oraz na Dolnym Śląsku i Pomorzu Zachodnim śledziennica naprzeciwlistna *Ch. oppositifolium*, na podobnych siedliskach. Liście śledziennic są jadalne na surowo tylko na przedwiośniu, potem robią się gorzkie i piekące, i trzeba je gotować. Dodawane były w wielu krajach do sałatek i zup.

ŚLIWA Prunus (różowate Rosaceae)

Do rodzaju tego jest obecnie zaliczanych wiele gatunków drzew i krzewów o jadalnych owocach. Dawniej były one klasyfikowane w odrębnych rodzajach. Kilka gatunków występuje dziko, kilka jest u nas tylko hodowanych, a jeszcze inne występują zarówno dziko, jak i w

Ślaz dziki

Ślazówka turyngska

Tasznik pospolity

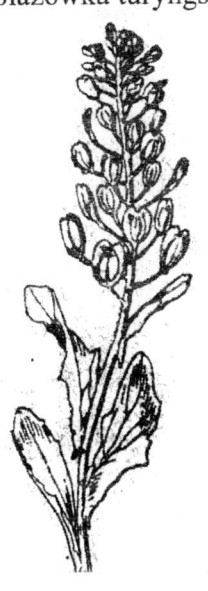

Tobołki polne

uprawie. Ich owoc składa się z pestki otoczonej warstwą mięsistą zawierającą kilka-kilkanaście procent cukrów.

Trzeba zachować ostrożność przy jedzeniu nasion gatunków z rodzaju *Prunus* zmielonych razem z owocami lub rozgryzanych. Podobnie jak pestki jabłoni i migdały zawierają kwas pruski. W niewielkich ilościach pobudza on trawienie, w większych może nawet spowodować śmierć. Poszczególne gatunki i odmiany bardzo różnią się zawartością tego związku – migdały są w końcu powszechnie stosowane jako pożywienie, a pestki czeremchy były mielone razem z suszonymi owocami i jedzone. Wskazówką wysokiej zawartości kwasu pruskiego jest gorzki smak pestek. Związek ten występuje także w dużych ilościach w liściach wielu gatunków z tego rodzaju.

Większość gatunków z tego rodzaju w miejscu ran na pniu wytwarza jadalną gumę. Najczęściej słyszy się o jedzeniu tej gumy u czereśni, wiśni, śliwy domowej i moreli. Jak wyczytałem u Sturtevanta, podczas pewnego oblężenia 100 ludzi żyło dwa miesiące jedząc tylko gumę z pni czereśni. Nie należy ona jednak do przysmaków, a i jej wartości odżywcze są nieco przesadzone.

Tarnina *Prunus spinosa* występuje dziko na skrajach lasów i w zaroślach śródpolnych w całej Polsce, rzadka na Pomorzu Zachodnim i na pn-wsch. kraju. Owoce niezwykle cierpkie, smaczniejsze robią się po przemrożeniu (w październiku-listopadzie), poźniej zwykle znikają chętnie jedzone przez ptaki. Zwykle używana w formie przetworów, a szczególnie wina. Owoce można także suszyć. Słodzone przetwory z tarniny podawano dawniej jako przystawkę do potraw. We Francji marynowano niedojrzałe owoce zamiast oliwek. W Niemczech i Rosji owoce tłuczono z wodą i destylowano na spirytus. Stanowiła ważny element gospodarki społeczeństw pierwotnych Europy Środkowej.

SOK Z TARNINY za Jaśkiewiczem, lekko zmodyfikowane
2 kg owoców, 3 szklanki cukru, 3 l wody. Umyte owoce zalewamy 3 l wrzątku i pozostawiamy na pół dnia. Sok odcedzamy, zagotowujemy i znowu zalewamy nim owoce, cały zabieg powtarzamy jeszcze dwukrotnie. Na końcu odcedzony sok słodzimy i gotujemy przez 10 minut. Możemy go pasteryzować w słoikach.

Śliwa domowa *Prunus domestica* powstała przypuszczalnie ze skrzyżowania tarniny i ałyczy. Wyhodowano wiele odmian, różniących się kolorem, kształtem i smakiem owoców. Uprawa śliw jest szczególnie popularna w krajach Europy Wschodniej. Używana jako owoc deserowy, do przetworów (powidła) lub suszona. U nas suszone śliwki są tradycyjnym składnikiem bigosu. Suszone śliwki działają lekko przeczyszczająco. W wielu krajach, szczególnie na Węgrzech i krajach południowej Słowiańszczyzny pędzi sięz niej alkohol wyskokowy zwany śliwowicą.

CZATNEJ ŚLIWKOWY (PLUM CHUTNEY)
Jest to jedna z podstawowych przystawek angielskich, tak popularna, jak u nas ogórki kiszone. Podawana zwykle jako składnik lanczu na zimno, tzw. ploughman's lunch (lancz oracza), z chlebem i żółtym serem. Zwyczaj przyrządzania czatnejów pochodzi z Indii.

2 kg wypestkowanych śliwek, pół kg cebuli, pół kg rodzynek, 75 dkg cukru, 50 g soli, 2 łyżki ziela angielskiego, 1 łyżka mielonego imbiru, 1 łyżka mielonego cynamonu, pół łyżki mielonej gałki muszkatołowej, ćwierć łyżki mielonych goździków, 1,2 l octu ciemnego (malt vinegar). Wymieszać w rondlu wszystkie składniki oprócz śliwek i 150 ml octu. Doprowadzić do wrzenia i gotować na małym ogniu przez 5 min. Potem dodać śliwki i resztę octu, gotować aż masa zacznie się zagęszczać. Przelać do wyparzonych słoików i zakręcić. Po ostygnięciu słoiki powinny się uszczelnić. Najlepszy po 6-10 miesiącach.

Ałycza (mirabelka) *Prunus cerasifera* występuje dziko na Bałkanach i w Azji Mn. U nas pospolicie uprawiana, szczególnie na glebach piaszczystych, jako krzew owocowy lub w formie żywopłotów. Coraz częściej dziczeje przy leśnych drogach i na skrajach lasów, szczególnie sztucznych sośnin. Owoce mało trwałe, szybko opadają, smaczne choć kwaskowate. Najlepsze do jedzenie na surowo lub w formie kompotów, powideł i soków. W Armenii i Gruzji robi się z nich ostry sos podawany do mięs z rożna.

Czereśnia ptasia *Prunus avium (Cerasus avium)* występuje dziko w lasach Polski południowej, na północy często zdziczała. Jej formy ogrodowe są powszechnie uprawiane. Czereśnia ma słodkie owoce, także formy dzikie. Niektóre formy dzikie są lekko gorzkawe, inne zupełnie słodkie. W Szwajcarii i Niemczech wyrabia się z nich likier „kirchwasser". Jedzone zwykle na świeżo lub w formie przetworów. Jedzone są czasem także nasiona, nie mogą być zbyt gorzkie (oznacza to że zawierają zbyt dużo kwasu pruskiego).

Wiśnia karłowata (wisienka stepowa) *Prunus fruticosa (Cerasus fruticosa)* jest krzewem występującym w suchych zaroślach na wyżynach Polski pd-wsch., koło Inowrocławia i w Bielinku nad Odrą. Owoce bardzo kwaśne, podobne w smaku do wiśni ogrodowej, ale mniejsze. Może być używana podobnie jak czereśnia ptasia.

Wiśnia zwyczajna *Prunus cerasus (Cerasus vulgaris)* jest formą uprawną przypuszczalnie powstałą ze skrzyżowania czereśni ptasiej i wisienki stepowej. Owoce kwaśne, ale smaczne. Powszechnie sadzona w ogrodach, czasem zdziczała, głównie dzięki produkcji odrostów korzeniowych. Może być używana podobnie jak czereśnia ptasia.

Antypka (wiśnia wonna) *Prunus mahaleb (Cerasus mahaleb)* jest niewielkim drzewkiem. Występuje dziko w zaroślach nawapiennych, od Maroka i Alp, po Azję Środkową. U nas uprawiana, głównie jako podkładka do szczepienia innych gatunków. Owoce smaczne, słodkie, lekko gorzkawe. Lepiej nie jeść dużych ilości, bo zawierają śladowe ilości kwasu pruskiego (jak gorzkie czereśnie). Woda destylowana z liści jest używana jako aromat migdałowy, w większych ilościach trujący, jak nasiona.

Czeremcha zwyczajna *Prunus padus (Padus avium)* jest niewielkim drzewem, występuje pospolicie w lasach i zaroślach, z reguły na żyznych glebach nad rzekami. Owoce czeremchy zwyczajnej dojrzewają dosyć wcześnie, już na początku lata. Nie są zbyt smaczne, ale można je jeść, smakują jak gorzkawe drobne czereśnie. Były jedzone w wielu krajach (np. Szwecji, na Kamczatce, w Himalajach). Można je suszyć w rodzaj rodzynek. Świetnie nadaje się też na przetwory. Gotowano dawniej młode liście czeremchy (pod wpływem temperatury wydziela się z nich zapach migdałów), ale są one trujące w większych ilościach. Napar z gałązek czeremchy daje rodzaj napoju o działaniu uspokajającym.

Czeremcha amerykańska *Prunus serotina (Padus serotina)* występuje często zdziczała i sadzona w lasach, szczególnie pod okapem sosen. Owocuje później od czeremchy zwyczajnej. Owoce jadalne, dosyć smaczne. Były często jadane przez Indian (m.in. Czirokezów, Czipewejów, Irokezów i Odżibwejów) na surowo lub w posatci suszonych na słońcu ciasteczek. Odżibwejowie mielili suszone owoce na mąkę, cenili je bardziej od innych jagód. Menominowie zostawiali na jakiś czas zebrane jagody, żeby sfermentowały, a potem je jedli, upijając się przy tym. Napar z gałązek czeremchy daje rodzaj napoju, o działaniu uspokajającym. Podobno owoce jedzone na surowo mają działanie duszące (pęczniejąc mogą blokować drogi odddechowe).

Czeremcha wirginijska *Prunus virginiana (Padus virginiana)* pochodzi z Ameryki Pn., rzadko u nas uprawiana i zdziczała. Owoce były powszechnie jedzone przez Indian na surowo lub suszone (od Apaczów i Thompson na zachodzie po Irokezów na wschodzie). Czarne Stopy, Sanpoil i Nespelem dodawali je do pemmicanu. Z jej kory można robić herbatkę.

Laurowiśnia wschodnia *Prunus laurocerasus* jest coraz częściej uprawiana u nas jako roślina ozdobna, dla zimozielonych liści. Dziko występuje w podszyciu lasów na Bałkanach i Kaukazie. Owoce niektórych form lekko gorzkawe, innych form zbyt gorzkie, żeby je jeść. Lepiej nie jeść przesadnych ilości, bo zawierają śladowe ilości kwasu pruskiego (jak gorzkie czereśnie). Woda destylowana z liści jest używana jako aromat migdałowy, w większych ilościach trujący, jak nasiona.

Morela pospolita *Prunus armeniaca (Armeniaca vulgaris)*. Występuje dziko w Azji Środkowej i Chinach. U nas uprawiana, choć często przemarza. Owoce jedzone na surowo lub w przetworach, bardzo często suszone. Są podobno zdrowym składnikiem diety. Działają lekko przeczyszczająco.

Brzoskwinia pospolita *Prunus persica (Persica vulgaris)* nie jest znana w stanie dzikim, pochodzi prawdopodobnie z Chin, od rosnącej na północy *P. davidiana*. Uprawiana w wielu krajach, u nas często przemarza, a owoce zwyke nie są tak słodkie jak sprowadzane z krajów o gorętszych latach. Owoce bardzo słodkie. Jedzone na surowo i w przetworach.

ŚMIAŁEK Deschampsia (trawy Poaceae)

Śmiałek darniowy *Deschampsia caespitosa* to pospolita trawa kępkowa wilgotnych łąk i zarośli. Jego nasiona były zbierane na pożywienie przez Indian Gosiute, choć trudno sobie wyobrazić, aby można było zebrać wystarczającą ilość, bo są bardzo drobne.

ŚNIEDEK Ornithogalum (liliowate Liliaceae)

Rozproszony na suchych murawach na niżu występuje śniedek baldaszkowaty *Orbithogalum umbellatum*, a na pd. kraju rzadko śniedek cienkolistny *O. collinum (O. gussonei)*. Oba gatunki znajdują się pod ochroną. Ponadto jeszcze kilka kilka gatunków jest uprawianych w ogrodach i czasem dziczeje (szczególnie śniedek Buchego *Ornithogalum bucheanum*).

Cebule śniedka baldaszkowatego były jadane na surowo lub gotowane, oraz suszone i mielone na mąkę. Mają być bardzo pożywne. Z drugiej strony istnieją dane o ich trujących właściwościach. Przy eksperymentach zachować więc należy ostrożność.

ŚNIEGULICZKA Symphoricarpos (przewiertniowate Caprifoliaceae)

Śnieguliczka biała *Symphoricarpos albus (S. rivularis)* jest u nas pospolicie sadzonym krzewem. Jej owoce były rzadko jedzone przez Indian (np. Squaxin jedli je suszone). Są one gorzkie i zawierają trujące saponiny, lepiej ich nie jeść. Indianie Thompson wierzyli, że są śmiertelnie trujące. Osobiście jadłem kilka jagód, nie były smaczne, ale i nie były tak gorzkie jak owoce kaliny czy derenia świdwy.

ŚWIBKA Triglochin (świbkowate Juncaginaceae)

Dwa gatunki świbki występują u nas na wilgotnych łąkach – w całym kraju świbka błotna *Triglochin palustre* i głównie na pn. Polski, szczególnie na glebach zasolonych świbka morska *Triglochin maritimum*.

Jadalne i smaczne są białe nasady łodyg obu gatunków, późną wiosną, surowo lub gotowane. Zielone części roślin nie powinny być jedzone, bo mogą zawierać toksyczne glikozydy, szczególnie w czasie okresów suszy.

Świbka morska była jadana przez Indian. Gosiute jedli jej nasiona, Salisz, używali ją jako warzywo, a Klamath, robili rodzaj kawy z prażonych roślin.

ŚWIDOŚLIWA Amelanchier (różowate Rosaceae)

W Tatrach polskich prawdopodobnie wyginęła, występująca na suchych ciepłych zboczach już na Słowacji i Węgrzech świdośliwa jajowata *Amelanchier ovalis*. Coraz częściej spotyka się natomiast zdziczałe z uprawy gatunki amerykańskie, szczególnie podobne do siebie ś. kłosową *A. spicata* i ś. olcholistną *A. alnifolia*. Częsta jest w podwarszawskich lasach, jeden z gatunków notowano też nawet w Białowieskim Parku Narodowym.

Brak konkretnych wzmianek o użytkowaniu tego krzewu w Europie. Natomiast w Ameryce był to jeden z najważniejszych owoców zbieranych przez Indian, od Alaski do Kalifornii, i od Pacyfiku do Atlantyku. Owoce, luzem lub ugniecione w małe ciasteczka, suszono na słońcu jako zapas na zimę.

Najszerzej używanym gatunkiem była świdośliwa olcholistna. Czarne Stopy i Cree używali ich do wyrobu pemmikanu. U Czarnych Stóp owoce tego gatunki oraz derenia białego były uważane za ulubioną przekąskę zarezerwowaną dla mężczyzn. Przyrządzali oni także z owoców świdośliwy rodzaj kiełbasy (jagody i tłuszcz wrzucano do jelita i zagotowywano). Indianie Thompson przyrządzali specjalny deser z suszonych jagód świdośliwy, korzeni *Lewisia rediviva*, tłuszczu, mąki, cukru, a czasem także z dodatkiem kłączy psizębu *Erythronium grandiflorum*, cebul lilii, plech porostu *Alectoria*, tłuszczu jelenia i jaj łososia. Thompson przyrządzali także z gałązek tego gatunku świdośliwy rodzaj herbaty

ŚWIERK Picea (sosnowate Pinaceae)

Świerk pospolity *Picea abies* występuje w lasach całej Polski, dziko lub sadzony.

Młode majowe pędy świerka są smaczne na surowo, można z nich robić syrop (zalewając osłodzoną wodą) lub herbatkę. Zawierają witaminę C. Także ze starszych pędów mieszkańcy tajgi robią smaczną herbatkę. Te młode pędy mogą też być dodawane do sosów, szczególnie dobrze smakują z rybami. Jadano dawniej także niedojrzałe gotowane szyszki oraz kwiatostany męskie. W okresach głodu jedzono zmielone podkorze świerka, które dodawano do mąki na chleb. Wszystkie powyższe metody wykorzystania świerka pospolitego były stosowane wobec innych gatunków świerka przez Indian amerykańskich, którzy ponadto chętnie żuli żywicę z tego drzewa. Świerk wytwarza także pożywne nasiona, ale są zbyt małe aby myśleć poważnie o ich wykorzystaniu.

Pędy świerka mają działanie wykrztuśne i antyseptyczne.

ŚWIERZĄBEK Chaerophyllum (baldaszkowate Apiaceae)

Świerząbek bulwiasty *Chaerophyllum bulbosum* jest cenną dwuletnią rośliną jadalną, występuje dziko w całej Polsce, w rozproszeniu, szczególnie często w dolinie Wisły. Jego korzenie, wielkości małej marchewki, mają przyjemny słodki smak. Są jadalne na surowo i gotowane. Obieranie korzenia niszczy jego aromat. Korzenie najlepiej wykopywać pod koniec lata kiedy roślinie żółkną liście. Zawierają 20% skrobi i 4% białka. Kałmucy jedli je z rybami. Jadalne są też młode łodygi i liście. Jedzenie tego gatunku zaczynać należy od niewielkich ilości, bo jedno źródło podaje, że gatunek ten może być toksyczny. Uprawiany czasem na Węgrzech, Syberii, w Niemczech i Hiszpanii.

W Polsce występują jeszcze, zwykle w lasach i zaroślach, świerząbek korzenny *Chaerophyllum aromaticum*, gajowy *Ch. temulum*, orzęsiony *Ch. hirsutum* oraz niezwykle rzadko świerząbek złoty *Ch. aureum*. Ich przydatność jako pokarmu wymaga zbadania. Przypuszczalnie są lekko trujące.

Inny gatunek świerząbka, *Chaerophyllum tuberosum*, był jedzony w Himalajach.

TAMARYSZEK Tamarix (tamaryszkowate Tamaricaceae)

Kilka gatunków tamaryszka jest u nas uprawianych w ogrodach. W naturze występują na wybrzeżach mórz europejskich i na Bliskim Wschodzie. Gałązki tamaryszka, nakłute przez pewne owady, wydzielają słodką mannę. W Pendżabie zbiera się ją z *Tamarix articulata*, a w Persji, rozkładając bawełniane tkaniny pod krzewami *Tamarix gallica*. Mannę je się z cukrem lub miodem i mąką robiąc ciasteczka, czasem dodawano jeszcze migdały. Nie wiadomo czy to zjawisko występuje w naszym klimacie.

TASZNIK Capsella (krzyżowe Brassicaceae)

Tasznik pospolity *Capsella bursa-pastoris* jest powszechnie występującym chwastem polnym. Ma jadalne liście (na surowo i gotowane) o smaku pośrednim między rzeżuchą a kapustą, najlepiej zbierać je przed kwitnieniem, potem robią się bardziej piekące. Ma także jadalne owoce (na surowo lub gotowane). Korzeń może być stosowany zamiast imbiru.

Tasznik jest w Chinach cenionym warzywem (w pisowni polskiej *dzi cai*). Związana jest z nim też stara chińska legenda z dawnej stolicy Chin – Ch'ang-an (Podają ją za „Road to Heaven. Encounters with Chinese Hermits" autorstwa Billa Portera). Wang Pao Ch'uan była najmłodszą córką premiera z dynastii T'ang, który chciał ją wydać za mąż za kogoś politycznie odpowiedniego. Gdy odmówiła wszystkim proponowanym jej kandydatom, zmuszono ją do tego by wspięła się na Pagodę Wielkiej Gęsi i rzuciła kulkę z jedwabiu w tłum, wychodząc za tego, kto ją złapie. A ona, ujrzawszy biednego podróżnego, P'ing-kuei, którego spotkała dzień wcześniej, rzuciła mu kulkę. Ojciec jednak nie uznał kandydata. Zbuntowana córka także musiała opuścić pałac. Młoda para nie miała gdzie mieszkać i osiadła w końcu w pustym piecu garncarskim wyżłobionym w lessowej skarpie w Hanyao. Szybko jednak wybuchła wojna z wędrownymi Tangutami z północy i P'ing-kuei zgłosił się do walki. Niestety jeden z zięciów premiera, zorganizował zasadzkę, w wyniku której P'ing Kuei dostał się do niewoli wroga. Pomimo doniesień o śmierci męża, Pao Ch'uan wiernie czekała na niego i kiedy po osiemnastu latach powrócił, znalazł ją przed jaskinią, zbierającą dziki tasznik. Odżywiała się nim cały czas, kiedy na niego czekała. Obecnie można odwiedzić to miejsce i na straganie przed jaskinią kupić pierogi z nadzieniem tasznikowym...

Liście tasznika tanowią jedno z siedmiu „wiosennych ziół" (*haru no nanakusa*) jedzonych w Japonii na siódmy dzień Nowego Roku, i choć niektóre z tych roślin są zupełnie nieznane przeciętnemu Japończykowi, kupuje się je specjalnie właśnie na ten dzień. Podaje się je siekane jako dodatek do gotowanego ryżu. Wymieniane są nawet w najstarszej antologii poezji japońskiej „Manyoshu". A oto pełne lista „siedmiu ziół" *(nanakusa)*: seri (*Oenanthe stolonifera*), nazuna (tasznik pospolity *Capsella bursa-pastoris*), gogyo (*Gnaphalium multiceps*), hakobera (→gwiazdnica pospolita *Stellaria media*), hotokenoza (→jasnota różowa *Lamium amplexicaule*), suzuna (dzika rzepa *Brassica campestris ssp. rapa*), suzushiro (rzodkiew *Raphanus sativus var. hortensis*). Ta klasyczna lista pochodzi z regionu Kyoto. Liczba siedem jest w Japonii uznawana za szczęśliwą. W innych okolicach tego kraju w skład siedmiu ziół mogły wchodzić inne gatunki, najczęściej → bylica pospolita *Artemisia vulgaris*. Tradycja siedmiu wiosennych ziół przyszła od Chińczyków, którzy świętowali siódmy dzień pierwszego miesiąca chińskiego kalendarza księżycowego.

Tasznik był używany przez kilka plemion Indian (m.in. Apacze i Thompson), mielili oni nasiona na mąkę do chleba, piekli je bez mielenia, gotowali także wierzchołki pędów.

Roślina o wszechstronnym zastosowaniu w europejskim i chińskim ziołolecznictwie, szczególnie przy krwawieniach i biegunkach.

TATARAK (obrazkowate Araceae)

Tatarak jest prawdopodobnie przybyszem z Azji, jak głosi wieść gminna rozprzestrzenił się wraz z najazdami Tatarów, którzy wkładali jego kłącza do bukłaków dla polepszenia aromatu wody. Zagubione przy nabieraniu wody kłącza dały początek nowym europejskim populacjom. Obecnie jest on dosyć pospolity w całej Polsce, na brzegach stawów i jezior. Poza Eurazją występuje także w Ameryce Pn.

Cała roślina ma swoisty silny zapach, przypominający trochę mandarynki (pomijając zapach gnijącego mułu jeziornego przy wyciąganiu). Zawdzięcza go obecności olejku lotnego, bogatego w azaron, substancji o właściwościach antybiotycznych, także lekko toksycznej. Tatarak ma działanie moczopędne, napotne, stymulujące, pobudzające czynność żołądka i wzmacniające. Większe ilości mogą być halucynogenne, a nawet toksyczne.

Z kłączy wyrabiano w różnych krajach cukierki, perfumy, gin i piwo. Kłącza były w XIX w. w sprzedaży na ulicach Bostonu, do żucia w celu odświeżenia oddechu. Na Podlasiu na liściach tataraku piecze się chleb. Wewnętrzna część młodych pędów jest jadalna na surowo. Tatarak był także używany przez Indian – Abnaki jedli korzenie, a Lakota liście i łodygi. Indianie Micmac przyrządzali napój z tataraku, a Dakota żuli jego suszone korzenie.

W Japonii jest używany także pokrewny gatunek *A. gramineus*, który ma podobno silniejszy i przyjemniejszy zapach niż *A. calamus*. Tatarak to cenna roślina lecznicza, w żywieniu powinniśmy go traktować tylko jako przyprawę i delikates. Stosowany z umiarem (np. jeden plasterek) jest świetną przyprawą do kompotów, likierów, herbatek i sałatek. W Indiach dodaje się go do sosów typu curry.

KANDYZOWANY KORZEŃ TATARAKU A LA FRANK TAYLOR
Korzeń wykopać jesienią, umyć, obrać i pociąć ostrym nożem, jak najcieniej. Gotować przez 6-7 godzin. Zmieniając wodę uzyskamy wersję o łagodniejszym smaku. Zostawić na noc, potem odsączyć i gotować w syropie o proporcji cukru do wody 4:1, aż skrystalizuje, często mieszając. Wyłożyć na woskowany papier. Jak ostygnie podzielić nożem na kawałki. Można ten smakołyk przechowywać jak cukierki: w celofanowych papierkach lub puszkach.

KOMPOT GRUSZKOWY Z TATARAKIEM
Kilka gruszek, 1 kłącze tataraku długości małego palca, pół szklanki cukru, 1 l wody. Gruszki obieramy, przepoławiamy i usuwamy wnętrze z nasionami. Wkładamy do garnka, dodajemy tatarak, zalewamy wodą, gotujemy chwilę, a następnie wsypujemy cukier i gotujemy nadal, aż do uzyskania miękkości owoców. Wyjmujemy tatarak. Kompot można podawać na ciepło lub zimno. Oprócz tataraku możemy jeszcze dodać korzeń kuklika i kawałeczek kłącza kopytnika.

TLADIANTA Thladiantha (dyniowate Cucurbitaceae)

Tladianta zwodna (Ziemniaczka sercowata) *Thladiantha dubia* występuje czasem u nas w uprawie lub zdziczała. Jej soczyste, owalne owoce (4 x 2,5 cm) są jadalne surowe lub gotowane. Jadalne są też młode pędy (po ugotowaniu) i podobno korzenie.

TŁUSTOSZ Pinguicula (pływaczowate Lentibulariaceae)

Tłustosz pospolity jest rzadką rośliną (pod ochroną) spotykaną na torfowiskach niskich i wilgotnych łąkach. Używany był do ścinania mleka na ser. Mleko przelewano przez szmatkę z liśćmi tłustosza lub dodawano ich bezpośrednio do mleka. Mleko zostawione potem na 1-2 dni zestalało się podobno we wspaniały ser.

Tłustosz był dawniej używany jako lekarstwo na kaszel, a w Walii jako środek przeczyszczający.

TOBOŁKI Thlaspi (krzyżowe Brassicaceae)

Tobołki polne *Thlaspi arvense* są pospolitym chwastem polnym. Jadalne są młode liście, zbierane przed zakwitnięciem rośliny, i nasiona. Jedne i drugie mają piekący, gorzkawy smak. Są świetnym dodatkiem do sałatek i zup. Mają podobno właściwości silnie bakteriobójcze (np. przeciw gronkowcom i paciorkowcom).

Na miejscach kamienistych i suchych w pasie wyżyn pd. Polski występują jeszcze tobołki przerosłe *Thlaspi perfoliatum*, o podobnym zastosowaniu jak poprzedni gatunek.

TOJAD Aconitum (jaskrowate Ranunculaceae)

Kilka zbliżonych do siebie gatunków, o hełmiastych, zwykle fioletowoniebieskich kwiatach występuje w Karpatach i Sudetach, jedynie tojada dzióbatego *Aconitum variegatum* można spotkać dziko także na Pomorzu. Ich naturalnym środowiskiem są lasy liściaste i śródleśne łąki. Wszystkie gatunki tojadów są rzadkie i znajdują się pod prawną ochroną. Są to także popularne rośliny ogrodowe i czasem spotyka się kępy tojadów także na miejscu opuszczonych gospodarstw.

Tojady to jedne z najbardziej trujących roślin w Polsce. Jednakowoż korzeń skandynawskiego podgatunku *A. lycoctonum* (bliski krewniak tojadu lisiego i mołdawskiego) był gotowany w Laponii, ma on nie mieć tak trujących właściwości jak inne tojady. W Kunawarze jedzono korzenie tojadu mocnego *Aconitum napellus* z powodu właściwości wzmacniających.

W eksperymentowaniu z tojadem zalecam szczególną ostrożność, na pewno jest śmiertelnie trujący na surowo.

TOJEŚĆ Lysimachia (pierwiosnkowate Primulaceae)

Liście i kwiaty tojeści rozesłanej *Lysimachia nummularia*, gatunku pospolitego w lasach i zaroślach, są używane do parzenia herbatki. Młode liście rosnącej na ugorach i skrajach lasów tojeści pospolitej *Lysimachia vulgaris* są też podobno jadalne.

TOMKA Anthoxanthum (trawy Poaceae)

Nasiona pospolitej (występującej na większości polskich łąk kośnych) tomki wonnej *Anthoxanthum odoratum* są zbyt małe aby je zbierać, ale aromatyczne źdźbła służą czasem u nas do wyrobu nalewki łudząco podobnej do żubrówki (zobacz → TURÓWKA). Aromat roślinie nadaje kumaryna, dlatego nie należy jej spożywać w większych ilościach i nigdy spleśniałą.

TOPINAMBUR → SŁONECZNIK

TOPOLA Populus (wierzbowate Salicaceae)

W naszym kraju występują dziko trzy gatunki topoli: topola osika *Populus tremula* (pospolicie w lasach i zaroślach), czarna *P. nigra* (głównie nad dużymi rzekami) i biała *P. alba* (też głównie w dolinach dużych rzek). Ponadto w uprawie, głównie przy drogach, znajdują się niezliczone kultywary mieszańców topoli czarnej z gatunkami amerykańskimi, klasyfikowane zbiorowo jako topola kanadyjska *Populus xeuramericana (Populus xcanadensis)*, oraz wschodnioazjatyckie topole balsamiczne z sekcji *Tacamahaca*.

Podkorze wszystkich występujących u nas gatunków topoli było wczesną wiosną zdzierane z drzew w wielu częściach pn. Europy i Azji. Jedzono je na surowo lub gotowano, pocięte w rodzaj makaronu, który często później suszono i mielono, dodając do mąki, z której robiono chleb i bryję. Używano także soku. Podobnie postępowali Indianie z gatunkami amerykańskimi. *Populus deltoides*, gatunek, który jest jednym z rodziców mieszańcowej topoli kanadyjskiej, był szczególnie wszechstronnie użytkowany przez Indian. Zarówno Indianie prerii jak i pd-zach.części Ameryki Pn. jedli także surowe pączki, kwiatostany lub puchowe owoce tej topoli.

Wszystkie gatunki topoli, a szczególnie kora gałązek, zawierają salicylany, które w ciele przekształcają się w kwas salicylowy (aspirynę), o działaniu leczniczym (rozgrzewajacym, przeciwzapalnym, antseptycznym).

TRAGANEK Astragalus (strączkowe Fabaceae)

Kilka gatunków z tego rodzaju można znaleźć w suchych murawach, na przydrożach i skrajach lasów. W całej Polsce występuje traganek szerokolistny *Astragalus glycyphyllos*. Trochę rzadsze są t. piaskowy *A. arenarius*, t. pecherzykowaty *A. cicer* i t. duński *A. danicus* oraz tylko na Lubelszczyźnie t. długokwiatowy *A. onobrychis*. W Tatrach można znaleźć jeszcze t. jasny (także u podnóża Pienin) *A. australis (A. aboriginorum)*, t. wytrzymały *A. frigidus (A. umbellatus)* i t. zwisłokwiatowy *A. penduliflorus*.

Część gatunków z rodzaju traganek jest jadalna, a część trująca, dlatego trzeba być pewnym, z którym gatunkiem mamy do czynienia.

Liście traganka szerokolistnego mogą być używane do parzenia herbaty, a korzeń i (jak podaje ksiądz Kluk także liście) można stosować zamiast lukrecji.

Gotowane korzenie traganka jasnego był używane przez Indian kanadyjskich jako artykuł żywnościowy. Jadalne korzenie ma też traganek wytrzymały (występujący również w tundrze).

Korzenie traganka kanadyjskiego *A. candensis* Indianie jedli również na surowo. Indianie jedli też zielone mięsiste strąki niektórych gatunków np. *A. crassicarpus*.

TRĘDOWNIK Scrophularia (trędownikowate Scrophulariaceae)

Cztery gatunki trędownika występują w naszym kraju. Korzenie dwóch najpospolitszych gatunków, trędownika bulwiastego *Scrophularia nodosa* i skrzydlatego *S. umbrosa (S. alata)*, występujących w zaroślach i na skrajach lasów, były podobno jedzone po ugotowaniu w czasach głodu. Uwaga, roślina niesmaczna i uznawana za trującą.

TROJEŚĆ Asclepias (trojeściowate Asclepiadaceae)

Trojeść amerykańska *Asclepias syriaca* jest czasem hodowana w ogrodach i łatwo dziczeje. Gatunek ten był chętnie jedzony przez Indian z wielu plemion (np. Irokezów, Dakotów, Paunisów). Gotowano młode pędy wychodzące z ziemi, pąki kwiatowe i zielone młode owoce (trzeba je szybko zbierać – później rozwijają się w nich nasiona i robią się twarde). Pączki i młode pędy, przypominające okrę, gotowano z mięsem i rybami (którym nadają przyjemny aromat) i używano ich do zagęszczania zup mięsnych lub dodawano do papki kukurydzianej. Podobno jedzono też korzenie.

Roślina ta nie powinna być jedzona na surowo, jest wtedy trująca. Aby pozbawić ją goryczy należy ją gotować, pamiętając aby zacząć gotowanie, gdy woda jest jeszcze zimna. Wrzucona od razu do gorącej wody, zachowa nieprzyjemny smak. Po gotowaniu wodę należy odlać i wyrzucić.

Gotowany sok mleczny kilku innych amerykańskich gatunków był zbierany przez Indian i używano jako guma do żucia

TRYBULA Anthriscus (baldaszkowate Apiaceae)

Pospolicie w całym kraju, w lasach, zaroślach i na miejscach ruderalnych, występuje trybula leśna *Anthriscus sylvestris*. W pasie gór i wyżyn występuje często w wilgotnych lasach t. lśniąca *A. nitida*. Bardzo rzadko na miejscach ruderalnych można znaleźć jeszcze t. pospolitą *A. caucalis (A. vulgaris)* i t. ogrodową *A. cerefolium*.

W przeszłości jedzone były liście trybuli leśnej, na surowo i gotowane, oraz gotowane korzenie. Roślina ma jednak niezbyt przyjemny smak, poza tym istnieje podejrzenie, że jest lekko trująca.

Trybula ogrodowa jest klasyczną przyprawą kuchni francuskiej. Drobno posiekane liście dodaje się do zup i sosów na końcu, bo gotowane tracą aromat. Jadalne są też gotowane korzenie.

TRZCINA Phragmites (trawy Poaceae)

Trzcina pospolita *Phragmites australis (P. communis)* jest u nas bardzo częsta na wilgotnych miejscach, tworząc często wielkie łany.

Korzenie i pędy trzciny zawierają pewną niewielką ilość cukru (nie tak dużą jak u trzciny cukrowej). Młode korzenie i pędy na wiosnę, do momentu rozwinięcia liści, mogą być jedzone, na surowo lub gotowane. Cukier otrzymywano czasem z wydzieliny na zranionych pędach lub po prostu przez gotowanie pędów, a potem odgotowywanie wody (na dnie osadzał się cukier). Sproszkowane pędy i korzenie dodawano czasem do zup i papek. Cenne są też gotowane nasiona, ale trudno je zbierać.

Trzcina pospolita był jedzona przez Indian. Indianie Klamatah jedli jej nasiona, Kawaiisu suszyli łodygi i tłukli kijami, aby wydobyć kryształki cukru, a Paiute jedli suszony sok w formie kulek, które rozmiękczano nad ogniem. Ojciec Begert relacjonuje w połowie XVIII w . że Indianie Kalifornii „jedzą korzenie pospolitej trzciny zaraz po wyjęciu z wody".

TRZYKROTKA Tradescentia (trzykrotkowate Commelinaceae)

Trzykrotka wirginijska *Tradescentia virginiana*, pochodząca ze wschodniej części Ameryki Pn. jest powszechnie uprawianą byliną ogrodową. Czirokezi jadali jej młode pędy po podgotowaniu i usmażeniu.

TUJA Thuja (cyprysowate Cupressaceae)

Tuja zachodnia (żywotnik zachodni) *Thuja occidentalis* pochodzi ze wsch. części Ameryki Pn. U nas powszechnie uprawiana w ogrodach. Gałązki tego gatunki były używane przez Odżibwejów i Czipewejów do parzenia herbaty. Indianie jedli też czasem miazgę z pnia, suszoną i sproszkowaną w zupach. Do zup dodawali też słodki rdzeń z młodych gałązek.

Tuja olbrzymia *Thuja plicata* jest u nas czasem sadzona w lasach zachodniej Polski. Pochodzi z zach. wybrzeża Ameryki Pn. U Indian Hesquiat pułapki na ryby robione z gałązek tuji tak nasiąkały aromatem ryb, że potem je gotowano w rosole. Plemię Kwakiutl żuło żywicę, a Salisz jedli wiosną jej podkorze.

Tuje to drzewa iglaste o silnie aromatycznych spłaszczonych igłach, zawierających tujon (jak piołun i wrotycz). Substancja ta działa stymulująco na mózg, ale także powoduje poronienia.Tuja jest zresztą uznawana za roślinę **trującą, niebezpieczną w większych ilościach**. Osobiście jednak uwielbiam smak i aromat tuj, i przechodząc koło nich zawsze zrywam kawałeczek do przygryzania.

Wyżej wymienione gatunki tuji były używane przez Indian jako rośliny lecznicze (np. przeciw przeziębieniom). Otaczał je też pewien nimb świętości. Gałązki tuji olbrzymiej były używane przez wiele plemion w świętej indiańskie łaźni (*sweatlodge*), jako roślina aromatyczna. Także rzadko u nas uprawiana tuja wschodnia *Thuja orientalis* ze wsch. Azji jest uznawana przez Chińczyków jako jedno z kilkudziesięciu najpotężniejszych ziół.

TURÓWKA Hierochloe (trawy Poaceae)

Turówka wonna (żubrówka) *Hierochloe odorata* występuje w całym kraju rozproszona w widnych lasach. Jej liście służą do aromatyzowania wódki żubrówki (do zwykłej wódki wystarczy wrzucić na parę tygodni źdźbło tej trawy). Była traktowana jako święta roślina przez wiele plemion Indian, używana jako roślina aromatyczna w obrzędach *sweatlodge* i Tańca Słońca. Liście zawierają dużo kumaryny, nie powinny być spożywane w większych ilościach. Nasiona są jadalne, ale małe, trudne do zbierania.

TURZYCA Carex (turzycowate Cyperaceae)

Wiele gatunków turzyc występuje w Polsce, najczęściej na wilgotnych łąkach, ale także na suchych murawach i w lasach. Pomimo, że pojawiają się w literaturze pojedyncze ogólnikowe raporty o jadalności turzyc (korzenie, białe nasady łodyg i nasiona) to praktycznie brak jest danych o wykorzystaniu krajowych gatunków jako pokarmu przez kultury prymitywne Europy, Azji i Ameryki. Jedynie Bohuszewicz podaje, że w Islandii jadano nasiona i kłącza turzycy piaskowej *Carex arenaria*, u nas spotykanej na piaskach, głównie na Pomorzu, rzadziej w głębi kraju.

TYMIANEK → MACIERZANKA

UCZEP Bidens (złożone Asteraceae)

Na brzegach wód i wilgotnych miejscach ruderalnych występuje w Polsce kilka gatunków z tego rodzaju. Najpospolitsze są uczep trójlistkowy *Bidens tripartita*, u. zwisły *B. cernua* i pochodzący z Ameryki u. amerykański *B. frondosa (B. melanocarpa)*. Rzadko występują jeszcze u. zwodniczy *B. connata* i u. śląski *B. radiata*.

Młode liście uczepu trójlistkowego, amerykańskiego i kilku innych gatunków z tego rodzaju są jedzone w niektórych w krajach.

UKWAP Antennaria (złożone Asteraceae)

Na wrzosowiskach, w suchych murawach i widnych borach całej Polski występuje ukwap dwupienny *Antennaria dioica*.

Gatunek ten ma właściwości lecznicze, zawiera dużo substancji śluzowych, dlatego jest stosowany najczęściej przy nieżytach dolnych dróg oddechowych. Brak danych o stosowaniu tego gatunku jako pożywienia. Natomiast liście *A. parviflora (A. aprica)* były jedzone przez Indian Navaho, a aromatyczne liście *A. rosea* były żute przez dzieci z plemienia Czarnych Stóp.

WARZUCHA Cochlearia (krzyżowe Brassicaceae)

Pędy niektórych gatunków warzuchy jadane były przez różne ludy północy na surowo lub gotowane, smak mają piękący, zbliżony do rzeżuchy. Tak np. jedzona była przez mieszkańców Alaski warzucha lekarska *Cochlearia officinalis*, zawlekana czasem, głównie w szczecińskiem. Dawniej na źródliskach k. Olkusza rosła jeszcze warzucha polska *Cochleria polonica*, obecnie jedynie wprowadzona sztucznie na paru źródliskach Jury Krakowsko-Częstochowskiej, chroniona. W Tatrach natomiast występuje warzucha tatrzańska *C. tatrae*. Przypuszczać należy, że mają własciwości zbliżone do bardziej znanych jadalnych gatunków warzuchy.

WĄKROTA Hydrocotyle (baldaszkowate Apiaceae)

Na torfowiskach, brzegach wód i w olszynach, głównie na zach. kraju występuje wąkrota zwyczajna *Hydrocotyle vulgaris*. Jadalne są gotowane liście o silnym marchewkowym smaku, raczej jako okazjonalny dodatek do potraw.

WEŁNIANKA Eriophorum (turzycowate Cyperaceae)

Wełnianka wąskolistna *Eriophorum vaginatum* występuje w całej Polsce na torfowiskach i mokrych łąkach. Eskimosi Inupiat jedli jej surowe lub gotowane korzenie, a Eskimosi Inuktitut jedli bliżej nieokreślone „żeńskie łodygi" tej rośliny. Jadalne są też nasady łodyg, surowe lub po ugotowaniu. Przed jedzeniem korzeni należy usunąć czarną skórkę.

Na torfowiskach przejściowych występuje tu i ówdzie wełnianka delikatna *Eriophorum gracile*. Podobno jest jadalna jak poprzedni gatunek.

Brak informacji o jadalności pozostałych dwóch gat. wełnianki.

WERBENA Verbena (werbenowate Verbenaceae)

Werbena lekarska *Verbena officinalis* występuje u nas (oprócz pn-wsch. części kraju) na suchych zboczach, przydrożach i miejscach ruderalnych. Z jej liści można parzyć smaczną herbatkę, popularną we Francji. Werbena jest rośliną leczniczą, używaną przy bólach głowy, gorączkach, wyczerpaniu nerwowym, depresji, chorym woreczku żółciowym i niedostatecznej podukcji mleka.

Kilka gatunków werbeny było używanych przez Indian. Jedli ich nasiona, a z liści parzyli herbatę.

WĘŻYMORD Scorzonera (złożone Asteraceae)

Na suchych murawach na niżu występuje wężymord niski *Scorzonera humilis* i, rzadziej, chroniony, wężymord stepowy *S. purpurea*. W Bieszczadach rośnie wężymord górski *S. rosea*. Brak informacji o jadalności naszych gatunków. Korzenie i liście licznych gatunków wężymordu z pd. Europy i Azji są jednak jadane jako warzywo po ugotowaniu (szczególnie *S. hispanica*). Przed ugotowaniem korzenie trzeba namoczyć w wodzie, inaczej pozostaną gorzkie. Tak jak u innych gatunków z rodziny złożonych (→łopian, słonecznik) korzeń zawiera inulinę, może więc powodować wzdęcia. Wężymordy w większych ilościach mogą być toksyczne.

WIĄZ Ulmus (wiązowate Ulmaceae)

W naszym kraju spotykane są trzy gatunki - wiąz górski (brzost) *Ulmus glabra (U. scabra)*, szypułkowy (limak) *U. laevis* i polny *U. minor (U. carpinifolia)*. Klasyfikacja wiązów jest dosyć zagmatwana, szczególnie na zachodzie Europy tworzą one dużo mieszańców, dlatego nie zawsze wiadomo, którego z gatunków dotyczą doniesienia etnobotaniczne.

Liście wiązów były dawniej w Europie jedzone na surowo lub kiszone jak kapusta. Obyczaj ten już wszędzie zanikł w Europie, zachował się do czasów nowożytnych jedynie w Szwajcarii. W Chinach jedzone są (lub były jedzone) surowe niedojrzałe owoce wiązów. Mają unikalny aromat. W okresach głodu, szczególnie w Skandynawii, jedzono wiosną miazgę (podkorze) tej rośliny. Wygłodniałe wojska jadły ją prosto z drzew. Suszono ją także i mielono na dodatek do mąki lub zup.

Czejenowie używali czerwonej miazgi wiązu amerykańskiego *Ulmus americana* do wyrobu rodzaju kawy, a Kiowa pili napar z miazgi wiązu czerwonego *Ulmus rubra*. Miazga tego gatunki była przez Indian Omaha gotowana z tłuszczem zwierzęcym dla nadania mu lepszego aromatu i przedłużenia jego trwałości, takie fragmenty kory i tłuszczu były przysmakiem ich dzieci.

WIĄZOWIEC Celtis (wiązowate Ulmaceae)

Uprawiany jest u nas czasem amerykański wiązowiec zachodni *Celtis occidentalis*. Kilka szczepów Indian, m.in. Dakota i Paunisi, podawało utłuczone owoce (wraz z nasionami) jako przystawkę do mięsa lub do prażonej kukurydzy. Jadalne także na świeżo. Jadalne owoce ma też nie uprawiany u nas wiązowiec południowy *C. australis* z południa Europy

WIĄZÓWKA Filipendula (różowate Rosaceae)

Wiązówka błotna *Filipendula ulmaria* występuje pospolicie na wilgotnych łąkach i w ziołoroślach. Linneusz podaje, że jedzono dawniej jej korzenie w czasach niedostatku. Są one jadalne po ugotowaniu. Młode liście mogą być używane do aromatyzowania zup (jako przyprawa). Wszystkie części rośliny nadają się jako surowiec na herbatki. Kwiaty używane były do aromatyzowania napojów alkoholowych, w Anglii na przykład dodawano ich do miodu pitnego. Kwiatów dodawano także do potraw jako substytut miodu. Wiązówka błotna ma długą historię użytkowania jako roślina lecznicza, była jednym z trzech najświętszych ziół Druidów. Kwiaty zawierają kwas salicylowy (jak aspiryna). Zioło to jest też używane przy biegunkach u dzieci.

Wiązówka bulwkowa *Filipendula vulgaris (F. hexapetala)* rośnie na suchych murawach bogatych w węglan wapnia. Ma jadalne młode liście, na surowo i po ugotowaniu. Korzenie jadalne na surowo, ale wtedy gorzkie, lepsze pieczone lub gotowane. Raczej jako pożywienie głodowe.

WICIOKRZEW Lonicera (przewiertniowate Caprifoliaceae)

Owoce większości gatunków wiciorzewów są trujące. Dotyczy to także naszych krajowych gatunków – wicokrzewu pomorskiego *Lonicera periclymenum*, czarnego *L. nigra* i suchodrzewu *L. xylosteum*.

Uprawiany w ogrodach, dla jadalnych owoców, jest natomiast wiciokrzew siny *Lonicera caerulea*, nazywany pospolicie jagodą kamczacką. Gatunek ten występuje w tajdze od Skandynawii do Kamczatki. Owocuje najwcześniej ze wszystkich roślin ogrodowych (już pod koniec maja). Na Kamczatce owoce jagody kamczackiej jedzono z barszczem zwyczajnym.

Werbena lekarska

Wiąz szypułkowy

Wiązówka błotna

Wiązówka bulwkowa

Kwiaty wiciokrzewów zawierają wyjątkowo dużo nektaru (stąd angielska nazwa „honeysuckle", czyli „miodo-ssanie"), dlatego są często wysysane przez dzieci. Z takich właściwościści szczególnie znane są kwiaty wicokrzewu pomorskiego.

WIDLICZKA Selaginella (widliczkowate Selaginellaceae)

W lasach Tatr, Beskidów i Sudetów występuje nielicznie widliczka ostrozębna *Selaginella selaginoides*. Brak danych o jej jadalności. Indianie Czarne Stopy używali suszonych roślin innego gatunku widliczki, *Selaginella densa*, do przyprawiania mięsa.

WIECZORNIK Hesperis (krzyżowe Brassicaceae)

Wieczornik damski *Hesperis matronalis* jest często uprawiany w ogrodach dla pachnących wieczorem kwiatów. Czasem dziczeje. Naturalne stanowiska tego gatunku znajdują się jedynie w Bieszczadach. Surowe liście nadają się do sałatek, mają piekący smak jak rzeżucha, łagodniejszy przed kwitnieniem. Skiełkowane nasiona są świetnym dodatkiem do sałatek.

WIERZBA Salix (wierzbowate Salicaceae)

W naszym kraju występuje ponad 20 gat. wierzb. Większość wierzb nie ma znaczenia jako rośliny jadalne, mają bowiem gorzki smak. Kora wierzby białej *Salix alba*, u nas pospolitego drzewa nadrzecznego, jest pierwszym źródłem kwasu acetylosalicylowego, prekursora aspiryny. Od wieków używano tego gatunku jako lekarstwa przy bólach stawów i gorączkach. Także inne gatunki wierzby zawierają ten związek.

W Chinach używano wierzb jedynie jako pożywienia głodowego. Podkorze wielu gatunków można na wiosnę jeść na surowo, gotować lub suszyć i mielić, dodając do mąki. Produkt ten jest jednak gorzki i był używany w ostateczności.

W Persji zbierano grudki cukru wydzielające się na powierzchni wierzby kruchej *Salix fragilis*, drzewa pospolitego u nas nad rzekami.

Jako cenione rośliny jadalne uważane są tylko gatunki z tundry (przypuszczalnie są mniej gorzkie). Eskomosi uważali na wpół strawione pędy wierzby w żołądkach reniferów jako przysmak, a Czukczowie powszechnie kwasili wielkie ilości ulistnionych gałązek *Salix boganidensis* w dołach ziemnych.

W przeciwieństwie do gorzkich liści, bardzo smaczne są żeńskie kotki (kwiatostany i owocostany) naszych krajowych gatunków wierzb (przynajmniej niektórych z nich, osobiście jadłem dosyć duże ilości tych z wierzby iwy i wikliny). Robią się niesmaczne dopiero po wyschnięciu lub wykształceniu puchu. Mogą stanowić ciekawą wiosenną sałatkę. Można też jeść trochę mniej smaczne, ale bardziej pożywne (bogate w pyłek) kwiatostany męskie („bazie"). Ksiądz Kluk podaje, że z rozkwitłych bazi wierzb można robić też napój.

WIERZBOWNICA Epilobium (wiesiołkowate Onagraceae)

Z liści wierzbownicy kosmatej *Epilobium hirsutum*, występującej pospolicie w wilgotnych zaroślach i na brzegach wód, robiono w Rosji herbatkę, jej liście są jadalne w mniejszych ilościach, w większych są przypuszczalnie toksyczne.

Jadalne są podobno gotowane liście i młode pędy inngo pospolitego gatunku, wierzbownicy błotnej *Epilobium palustre*. Nic nie wiadomo o jadalności kilku innych krajowych gatunków wierzbownicy.

Zobacz też WIERZBÓWKA.

WIERZBÓWKA Chamaenerion (wiesiołkowate Onagraceae)

Wierzbówka kiprzyca *Chamaenerion (Epilobium) angustifolium* występuje pospolicie na zrębach, pogorzeliskach i gruzowiskach oraz innych miejscach ruderalnych.

Młode pędy, szczególnie te czerwono-nabiegłe były jedzone na surowo (rdzenie obrane ze skórki) lub gotowane przez Eskimosów i Indian z kilku szczepów, m.in. Czarne Stopy i Thompson. Czasem łączono je z innymi roślinami lub dodatkami (np. tłuszczem, mięsem, białym sosem).

W Anglii z liści przyrządzano herbatę, a liście i młode pędy używano jako warzywo. Mieszkańcy Kamczatki jedli młode pędy, kiedy były jeszcze pod ziemią. Podróżnicy kanadyjscy jedli te pędy po ugotowaniu. W Rosji z suszonych liści parzono herbatkę. Wierzbówka ma także jadalne kłącza.

WIESIOŁEK Oenothera (wiesiołkowate Onagraceae)

W naszym kraju występuje dziko lub w uprawie aż kilkadziesiąt bardzo trudnych do odróżnienia gatunków. Występują one zwykle na miejscach ruderalnych oraz piaszczystych ugorach i murawach. Najpospolitszy jest wiesiołek dwuletni *Oenothera biennis*.

Jadalne są po ugotowaniu prawie wszystkie części wiesiołków: młode liście, pędy, zielone strąki oraz korzenie. Mają one pieprzowy posmak i zawierają dużo śluzu. Korzenie po ugotowaniu najlepiej pokroić na plasterki i przyprawić octem z oliwą. Kwiaty wiesiołka mogą być dodawane do sałatek. Wiesiołki były dosyć często jedzone przez Indian. Czirokezi jedli smażone, podgotowane wcześniej liście, Gosiute gotowane korzenie, a Apacze, Zuni i Gosiute zbierali nasiona tej rośliny. Apacze żuli także owoce wiesiołka, prosto z rośliny. Nasiona wiesiołka bogate są w kwas gamma-linolenowy, rzadki w roślinach, podobno bardzo zdrowy dla człowieka. Wiesiołek wydaje dużo nasion i z ręcznego kilkugodzinnego zbioru możemy otrzymać nawet 2 kg nasion do własnego użytku.

Wiesiołek jest cenną rośliną lekarską, o rosnącym znaczeniu. Olej z wiesiołka jest obecnie stosowany przy wielu chorobach i dolegliwościach, np. stwardnieniu rozsianym, napięciu okołomiesiączkowym i nadaktywności. Pomaga też podobno obniżyć poziom cholesterolu i ciśnienie krwi.

WIETLICA Athyrium (wietlicowate Athyriaceae)

W naszym kraju pospolicie w lasach występuje wietlica samicza *Athyrium filix-femina*, a rzadko, w Karpatach i Sudetach można znaleźć także wietlicę alpejską *A. distentifolium (A. alpinum)*.

Indianie Quilette, Quinault i Salisz jedli wnętrza upieczonych kłączy wietlicy, a Salisz także młode pędy.

Pędy wietlicy, tak jak pędy wielu innych gatunków paproci, zawierają tiaminazę, enzym powodujący zubożenie ciała w witaminę B1. Niewielkie ilości nie są szkodliwe, ale spożywane regularnie mogą doprowadzić do poważnych problemów zdrowotnych. Enzym ten jest niszczony przez wysoką temperaturę lub gruntowne wysuszenie.

WILCZOMLECZ Euphorbia (wilczomleczowate Euphorbiaceae)

Większość gatunków z rodzaju wilczomlecz to rośliny trujące. Biały piekący sok zawarty w ich łodygach działa silnie drażniąco nawet na skórę. Istnieją jedynie doniesienia o wykorzystaniu roślin wilczomleczu

Wierzbówka kiprzyca

Wiesiołek dwuletni

Włośnica sina

Wyka ptasia

obrotnego *Euphorbia helioscopia*, pospolitego chwastu pól i ogrodów. W Japonii był on podobno używany jako pożywienie po ugotowaniu lub jako materiał na herbatkę. Przy próbach jego wykorzystania zachować jednak należy szczególną ostrożność (silnie piekący smak na surowo), osobiście nie polecam.

WILŻYNA Ononis (strączkowe Fabaceae)

Na murawach, przydrożach i skrajach lasów występuje u nas wilżyna bezbronna *Ononis arvensis* (cały kraj oprócz Pomorza i zach. Wielkopolski), ciernista *O. spinosa* (rozproszona w całym kraju) i rozłogowa *O. repens* (tylko w zach. Polsce).

Kwiaty wilżyny ciernistej mogą być dodawane do sałatek. Surowy lub gotowany korzeń wilżyny ciernistej i rozłogowej był czasem żuty dla lukrecjowego smaku. Ich młode pędy gotowano i jedzono w sałatkach lub marynowano. Brak danych o wilżynie bezbronnej, ale przypuszczalnie ma ona podobne zastosowanie.

WINOBLUSZCZ Parthenocissus (winoroślowate Vitaceae)

U nas sadzone i zdziczałe są dwa podobne do siebie (czasem nie odróżniane) gatunki amerykańskie: najczęściej winobluszcz zaroślowy *Parthenocissus inserta* i rzadziej pięciolistkowy *Parthenocissus quinquefolia* oraz tylko w uprawie winobluszcz trójklapowy *Parthenocissus tricuspidata* ze wsch. Azji.

Winobluszcz pięciolistkowy był użytkowany przez Indian. Czipewejowie obcinali łodygi, gotowali je i obierali i zjadali słodką substancję między korą i drewnem. Indianie z Montany jedli jego owoce (niezbyt jednak smaczne), a Odżibwejowie gotowali korzenie. Podobnie można użytkować winobluszcz zaroślowy.

Sok z winobluszczu trójklapowego zbierany wczesną wiosną, był w Japonii używany jako słodzik, przed wprowadzeniem cukru.

WINOROŚL Vitis (winoroślowate Vitaceae)

Rośliny tej nie trzeba nikomu przedstawiać. Od tysiącleci owoce winorośli były jedzone przez ludzi na surowo, suszone w postaci rodzynek i fermentowane w wino. Większość gatunków winorośli występuje w nadrzecznych lasach i zaroślach cieplejszych rejonów strefy umiarkowanej i podzwrotnikowej Eurazji i Ameryki Pn. W Polsce tylko uprawiane, najczęściej rodzima, europejska winorośl właściwa *Vitis vinifera*. Czasem spotyka się także w uprawie jako rośliny ozdobne (mają w jesieni piękne czerwone liście) winorośl amurską *V. amurensis* i japońską *V. coignetiae*. Wszystkie gatunki winorośli mają jadalne owoce, dzikie formy z reguły drobne i kwaskowate. Owoce winorośli są uznawane za bardzo wartościowe pożywienie, zawierają wiele witamin i związków wzmacniających i oczyszczających organizm. Z powodu koncentracji składników odżywczych zbliżonej do plazmy krwi owoce stosowane są w killkudniowych dietach oczyszczających.

Młode liście i pędy winorośli mogą być jedzone na surowo lub gotowane. Na Bałkanach i Kaukazie robi się powszechnie gołąbki owijane liśćmi winorośli. Z pędów winorośli można też otrzymywać wiosną słodkawy sok, ale jego pozyskiwanie osłabia roślinę.

Z nasion winorośli uzyskuje się olej o delikatnym smaku, ostatnio coraz częściej używany w gospodarstwach domowych.

KISZONE LIŚCIE WINOROŚLI PO ARMEŃSKU
1 l, 12 dkg soli. Młode liście winorośli wkładamy do słoja lub kamiennego garnka. Zalewamy roztworem soli i lekko ubijamy. Uciskamy płaskim kamieniem, tak aby roztwór pokrywał liście warstwą 3-4 cm. Ukiszonych liści używamy jako przystwki lub składnika bardziej skomplikowanych potraw. Sól usuwamy mocząc liście w czystej wodzie, 3-5 krotnie, za każdym razem przez godzinę.

WIOSNÓWKA Erophila (krzyżowe Brassicaceae)

Na piaskach, przydrożach i murawach występuje wiosnówka wiosenna *Erophila verna*, ma liście jadalne na surowo.

WŁOŚNICA Setaria (trawy Poaceae)

Kilka gatunków włośnicy, głównie włośnica zielona (dziki ber) *Setaria viridis* i sina *S. pumila (S. glauca)*, występuje u nas jako chwasty, najczęściej roślin okopowych.

Nasiona włośnic są bardzo smaczne. Mogą być jedzone ugotowane lub zmielone na mąkę w formie placków itp. Jest to jeden z najłatwiejszych i najsmaczniejszych dzikich plonów, które zbierałem. Nasiona są smaczne nawet na surowo, ale, uwaga, mają włoski, które pozostawiają swędzące uczucie w gardle. Lepiej je gotować lub piec.

Z nasion włośnicy sinej robiono we Włoszech polentę, a Afryce jedzono pyliste zarodniki grzybów z jej liści. Podobno robiono z nich też wódkę.

Do rodzaju tego należy jedno z najdawniejszych zbóż uprawianych przez człowieka, także w naszym kraju – włośnica ber *Setaria italica*. Roślina ta jest nadal uprawiana w niektórych rejonach subtropikalnych.

WOLFFIA Wolffia (rzęsowate Lemnaceae)

Wolfia bezkorzeniowa *Wolffia arhiza* jest miniaturową roślinką pływającą, u nas niezbyt częsta w wodach stojących. Jej liście można gotować, podobno są całkiem smaczne.

WOSKOWNICA Myrica (woskownicowate Myricaceae)

Woskownica europejska *Myrica gale* występuje u nas tylko nad Bałtykiem, w olszynach i wrzosowiskach. Znajduje się pod ochroną. Francuscy kanadyjczycy nazywali ją „laurier" i jak liść laurowy dodawali do zup; w Anglii dodawano i czasem wciąż się dodaje te liście do piwa zamiast chmielu, oraz do miodu pitnego, a jagody używano we Francji jako przyprawę. Indianie Potawatomi używali ich do obkładania wiader z borówkami aby zapobiec psuciu się owoców. Uwaga, nie wskazana dla kobiet w ciąży.

Owoce woskownicy pokryte są woskiem, którego używano dawniej do wyrobu świec (gotowano je w wodzie, wosk zbierano z powierzchni).

STARODAWNE ANGIELSKIE PIWO MIODOWE Z WOSKOWNICY za Philipsem

Zbierz słój liści woskownicy. Zagotuj wodę. Zalej nią liście, mierząc ile wody zużyłeś. Następnie dodaj miodu, w ilości 1/16 zużytej wody. Zaczekaj aż temperatura opadnie do ciepłoty ludzkiego ciała i dodaj łyżeczkę drożdży. Odcedź liście woskownicy, a piwu pozwól pracować przez tydzień. Usuń pianę, przecedź piwo do otwartego drewnianego lub kamiennego naczynia. Zamknij dopiero po dniu. Piwo potrzebuje przynajmniej miesiąc, aby dojrzeć.

WRONIEC Huperzia (widłakowate Lycopodiaceae)

Wroniec widlasty (Widłak wroniec) *Huperzia selago* występuje w całej Polsce, choć niezbyt często, w cienistych lasach. Jego pędy są podobno jadalne. Znajduje się pod ochroną.

WRONÓG Coronopus (krzyżowe Brassicaceae)

Spotykany czasem na gliniastych przydrożach wronóg grzebieniasty *Coronopus squamatus (C. procumbens)* ma jadalne liście. Na surowo śmierdzą, najlepiej długo jego gotować. Jadalne są też gotowane korzenie.

WROTYCZ Tanacetum (złożone Asteraceae)

Wrotycz zwyczajny *Tanacetum vulgare* występuje u nas pospolicie na przydrożach, miedzach i miejscach ruderalnych. Młode liście wrotyczu są jadalne, choć mają gorzkawy, aromatyczny smak. W Anglii przynajmniej do XVII w. tradycyjnie pieczono na wiosnę ciasteczka z liśćmi wrotycza, z powodu ich działania odrobaczającego. Dodawano je też do jajecznic, omletów i serów, głównie na wiosnę (koło Wielkanocy), gdy liście są mniej gorzkie. Wrotycz, podobnie jak piołun i tuja zawiera tujon, substancję stymulującą działanie mózgu. Uwaga, w większych ilościach wrotycz jest toksyczny, jego zażywanie może wywołać poronienie.

MAJOWY OMLET Z WROTYCZEM POSPOLITYM

2 jajka, szklanka gęstej śmietany, pokruszony kawałek bułki, 2 łyżeczki drobno siekanych młodych liści wrotyczu (zbieranych w kwietniu lub maju), szczypta mielonej gałki muszkatołowej, 3 jabłka, kilka łyżek masła.

Zmieszać jajka, śmietanę, okruchy, wrotycz i gałkę. Zostawić na 10 minut. Oczyścić jabłka i pokroić na plasterki. Stopić masło na patelni, dodać jabłka i smażyć przez 5 minut, aż zmiękną. Potem wlać wcześniej opisaną mieszaninę i na małym ogniu gotować jeszcze przez 10 minut, aż prawie zupełnie się zetnie i lekko zbrązowieje. Nie mieszać. Potem kroimy na plasterki i posypujemy cukrem (najlepiej brązowym).

Rzadszy jest, rozproszony w całej Polsce, wrotycz maruna (złocień maruna) *Tanacetum parthenium (Chrysanthemum parthenium)*. Jego suszone kwiaty używano w niektórych krajach jako przyprawy do ciast lub parzono z nich herbatę. W ziołolecznictwie roślina ta jest stosowana głównie przy migrenach i reumatyzmie. Brak informacji o pozostałych paru gatunkach wrotycza.

WRZOS Calluna (wrzosowate Ericaceae)

Wrzos zwyczajny *Calluna vulgaris* występuje w całym kraju w widnych lasach sosonowych, a na suchych jałowych glebach tworzy wrzosowiska. Plemiona celtyckie przygotowywały odurzający napój z kwitnących gałązek wrzosu zmieszanych z miodem. W Hebrydach do niedawna ważono piwo z dwóch części wrzosu i jednej części słodu. Można także parzyć herbatkę z kwitnących pędów. Wrzos ma też pewne znaczenie lecznicze, ma działanie ściągające, oczyszczające, moczopędne i odkaża przewody moczowe.

WSZEWŁOGA Meum (baldaszkowate Apiaceae)

Wszewłoga górska *Meum athamanticum* występuje jedynie w zachodnich Sudetach. Liście i korzenie, o słodkim smaku zbliżonym do pasternaku, mogą być dodawane do zup. Używano ich dawniej w Wielkiej Brytanii.

WYDMUCHRZYCA Elymus (Leymus) (trawy Poaceae)

Wydmuchrzyca piaskowa *Elymus arenarius* (*Leymus arenarius*) występuje na wydmach bałtyckich i czasami na piaskach w głębi kraju. Stosowana też do umacniania piasków. Jej duże ziarna są bogate w skrobię i białko, dlatego była ona jeszcze w średniowieczu uprawiana. Jadalne są też kłącza.

Nic nie wiadomo o jadalności wydmuchrzycy leśnej (jęczmieńca leśnego) *Elymys europeaus* (*Hordelymus europaeus*), ale przypuszczalnie jest jadalny, jak pokrewne gatunki.

Do rodzaju tego często zaliczany jest też → PERZ.

WYKA Vicia (strączkowe Fabaceae)

Do rodzaju wyka należy uprawiany od starożytności bób *Vicia faba*. Szczególnie w obszarze Śródziemnomorskim zanotowano chorobę zwaną „fawizm". Zapada na nią pewna niewielka część populacji, gdy jest zmuszona odżywiać się bobem w dużym ilościach i przez długi okres. Poza tym nasiona bobu i innych wyk są pożywnym, bogatym w białko pokarmem. Tak jak inne nasiona roślin strączkowych najlepiej je namoczyć w wodzie na kilkanaście godzin przed użyciem, ułatwi to usunięcie lekko trujących saponin. Nasiona bobu są zwykle jedzone gotowane w sosach, na surowo są jadalne, gdy są bardzo młode.

Dziko występuje w naszym kraju ponad 20 gatunków z tego rodzaju. Dzikie gatunki wyki z reguły mają nasiona dużo drobniejsze niż bób. Próbując je zbierać (*V. sepium* i *V. cracca*) zwykle nie udawało mi się przekroczyć wydajności 20 g na godzinę. Z naszych krajowych gatunków jedynie wyka brudnożółta *Vicia grandiflora*, miejscami, na przykład na Podkarpaciu, liczna w zbożu i na przydrożach ma dosyć duże nasiona. Zwykle udaje mi się uzbierać 50-100 g nasion tego gatunku na godzinę, rzadko do 150 g. Nasiona wyk smakują trochę jak brązowa soczewica, są świetnym dodatkiem do zup i sosów. Poszczególne gatunki różnią się smakiem, np. nasiona wyki brudnożółtej są dużo smaczniejsze od gorzkawej wyki ptasiej. Szczególnie dla tej ostatniej zaleca się solidne namoczenie i gotowanie. Mogą być także mielone i dodawane do mąki do wypieku chleba i ciast. Bardzo smaczne są też młode wiosenne (marzec –maj) zielone pędy. Stanowią wspaniały składnik zup i sałatek.

W przeszłości próbowano uprawiać różne gatunki na większą skalę jako pokarm człowieka. Eksperymenty zarzucano nie dlatego że wyka jest niesmaczna, ale dlatego że plony nie były imponujące. W Europie (szczególnie we Francji) przynajmniej okazjonalnie zbierano lub uprawiano nasiona następujących gatunków występujących w naszym kraju: wyka ptasia *Vicia cracca*, drobnokwiatowa *V. hirsuta*, narbońska *V. narbonensis*, grochowata *V. pisiformis*, siewna *V. sativa*, płotowa *V. sepium*, długożagielkowa *V. tenuifolia*, czteronasienna *V. tetrasperma* i kosmata *V. villosa*.

Indianie jedli nasiona gatunków amerykańskich – *Vicia americana* i *V. gigantea*.

WYWŁÓCZNIK Myriophyllum (wywłócznikowate Holoragaceae)

W naszym kraju występują w różnych rodzajach wód trzy gatunki wywłócznika: wywłócznik kłosowy *Myriophyllum spicatum* (dosyć pospolity), okółkowy *M. verticillatum* (trochę rzadszy) i skrętoległy *M. alternifolium* (tylko na Pomorzu).

Korzenie wywłócznika kłosowego były podstawowym pożywieniem w okresach nieodostatku u Indian Tanana, jedzone na surowo lub smażone na oleju. Mają słodki smak.

Gdzieś jedzone były też gotowane pędy wywłócznika okółkowego.

WYŻPIN Cucubalus (goździkowate Caryophyllaceae)

W wilgotnych zaroślach w dolinach rzek występuje wyżpin jagodowy *Cucubalus baccifer*. Jego młode pędy są jadalne po ugotowaniu.

ZAMOKRZYCA Leersia (trawy Poaceae)

Zamokrzyca ryżowa *Leersia oryzoides*, występująca na brzegach wód w całym kraju, ma podobnie jak wiele innych traw jadalne ziarniaki.

ZARAZA Orobanche (zarazowate Orobanchaceae)

Kilkanaście trudnych do odróżnienia gatunków z tego rodzaju występuje w całym kraju, z reguły bardzo rzadko. Są to rośliny pasożytnicze, czerpiące soki z innych roślin. Ks. Kluk jako roślinę jadalną wymienia zarazę wielką *Orobanche elatior (O. major)*. Pisze o niej, że „roślina ta ma zapach goździków korzennych: wypustki iey mogą się zażywać iak Szaparagi. Było mniemanie, że zażycie iey Krowom czyniło chęć do Byka: to pewnieysze, że iest skuteczna na goienie ran." Przypuszczalnie także inne krajowe gatunki są jadalne.

Z gatunków amerykańskich Indianie Pima piekli w popiele dolne części pędów *Orobanche fasciculata* i *O. ludoviciana*, a Pima i Cahuilla jedli na surowo lub gotowane podziemne części *O. cooperi*.

ZAWCIĄG Armeria (ołownicowate Plumbaginaceae)

Zawciąg pospolity *Armeria maritima (A. elongata)* występuje pospolicie na piaszczystych murawach, za wyjątkiem Mazur i dużej części Małopolski. Jego liście są jadalne po ugotowaniu. Korzenie też są podobno jadalne.

ZAWILEC Anemone (jaskrowate Ranunculaceae)

Cztery gatunki zawilca występują w naszym kraju. Pospolite są występujące w lasach liściastych zawilec gajowy *Anemone nemorosa* i z. żółty *Anemone ranunculoides*. Z. wielkokwiatowy *A. sylvestris* jest rozproszony jedynie w suchych nawapiennych murawach i zaroślach. Najrzadziej występuje zawilec narcyzowy *A. narcissiflora* (łąki wysokogórskie Sudetów, Babiej Góry, Tatr i Bieszczadów). Dwa ostatnie gatunki są pod całkowitą ochroną. Większość gatunków zawilca to rośliny trujące. Zawilec narcyzowy był jadany przez tubylców na Alasce i Aleutach. Jedzono górne koniuszki korzeni, bądź liście (przypuszczalnie tylko młode), które ubijano z inną zieleniną i olejem w rodzaj kremu, który zamrażano. Jedzono także gotowane liście kilku gatunków zawilców wschodnioazjatyckich.

ZDROJEK Montia (portulakowate Portulacaceae)

Zdrojek źródlany *Montia perfoliata* występuje na wilgotnych piaskach i brzegach wód w zach. Polsce. Młode liście, o łagodnym smaku, można dodawać do sałatek.

ZERWA Phyteuma (dzwonkowate Campanulaceae)

Zerwa kłosowa *Phyteuma spicatum* występuje w całej Polsce w lasach liściastych. Jej grube mięsiste korzenie były dawniej w Europie i Anglii gotowane lub jedzone na surowo w sałatkach.

Zerwa kulista *Phyteum orbiculare* występująca rzadko na łąkach i murawach na pd. Polski. Znajduje się pod ochroną, też ma jadalne korzenie i liście.

ZIARNOPŁON Ficaria (jaskrowate Ranunculaceae)

Ziarnopłon wiosenny (jaskier ziarnopłon) *Ficaria verna (Ranunculus ficaria)* występuje pospolicie w lasach, zaroślach i na łąkach. Jego młode liście, rozwijające się w marcu lub kwietniu są jadalne na surowo lub gotowane. Można je przyrządzać podobnie jak szpinak – z imbirem i czosnkiem – dają wtedy jedną z najwspanialszych zielonych potraw jakie znam. Niestety pod koniec okresu kwitnienia liście robią się gorzkie i stają się lekko trujące. W czerwcu żółkną i zupełnie zanikają. Pączki ziarnopłonu można przyrządzać jak kapary. Bulwki tworzące się w kątach liści są jadalne po ugotowaniu. Oto co pisze o tym gatunku ksiądz Kluk: „Liście mają smak słodkawy, nieco tłusty, nie bardzo przyiemny: są bez ostrości; zażywać się mogą zamiast sałaty, lub gotować na zieleninę."

Zobacz też → jaskier.

ZIEMNIACZKA →TLADIANTA

ZIMOZIÓŁ Linnaea (przewiertniowate Caprifoliaceae)

Zimoziół północny *Linnaeae borealis* jest płożącą się krzewinką występującą u nas rzadko w borach, głównie na niżu. Jest pod ochroną. Jego kwiaty używane są jako przyprawa do konfitur, którym nadają prjemny waniliowy smak. Podobno można też parzyć z niego herbatę.

ZŁOCIEŃ Chrysanthemum (złożone Asteraceae)

Głównie na zachodzie i północy kraju występuje żółto kwitnący chwast jednoroczny - złocień polny *Chrysanthemum segetum*. Wg Dioskorydesa jego mięsiste liście i łodygi są jadalne po ugotowaniu. W Japonii i Chinach częściowo podgotowane jedzone były z octem. Roślina zawiera kumarynę, dlatego nie powinna być jedzona po wysuszeniu, wtedy może być toksyczna.

Zobacz też → JASTRUN *Leucanthemum* (dawniej jako *Chrysanthemum* np. *Ch. leucanthemum*).

ZŁOĆ Gagea (liliowate Liliaceae)

Złoć żółta *Gagea lutea* występuje pospolicie w wilgotnych lasach i parkach, rzadziej na łąkach. Jej cebule jedzono na surowo, suszone lub gotowane, głównie w czasach głodu. Mają przyjemny, łagodny, mączysty smak, są prawdopodobnie bogate w skrobię. Jedynym mankamentem jest ich niewielki rozmiar. Kilka innych, niezbyt częstych, gatunków złoci rosnących w lasach, na łąkach i polach może być też jadalne.

ZOSTERA Zostera (zosterowate Zosteraceae)

Zostera morska *Zostera maritima* jest rośliną o trawiastym pokroju, tworzącą podmorskie łąki u wybrzeży Bałtyku. Znajduje się pod ochroną. Na Hebrydach zewnętrznych korzeń tej rośliny wyrzucany jest w dużych ilościach podczas sztormów, był żuty dla słodkiego soku, który zawiera.

ŻABIENIEC Alisma (żabieńcowate Alismataceae)

Żabieniec babka wodna *Alisma plantago-aquatica* jest gatunkiem o szerokim rozprzestrzenieniu na świecie (rośnie nawet w Australii), w Polsce bardzo pospolita na brzegach wód.

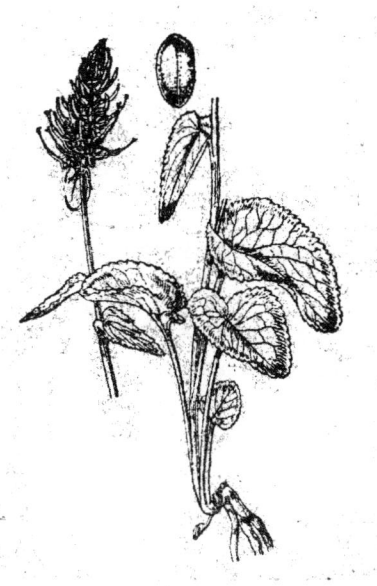

Zerwa kłosowa   Ziarnopłon wiosenny

Złoć żółta   Żabieniec babka wodna

Ma bogate w skrobię kłącza. Była powszechnie jadana przez Kałmuków, piekący smak usuwano przez suszenie i potem gotowanie.

ŻANKIEL Sanicula (baldaszkowate Apiaceae)

Żankiel zwyczajny *Sanicula europaea* występuje w lasach liściastych całej Polski. Liście i młode pędy są jadalne dopiero po ugotowaniu, bo zawierają bowiem saponiny.

ŻARNOWIEC Sarothamnus (strączkowe Fabaceae)

Żarnowiec miotlasty *Sarothamnus scoparius (Cytisus scoparius)* występuje u nas w zaroślach i na leśnych polanach, na glebach kwaśnych, najliczniej na zachodzie Polski. Pączki kwiatowe żarnowca marynuje się jak kapary. Młode zielone pędy dodawano jak chmielu do piwa dla nadania mu gorzkiego smaku. Prażone nasiona można używać jako substytut kawy.

Uwaga, żarnowiec jest rośliną lekko trującą, nie wolno spożywać go w większych ilościach. Jest stosowany jako roślina lecznicza. Spowalnia oddech, reguluje akcję serca i działa moczopędnie.

POTRAWA Z PĄCZKAMI KWIATÓW ŻARNOWCA
z The Good Huswives Treasure 1588-1660, za Mabey
pokrój zimnego pieczonego kurczaka lub inne mięso na plasterki. Wymieszaj z mielonym tarragonem i cebulą. Potem wszystko wymieszaj z kaparami, oliwkami, "samphire" (przypuszczalnie chodzi o soliród), pączkami żarnowca, grzybami, ostrygami, cytryną, pomarańczą, rodzynkami, migdałami, niebieskimi figami, wirginijskimi (?) ziemniakami, grochem oraz czerwonymi i czarnymi porzeczkami. Udekoruj plasterkami cytryny i pomarańczy. Polej olejem i octem zmieszanymi razem.

ŻEBROWIEC Pleurospermum (baldaszkowate Apiaceae)

W widnych lasach i zaroślach występuje u nas w roproszeniu żebrowiec górski *Pleuropsermum austriacum*. Jego młode liście są podobno jadalne po ugotowaniu.

ŻMIJOWIEC Echium (szorstkolistne Boraginaceae)

Żmijowiec zwyczajny *Echium vulgare* występuje pospolicie na suchych murawach i przydrożach. Jego młode liście są jadalne na surowo lub gotowane. Mają łagodny, śluzowaty smak. Uwaga, jedno źródło literaturowe podaje, że może być toksyczny.

ŻÓŁTLICA Galinsoga (złożone Asteraceae)

Żółtlica drobnokwiatowa *Galinsoga parviflora* i żółtlica owłosiona *Galinsoga ciliata (G. quadriradiata)* występują pospolicie jako chwasty roślin okopowych. Ich młode pędy są jadalne na surowo lub w sałatkach. Mogą też być suszone i po sproszkowaniu dodawane do zup. Żółtlica drobnokwiatowa (*guasca* w jęz. keczua) jest jadana w Andach od czasów Inków, uprawiana razem z kukurydzą, jest sprzedawana na targach. Jest także jadana jako warzywo w pd-zach. Azji.

ŻUBRÓWKA → TURÓWKA

ŻURAWINA Oxycoccus (wrzosowate Ericaceae)

Żurawina błotna *Oxycoccus palustris (O. quadripetalus, Vaccinium oxycoccos)* występuje w całym kraju na torfowiskach wysokich i w borach bagiennych. Uprawiana i czasem zdziczała na torfowiskach jest także żurawina wielkoowocowa *Oxycoccus macrocarpos (V. macrocarpon)*. Ma ona większe, ale podobno trochę mniej smaczne owoce od żurawiny błotnej. Kwaśne jagody żurawin jedzone są i cenione przez wszystkie ludy północy, m.in. Eskimosów, Indian, Rosjan, Finów, Polaków, Szkotów i in.. Są jednymi z najsmaczniejszych owoców. Żurawina jest najbardziej znana, także i u nas w postaci sosu jako przystawka do mięsa. Można z niej robić także wspaniały orzeźwiający sok. Na Syberii przyprawiają nią kiszoną kapustę. Zawiera dużo pektyn, nadaje się więc świetnie do robienia dżemu. Z liści (zawierających glikozydy obniżające ciśnienie i działające odkażajaco na przewody moczowe) można parzyć herbatkę. Indianie suszyli owoce żurawiny rzadziej niż inne owoce, bo długo trzymały się na krzakach. Często dodawali je do sosów albo też podawali słodzone z syropem klonowym. Irokezi zabierali suszoną żurawinę jako pożywienie na polowania. Eskimosi Inupiat ubijali deser z żurawiny i mrożonej ikry lub gotowali ją z ikrą, rybami lub/i cukrem.

ŻYCICA Lolium (trawy Poaceae)

W naszym kraju na trawnikach występuje pospolicie życica trwała (rajgras angielski) *Lolium perenne*. Wysiewana jest też czasem większa życica wielokwiatowa *Lolium multiflorum*. W zbożu i na przydrożach występuje rzadko życica roczna *Lolium temulentum*. W przeciwieństwie do większości traw, stanowiących cenne pożywienie, nasiona życic są jadalne jedynie w małych ilościach. Nasiona życicy rocznej zawierają pewne ilości przypuszczalnie trującego alkaloidu – temuliny, poza tym kłosy często zawierają sporysz, przetrwalniki grzyba *Endocladium temulentum*, w większych ilościach toksyczne). Nasiona życicy trwałej także zawierają lekko trujące alkaloidy.

ŻYWIEC Dentaria (krzyżowe Brassicaceae)

W naszym kraju występują w lasach trzy gatunki żywca: żywiec gruczołowaty *Dentaria glandulosa (Cardamine glandulosa)* - w buczynach pd i pd-wsch. Polski, żywiec dziewięciolistny *D. enneaphyllos (C. enneaphyllos)* - w buczynach pd-zach. Polski oraz żywiec cebulkowy *D. bulbifera (C. bulbifera)* - w różnych lasach liściastych, poza Wielkopolską i Mazowszem. Są to geofity wiosenne, czyli rośliny spędzające cały rok pod ziemią, oprócz miesięcy wiosennych, kiedy kwitną i rosną.

Wiadomo, że jadalne są zarówno liście (ale tylko młode, potem robią się gorzkie), jak i podziemne kłącza żywca cebulkowego, w stanie surowym lub gotowane. Mają one lekko piekący smak, zbliżony do chrzanu lub rzeżuchy. Brak danych o jadalności pozostałych dwóch gatunków, przypuszczalnie są jadalne (jadłem żywca gruczołowatego – ma podobny smak jak żywiec cebulkowy). Jadalne są także różne amerykańskie gatunki żywca. Korzenie, rzadziej pędy, takich gatunków jak *Dentaria laciniata (Cardamine concatenata), D. diphylla (C. diphylla)* i *D. maxima (C. maxima)* były jedzone przez różne plemiona m.in. Irokezów i Odżibwejów po ugotowaniu. Aby usunąć piekący smak korzeni *D. maxima* Indianie podobno przechowywali je przez kilka dni w zbitych kupkach, gdzie fermentowały. Potem ugotowane traciły piekący smak.

ŻYWOKOST Symphytum (szorstkolistne Boraginaceae)

Żywokost lekarski *Symphytum officianale* występuje pospolicie na wilgotnych łąkach, siedliskach ruderalnych i skrajach lasów. Jego liście, gdy są młode mogą być jedzone na surowo lub gotowane. Są podobno pełne wartościowych składników pokarmowych, ale śluzowate i niesmaczne. Nadają się natomiast świetnie jako dodatek do zup. Można jeść także posiekane, obrane ze skórki korzenie (zawierają m.in. skrobię i cukry proste). Pieczonych korzeni używano wraz z korzeniem mniszka i cykorii do wyrobu substytutu kawy. Z liści można także parzyć herbatkę. Żywokost lekarski (korzeń, w mniejszym stopniu liść) był od wieków używany w ziołolecznictwie, głównie zewnętrznie, jako środek przyspieszający gojenie ran, dzięki zawartości allontoiny. Żywokost nie powinien być jedzony w większych ilościach, bo zawiera niewielkie ilości trujących alkaloidów.

Do wyrobu kawy używano również korzeni żywokostu bulwiastego *Symphytum tuberosum* występującego u nas na południu kraju, w lasach liściastych.

Brak informacji o użytkowaniu rosnącego w karpackich lasach żywokostu sercowatego *Symphytum cordatum*.

PLACUSZKI Z LIŚCI ŻYWOKOSTU LEKARSKIEGO

Starodawny przepis z okolic Ojcowa. Przyrządzić ciasto, ubijając ze sobą 2 jaja, kilka łyżek mąki, sól, 1 łyżkę oleju, 1 łyżkę wody. Umyte i osuszone świeże liście żywokostu (koło 3-4 szt.) pokroić na parocentymetrowe kawałeczki. Oprószyć mąką i maczać w cieście, formując placuszki. Smażyć je po obu stronach w rozgrzanym oleju. Ciasto można też zrobić słodkie, z cukrem pudrem i cynamonem.

ŻYWOTNIK →TUJA

Ziarnopłon.

Czosnek niedźwiedzi.

Żywiec gruczołowaty.

Kokorycz pełna.

Cebule lilii.

Spuszczanie soku klonowego.

Czyściec błotny (bulwy).

Żołędzie gotowe do jedzenia

Bulwy topinamburu.

Pięciornik gęsi.

LITERATURA

Bohuszewicz Z. 1955 – Rośliny jadalne dziko rosnące. – Nasza Księgarnia, Warszawa

Bryan J.E. & Castle C. 1976. – The Edible Ornamental Garden. - Pitman Publishing

Couplan F. 1998 – The Encyclopaedia of Edible Plants of North America – Keats Publishing, New Kanaan, Connecticut

Darman P. 1995 – Podręcznik survivalu. – PELTA, Warszawa 1995. Uwaga! Książka zawiera liczne błędy, cytuję ją tylko we wstępie

Elpel T.J. 1999 – Participating in Nature. Thomas J. Elpel's Field Guide to Primitive Living Skills. Wydanie IV, zmienione – HOPS Press, Pony, Montana

Fern K. 1997 – Plants For A Future: Edible & Useful Plants For A Healthier World. – Permanent Publications, Clanfield, Hampshire (Anglia)

Gumowska I. 1987. – Leśne skarby. – PTTK „Kraj", Warszawa

Gumowska I. 1988 – Słońce w słoikach. – Watra

Gumowska I. 1989. – Deptane po drodze. – PTTK „Kraj", Warszawa

Hartley D. 1954 – Food in England – MacDonaldHenslowa M. 1962 – Rośliny dziko rosnące w kulturze ludu polskiego. – Polskie Towarzystwo Ludoznawcze, Wrocław

Hedrick U.P. (ed.) 1919 – Sturtevant's Edible Plants of the World. – Dover Publications, Inc., New York

Hosking R. 1996 – A Dictionary of Japanese Food. Ingredients and Culture. – Tuttle Publishing, Boston – Rutland – Tokyo

Jaśkiewicz B. 2002 – Zielona Kuchnia czyli zielnik dziko rosnących roślin jadalnych. – Harcerski Klub Turystyczny „Stowarzyszenie Wszystkich Chętnych", wydanie na prawach manuskryptu

Lanska D. 1992 – Jadalne rośliny dzikorosnące. – Oficyna Wydawnicza „Delta W-Z", Warszawa

Kluk K. 1805-1811 – Dykcyonarz Roślinny. Tom I-III. – Drukarnia Xięży Piarów, Warszawa

Kunkel G. 1984 – Plants for Human Consumption. – Koeltz Scientific Books, Koenigstein (Dania)Agulan S. Ł. (praca zbiorowa

bez redaktora głównego) i inni   Kuchnia ormiańska –
PWRiL, Warszawa

Mabey R. 1974 – Food for Free: A Guide to the Edible Wild Plants of Britain – Collins, London.

Marcin z Urzędowa 1595 – Zielnik, Kraków

Maurizio A. 1926 – Pożywienie roślinne w rozwoju dziejowym. – Kasa Mianowskiego, Warszawa

Moerman D.E. 1998 – Native American Ethnobotany. – Timber Press, Portland, Oregon

Moszyński K. 1967 – Kultura ludowa słowian. Tom I. Kultura materialna. – Książka i Wiedza, Warszawa, pp. 24-37

Mowszowicz J. 1970 – Botaniczne zestawienie naczyniowych roślin jadalnych dziko rosnących w naszym kraju. – Zeszyty Naukowe Uniwersytetu Łódzkiego. Seria II. Zeszyt 36: 3-22

Muszyński J., Górski M., Kałużyński H. & Połomski Z. (eds) 1959 – Vademecum fitoterapii – WPLiS, Warszawa

Philips, R. 1983 – Wild Food: A Unique Photographic Guide to Finding, Cooking and Eating Wild Plants, Mushrooms and Seaweeds. – Pan Books, London

Richards B.W. & Kaneko A. 1988 – Japanese plants. Know them and use them. – Shufunotomo, Tokyo

Rostafiński J. 1916 – O nazwach oraz użytkach ćwikły, buraków i barszczu. – Akademia Umiejętności, Kraków

Rutkowski L. 1998 – Klucz do oznaczania roślin naczyniowych Polski niżowej – Wydawnictwo Naukowe PWN, Warszawa

Syreński Sz. 1613 – Zielnik, Kraków

Szymanderska H. 2001 – Pokochać zielsko. Zapomniane zioła w naszej kuchni. – Muza SA, Warszawa

Tanaka T. 1976 – Tanaka's Cyclopaedia of Edible Plants of the World. – Keigaku Publishing, Tokyo

.Zając A. & Zając M. (eds) 2001 – Atlas rozmieszczenia roślin naczyniowych w Polsce. – Uniwersytet Jagielloński, Kraków

Plants For a Future Database. www.comp.leeds.ac.uk/pfaf/index.html
Komputerowa baza danych roślin jadalnych, którą stworzył Ken Fern z Kornwalii, autor książki „Plants For A Future".

INDEKS ŁACIŃSKICH NAZW RODZAJÓW

Abies 88
Acer 95, 97*
Achillea 112
Acinos 57
Aconitum 230
Acorus 228
Actinidia 27
Adenophora 65
Aegopodium 166, 167*
Aesculus 92
Agrimonia 191*, 192
Agropyron 160, 161*
Agrostemma 94
Ajuga 60
Alcea 129
Alchemilla 176
Alisma 252, 253*
Alliaria 53
Allium 51*, 53
Alnus 147
Althaea 172
Alyssum 200
Amaranthus 210, 211*
Amelanchier 225
Ammophila 160
Amsinckia 27
Anacamptis 107
Anagallis 115
Anaphalis 27
Anchusa 66
Andromeda 142
Anemone 250
Anethum 105
Angelica 64
Antennaria 235

Anthoxanthum 231
Anthriscus 233
Apium 194
Aquilegia 150
Arabis 68
Arctium 123*, 124
Arctostaphylos 131*, 132
Arenaria 160
Armeria 250
Armoracia 48
Aronia 27
Artemisia 45
Arum 141*, 146
Aruncus 159
Asarum 103*, 106
Asclepias 232
Asparagus 217
Aster 28
Astragalus 231
Athyrium 242
Atriplex 123*, 124
Avena 155
Barbaraea 71
Beckmannia 33
Bellis 203
Berberis 34
Berula 171
Betula 42
Bidens 235
Blechnum 166
Borago 147
Botrychium 166
Bromus 203
Bryonia 173

Bulboschoenus 196
Bunias 189
Bunium 45
Bupleurum 174
Butomus 122, 123*
Cakile 189
Calendula 143
Calla 53
Calluna 248
Caltha 85*, 89
Calycanthus 94
Calystegia 94
Camelina 121
Campanula 61*, 65
Cannabis 101, 103*
Capsella 219*, 227
Caragana 91
Cardamine 192
Cardaria 162
Carduus 153
Carex 235
Carlina 63
Carum 97*, 99
Carya 152
Castanea 85*, 91
Celastrus 62
Celtis 238, 239*
Centaurea 47
Cerastium 184
Cercis 89
Chaenomeles 165
Chaerophyllum 226
Chamaedaphne 47
Chamaenerion 241, 243*
Chamomilla 189

Chenopodium 101, 103*
Chimaphila 169
Chondrilla 48
Chrysanthemum 252
Chrysosplenium 218
Cichorium 50
Cicuta 208
Cirsium 151*, 154
Cladium 98
Clematis 172
Clinopodium 94
Cochlearia 236
Comarum 195, 205*
Conium 216
Conringia 178
Convallaria 105
Conyza 105
Cornus 60, 61*
Coronopus 247
Corrigiola 143
Corydalis 99
Corylus 117*, 118
Crataegus 70, 75*
Crepis 160
Crocus 109
Cucubalus 250
Cydonia 164
Cymbalaria 52
Cynoglossum 154
Cyperus 49
Cystopteris 158
Dactylis 114, 117*
Dactylorhiza 111*, 114
Daucus 130
Dentaria 256

Deschampsia 223
Descurainia 206
Dianthus 73
Digitaria 151*, 155
Diplotaxis 63
Draba 69
Drosera 185
Dryas 62
Dryopteris 144
Echinochloa 49
Echium 254
Eleagnus 148
Elymus 248
Empetrum 32
Epilobium 241
Equisetum 197*, 198
Eragrostis 137
Erigeron 174
Eriophorum 236
Erodium 79, 85*
Erophila 245
Eryngium 135
Erythronium 177, 179*
Euphorbia 242
Fagus 44, 51*
Fallopia 183
Festuca 107
Ficaria 251
Filipendula 238, 239*
Foeniculm 66
Fragaria 172
Fraxinus 84
Fritillaria 207
Gagea 252, 253*
Galega 190
Galeobdolon 68

Galinsoga 255
Galium 175, 179*
Gaultheria 68
Genista 82
Gentiana 72
Gentianella 72
Geranium 40
Geum 111*, 113
Ginkgo 137
Gladiolus 133
Glaux 138
Glechoma 38
Gleditsia 69
Glyceria 129, 131*
Gnaphalium 210
Gymnadenia 73
Gymnocladus 98
Hamamelis 147
Helianthus 199
Hemerocallis 120
Heracleum 29, 39*
Hesperis 240
Hieracium 84
Hierochloe 234
Hippophae 184
Hippuris 167*, 174
Hosta 67
Humulus 47, 51*
Huperzia 246
Hydrangea 79
Hydrocotyle 236
Hypericum 61*, 65
Hypochoeris 173
Hyssopus 79
Impatiens 141*, 145
Inula 148
Iris 106

Jovibarba 184, 191*
Juglans 150, 151*
Juncus 195
Juniperus 81
Lactuca 193
Lamium 83
Lapsana 124
Larix 140
Laserpitium 147
Lathyrus 74, 75*
Lavatera 218, 219*
Ledum 29
Leersia 250
Leontodon 41
Leonurus 194
Lepidium 161*, 162
Leucanthemum 84
Leymus 248
Ligularia 88
Lilium 117*, 118
Linaria 121
Linnaea 252
Liquidambar 27
Lithospermum 144
Lolium 255
Lonicera 238
Lunaria 133
Lupinus 127
Lycium 101
Lycopus 91
Lysimachia 230
Lythrum 110
Mahonia 127
Maianthemum 105
Malus 80
Malva 218, 219*
Marrubium 209

Marsilea 131*, 132
Matteucia 165
Medicago 122
Melilotus 145
Mentha 133, 141*
Menyanthes 39*, 40
Mercurialis 216
Meum 248
Millium 173
Mimulus 110
Monarda 178
Montia 251
Morus 142
Muscari 208
Mycelis 194
Myosoton 107
Myrica 246
Myriophyllum 249
Myrrhis 130
Najas 86
Nasturtium 188
Nepeta 99
Nigella 52
Nuphar 73
Nymphaea 75*, 77
Nymphoides 78
Oenanthe 110
Oenothera 241, 243*
Ononis 244
Onopordum 169
Ophioglossum 143
Ophrys 63
Orchis 203, 205*
Origanum 115, 117*
Ornithogalum 224
Orobanche 250
Osmunda 62

Oxalis 211*, 215
Oxycoccus 255
Oxyria 216
Papaver 128, 131*
Parietaria 159
Parthenocissus 244
Pastinaca 159
Pedicularis 71
Peplis 33
Petasites 116
Peucedanum 72
Phalaris 142
Phragmites 233
Physalis 133
Phyteuma 251, 253*
Picea 225
Picris 72
Pimpinella 38, 39*
Pinguicula 229
Pinus 201
Plantago 28
Platanthera 166, 167*
Pleurospermum 254
Polygonatum 100, 103*
Polygonum 178, 179*
Polypodium 158
Polystichum 158
Populus 231
Portulaca 167*, 170
Potamogeton 182
Potentilla 161*, 163
Primula 161*, 162
Prunella 69
Prunus 218
Pseudotsuga 58

Ptelea 159
Pteridium 148, 151*
Pterocarya 198
Puccinellia 130
Pulmonaria 137, 141*
Pyrola 77
Pyrus 76
Quercus 58, 61*
Ranunculus 83
Raphanus 191*, 193
Reseda 183
Reynoutria 182
Rheum 178
Rhodiola 186
Rhus 207
Ribes 170
Robinia 183
Rorippa 190
Rosa 186
Rubus 86
Rudbeckia 188
Rumex 210, 211*
Ruta 189
Sagittaria 204, 205*
Salicornia 200
Salix 240
Salsola 200
Salvia 208, 211*
Sambucus 34
Samolus 82
Sanguisorba 111*, 112
Sanicula 254
Sarothamnus 254
Saxifraga 196
Scabiosa 63

Scandix 52
Scirpus 195, 197*
Scorzonera 237
Scrophularia 232
Sedum 185
Selaginella 240
Senecio 202
Setaria 243*, 245
Shepherdia 217
Silaum 104
Silene 116
Sinapis 71
Sisymbrium 205*, 207
Sium 132
Solanum 176
Solidago 143
Sonchus 138
Sorbus 82
Sparganium 85*, 86
Spergula 202
Spergularia 143
Spirodela 202
Stachys 51*, 57
Staphylea 97*, 98
Stellaria 75*, 78
Streptopus 118
Suaeda 200
Succisa 52
Symphoricarpos 224
Symphytum 256
Tamarix 226
Tanacetum 247
Taraxacum 138
Taxus 50
Teucrium 155
Thalictrum 190

Thladiantha 229
Thlaspi 219*, 230
Thuja 234
Thymus 127
Tilia 120, 123*
Torilis 98
Tradescentia 234
Tragopogon 108
Trapa 107, 111*
Trifolium 102
Triglochin 224
Tsuga 48
Tussilago 165
Typha 155, 161*
Ulmus 237
Urtica 168
Utricularia 165
Vaccaria 110
Vaccinium 39*, 40
Valeriana 108
Valerianella 185, 191*
Verbena 236, 239*
Veronica 173
Viburnum 90
Vicia 243*, 248
Viola 67
Vitis 244
Wisteria 69
Wolffia 246
Xanthium 190
Zostera 252

*ilustracja

INDEKS NAZW RODZIN

Aceraceae 95, 97*
Actinidiaceae 27
Aesculaceae 92
aktinidiowate 27
*Alismataceae 204,
205*, 252, 253**
*Amaranthaceae 210,
211**
Anacardiaceae 207
Apiaceae 29, 38, 39,
45, 52, 64, 66, 72, 98,
97*, 99, 104, 105,
110, 130, 132, 147,
159, 166, 167*, 171,
174, 194, 208, 216,
226, 233, 236, 248,
254*
Araceae 53, 141,
146, 228*
*Aristolochiaceae
103*, 106*
Asclepiadiaceae 232
Aspidiaceae 144, 158
*Asteraceae 27, 28, 41,
45, 47, 48, 50, 52, 63,
72, 84, 88, 105, 108,
112, 116, 123*, 124,
135, 138, 143, 148,
151*, 153, 154, 160,
165, 169, 173, 174,
188, 189, 190, 193,
194, 199, 202, 203,
210, 235, 237, 247,
252, 255*
*Athyriaceae 158, 165,
242*

babkowate 28
baldaszkowate 29, 38,
39*, 45, 52, 64, 66,
72, 98, 97*, 99, 104,
105, 110, 130, 132,
147, 159, 166, 167*,
171, 174, 194, 208,
216, 226, 233, 236,
248, 254
Balsaminaceae 141,
145*
*Berberidaceae 34,
127*
berberysowate 34, 127
Betulaceae 42, 147
Blechnaceae 166
bobrkowate 39*, 40,
78
bodziszkowate 40, 79,
85*
*Boraginaceae 27, 66,
137, 141*, 144, 147,
154, 254, 256*
Brassicaceae 48
*Brassicaceae 53, 63,
68, 69, 71, 121, 133,
160, 161*, 162, 178,
188, 189, 190, 191*,
192, 193, 200, 205*,
206, 207, 219*, 227,
230, 236, 240, 245,
247, 256*
brzozowate 42, 147
bukowate 44, 51*, 58,
61*, 85*, 91
*Butomaceae 122,
123**

Calycanthaceae 94
Campanulaceae 61,
65, 251, 253**
*Cannabaceae 47,
51*, 101, 103**
*Caprifoliaceae 34,
90, 224, 238, 252*
*Caryophyllaceae 73,
75*, 78, 94, 107, 110,
116, 143, 143, 184,
202, 250*
Celastraceae 62
*Chenopodiaceae 101,
103*, 123*, 124, 200*
cisowate 50
Clusiaceae 61*, 65
Commelinaceae 234,
Convolvulaceae 94
Cornaceae 60, 61*
Corylaceae 117*, 118
*Crassulaceae 184,
185, 186, 191**
*Cucurbitaceae 173,
229*
Cupressaceae 81, 234
*Cyperaceae 49, 98,
195, 196, 197*, 235,
236*
cyprysowate 81, 234
dereniowate 60, 61*
Dipsacaceae 63
dławiszowate 62
długoszowate 62
Droseraceae 185
dymnicowate 99
dyniowate 173, 229

dziurawcowate 61*, 65
dzwonkowate 61*, 65,
251, 253*
Eleagnaceae 148, 184,
217
Equisetaceae 197*,
198
Ericaceae 29, 32, 39*,
40, 47, 68, 131*, 132,
142, 248, 255
Euphorbiaceae 216,
242
Fabaceae 69, 74, 75*,
82, 89, 91, 98, 102,
122, 127, 145, 183,
190, 231, 243*, 244
248, 254
Fagaceae 44, 51*, 58,
61*, 85*, 91
fiołkowate 67
Fumariaceae 99
Gentianaceae 72
Geraniaceae 40, 79,
85*
Ginkgoaceae 137
goryczkowate 72
goździkowate 73, 75*,
78, 94, 107, 110, 116,
143, 143, 184, 202,
250
Grossulariaceae 170
gruboszowate 184,
185, 186, 191*
gruszyczkowate 77,
169
grzybieniowate 73,
75*, 77

Hamamelidaceae 27,
147
Hippuridaceae 167*,
174
Holoragaceae 249
hortensjowate 79
Hydrangeaceae 79
Hypolepidaceae 148,
151*
Iridaceae 106, 109,
133
jaskrowate 52, 83,
85*, 89, 150, 172,
190, 230, 250, 251
jezierzowate 86
jeżogłówkowate 85*,
86
Juglandaceae 150,
151*, 152, 198
Juncaceae 195
Juncaginaceae 224
kasztanowcowate 92
kielichowcowate 94
klonowate 95, 97*
kłokoczkowate 97*, 98
kokornakowate 103*,
106
komosowate 101,
103*, 123*, 124, 200
konopiowate 47, 51*,
101, 103*
kosaćcowate 106, 109,
133
kotewkowate 107,
111*
kozłkowate 108, 185,
191*

krwawnicowate 33,
110
krzyżowe 48
krzyżowe 53, 63, 68,
69, 71, 121, 133, 160,
161*, 162, 178, 188,
189, 190, 191*, 192,
193, 200, 205*, 206,
207, 219*, 227, 230,
236, 240, 245, 247,
256
Lamiaceae 38, 51*,
57, 60, 68, 69, 79, 83,
91, 94, 99, 115, 117*,
127, 133, 141*, 155,
178, 194, 208, 209,
211*
Lemnaceae 202, 246
Lentibulariaceae 165,
229
leszczynowate 117*,
118
Liliaceae 51*, 53, 67,
100, 103*, 105, 117*,
118, 120, 177, 179*,
207, 208, 217, 224,
252, 253*
liliowate 51*, 53, 67,
100, 103*, 105, 117*,
118, 120, 177, 179*,
207, 208, 217, 224,
252, 253*
lipowate 120, 123*
Lycopodiaceae 246
Lythraceae 33, 110
łączeniowate 122,
123*
makowate 128, 131*

Malvaceae 129, 172, 218, 219*
Malvaceae 218, 219*
Marsileaceae 131*, 132
marsyliowate 131*, 132
marzankowate 175, 179*
Menyanthaceae 39*, 40, 78
miłorzębowate 137
Moraceae 142
morwowate 142
Myricaceae 246
Najadaceae 86
nanerczowate 207
nasięźrzałowate 143, 166
niecierpkowate 141*, 145
Nymphaeaceae 73, 75*, 77
obrazkowate 53, 141*, 146, 228
oczarowate 27, 147
Oleaceae 84
oliwkowate 84
oliwnikowate 148, 184, 217
ołownicowate 250
Onagraceae 241, 243*
Ophioglossaceae 143, 166
Orchidaceae 63, 73, 107, 111*, 114, 166, 167*, 203, 205*

orlicowate 148, 151*
Orobanchaceae 250
orzechowate 150, 151*, 152, 198
Osmundaceae 62
Oxalidaceae 211*, 215
pałkowate 155, 161*
Papaveraceae 128, 131*
paprotkowate 158
paprotnikowate 144, 158
pierwiosnkowate 82, 115, 138, 161*, 162, 230
Pinaceae 48, 58, 88, 140, 201, 225
Plantaginaceae 28
Plumbaginaceae 250
pływaczowate 165, 229
Poaceae 33, 49, 107, 114, 117*, 129, 130, 131*, 137, 142, 151*, 155, 160, 161*, 173, 203, 223, 231, 233, 234, 243*, 245, 248, 250, 255
podrzeniowate 166
pokrzywowate 159, 168
Polygonaceae 178, 179*, 182, 183, 210, 211*, 216
Polypodiaceae 158
Portulacaceae 167*, 170, 251

portulakowate 167*, 170, 251
porzeczkowate 170
Potamogetonaceae 182
powojowate 94
Primulaceae 82, 115, 138, 161*, 162, 230
przewiertniowate 34, 90, 224, 238, 252
przęstkowate 167*, 174
psiankowate 101, 133, 176
Pyrolaceae 77, 169
Ranunculaceae 52, 83, 85*, 89, 150, 172, 190, 230, 250, 251
rdestnicowate 182
rdestowate 178, 179*, 182, 183, 210, 211*, 216
Resedaceae 183
rezedowate 183
Rosaceae 27, 62, 70, 75*, 76, 80, 82, 86, 111*, 112, 113, 159, 161*, 163, 164, 165, 172, 176, 186, 191*, 192, 195, 205*, 218, 225, 238, 239*
rosiczkowate 185
różowate 27, 62, 70, 75*, 76, 80, 82, 86, 111*, 112, 113, 159, 161*, 163, 164, 165, 172, 176, 186, 191*, 192, 195, 205*, 218,

225, 238, 239*
Rubiaceae 175, 179*
Rutaceae 159, 189
rutowate 159, 189
rzęsowate 202, 246
Salicaceae 231, 240
Saxifragaceae 196, 218
Scrophulariaceae 52, 71, 110, 121, 173, 232
Selaginellaceae 240
sitowate 195
skalnicowate 196, 218
skrzypowate 197*, 198
Solanaceae 101, 133, 176
sosnowate 48, 58, 88, 140, 201, 225
Sparganiaceae 85*, 86
Staphyleaceae 97*, 98
storczykowate 63, 73, 107, 111*, 114, 166, 167*, 203, 205*
strączkowe 69, 74, 75*, 82, 89, 91, 98, 102, 122, 127, 145, 183, 190, 231, 243*, 244 248, 254
szarłatowate 210, 211*
szczawikowate 211*, 215
szczeciowate 63
szorstkolistne 27, 66, 137, 141*, 144, 147, 154, 254, 256
ślazowate 129, 172, 218, 219*

ślazowate 218, 219*
świbkowate 224
Tamaricaceae 226
tamaryszkowate 226
Taxaceae 50
Tiliaceae 120, 123*
Trapaceae 107, 111*
trawy 33, 49, 107, 114, 117*, 129, 130, 131*, 137, 142, 151*, 155, 160, 161*, 173, 203, 223, 231, 233, 234, 243*, 245, 248, 250, 255
trędownikowate 52, 71, 110, 121, 173, 232
trojeściowate 232
trzykrotkowate, 234
turzycowate 49, 98, 195, 196, 197*, 235, 236
Typhaceae 155, 161*
Ulmaceae 237, 238, 239*
Urticaceae 159, 168
Valerianaceae 108, 185, 191*
Verbenaceae 236, 239*
Violaceae 67
Vitaceae 244
wargowe, 38, 51*, 57, 60, 68, 69, 79, 83, 91, 94, 99, 115, 117*, 127, 133, 141*, 155, 178, 194, 208, 209, 211*

werbenowate 236, 239*
wiązowate 237, 238, 239*
widliczkowate 240
widłakowate 246
wierzbowate 231, 240
wiesiołkowate 241, 243*
wietlicowate 158, 165, 242
wilczomleczowate 216, 242
winoroślowate 244
woskownicowate 246
wrzosowate 29, 32, 39*, 40, 47, 68, 131*, 132, 142, 248, 255
wywłócznikowate 249
zarazowate 250
złożone 27, 28, 41, 45, 47, 48, 50, 52, 63, 72, 84, 88, 105, 108, 112, 116, 123*, 124, 135, 138, 143, 148, 151*, 153, 154, 160, 165, 169, 173, 174, 188, 189, 190, 193, 194, 199, 202, 203, 210, 235, 237, 247, 252, 255
Zosteraceae 252
zosterowate 252
żabieńcowate 204, 205*, 252, 253*

* ilustracja